EL CUADERNO DE MAYA

ISABEL ALLENDE

EL CUADERNO DE MAYA

SUDAMERICANA

Allende, Isabel
   El cuaderno de Maya. - 1ª ed. - Buenos Aires : Sudamericana,
2011.
   448 p. ; 23x15 cm. (Narrativa Latinoamericana)

   ISBN 978-950-07-3523-0

   1. Narrativa Chilena. I. Título
   CDD Ch863

Primera edición en la Argentina bajo este sello: junio de 2011

© 2011, Isabel Allende
© 2011, Random House Mondadori, S.A.
   Travessera de Gràcia, 47-49. 08021 Barcelona
© 2011, Editorial Sudamericana S.A.®
   Humberto I 555, Buenos Aires, Argentina
Publicado por Editorial Sudamericana S.A.®
con acuerdo de Random House Mondadori S.A.

Impreso en Uruguay.
ISBN: 978-950-07-3523-0
Queda hecho el depósito que previene la ley 11.723

Compuesto en Lozano Faisano, S.L. (L'Hospitalet)

www.megustaleer.com.ar

Tirada Argentina: 85.000 ejemplares
Tirada Chile: 40.000 ejemplares
Tirada Uruguay: 12.000 ejemplares

Esta edición se terminó de imprimir en Pressur Corporation S.A.,
en el mes de mayo de 2011.

A los adolescentes de mi tribu:
Alejandro, Andrea, Nicole, Sabrina,
Aristotelis y Achilleas

Tell me, what else should I have done?
Doesn't everything die at last, and too soon?
Tell me, what is it you plan to do
with your one wild and precious life?

Dime, ¿qué más debería haber hecho?
¿No acaba muriendo todo al final, y tan pronto?
Dime, ¿qué planeas hacer
con tu vida preciosa, salvaje, única?

MARY OLIVER,
The Summer Day

VERANO

Enero, febrero, marzo

Hace una semana, mi abuela me abrazó sin lágrimas en el aeropuerto de San Francisco y me repitió que, si en algo valoraba mi existencia, no me comunicara con nadie conocido hasta que tuviéramos la certeza de que mis enemigos ya no me buscaban. Mi Nini es paranoica, como son los habitantes de la República Popular Independiente de Berkeley, a quienes persiguen el gobierno y los extraterrestres, pero en mi caso no exageraba: toda medida de precaución es poca. Me entregó un cuaderno de cien hojas para que llevara un diario de vida, como hice desde los ocho años hasta los quince, cuando se me torció el destino. «Vas a tener tiempo de aburrirte, Maya. Aprovecha para escribir las tonterías monumentales que has cometido, a ver si les tomas el peso», me dijo. Existen varios diarios míos, sellados con cinta adhesiva industrial, que mi abuelo guardaba bajo llave en su escritorio y ahora mi Nini tiene en una caja de zapatos debajo de su cama. Éste sería mi cuaderno número 9. Mi Nini cree que me servirán cuando me haga un psicoanálisis, porque contienen las claves para desatar los nudos de mi personalidad; pero si los hubiera leído, sabría que contienen un montón de fábulas capaces de despistar al mismo Freud. En principio, mi abuela desconfía de los profesionales que ganan por hora, ya que los resultados rápidos no les convienen. Sin embargo hace una excepción con los psiquiatras, porque uno de ellos la salvó de la depresión y de las trampas de la magia cuando le dio por comunicarse con los muertos.

Puse el cuaderno en mi mochila, para no ofenderla, sin intención de usarlo, pero es cierto que aquí el tiempo se estira y escribir es una forma de ocupar las horas. Esta primera semana de exilio ha sido larga para mí. Estoy en un islote casi invisible en el mapa, en plena Edad Media. Me resulta complicado escribir sobre mi vida, porque no sé cuánto recuerdo y cuánto es producto de mi imaginación; la estricta verdad puede ser tediosa y por eso, sin darme ni cuenta, la cambio o la exagero, pero me he propuesto corregir ese defecto y mentir lo menos posible en el futuro. Y así es como ahora, cuando hasta los yanomamis del Amazonas usan computadoras, yo estoy escribiendo a mano. Me demoro y mi escritura debe de ser cirílica, porque ni yo misma logro descifrarla, pero supongo que se irá enderezando página a página. Escribir es como andar en bicicleta: no se olvida, aunque uno pase años sin practicar. Trato de avanzar en orden cronológico, ya que algún orden se requiere y pensé que ése se me haría fácil, pero pierdo el hilo, me voy por las ramas o me acuerdo de algo importante varias páginas más adelante y no hay modo de intercalarlo. Mi memoria se mueve en círculos, espirales y saltos de trapecista.

Soy Maya Vidal, diecinueve años, sexo femenino, soltera, sin un enamorado, por falta de oportunidades y no por quisquillosa, nacida en Berkeley, California, pasaporte estadounidense, temporalmente refugiada en una isla al sur del mundo. Me pusieron Maya porque a mi Nini le atrae la India y a mis padres no se les ocurrió otro nombre, aunque tuvieron nueve meses para pensarlo. En hindi, *maya* significa «hechizo, ilusión, sueño». Nada que ver con mi carácter. Atila me calzaría mejor, porque donde pongo el pie no sale más pasto. Mi historia comienza en Chile con mi abuela, mi Nini, mucho antes de que yo naciera, porque si ella no hubiera emigrado, no se habría enamorado de mi Popo ni se habría instalado en California, mi padre no habría conocido a mi madre y yo no sería yo, sino una joven chilena muy diferente. ¿Cómo soy? Un metro ochenta, cincuenta y ocho kilos cuando juego al fútbol y varios más si me descuido, piernas musculosas, manos torpes, ojos azules o grises, según la hora del día, y creo que rubia, pero no estoy segura ya que no he visto mi pelo natural desde hace varios años. No heredé el aspecto exótico de mi abuela, con su piel aceitunada y esas ojeras oscuras que le dan un aire depravado, o de mi padre, apuesto como un torero e igual de vanidoso; tampoco me parezco a mi abuelo —mi magnífico Popo— porque por desgracia no es mi antepasado biológico, sino el segundo marido de mi Nini.

Me parezco a mi madre, al menos en el tamaño y el color. No era una princesa de Laponia, como yo creía antes de tener uso de razón, sino una asistente de vuelo danesa de quien mi padre, piloto comercial, se enamoró en el aire. Él era demasiado joven para casarse, pero se le puso entre ceja y ceja que ésa era la mujer de su vida y la persiguió tozudamente hasta que ella cedió por cansancio. O tal vez porque estaba embarazada. El hecho es que se casaron y se arrepintieron en menos de una semana, pero permanecieron juntos hasta que yo nací. Días después de mi nacimiento, mientras su marido andaba volando, mi madre hizo sus maletas, me envolvió en una mantita y fue en un taxi a visitar a sus suegros. Mi Nini andaba en San Francisco protestando contra la guerra del Golfo, pero mi Popo estaba en casa y recibió el bulto que ella le pasó, sin darle muchas explicaciones, antes de correr al taxi que la estaba esperando. La nieta era tan liviana que cabía en una sola mano del abuelo. Poco después la danesa mandó por correo los documentos del divorcio y de ñapa la renuncia a la custodia de su hija. Mi madre se llama Marta Otter y la conocí en el verano de mis ocho años, cuando mis abuelos me llevaron a Dinamarca.

Estoy en Chile, el país de mi abuela Nidia Vidal, donde el océano se come la tierra a mordiscos y el continente sudamericano se desgrana en islas. Para mayor precisión, estoy en Chiloé, parte de la Región de los Lagos, entre el paralelo 41 y 43, latitud sur, un archipiélago de más o menos nueve mil kilómetros cuadrados de superficie y unos doscientos mil habitantes, todos más cortos de estatura que yo. En mapudungun, la lengua de los indígenas de la región, Chiloé significa tierra de cáhuiles, unas gaviotas chillonas de cabeza negra, pero debiera llamarse tierra de madera y papas. Además de la Isla Grande, donde se encuentran las ciudades más pobladas, existen muchas islas pequeñas, varias deshabitadas. Algunas islas están agrupadas de a tres o cuatro y tan próximas unas de otras, que en la marea baja se unen por tierra, pero yo no tuve la buena suerte de ir a parar a una de ésas: vivo a cuarenta y cinco minutos, en lancha a motor y con mar calmo, del pueblo más cercano.

Mi viaje desde el norte de California hasta Chiloé comenzó en el noble Volkswagen amarillo de mi abuela, que ha sufrido diecisiete choques desde 1999, pero corre como un Ferrari. Salí en pleno invierno, uno de esos días de viento y lluvia en que la bahía de San Francisco pierde los colores y el paisaje parece dibujado a plumilla, blanco, negro, gris. Mi abuela manejaba en su estilo, a estertores, aferrada al volante como a un salvavidas, con los ojos puestos en mí, más que en el camino, ocupada en darme las últimas instrucciones. No me había explicado todavía adónde me iba a mandar exactamente; Chile, era todo lo que había dicho al trazar el plan para hacerme desaparecer. En el coche me reveló los pormenores y me entregó un librito turístico en edición barata.

—¿Chiloé? ¿Qué lugar es ése? —le pregunté.

—Ahí tienes toda la información necesaria —dijo, señalando el libro.

—Parece muy lejos…

—Mientras más lejos te vayas, mejor. En Chiloé cuento con un amigo, Manuel Arias, la única persona en este mundo, fuera de Mike O'Kelly, a quien me atrevería a pedirle que te esconda por uno o dos años.

—¡Uno o dos años! ¡Estás demente, Nini!

—Mira, chiquilla, hay momentos en que uno no tiene ningún control sobre su propia vida, las cosas pasan no más. Éste es uno de esos momentos —me anunció con la nariz pegada al parabrisas, tratando de situarse, mientras dábamos palos de ciego por la maraña de autopistas.

Llegamos apuradas al aeropuerto y nos separamos sin aspavientos sentimentales; la última imagen que guardo de ella es el Volkswagen alejándose a estornudos en la lluvia.

Viajé varias horas hasta Dallas, estrujada entre la ventanilla y una gorda olorosa a maní tostado, y luego en otro avión diez horas a Santiago, despierta y con hambre, recordando, pensando y leyendo el libro de Chiloé, que exaltaba las virtudes del paisaje, las iglesias de madera y la vida rural. Quedé aterrada. Amanecía el 2 de enero de este año 2009 con un cielo anaranjado sobre las montañas moradas de los Andes, definitivas, eternas, inmensas, cuando la voz del piloto anunció el descenso. Pronto apareció un valle verde, hileras de árboles, potreros sembrados y a lo lejos Santiago, donde nacieron mi abuela y mi padre y donde hay un pedazo misterioso de la historia de mi familia.

Sé muy poco del pasado de mi abuela, que ella ha mencionado rara vez, como si su vida hubiese comenzado cuando conoció a mi Popo. En 1974, en Chile, murió su primer marido, Felipe Vidal, unos meses después del golpe militar que derrocó al gobierno socialista de Salvador Allende e instauró una dictadura en el país. Al encontrarse viuda, ella decidió que no quería vivir bajo un régimen de opresión y emigró a Canadá con su hijo Andrés, mi papá. Éste no ha podido agregar mucho al relato, porque recuerda poco de su infancia, pero todavía venera a su padre, de quien sólo han perdurado tres fotografías. «No vamos a volver más, ¿verdad?», comentó Andrés en el avión que los conducía a Canadá. No era una pregunta, sino una acusación. Tenía nueve años, había madurado de sopetón en los últimos meses y quería explicaciones, porque se daba cuenta de que su madre intentaba protegerlo con verdades a medias y mentiras. Había aceptado con entereza la noticia del súbito ataque al corazón de su padre y la noticia de que éste había sido enterrado sin que él hubiera podido ver el cuerpo y despedirse. Poco después se encontró en un avión rumbo a Canadá. «Claro que volveremos, Andrés», le aseguró su madre, pero él no la creyó.

En Toronto fueron acogidos por voluntarios del Comité de Refugiados, que les facilitaron ropa adecuada y los instalaron en un apartamento amueblado, con las camas hechas y la nevera llena. Los tres primeros días, mientras duraron las provisiones, madre e hijo se quedaron encerrados, tiritando de soledad, pero al cuarto apareció una visitadora social que hablaba buen español y los informó de los beneficios y derechos de todo habitante de Canadá. Antes que nada recibieron clases intensivas de inglés y el niño fue inscrito en la escuela correspondiente; luego Nidia consiguió un puesto de chofer para evitarse la humillación de recibir limosna del Estado sin trabajar. Era el empleo menos apropiado para mi Nini, que si hoy maneja pésimo, entonces era peor.

El breve otoño canadiense dio paso a un invierno polar, estupendo para Andrés, ahora llamado Andy, quien descubrió la dicha de patinar en el hielo y esquiar, pero insoportable para Nidia, quien no logró entrar en calor ni superar la tristeza de haber perdido a su marido y a su país. Su ánimo no mejoró con la llegada de una vacilante primavera ni con las flores, que surgieron como un espejismo en una sola noche donde antes había nieve dura. Se sentía sin raíces y mantenía su maleta preparada, esperando la oportunidad de volver a Chile apenas terminara la dictadura, sin imaginar que ésta iba a durar dieciséis años.

Nidia Vidal permaneció en Toronto un par de años, contando los días y las horas, hasta que conoció a Paul Ditson II, mi Popo, un profesor de la Universidad de California en Berkeley, que había ido a Toronto a dar una serie de conferencias sobre un escurridizo planeta, cuya existencia él intentaba probar mediante cálculos poéticos y saltos de imaginación. Mi Popo era uno de los pocos astrónomos afroamericanos en una profesión de abrumadora mayoría blanca, una eminencia en su campo y autor de varios libros. De joven había pasado un año en el lago Turkana, en Kenia, estudiando los antiguos megalitos de la región y desarrolló la teoría, basada en descubrimientos arqueológicos, de que esas columnas de basalto fueron observatorios astronómicos y se usaron trescientos años antes de la era cristiana para determinar el calendario lunar Borana, todavía en uso entre los pastores de Etiopía y Kenia. En África aprendió a observar el cielo sin prejuicios y así comenzaron sus sospechas sobre la existencia del planeta invisible, que después buscó inútilmente en el cielo con los telescopios más potentes.

La Universidad de Toronto lo instaló en una suite para académicos visitantes y le contrató un coche a través de una agencia; así fue como a Nidia Vidal le tocó escoltarlo durante su estadía. Al saber que su chofer era chilena, él le contó que había estado en el observatorio de La Silla, en Chile, que en el hemisferio sur se ven constelaciones desconocidas en el norte, como las galaxias Nube Chica de Magallanes y Nube Grande de Magallanes, y que en algunas partes las noches son tan impolutas y el clima tan seco, que resultan ideales para escudriñar el firmamento. Así se descubrió que las galaxias se agrupan en diseños parecidos a telarañas.

Por una de esas casualidades novelescas, él terminó su visita a Chile el mismo día de 1974 en que ella salió con su hijo a Canadá. Se me ocurre que tal vez estuvieron juntos en el aeropuerto esperando sus respectivos vuelos, sin conocerse, pero según ellos eso sería imposible, porque él se habría fijado en aquella bella mujer y ella también lo habría visto, porque un negro llamaba la atención en el Chile de entonces, especialmente uno tan alto y apuesto como mi Popo.

A Nidia le bastó una mañana manejando en Toronto con su pasajero atrás para comprender que éste poseía la rara combinación de una mente brillante y la fantasía de un soñador, pero carecía por completo del sentido común del cual ella se jactaba. Mi Nini nunca pudo explicarme cómo llegó a esa conclusión desde el volante del automóvil y en pleno tráfico, pero el hecho es que acertó de lleno. El astrónomo vivía tan perdido como el planeta que buscaba en el cielo; podía calcular en menos de un pestañeo cuánto demora en llegar a la luna una nave espacial viajando a 28.286 kilómetros por hora, pero se quedaba perplejo ante una cafetera eléctrica. Ella no había sentido el difuso aleteo del amor desde hacía años y ese hombre, muy diferente a los demás que había conocido en sus treinta y tres años, la intrigaba y atraía.

Mi Popo, bastante asustado con la audacia para conducir de su chofer, también sentía curiosidad por la mujer que se ocultaba en un uniforme demasiado grande y un gorro de cazador de osos. No era hombre que cediera fácilmente a impulsos sentimentales y si acaso se le cruzó por la mente la idea de seducirla, la descartó de inmediato por engorrosa. En cambio mi Nini, que no tenía nada que perder, decidió salirle al paso al astrónomo antes de que terminaran sus conferencias. Le gustaba su notable color caoba –quería verlo entero– y presentía que ambos tenían mucho en común: él la astronomía y ella la astrología, que a su parecer era casi lo mismo. Pensó que ambos habían venido de lejos para encontrarse en ese punto del globo y de sus destinos, porque así estaba escrito en las estrellas. Ya entonces mi Nini vivía pendiente del horóscopo, pero no dejó todo al azar. Antes de tomar la iniciativa de atacarlo por sorpresa averiguó que era soltero, de buena situación económica, sano y sólo once años mayor que ella, aunque a primera vista ella podría parecer su hija si hubieran sido de la misma raza. Años después mi Popo contaría, riéndose, que si ella no lo hubiera noqueado en el primer asalto, él todavía andaría enamorado de las estrellas.

Al segundo día el profesor se sentó en el asiento delantero para ver mejor a su chofer y ella dio varias vueltas innecesarias por la ciudad para darle tiempo de hacerlo. Esa misma noche, después de servirle la comida a su hijo y dejarlo acostado, Nidia se quitó el uniforme, se dio una ducha, se pintó los labios y se presentó ante su presa con el pretexto de devolverle una carpeta que se le había quedado en el coche e igualmente podría haberle entregado a la mañana siguiente. Nunca había tomado una decisión amorosa tan atrevida. Llegó al edificio desafiando una ventisca helada, subió a la suite, se persignó para darse ánimo y tocó a la puerta. Eran las once y media cuando se introdujo definitivamente en la vida de Paul Ditson II.

Mi Nini había vivido como una reclusa en Toronto. Por las noches añoraba el peso de una mano masculina en su cintura, pero debía sobrevivir y criar a su hijo en un país donde siempre sería extranjera; no había tiempo para sueños románticos. El valor del que se armó aquella noche para llegar hasta la puerta del astrónomo se esfumó apenas él le abrió en pijama y con aspecto de haber estado durmiendo. Se miraron durante medio minuto, sin saber qué decirse, porque él no la esperaba y ella carecía de un plan, hasta que él la invitó a entrar, sorprendido de lo distinta que se veía sin el gorro del uniforme. Admiró su pelo oscuro, su rostro de facciones irregulares y su sonrisa un poco torcida, que antes sólo había visto a hurtadillas. A ella le sorprendió la diferencia de tamaño entre ambos, menos notable dentro del coche: de puntillas alcanzaría a oler el esternón del gigante. Enseguida percibió el desorden de cataclismo en la reducida suite y concluyó que ese hombre la necesitaba en serio.

Paul Ditson II había pasado la mayor parte de su existencia estudiando el misterioso comportamiento de los cuerpos astrales, pero sabía muy poco de cuerpos femeninos y nada de los caprichos del amor. Nunca se había enamorado y su más reciente relación era una colega de la facultad con quien se juntaba dos veces al mes, una judía atractiva y en buena forma para sus años, que siempre insistía en pagar la mitad de la cuenta del restaurante. Mi Nini sólo había querido a dos hombres, su marido y un amante al que se había arrancado de la cabeza y del corazón hacía diez años. Su marido fue un compañero atolondrado, absorto en su trabajo y en la acción política, que viajaba sin cesar y andaba demasiado distraído como para fijarse en las necesidades de ella, y el otro fue una relación truncada. Nidia Vidal y Paul Ditson II estaban listos para el amor que los uniría hasta el final.

Escuché muchas veces el relato, posiblemente novelado, del amor de mis abuelos y llegué a memorizarlo palabra a palabra, como un poema. No conozco, por supuesto, los pormenores de lo ocurrido aquella noche a puerta cerrada, pero puedo imaginarlos basándome en el conocimiento que tengo de ambos. ¿Sospecharía mi Popo, al abrirle la puerta a esa chilena, que se encontraba en una encrucijada trascendental y que el camino que escogiera determinaría su futuro? No, seguramente, esa cursilería no se le habría ocurrido. ¿Y mi Nini? La veo avanzando como sonámbula entre la ropa tirada en el suelo y los ceniceros llenos de colillas, cruzar el saloncito, entrar al dormitorio y sentarse en la cama, porque el sillón y las sillas estaban ocupadas con papeles y libros. Él se arrodillaría a su lado para abrazarla y así estarían un buen rato, procurando acomodarse a esa súbita intimidad. Tal vez ella empezó a ahogarse con la calefacción y él la ayudó a desprenderse del abrigo y las botas; entonces se acariciaron titubeantes, reconociéndose, tanteando el alma para asegurarse de que no estaban equivocados. «Hueles a tabaco y postre. Y eres liso y negro como una foca», comentaría mi Nini. Muchas veces le escuché esa frase.

La última parte de la leyenda no necesito inventarla, porque me la contaron. Con ese primer abrazo, mi Nini concluyó que había conocido al astrónomo en otras vidas y en otros tiempos, que ése era sólo un reencuentro y que sus signos astrales y sus arcanos del tarot se complementaban. «Menos mal que eres hombre, Paul. Imagínate si en esta reencarnación te hubiera tocado ser mi madre...», suspiró, sentada en sus rodillas. «Como no soy tu madre ¿qué te parece que nos casemos?», le contestó él.

Dos semanas más tarde ella llegó a California arrastrando a su hijo, que no deseaba emigrar por segunda vez, y provista de una visa de novia por tres meses, al cabo de los cuales debía casarse o salir del país. Se casaron.

Pasé mi primer día en Chile dando vueltas por Santiago con un mapa, bajo un calor pesado y seco, haciendo hora para tomar un bus al sur. Es una ciudad moderna, sin nada exótico o pintoresco, no hay indios con ropa típica ni barrios coloniales de colores atrevidos, como había visto con mis abuelos en Guatemala o México. Ascendí en un funicular a la punta de un cerro, paseo obligado de los turistas, y pude darme una idea del tamaño de la capital, que parece no terminar nunca, y de la contaminación que la cubre como una bruma polvorienta. Al atardecer me embarqué en un autobús color albaricoque rumbo al sur, a Chiloé.

Traté en vano de dormir, mecida por el movimiento, el ronroneo del motor y los ronquidos de otros pasajeros, pero para mí nunca ha sido fácil dormir y menos ahora, que todavía tengo residuos de la mala vida en las venas. Al amanecer nos detuvimos para ir al baño y tomar café en una posada, en medio de un paisaje pastoral de lomas verdes y vacas, y luego seguimos varias horas más hasta un embarcadero elemental, donde pudimos desentumecer los huesos y comprar empanadas de queso y mariscos a unas mujeres vestidas con batas blancas de enfermeras. El bus subió a un transbordador para cruzar el canal de Chacao: media hora navegando silenciosamente por un mar luminoso. Me bajé del autobús para asomarme por la borda con el resto de los entumecidos pasajeros que, como yo, llevaban muchas horas presos en sus asientos. Desafiando el viento cortante, admiramos las bandadas de golondrinas, como pañuelos en el cielo, y las toninas, unos delfines de panza blanca que acompañaban a la embarcación danzando.

El autobús me dejó en Ancud, en la Isla Grande, la segunda ciudad en importancia del archipiélago. Desde allí debía tomar otro para ir al pueblo donde me esperaba Manuel Arias, pero descubrí que me faltaba la billetera. Mi Nini me había prevenido contra los rateros chilenos y su habilidad de ilusionistas: te roban el alma amablemente. Por suerte me dejaron la foto de mi Popo y mi pasaporte, que llevaba en otro bolsillo de la mochila. Estaba sola, sin un centavo, en un país desconocido, pero si algo me enseñaron mis infaustas aventuras del año pasado es a no dejarme apabullar por inconvenientes menores.

En una de las pequeñas tiendas de artesanía de la plaza, donde vendían tejidos chilotes, había tres mujeres sentadas en círculo, conversando y tejiendo, y supuse que si eran como mi Nini, me ayudarían; las chilenas saltan al rescate de cualquiera en apuros, especialmente si es forastero. Les expliqué mi problema en mi vacilante castellano y de inmediato soltaron sus palillos y me ofrecieron una silla y una gaseosa de naranja, mientras discutían mi caso quitándose las palabras unas a otras para opinar. Hicieron varias llamadas por un celular y me consiguieron transporte con un primo que viajaba en mi dirección; podía llevarme al cabo de un par de horas y no tenía inconveniente en desviarse un poco para dejarme en mi destino.

Aproveché el tiempo de espera para visitar el pueblo y un museo de las iglesias de Chiloé, diseñadas por misioneros jesuitas trescientos años atrás y levantadas tabla a tabla por los chilotes, que son maestros de la madera y constructores de embarcaciones. Las estructuras se sostienen mediante ingeniosos ensamblajes sin un solo clavo, y los techos abovedados son botes invertidos. A la salida del museo me encontré con el perro. Era de mediano tamaño, cojo, de pelos tiesos grisáceos y cola lamentable, pero con la actitud digna de un animal de pedigrí. Le ofrecí la empanada que tenía en la mochila, la cogió con delicadeza entre sus grandes dientes amarillos, la puso en el suelo y me miró, diciendo a las claras que su hambre no era de pan, sino de compañía. Mi madrastra, Susan, era entrenadora de perros y me enseñó a no tocar un animal antes de que se aproxime, señal de que se siente seguro, pero con éste nos saltamos el protocolo y desde el comienzo nos llevamos bien. Juntos hicimos turismo y a la hora acordada volví donde las tejedoras. El perro se quedó fuera de la tienda, con una sola pata en el umbral, educadamente.

El primo tardó en aparecer una hora más de lo anunciado y llegó en un furgón repleto hasta el techo, acompañado por su mujer y un niño de pecho. Le agradecí a mis benefactoras, que además me habían prestado el celular para ponerme en contacto con Manuel Arias, y me despedí del perro, pero él tenía otros planes: se sentó a mis pies barriendo el suelo con la cola y sonriendo como una hiena; me había hecho el favor de distinguirme con su atención y ahora yo era su afortunado humano. Cambié de táctica. «*Shoo! Shoo! Fucking dog*», le grité en inglés. No se movió, mientras el primo observaba la escena con lástima. «No se preocupe, señorita, podemos llevar a su Fákin», dijo al fin. Y de ese modo aquel animal ceniciento adquirió su nuevo nombre, tal vez en su vida anterior se llamaba Príncipe. A duras penas cupimos en el atiborrado vehículo y una hora más tarde llegamos al pueblo donde debía encontrarme con el amigo de mi abuela, con quien me había citado en la iglesia, frente al mar.

El pueblo, fundado por los españoles en 1567, es de los más antiguos del archipiélago y cuenta con dos mil habitantes, pero no sé dónde estaban, porque se veían más gallinas y ovejas que humanos. Esperé a Manuel un rato largo, sentada en las gradas de una iglesia pintada de blanco y azul, en compañía del Fákin y observada desde cierta distancia por cuatro chiquillos silenciosos y serios. De él sólo sabía que fue amigo de mi abuela y no se habían visto desde la década de los setenta, pero se habían mantenido en contacto esporádico, primero por carta, como se usaba en la prehistoria, y luego por correo electrónico.

Manuel Arias apareció finalmente y me reconoció por la descripción que mi Nini le había dado por teléfono. ¿Qué le diría? Que soy un obelisco de pelos pintados en cuatro colores primarios y con una argolla en la nariz. Me tendió la mano y me recorrió de una rápida mirada, evaluando los rastros de barniz azul en mis uñas mordidas, los vaqueros raídos y las botas de comandante pintadas con spray rosado, que conseguí en una tienda del Ejército de Salvación cuando era mendiga.

—Soy Manuel Arias —se presentó el hombre, en inglés.

—Hola. Me persiguen el FBI, la Interpol y una mafia criminal de Las Vegas —le anuncié a bocajarro, para evitar malentendidos.

—Enhorabuena —dijo.

–No he matado a nadie y, francamente, no creo que se tomen la molestia de venir a buscarme al culo del mundo.

–Gracias.

–Perdona, no quise insultar a tu país, hombre. En realidad esto es bien bonito, mucho verde y mucha agua, ¡pero hay que ver lo lejos que está!

–¿De qué?

–De California, de la civilización, del resto del mundo. Mi Nini no me dijo que haría frío.

–Es verano –me informó.

–¡Verano en enero! ¡Dónde se ha visto!

–En el hemisferio sur –replicó secamente.

Mala cosa, pensé, este sujeto carece de sentido del humor. Me invitó a tomar té, mientras esperábamos a un camión que le traía un refrigerador y debía haber llegado tres horas antes. Entramos a una casa marcada por un trapo blanco enarbolado en un palo, como una bandera de rendición, señal de que allí se vendía pan fresco. Había cuatro mesas rústicas con manteles de hule y sillas de varias clases, un mostrador y una estufa, donde hervía una tetera negra de hollín. Una mujer gruesa, de risa contagiosa, saludó a Manuel Arias con un beso en la mejilla y a mí me observó un poco desconcertada antes de decidirse a besarme también.

–¿Americana? –le preguntó a Manuel.

–¿No se nota? –dijo él.

–¿Y qué le pasó en la cabeza? –agregó ella, señalando mi pelo teñido.

–Nací así –le informé, picada.

–¡La gringuita habla cristiano! –exclamó ella, encantada–. Siéntense no más, al tiro les traigo tecito.

Me tomó de un brazo y me sentó con determinación en una de las sillas, mientras Manuel me explicaba que en Chile «gringo» es cualquier persona rubia angloparlante y que cuando se usa en diminutivo «gringuito» o «gringuita» es un término afectuoso.

La posadera nos trajo té en bolsas y una pirámide de fragante pan amasado recién salido del horno, mantequilla y miel, luego se instaló con nosotros a vigilar que comiéramos como es debido. Pronto oímos los estornudos del camión, que avanzaba a tropezones por la calle sin pavimentar y salpicada de agujeros, con un refrigerador balanceándose en la caja. La mujer se asomó a la puerta, lanzó un chiflido y rápidamente se reunieron varios jóvenes para ayudar a bajar el aparato, llevarlo en vilo hasta la playa y subirlo al bote a motor de Manuel por una pasarela de tablones.

La embarcación era de unos ocho metros de largo, de fibra de vidrio, pintada de blanco, azul y rojo, los colores de la bandera chilena, casi igual que la de Texas, que flameaba en la proa. Al costado tenía su nombre: *Cahuilla*. Amarraron lo mejor posible el refrigerador en posición vertical y me ayudaron a subir. El perro me siguió con su trotecito patético; tenía una pata medio encogida y caminaba de lado.

—¿Y éste? —me preguntó Manuel.

—No es mío, se me pegó a los talones en Ancud. Me han dicho que los perros chilenos son muy inteligentes y éste es de buena raza.

—Debe ser pastor alemán con fox terrier. Tiene cuerpo de perro grande y patas de perro chico —opinó Manuel.

—Después que lo bañe, vas a ver que es fino.

—¿Cómo se llama? —me preguntó.

—*Fucking dog* en chileno.

—¿Cómo?

—Fákin.

—Espero que tu Fákin se lleve bien con mis gatos. Tendrás que amarrarlo de noche para que no salga a matar ovejas —me advirtió.

—No será necesario, va a dormir conmigo.

El Fákin se aplastó al fondo del bote, con la nariz entre las patas delanteras, y allí se mantuvo inmóvil, sin despegar los ojos de mí. No es cariñoso, pero nos entendemos en el lenguaje de la flora y la fauna: esperanto telepático.

Del horizonte venía rodando una avalancha de nubarrones y corría una brisa helada, pero el mar estaba tranquilo. Manuel me prestó un poncho de lana y ya no me habló más, concentrado en el timón y sus aparatos, compás, GPS, radio de onda marina y quién sabe qué más, mientras yo lo estudiaba de reojo. Mi Nini me había contado que era sociólogo, o algo por el estilo, pero en su botecito podría pasar por marinero: mediana estatura, delgado, fuerte, fibra y músculo, curtido por el viento salado, con arrugas de carácter, pelo tieso y corto, ojos del mismo gris del pelo. No sé calcular la edad de la gente vieja; éste se ve bien de lejos, porque todavía camina rápido y no le ha salido esa joroba de los ancianos, pero de cerca se nota que es mayor que mi Nini, digamos unos setenta y tantos años. Yo he caído como una bomba en su vida. Tendré que andar pisando huevos, para que no se arrepienta de haberme dado hospedaje.

Al cabo de casi una hora de navegación, pasando cerca de varias islas deshabitadas en apariencia, aunque no lo están, Manuel Arias me señaló un promontorio que desde la distancia era apenas un brochazo oscuro y de cerca resultó ser un cerro bordeado por una playa de arena negruzca y rocas, donde se secaban cuatro botes de madera volteados panza arriba. Atracó la *Cahuilla* a un embarcadero flotante y les tiró unas gruesas cuerdas a varios niños, que habían acudido corriendo y amarraron hábilmente la lancha a unos postes. «Bienvenida a nuestra metrópoli», dijo Manuel señalando una aldea de casas de madera sobre pilotes frente a la playa. Me sacudió un escalofrío, porque ése sería ahora todo mi mundo.

Un grupo descendió a la playa a inspeccionarme. Manuel les había anunciado que una americana venía a ayudarlo en su trabajo de investigación; si esa gente esperaba a alguien respetable, se llevó un chasco, porque la camiseta con el retrato de Obama, que me regaló mi Nini en Navidad, no alcanzaba a taparme el ombligo.

Bajar el refrigerador sin inclinarlo fue tarea de varios voluntarios, que se daban ánimo con risotadas, apurados porque empezaba a oscurecer. Subimos al pueblo en procesión, delante el refrigerador, después Manuel y yo, más atrás una docena de chiquillos gritones y en la retaguardia una leva de perros variopintos ladrándole furiosos al Fákin, pero sin acercarse demasiado, porque su actitud de supremo desprecio indicaba a las claras que el primero que lo hiciera sufriría las consecuencias. Parece que el Fákin es difícil de intimidar y no permite que le huelan el trasero. Pasamos frente a un cementerio, donde pastaban unas cabras con las ubres hinchadas, entre flores de plástico y casitas de muñecas marcando las tumbas, algunas con muebles para uso de los muertos.

En el pueblo, los palafitos se conectaban con puentes de madera y en la calle principal, por llamarla de algún modo, vi burros, bicicletas, un jeep con el emblema de fusiles cruzados de los carabineros, la policía chilena, y tres o cuatro coches viejos, que en California serían de colección si estuviesen menos abollados. Manuel me explicó que debido al terreno irregular y al barro inevitable del invierno, el transporte pesado se hace en carretas con bueyes, el liviano con mulas y la gente se moviliza a caballo y a pie. Unos letreros despintados identificaban tiendas modestas, un par de almacenes, la farmacia, varias tabernas, dos restaurantes, que consistían en un par de mesas metálicas frente a sendas pescaderías, y un local de internet, donde vendían pilas, gaseosas, revistas y cachivaches para los visitantes, que llegan una vez por semana, acarreados por agencias de ecoturismo, a degustar el mejor curanto de Chiloé. El curanto lo describiré más adelante, porque todavía no lo he probado.

Algunas personas salieron a observarme con cautela, en silencio, hasta que un hombre chato y macizo como un armario se decidió a saludarme. Se limpió la mano en el pantalón antes de tendérmela, sonriendo con dientes orillados en oro. Era Aurelio Ñancupel, descendiente de un célebre pirata y el personaje más necesario de la isla, porque vende alcohol a crédito, arranca muelas y tiene un televisor de pantalla plana, que sus parroquianos disfrutan cuando hay electricidad. Su local tiene el nombre muy apropiado de La Taberna del Muertito; por su ventajosa ubicación cerca del cementerio, es la estación obligada de los deudos para aliviar la pena del funeral.

Ñancupel se hizo mormón con la idea de disponer de varias esposas y descubrió demasiado tarde que éstos renunciaron a la poligamia a partir de una nueva revelación profética, más de acuerdo con la Constitución estadounidense. Así me lo describió Manuel Arias, mientras el aludido se doblaba de risa, coreado por los mirones. Manuel también me presentó a otras personas, cuyos nombres fui incapaz de retener, que me parecieron viejos para ser los padres de aquella leva de niños; ahora sé que son los abuelos, pues la generación intermedia trabaja lejos de la isla.

En eso avanzó por la calle con aire de mando una mujer cincuentona, robusta, hermosa, con el pelo de ese color beige de las rubias canosas, atado en un moño desordenado en la nuca. Era Blanca Schnake, directora de la escuela, a quien la gente, por respeto, llama tía Blanca. Besó a Manuel en la cara, como se usa aquí, y me dio la bienvenida oficial en nombre de la comunidad; eso disolvió la tensión en el ambiente y estrechó el círculo de curiosos a mi alrededor. La tía Blanca me invitó a visitar la escuela al día siguiente y puso a mi disposición la biblioteca, dos computadoras y videojuegos, que puedo usar hasta marzo, cuando los niños se reintegren a las clases; a partir de entonces habrá limitaciones de horario. Agregó que los sábados pasan en la escuela las mismas películas que en Santiago, pero gratis. Me bombardeó a preguntas y le resumí, en mi español de principiante, mi viaje de dos días desde California y el robo de mi billetera, que provocó un coro de carcajadas de los niños, pero fue rápidamente acallado por la mirada gélida de la tía Blanca. «Mañana les voy a preparar unas machas a la parmesana, para que la gringuita vaya conociendo la comida chilota. Los espero como a las nueve», le anunció a Manuel. Después me enteré que lo correcto es llegar con una hora de atraso. Aquí se come muy tarde.

Terminamos el breve recorrido del pueblo, trepamos a una carreta tirada por dos mulas, donde ya habían colocado el refrigerador, y nos fuimos a vuelta de la rueda por un sendero de tierra apenas visible en el pasto, seguidos por el Fákin.

Manuel Arias vive a una milla —digamos kilómetro y medio— del pueblo, frente al mar, pero no hay acceso a la propiedad con la lancha debido a las rocas. Su casa es un buen ejemplo de arquitectura de la zona, me dijo con una nota de orgullo en el tono. A mí me pareció similar a otras del pueblo: también descansa en pilares y es de madera, pero me explicó que la diferencia está en los pilares y vigas tallados con hacha, las tejuelas «de cabeza circular», muy apreciadas por su valor decorativo, y la madera de ciprés de las Gualtecas, antes abundante en la región y ahora muy escaso. Los cipreses de Chiloé pueden vivir más de tres mil años, son los árboles más longevos del mundo, después de los baobabs de África y las secoyas de California.

La casa consta de una sala común de doble altura, donde transcurre la vida en torno a una estufa de leña, negra e imponente, que sirve para calentar el ambiente y cocinar. Tiene dos dormitorios, uno de tamaño mediano, que ocupa Manuel, otro más pequeño, el mío, y un baño con lavatorio y ducha. No hay una sola puerta interior, pero el excusado cuenta con una frazada de lana a rayas colgada en el umbral, para proporcionar privacidad. En la parte de la sala común destinada a cocina hay un mesón, un armario y un cajón con tapa para almacenar papas, que en Chiloé se usan en cada comida; del techo cuelgan manojos de hierbas, trenzas de ají y de ajos, longanizas secas y pesadas ollas de hierro, adecuadas para el fuego de leña. Al ático, donde Manuel tiene la mayor parte de sus libros y archivos, se accede mediante una escalera de mano. No se ven cuadros, fotografías ni adornos en las paredes, nada personal, sólo mapas del archipiélago y un hermoso reloj de buque con marco de caoba y tuercas de bronce, que parece rescatado del *Titanic*. Afuera Manuel improvisó un primitivo jacuzzi con un gran tonel de madera. Las herramientas, la leña, el carbón y los tambores de gasolina para la lancha y el generador se guardan en el galpón del patio.

Mi cuarto es simple como el resto de la casa; consiste en una cama angosta cubierta con una manta similar a la cortina del excusado, una silla, una cómoda de tres cajones y varios clavos para colgar ropa. Suficiente para mis posesiones, que caben holgadamente en mi mochila. Me gusta este ambiente austero y masculino, lo único desconcertante es el orden maniático de Manuel Arias; yo soy más relajada.

Los hombres colocaron el refrigerador en el sitio correspondiente, lo conectaron al gas y luego se instalaron a compartir un par de botellas de vino y un salmón que Manuel había ahumado la semana anterior en un tambor metálico con leña de manzano. Mirando el mar por la ventana, bebieron y comieron mudos, las únicas palabras que pronunciaron fueron una serie de elaborados y ceremoniosos brindis: «¡Salud!». «Que en salud se le convierta.» «Con las mismas finezas pago.» «Que viva usted muchos años.» «Que asista usted a mi sepelio.» Manuel me lanzaba miradas de reojo, incómodo, hasta que lo llamé aparte para decirle que se tranquilizara, que no pensaba abalanzarme sobre las botellas. Seguramente mi abuela lo puso sobre aviso y él planeaba esconder el licor; pero eso sería absurdo, el problema no es el alcohol, sino yo.

Entretanto el Fákin y los gatos se midieron con prudencia, repartiéndose el territorio. El atigrado se llama el Gato-Leso, porque el pobre animal es tonto, y el color zanahoria es el Gato-Literato, porque su sitio favorito es encima de la computadora; Manuel sostiene que sabe leer.

Los hombres terminaron el salmón y el vino, se despidieron y se fueron. Me llamó la atención que Manuel no hiciera amago de pagarles, como tampoco lo hizo con los otros que lo habían ayudado antes a transportar el refrigerador, pero habría sido imprudente por mi parte preguntarle sobre ello.

Examiné la oficina de Manuel, compuesta de dos escritorios, un mueble de archivo, estanterías de libros, una computadora moderna de pantalla doble, fax e impresora. Había internet, pero él me recordó −como si yo pudiera olvidarlo− que estoy incomunicada. Agregó, a la defensiva, que tiene todo su trabajo en esa computadora y prefiere que nadie se lo toque.

−¿En qué trabajas? −le pregunté.

−Soy antropólogo.

−¿Antropófago?

−Estudio a la gente, no me la como −me explicó.

−Era broma, hombre. Los antropólogos ya no tienen materia prima; hasta el último salvaje de este mundo cuenta con su celular y un televisor.

−No me especializo en salvajes. Estoy escribiendo un libro sobre la mitología de Chiloé.

—¿Te pagan por eso?

—Casi nada —me informó.

—Se nota que eres pobre.

—Sí, pero vivo barato.

—No quisiera ser una carga para ti —le dije.

—Vas a trabajar para cubrir tus gastos, Maya, eso acordamos tu abuela y yo. Puedes ayudarme con el libro y en marzo trabajarás con Blanca en la escuela.

—Te advierto que soy muy ignorante, no sé nada de nada.

—¿Qué sabes hacer?

—Galletas y pan, nadar, jugar al fútbol y escribir poemas de samuráis. ¡Tendrías que ver mi vocabulario! Soy un verdadero diccionario, pero en inglés. No creo que eso te sirva.

—Veremos. Lo de las galletas tiene futuro. —Y me pareció que disimulaba una sonrisa.

—¿Has escrito otros libros? —le pregunté bostezando; el cansancio del largo viaje y las cinco horas de diferencia en el horario entre California y Chile me pesaban como un saco de piedras.

—Nada que me pueda hacer famoso —dijo señalando varios libros sobre su mesa: mundo onírico de los aborígenes australianos, ritos de iniciación en las tribus del Orinoco, cosmogonía mapuche del sur de Chile.

—Según mi Nini, Chiloé es mágico —le comenté.

—El mundo entero es mágico, Maya —me contestó.

Manuel Arias me aseguró que el alma de su casa es muy antigua. Mi Nini también cree que las casas tienen recuerdos y sentimientos, ella puede captar las vibraciones: sabe si el aire de un lugar está cargado de mala energía porque allí han sucedido desgracias, o si la energía es positiva. Su caserón de Berkeley tiene alma buena. Cuando lo recuperemos habrá que arreglarlo —se está cayendo de viejo— y entonces pienso vivir en él hasta que me muera. Me crié allí, en la cumbre de un cerro, con una vista de la bahía de San Francisco que sería impresionante si no la taparan dos frondosos pinos. Mi Popo nunca permitió que los cortaran, decía que los árboles sufren cuando los mutilan y también sufre la vegetación en mil metros a la redonda, porque todo está conectado en el subsuelo; sería un crimen matar dos pinos para ver un charco de agua que igualmente puede apreciarse desde la autopista.

El primer Paul Ditson compró la casa en 1948, el mismo año en que se abolió la restricción racial para adquirir propiedades en Berkeley. Los Ditson fueron la primera familia de color en el barrio, y la única durante veinte años, hasta que empezaron a llegar otras. Fue construida en 1885 por un magnate de las naranjas, quien al morir donó su fortuna a la universidad y dejó a su familia en la inopia. Estuvo desocupada mucho tiempo y luego pasó de mano en mano, deteriorándose en cada transacción, hasta que la compraron los Ditson y pudieron repararla, porque era de firme esqueleto y buenos cimientos. Después de la muerte de sus padres, mi Popo compró la parte correspondiente a sus hermanos y se quedó solo en esa reliquia victoriana de seis dormitorios, coronada por un inexplicable campanario, donde instaló su telescopio.

Cuando llegaron Nidia y Andy Vidal, él ocupaba sólo dos piezas, la cocina y el baño; el resto se mantenía cerrado. Mi Nini irrumpió como un huracán de renovación, tirando cachivaches a la basura, limpiando y fumigando, pero su ferocidad para combatir el estropicio no pudo con el caos endémico de su marido. Después de muchas peleas transaron en que ella podía hacer lo que le diera la gana en la casa, siempre que respetara el escritorio y la torre de las estrellas.

Mi Nini se halló a su anchas en Berkeley, esa ciudad sucia, radical, extravagante, con su mezcla de razas y pelajes humanos, con más genios y premios Nobel que cualquier otra en el mundo, saturada de causas nobles, intolerante en su santurronería. Mi Nini se transformó; antes era una joven viuda prudente y responsable, que procuraba pasar inadvertida, y en Berkeley emergió su verdadero carácter. Ya no tenía que vestirse de chofer, como en Toronto, ni sucumbir a la hipocresía social, como en Chile; nadie la conocía, podía reinventarse. Adoptó la estética de los hippies, que languidecían en Telegraph Avenue vendiendo sus artesanías entre sahumerios de incienso y marihuana. Se vistió con túnicas, sandalias y collares ordinarios de la India, pero estaba muy lejos de ser hippie: trabajaba, corría con una casa y una nieta, participaba en la comunidad y yo nunca la vi volada entonando cánticos en sánscrito.

Ante el escándalo de sus vecinos, casi todos colegas de su marido, con sus residencias oscuras, vagamente inglesas, cubiertas de hiedra, mi Nini pintó el caserón de los Ditson con colores psicodélicos inspirados en la calle Castro de San Francisco, donde los gays empezaban a asentarse y a remodelar las casas antiguas. Sus paredes violeta y verde, sus frisos amarillos y sus guirnaldas de flores de yeso provocaron chismes y motivaron un par de citaciones de la municipalidad, hasta que la casa salió fotografiada en una revista de arquitectura, pasó a ser un hito turístico en la ciudad y pronto fue imitada por restaurantes pakistaníes, tiendas juveniles y talleres de artistas.

Mi Nini también estampó su sello personal en la decoración interior. A los muebles ceremoniales, relojes de bulto y cuadros horrendos con marcos dorados, adquiridos por el primer Ditson, ella agregó su toque artístico: profusión de lámparas con flecos, alfombras despelucadas, divanes turcos y cortinas a crochet. Mi habitación, pintada color mango, tenía sobre la cama un baldaquino de tela de la India bordada de espejitos y un dragón alado colgando en el centro, que podía matarme si me caía encima; en las paredes ella había puesto fotografías de niños africanos desnutridos, para que yo viera cómo esas desdichadas criaturas se morían de hambre, mientras yo rechazaba mi comida. Según mi Popo, el dragón y los niños de Biafra eran la causa de mi insomnio y mi inapetencia.

Mis tripas empezaron a sufrir el ataque frontal de las bacterias chilenas. Al segundo día en esta isla caí en cama doblada de dolor de estómago y todavía ando a tiritones, paso horas frente a la ventana con una bolsa de agua caliente en la barriga. Mi abuela diría que le estoy dando tiempo a mi alma de llegar a Chiloé. Cree que los viajes en jet no son convenientes porque el alma viaja más despacio que el cuerpo, se queda rezagada y a veces se pierde por el camino; ésa sería la causa por la cual los pilotos, como mi papá, nunca están totalmente presentes: están esperando el alma, que anda en las nubes.

Aquí no se alquilan DVD ni videojuegos y el único cine son

las películas que pasan una vez por semana en la escuela. Para entretenerme sólo dispongo de las febriles novelas de amor de Blanca Schnake y libros sobre Chiloé en español, muy útiles para aprender el idioma, pero que me cuesta leerlos. Manuel me dio una linterna de pilas que se ajusta en la frente como una lámpara de minero; así leemos cuando cortan la luz. Puedo decir muy poco sobre Chiloé, porque apenas he salido de esta casa, pero podría llenar varias páginas sobre Manuel Arias, los gatos y el perro, que ahora son mi familia, la tía Blanca, quien aparece a cada rato con el pretexto de visitarme, aunque es obvio que viene por Manuel, y Juanito Corrales, un niño que también viene a diario a leer conmigo y a jugar con el Fákin. El perro es muy selectivo en materia de relaciones, pero tolera al chico.

Ayer conocí a la abuela de Juanito. No la había visto antes, porque estaba en el hospital de Castro, la capital de Chiloé, con su marido, a quien le amputaron una pierna en diciembre y no ha sanado bien. Eduvigis Corrales es color terracota, de rostro alegre cruzado de arrugas, tronco ancho y piernas cortas, una chilota típica. Usa una delgada trenza enrollada en la cabeza y se viste como misionera, con falda gruesa y zapatones de leñador. Representa unos sesenta años, pero no tiene más de cuarenta y cinco; aquí la gente envejece rápido y vive largo. Llegó con una olla de hierro, pesada como un cañón, que puso a calentar en la cocina, mientras me dirigía un discurso precipitado, algo así como que se presentaba con el debido respeto, era la Eduvigis Corrales, vecina del caballero y asistenta del hogar. «¡Jué! ¡Qué niñona tan bonita esta gringuita! ¡Que Juesú me la guarde! El caballero la estaba esperando, del mismo modo que todos en la isla, y ojalá le guste el pollito con papitas que le preparé.» No era un dialecto de la zona, como pensé, sino español galopado. Deduje que Manuel Arias era el caballero, aunque Eduvigis hablaba de él en tercera persona, como si estuviera ausente.

A mí, en cambio, Eduvigis me trata con el mismo tono mandón de mi abuela. Esta buena mujer viene a limpiar, se lleva la ropa sucia y la devuelve lavada, parte leña con un hacha tan pesada que yo no la podría levantar, cultiva su tierra, ordeña su vaca, esquila ovejas y sabe faenar cerdos, pero me aclaró que no sale a pescar ni a coger mariscos por la artritis. Dice que su marido no es de mala índole, como cree la gente del pueblo, pero la diabetes le descompuso el carácter y desde que perdió la pierna sólo desea morirse. De sus cinco hijos vivos, le queda uno solo en la casa, Azucena, de trece, y tiene a su nieto Juanito, de diez, que parece menor «porque nació espirituado», según me explicó. Eso de espirituado puede significar debilidad mental o que el afectado posee más espíritu que materia; en el caso de Juanito debe ser lo segundo, porque no tiene un pelo de tonto.

Eduvigis vive del producto de su campo, de lo que le paga Manuel por sus servicios y de la ayuda que le manda una hija, la madre de Juanito, quien está empleada en una salmonera al sur de la Isla Grande. En Chiloé la cría industrial del salmón era la segunda del mundo, después de Noruega, y levantó la economía de la región, pero contaminó el fondo marino, arruinó a los pescadores artesanales y desmembró a las familias. Ahora la industria está acabada, me explicó Manuel, porque ponían demasiados peces en las jaulas y les dieron tantos antibióticos, que cuando los atacó un virus no pudieron salvarlos. Hay veinte mil desempleados de las salmoneras, la mayoría mujeres, pero la hija de Eduvigis todavía tiene trabajo.

Pronto nos sentamos a la mesa. Apenas destapamos la olla y la fragancia del estofado me llegó a las narices, volví a encontrarme en la cocina de mi infancia, en la casa de mis abuelos, y se me aguaron los ojos de nostalgia. El guiso de pollo de Eduvigis fue mi primera comida sólida en varios días. Esta enfermedad ha sido bochornosa, me resultaba imposible disimular vómitos y cagatina en una casa sin puertas. Le pregunté a Manuel qué había pasado con las puertas y me respondió que prefería los espacios abiertos. Me enfermé con las machas a la parmesana y la tarta de murta de Blanca Schnake, estoy segura. Al principio, Manuel fingió que no oía los ruidos provenientes del excusado, pero pronto debió darse por aludido, porque me vio desfallecida. Lo escuché hablando por el celular con Blanca para pedirle instrucciones y enseguida procedió a preparar sopa de arroz, cambiarme las sábanas y traerme la bolsa de agua caliente. Me vigila con el rabillo del ojo sin decir palabra, pero está atento a mis necesidades. Al menor intento mío de darle las gracias reacciona con un gruñido. También llamó a Liliana Treviño, la enfermera de la localidad, una mujer joven, baja, compacta, con risa contagiosa y una indómita melena de pelo crespo, que me dio unas enormes pastillas de carbón, negras y ásperas, muy difíciles de tragar. En vista de que no tuvieron el menor efecto, Manuel consiguió el camioncito de la verdulería para llevarme al pueblo a ver a un doctor.

Los jueves pasa por aquí la lancha del Servicio Nacional de Salud, que recorre las islas. El médico parecía un crío de catorce años, miope y lampiño, pero le bastó una mirada para diagnosticar mi condición: «Tiene chilenitis, el mal de los extranjeros que vienen a Chile. Nada grave», y me dio unas píldoras en un cucurucho de papel. Eduvigis me preparó una infusión de hierbas, porque no confía en remedios de farmacia, dice que son un negociado de las corporaciones americanas. He tomado disciplinadamente la infusión, y con eso voy sanando. Me gusta Eduvigis Corrales, habla y habla como la tía Blanca; el resto de la gente por estos lados es taciturna.

A Juanito Corrales, que mostró curiosidad por saber de mi familia, le conté que mi madre era una princesa de Laponia. Manuel estaba en su escritorio y no hizo comentarios, pero después que el niño se fue me aclaró que entre los sami, habitantes de Laponia, no hay realeza. Nos habíamos sentado a la mesa, él ante un lenguado con mantequilla y cilantro y yo ante un caldo traslúcido. Le expliqué que eso de la princesa de Laponia se le ocurrió a mi Nini en un instante de inspiración, cuando yo tenía unos cinco años y empezaba a darme cuenta del misterio en torno a mi madre. Recuerdo que estábamos en la cocina, la pieza más acogedora de la casa, horneando las galletas semanales para los delincuentes y drogadictos de Mike O'Kelly, el mejor amigo de mi Nini, que se ha propuesto la tarea imposible de salvar a la juventud descarriada. Es un irlandés de verdad, nacido en Dublín, tan blanco, de pelo tan negro y ojos tan azules, que mi Popo lo apodó Blancanieves, por la pánfila ésa que comía manzanas envenenadas en la película de Walt Disney. No digo que O'Kelly sea un pánfilo; muy por el contrario, se pasa de listo: es el único capaz de dejar callada a mi Nini. La princesa de Laponia figuraba en uno de mis libros. Yo disponía de una biblioteca seria, porque mi Popo estimaba que la cultura entra por ósmosis y más vale comenzar temprano, pero mis libros favoritos eran de hadas. Según mi Popo, los cuentos infantiles son racistas, cómo va a ser que no existan hadas en Botswana o Guatemala, pero no censuraba mis lecturas, se limitaba a dar su opinión con el propósito de desarrollar mi pensamiento crítico. Mi Nini, en cambio, nunca apreció mi pensamiento crítico y solía desalentarlo a coscorrones.

En un dibujo de mi familia que pinté en el kindergarten, puse a mis abuelos a pleno color en el centro de la página y agregué una mosca en un extremo —el avión de mi papá—, y una corona en otro representando la sangre azul de mi madre. Por si hubiera dudas, al otro día llevé mi libro, donde la princesa aparecía con capa de armiño montada en un oso blanco. La clase se rió de mí a coro. Más tarde, de vuelta en mi casa, metí el libro en el horno junto al pastel de maíz, que se cocinaba a 350º. Después de que se fueron los bomberos y comenzó a disiparse la humareda, mi abuela me zamarreó a los gritos habituales de «¡chiquilla de mierda!», mientras mi Popo procuraba rescatarme antes de que me desprendiera la cabeza. Entre hipos y mocos, les conté a mis abuelos que en la escuela me habían apodado «la huérfana de Laponia». Mi Nini, en uno de sus súbitos cambios de humor, me estrechó contra sus senos de papaya y me aseguró que de huérfana yo nada tenía, contaba con padre y abuelos, y el primer desgraciado que se atreviera a insultarme se las iba a entender con la mafia chilena. Esa mafia se compone de ella sola, pero Mike O'Kelly y yo la tememos tanto, que a mi Nini la llamamos Don Corleone.

Mis abuelos me retiraron del kindergarten y por un tiempo me enseñaron en la casa los fundamentos de colorear y hacer gusanos de plastilina, hasta que mi papá regresó de uno de sus viajes y decidió que yo necesitaba relaciones apropiadas a mi edad, además de los drogadictos de O'Kelly, los hippies abúlicos y las feministas implacables que frecuentaba mi abuela. La nueva escuela consistía en dos casas antiguas unidas por un puente techado en el segundo piso, un desafío arquitectónico sostenido en el aire por efecto de su curvatura, como las cúpulas de las catedrales, según me explicó mi Popo, aunque yo no había preguntado. Enseñaban con un sistema italiano de educación experimental en el cual los alumnos hacíamos lo que nos daba la gana, las salas carecían de pizarrones y pupitres, nos sentábamos en el suelo, las maestras no usaban sostén ni zapatos y cada uno aprendía a su propio ritmo. Tal vez mi papá hubiera preferido un colegio militar, pero no intervino en la decisión de mis abuelos, ya que a ellos les tocaría entenderse con mis maestras y ayudarme con las tareas.

«Esta chiquilla es retardada», decidió mi Nini al comprobar cuán lento era mi aprendizaje. Su vocabulario está salpicado de expresiones políticamente inaceptables, como retardado, gordo, enano, jorobado, maricón, marimacha, chinito-come-aloz y muchas otras que mi abuelo intentaba justificar como una limitación del inglés de su mujer. Es la única persona en Berkeley que dice negro en vez de afroamericano. Según mi Popo, yo no era deficiente mental, sino imaginativa, lo que es menos grave, y el tiempo le dio la razón, porque apenas aprendí el abecedario comencé a leer con voracidad y a llenar cuadernos con poemas pretenciosos y la historia inventada de mi vida, amarga y triste. Me había dado cuenta de que en la escritura la dicha no sirve para nada —sin sufrimiento no hay historia— y saboreaba en secreto el apodo de huérfana, porque los únicos huérfanos en mi radar eran los de los cuentos clásicos, todos muy desgraciados.

Mi madre, Marta Otter, la improbable princesa de Laponia, desapareció en las brumas escandinavas antes de que yo alcanzara a identificar su olor. Yo tenía una docena de fotografías de ella y un regalo que mandó por correo en mi cuarto cumpleaños, una sirena sentada en una roca dentro de una bola de vidrio, que al agitarse parecía estar nevando. Esa bola fue mi tesoro más preciado hasta los ocho años, cuando súbitamente perdió su valor sentimental, pero ésa es otra historia.

Estoy furiosa porque ha desaparecido mi única posesión de valor, mi música civilizada, mi iPod. Creo que se lo llevó Juanito Corrales. No quería crearle problemas, pobre niño, pero tuve que decírselo a Manuel, quien no le dio importancia; dice que Juanito lo usará por unos días y después lo dejará donde mismo estaba. Así se acostumbra en Chiloé, según parece. El miércoles pasado alguien nos devolvió un hacha que había sacado sin permiso de la leñera hacía más de una semana. Manuel sospechaba quién la tenía, pero habría sido un insulto reclamarla, ya que una cosa es tomar prestado y otra muy distinta robar. Los chilotes, descendientes de dignos indígenas y soberbios españoles, son orgullosos. El hombre del hacha no dio explicaciones, pero trajo un saco de papas de regalo, que dejó en el patio antes de instalarse con Manuel a tomar chicha de manzana y observar el vuelo de las gaviotas en la terraza. Algo similar sucedió con un pariente de los Corrales, que trabaja en la Isla Grande y vino a casarse poco antes de la Navidad. Eduvigis le entregó la llave de esta casa para que, en ausencia de Manuel, quien estaba en Santiago, sacara el equipo de música y alegrara la boda. Al regresar, Manuel se encontró con la sorpresa de que su equipo de música se había esfumado, pero en vez de dar aviso a los carabineros, esperó con paciencia. En la isla no hay ladrones serios y los que vienen de afuera se verían en apuros para llevarse algo tan voluminoso. Poco después Eduvigis recuperó lo que su pariente se había llevado y lo devolvió con un canasto de mariscos. Si Manuel tiene su equipo, yo volveré a ver mi iPod.

Manuel prefiere estar callado, pero se ha dado cuenta de que el silencio de esta casa puede ser excesivo para una persona normal y hace esfuerzos por conversar conmigo. Desde mi pieza, lo escuché hablando con Blanca Schnake en la cocina. «No seas tan tosco con la gringuita, Manuel. ¿No ves que está muy sola? Tienes que hablarle», le aconsejó ella. «¿Qué quieres que le diga, Blanca? Es como una marciana», masculló él, pero debe haberlo pensado mejor, porque ahora en vez de abrumarme con charlas académicas de antropología, como hacía al principio, indaga sobre mi pasado y así, de a poco, vamos hilando ideas y conociéndonos.

Mi castellano sale a tropezones, en cambio su inglés es fluido, aunque con acento australiano y entonación chilena. Estuvimos de acuerdo en que yo debo practicar, así es que normalmente tratamos de hablar en castellano, pero pronto empezamos a mezclar los idiomas en la misma frase y acabamos en *espánglis*. Si estamos enojados, él me habla muy pronunciado en español, para hacerse entender, y yo le grito en inglés de pandillero para asustarlo.

Manuel no habla de sí mismo. Lo poco que sé lo he adivinado o se lo he oído a la tía Blanca. Hay algo extraño en su vida. Su pasado debe de ser más turbio que el mío, porque muchas noches lo he oído gemir y debatirse dormido: «¡Sáquenme de aquí! ¡Sáquenme de aquí!». Todo se oye a través de estas delgadas paredes. Mi primer impulso es ir a despertarlo, pero no me atrevo a entrar a su pieza; la falta de puertas me obliga a ser prudente. Sus pesadillas invocan presencias malvadas, parece que la casa se llenara de demonios. Hasta el Fákin se angustia y tiembla, pegado a mí en la cama.

Mi trabajo con Manuel Arias no puede ser más aliviado. Consiste en transcribir sus grabaciones de entrevistas y copiar en limpio sus notas para el libro. Es tan ordenado, que si muevo un papelito insignificante en su escritorio se pone pálido. «Puedes sentirte muy honrada, Maya, porque eres la primera y única persona a quien le he permitido poner un pie en mi oficina. Espero no tener que lamentarlo», se atrevió a decirme, cuando tiré el calendario del año anterior. Lo recuperé de la basura intacto, salvo unas manchas de espagueti, y se lo pegué a la pantalla de la computadora con goma de mascar. No me habló en veintiséis horas.

Su libro sobre la magia de Chiloé me tiene tan enganchada que me quita el sueño. (Es una forma de hablar, a mí cualquier bobería me quita el sueño.) No soy supersticiosa, como mi Nini, pero acepto que el mundo es misterioso y en él todo es posible. Manuel tiene un capítulo completo sobre la Mayoría, o la Recta provincia, como se llamaba el gobierno de los brujos, muy temidos por estos lares. En nuestra isla se rumorea que los Miranda son una familia de brujos y la gente cruza los dedos o se persigna cuando pasa frente a la casa de Rigoberto Miranda, pariente de Eduvigis Corrales, pescador de oficio. Su apellido es tan sospechoso como su buena fortuna: los peces se pelean por caer en sus redes, aun cuando el mar está negro, y su única vaca ha parido gemelos dos veces en tres años. Dicen que para volar de noche, Rigoberto Miranda tiene un *macuñ*, un corpiño hecho con la piel del pecho de un cadáver, pero nadie lo ha visto. Es conveniente tajarles el pecho a los muertos con un cuchillo o una piedra filuda para que no sufran la suerte indigna de acabar convertidos en chaleco.

Los brujos vuelan, pueden hacer mucho mal, matan con el pensamiento y se transforman en animales, lo cual no me calza con Rigoberto Miranda, un hombre tímido que suele traerle cangrejos a Manuel. Pero mi opinión no cuenta, soy una gringa ignorante. Eduvigis me advirtió que cuando viene Rigoberto Miranda tengo que cruzar los dedos antes de hacerlo pasar a la casa, por si trae algún maleficio. Quien no ha sufrido la brujería de primera mano tiende a ser descreído, pero apenas suceden cosas raras acude corriendo donde una *machi*, una curandera indígena. Pongamos que una familia de por aquí empieza a toser demasiado; entonces la *machi* busca al Basilisco o Culebrón, un reptil maléfico nacido de un huevo de gallo viejo, que está alojado bajo la casa y de noche les chupa el aliento a las personas dormidas.

Los cuentos y anécdotas más sabrosos se consiguen de la gente antigua, en los sitios más apartados del archipiélago, donde se mantienen las mismas creencias y costumbres desde hace siglos. Manuel no sólo obtiene información de los antiguos, también de periodistas, profesores, libreros, comerciantes, que se burlan de los brujos y la magia, pero ni locos se aventurarían de noche en un cementerio. Blanca Schnake dice que su padre, cuando era joven, conocía la entrada de la mítica cueva donde se reúnen los brujos, en la apacible aldea de Quicaví, pero en 1960 un terremoto desplazó la tierra y el mar y desde entonces nadie ha podido encontrarla.

Los guardianes de la cueva son *invunches*, seres espeluznantes formados por los brujos con el primer recién nacido varón de una familia, raptado antes del bautizo. El método para transformar al bebé en *invunche* es tan macabro como improbable: le quiebran una pierna, se la tuercen y la meten bajo la piel de la espalda, para que sólo pueda desplazarse en tres patas y no se escape; luego le aplican un ungüento que le hace salir una gruesa pelambre de chivo, le parten la lengua como la de una serpiente y lo alimentan con carne putrefacta de mujer muerta y leche de india. Por comparación, un zombi puede considerarse afortunado. Me pregunto a qué mente depravada se le ocurren tales horrores.

La teoría de Manuel es que la Recta provincia o Mayoría, como también la llaman, fue en sus orígenes un sistema político. Desde el siglo XVIII, los indios de la región, los huilliche, se rebelaron contra el dominio español y después contra las autoridades chilenas; supuestamente formaron un gobierno clandestino copiado del estilo administrativo de españoles y jesuitas, dividieron el territorio en reinos y nombraron presidentes, escribanos, jueces, etc. Existían trece brujos principales, que obedecían al Rey de la Recta Provincia, al Rey de Sobre la Tierra y al Rey de Debajo de la Tierra. Como era indispensable mantener el secreto y controlar a la población, crearon un clima de temor supersticioso por la Mayoría y así una estrategia política terminó convertida en una tradición de magia.

En 1880 arrestaron a varias personas acusadas de brujería, las juzgaron en Ancud y las fusilaron, con el fin de partirle el espinazo a la Mayoría, pero nadie asegura que lograran su objetivo.

—¿Tú crees en brujas? —le pregunté a Manuel.

—No, pero haberlas, haylas, como dicen en España.

—¡Dime sí o no!

—Es imposible probar un negativo, Maya, pero tranquilízate, vivo aquí desde hace muchos años y la única bruja que conozco es Blanca.

En nada de eso cree Blanca. Me dijo que los *invunches* fueron inventados por los misioneros para lograr que las familias chilotas bautizaran a sus niños, pero eso me parece un recurso demasiado extremo, incluso para los jesuitas.

—¿Quién es un tal Mike O'Kelly? Recibí un mensaje suyo incomprensible —me anunció Manuel.

—¡Ah, te escribió Blancanieves! Es un irlandés amigo de toda confianza de nuestra familia. Debe de ser idea de mi Nini comunicarse con nosotros a través de él, para mayor seguridad. ¿Puedo contestarle?

—No directamente, pero yo puedo enviarle recado de tu parte.

—Estas precauciones son exageradas, Manuel, qué quieres que te diga.

—Tu abuela debe de tener buenos motivos para ser tan cautelosa.

—Mi abuela y Mike O'Kelly son miembros del Club de Criminales y darían oro por estar mezclados en un crimen verdadero, pero tienen que conformarse con jugar a los bandidos.

—¿Qué club es ése? —me preguntó, preocupado.

Se lo expliqué empezando por el principio. La biblioteca del condado de Berkeley contrató a mi Nini, once años antes de mi nacimiento, para contarles cuentos a los niños, como una forma de mantenerlos ocupados después de la escuela y antes de que los padres salieran del trabajo. Poco después ella le propuso a la biblioteca sesiones de cuentos de detectives para adultos, idea que fue aceptada. Entonces fundó con Mike O'Kelly el Club de Criminales, como lo llaman, aunque la biblioteca lo promociona como el Club de la Novela Negra. A la hora de los cuentos infantiles, yo era una más entre los chiquillos pendientes de cada palabra de mi abuela y a veces, cuando ella no tenía con quien dejarme, también me llevaba a la biblioteca a la hora de los adultos. Sentada en un cojín, con las piernas cruzadas como un faquir, mi Nini preguntaba a los niños qué deseaban oír, alguien proponía el tema y ella improvisaba en menos de diez segundos. A mi Nini siempre le ha molestado el artificio de un final feliz en los cuentos infantiles; cree que en la vida no hay finales sino umbrales, se deambula por aquí y por allá, tropezando y perdiéndose. Eso de premiar al héroe y castigar al villano le parece una limitación, pero para mantener su empleo debe ceñirse a la fórmula tradicional, la bruja no puede envenenar impunemente a la doncella y casarse de blanco con el príncipe. Mi Nini prefiere el público adulto, porque los asesinatos morbosos no requieren un final feliz. Está muy bien preparada, ha leído cuanto caso policial y manual de medicina forense existe, y dice que Mike O'Kelly y ella podrían realizar una autopsia sobre la mesa de la cocina con la mayor facilidad.

El Club de Criminales consiste en un grupo de amantes de las novelas de detectives, personas inofensivas que en sus ratos libres se dedican a planear monstruosos homicidios. Comenzó discretamente en la biblioteca de Berkeley y ahora, gracias a internet, tiene alcance global. Está financiado en su totalidad por los socios, pero como éstos se reúnen en un edificio público, se han alzado voces indignadas en la prensa local alegando que se fomenta el crimen con los impuestos de los contribuyentes. «No sé de qué se quejan. ¿No es mejor hablar de crímenes que cometerlos?», alegó mi Nini ante el alcalde, cuando éste la citó en su oficina para discutir el problema.

La relación de mi Nini y Mike O'Kelly nació en una librería de viejos, donde ambos estaban absortos en la sección de libros usados de detectives. Ella estaba casada hacía poco con mi Popo y él era estudiante en la universidad, todavía caminaba sobre sus dos piernas y no pensaba convertirse en activista social ni dedicarse a rescatar jóvenes delincuentes de calles y cárceles. Desde que me acuerdo, mi abuela ha horneado galletas para los muchachos de O'Kelly, en su mayoría negros y latinos, los más pobres de la bahía de San Francisco. Cuando tuve edad para interpretar ciertos signos, adiviné que el irlandés está enamorado de mi Nini, aunque es doce años menor y ella jamás habría cedido al capricho de serle infiel a mi Popo. Es un amor platónico de novela victoriana.

Mike O'Kelly adquirió fama cuando hicieron un documental sobre su vida. Le cayeron dos tiros en la espalda por proteger a un chico pandillero y quedó postrado en silla de ruedas, pero eso no le impide continuar con su misión. Puede dar unos pasos con un andador y manejar un coche especial; así recorre los barrios más bravos salvando almas y es el primero en presentarse en cuanta protesta callejera se arma en Berkeley y sus alrededores. Su amistad con mi Nini se fortalece con cada causa deschavetada que abrazan juntos. Fue idea de ambos que los restaurantes de Berkeley donaran la comida sobrante a los mendigos, locos y drogadictos de la ciudad. Ella consiguió un tráiler para distribuirla y él reclutó a los voluntarios para servir. En el noticiario de la televisión aparecieron los indigentes escogiendo entre sushi, curry, pato con trufas y platillos vegetarianos del menú. Más de alguno reclamó por la calidad del café. Pronto las colas se engrosaron con sujetos de la clase media dispuestos a comer sin pagar, hubo enfrentamientos entre la clientela original y los aprovechadores y O'Kelly tuvo que traer a sus muchachos para poner orden antes de que lo hiciera la policía. Por último el Departamento de Salud prohibió la distribución de sobras, porque un alérgico casi se murió con salsa tailandesa de cacahuates.

El irlandés y mi Nini se juntan a menudo a tomar té con bollos y analizar asesinatos truculentos. «¿Tú crees que un cuerpo descuartizado se puede disolver en líquido para desatascar cañerías?», sería una pregunta de O'Kelly. «Depende del tamaño de los trozos», diría mi Nini y ambos procederían a verificarlo remojando un kilo de chuletas en Drano, mientras yo tendría que anotar los resultados.

—No me sorprende que se hayan confabulado para mantenerme incomunicada en el fin del mundo —le comenté a Manuel Arias.

—Por lo que me cuentas, son más temibles que tus supuestos enemigos, Maya —me contestó.

—No menosprecies a mis enemigos, Manuel.

—¿Tu abuelo también remojaba chuletas en líquido para desatascar cañerías?

—No, lo suyo no eran crímenes, sino estrellas y música. Pertenecía a la tercera generación de una familia amante de la música clásica y el jazz.

Le conté que mi abuelo me enseñó a bailar apenas pude sostenerme en los pies y me compró un piano a los cinco años, porque mi Nini pretendía que yo fuera una niña prodigio y concursara en la televisión. Mis abuelos soportaron mis estruendosos ejercicios en el teclado, hasta que la profesora indicó que mi esfuerzo estaría mejor empleado en algo que no requiriera buen oído. De inmediato opté por el *soccer*, como llaman los americanos al fútbol, una actividad que a mi Nini le parece de tontos, once hombres grandes en pantalones cortos peleando por una pelota. Mi Popo nada sabía de ese deporte, porque no es popular en Estados Unidos, pero no vaciló en abandonar el béisbol, del cual era fanático, para calarse cientos de partidos infantiles femeninos de fútbol. Valiéndose de unos colegas del observatorio de Sao Paulo, me consiguió un afiche firmado por Pelé, quien estaba retirado de la cancha hacía mucho y vivía en Brasil. Por su parte mi Nini se empeñó en que yo leyera y escribiera como adulto, en vista de que no iba a ser un prodigio musical. Me hizo socia de la biblioteca, me hacía copiar parrafadas de libros clásicos y me daba coscorrones si me pillaba una falta de ortografía o si llegaba con notas mediocres en inglés o literatura, los únicos ramos que le interesaban.

–Mi Nini siempre ha sido ruda, Manuel, pero mi Popo era un caramelo, él fue el sol de mi vida. Cuando Marta Otter me llevó a la casa de mis abuelos, él me sostuvo contra su pecho con mucho cuidado, porque nunca había tomado a un recién nacido. Dice que el cariño que sintió por mí lo trastornó. Así me lo contó y nunca he dudado de ese cariño.

Si empiezo a hablar de mi Popo, no hay forma de callarme. Le expliqué a Manuel que a mi Nini le debo el gusto por los libros y un vocabulario nada despreciable, pero a mi abuelo le debo todo lo demás. Mi Nini me hacía estudiar a la fuerza, decía que «la letra entra con sangre», o algo así de bárbaro, pero él convertía el estudio en juego. Uno de esos juegos consistía en abrir el diccionario al azar, poner el dedo a ciegas en una palabra y adivinar el significado. También jugábamos a las preguntas idiotas: ¿por qué la lluvia cae para abajo, Popo? Porque si cayera para arriba te mojaría los calzones, Maya. ¿Por qué el vidrio es transparente? Para confundir a las moscas. ¿Por qué tienes las manos negras por arriba y rosadas por abajo, Popo? Porque no alcanzó la pintura. Y así seguíamos hasta que mi abuela perdía la paciencia y empezaba a aullar.

La inmensa presencia de mi Popo, con su humor socarrón, su bondad ilimitada, su inocencia, su barriga para acunarme y su ternura, llenó mi infancia. Tenía una risa sonora, que nacía en las entrañas de la tierra, le subía por los pies y lo sacudía entero. «Popo, júrame que no te vas a morir nunca», le exigía yo al menos una vez por semana y su respuesta era invariable: «Te juro que siempre estaré contigo». Procuraba volver temprano de la universidad para pasar un rato conmigo antes de irse a su escritorio con sus libracos de astronomía y sus cartas estelares, preparando clases, corrigiendo pruebas, investigando, escribiendo. Lo visitaban alumnos y colegas y se encerraban a intercambiar ideas espléndidas e improbables hasta el amanecer, cuando los interrumpía mi Nini en camisa de dormir y con un termo grande de café. «Se te puso opaca el aura, viejo. ¿No te acuerdas de que a las ocho tienes clases?», y procedía a repartir café y empujar a las visitas hacia la puerta. El color dominante del aura de mi abuelo era violeta, muy apropiado para él, porque es el color de la sensibilidad, sabiduría, intuición, poder psíquico, visión de futuro. Ésas eran las únicas oportunidades en que mi Nini entraba al escritorio; en cambio yo tenía libre acceso y hasta disponía de mi propia silla y un rincón de la mesa para hacer mis tareas, acompañada por jazz suave y el olor a tabaco de la pipa.

Según mi Popo, el sistema educativo oficial pasma el desarrollo del intelecto; a los maestros hay que respetarlos, pero hacerles poco caso. Decía que Da Vinci, Galileo, Einstein y Darwin, por mencionar sólo a cuatro genios de la cultura occidental, ya que ha habido muchos otros, como los filósofos y matemáticos árabes, Avicena y al-Khwarizmi, cuestionaron el conocimiento de su época. Si hubieran aceptado las estupideces que les enseñaban sus mayores, no habrían inventado ni descubierto nada. «Tu nieta no es ningún Avicena y si no estudia tendrá que ganarse la vida friendo hamburguesas», le rebatía mi Nini. Pero yo tenía otros planes, quería ser futbolista, ésos ganan millones. «Son hombres, chiquilla tonta. ¿Conoces alguna mujer que gane millones?», alegaba mi abuela y enseguida me soltaba un discurso de agravio, que comenzaba en el terreno del feminismo y derivaba hacia el de la justicia social, para concluir que por jugar al fútbol yo terminaría con las piernas peludas. Después, en un aparte, mi abuelo me explicaba que el deporte no causa hirsutismo, sino los genes y las hormonas.

Durante mis primeros años dormí con mis abuelos, al comienzo entre los dos y después en un saco de dormir, que manteníamos debajo de la cama y cuya existencia los tres fingíamos desconocer. En la noche mi Popo me llevaba a la torre a examinar el espacio infinito sembrado de luces, así aprendí a distinguir las estrellas azules que se acercan y las rojas que se alejan, los cúmulos de galaxias y los supercúmulos, estructuras aún más inmensas, de las cuales hay millones. Me explicaba que el Sol es una estrella pequeña entre cien millones de estrellas en la Vía Láctea y que seguramente había millones de otros universos además del que ahora podemos vislumbrar. «O sea, Popo, somos menos que un suspiro de piojo», era mi conclusión lógica. «¿No te parece fantástico, Maya, que estos suspiros de piojos podamos concebir el prodigio del universo? Un astrónomo necesita más imaginación poética que sentido común, porque la magnífica complejidad del universo no puede medirse ni explicarse, sólo puede intuirse.» Me hablaba del gas y del polvo estelar que forman las bellísimas nebulosas, verdaderas obras de arte, brochazos intrincados de colores magníficos en el firma-

mento, de cómo nacen y mueren las estrellas, de los hoyos negros, del espacio y del tiempo, de cómo posiblemente todo se
originó con el Big Bang, una explosión indescriptible, y de las
partículas fundamentales que formaron los primeros protones y
neutrones, y así, en procesos cada vez más complejos, nacieron
las galaxias, los planetas, la vida. «Venimos de las estrellas», solía decirme. «Eso mismo digo yo», agregaba mi Nini, pensando
en los horóscopos.

Después de visitar la torre con su mágico telescopio y de
darme mi vaso de leche con canela y miel, secreto de astrónomo para desarrollar la intuición, mi abuelo vigilaba que me ce-
pillara los dientes y me llevaba a la cama. Entonces llegaba mi
Nini y me contaba un cuento diferente cada noche, inventado
al vuelo, que yo intentaba prolongar lo más posible, pero inevitablemente llegaba el momento de quedarme sola, entonces
me ponía a contar corderos, alerta al balanceo del dragón alado sobre mi cama, los crujidos del piso, los pasitos y murmullos
discretos de los habitantes invisibles de aquella casa embruja-
da. Mi lucha por vencer el miedo era mera retórica, porque
apenas mis abuelos se dormían, me deslizaba a su pieza, tanteando en la oscuridad, arrastraba el saco de dormir a un rincón y me acostaba en paz. Por años mis abuelos se iban a hoteles a horas indecentes para hacer el amor a escondidas. Sólo
ahora, que ya soy grande, puedo tomarle el peso al sacrificio
que hicieron por mí.

Manuel y yo analizamos el críptico mensaje que había enviado O'Kelly. Las noticias eran buenas: la situación en mi casa era
normal y mis perseguidores no habían dado señales de vida,
aunque eso no significaba que me hubiesen olvidado. El irlan-

dés no lo expresó directamente, como es lógico dada la situación, sino en una clave similar a la usada por los japoneses en la Segunda Guerra Mundial, que él me había enseñado.

Llevo un mes en esta isla. No sé si llegaré a acostumbrarme algún día al paso de tortuga de Chiloé, a esta pereza, esta permanente amenaza de lluvia, este paisaje inmutable de agua y nubes y pastizales verdes. Todo es igual, todo es sosiego. Los chilotes no conocen la puntualidad, los planes dependen del clima y del ánimo, las cosas pasan cuando pasan, para qué hacer hoy lo que se puede hacer mañana. Manuel Arias se burla de mis listas y proyectos, inútiles en esta cultura atemporal, aquí una hora o una semana es lo mismo; sin embargo él mantiene sus horarios de trabajo y avanza con su libro al ritmo que se ha propuesto.

Chiloé tiene su propia voz. Antes no me quitaba los audífonos de las orejas, la música era mi oxígeno, pero ahora ando atenta para entender el castellano enrevesado de los chilotes. Juanito Corrales dejó mi iPod en el mismo bolsillo de la mochila de donde lo sacó y nunca hemos mencionado el asunto, pero en la semana que se demoró en devolverlo me di cuenta de que no me hace tanta falta como creía. Sin el iPod puedo oír la voz de la isla: pájaros, viento, lluvia, crepitar de leña, ruedas de carreta y a veces los violines remotos del *Caleuche*, un barco fantasma que navega en la niebla y se reconoce por la música y la sonajera de huesos de los náufragos que van a bordo cantando y bailando. Al barco lo acompaña un delfín llamado cahuilla, el nombre que Manuel le puso a su lancha.

A veces siento nostalgia por un trago de vodka para honrar

tiempos pasados, que fueron pésimos, pero algo más movidos que éstos. Es un capricho fugaz, no el pánico de la abstinencia forzada que he experimentado antes. Estoy decidida a cumplir mi promesa, nada de alcohol, drogas, teléfono ni email, y lo cierto es que me ha costado menos de lo esperado. Una vez que aclaramos ese punto, Manuel dejó de esconder las botellas de vino. Le expliqué que no debe modificar sus hábitos por mí, hay alcohol en todas partes y yo soy la única responsable de mi sobriedad. Entendió y ya no se inquieta demasiado si voy a la Taberna del Muertito por algún programa de televisión o para ver el truco, un juego argentino con naipes españoles en que los participantes improvisan versos con cada jugada.

Algunas costumbres de la isla, como ésa del truco, me encantan, pero otras han terminado por fastidiarme. Si el chucao, un pájaro chiquito y gritón, canta por mi lado izquierdo es mala suerte, debo quitarme una prenda de ropa y ponerla del revés antes de seguir por el mismo camino; si ando de noche, mejor llevo un cuchillo limpio y sal, porque si me sale al encuentro un perro negro mocho de una oreja, es un brujo, y para librarme debo trazar una cruz en el aire con el cuchillo y esparcir sal. La cagatina que casi me despacha cuando recién llegué a Chiloé no fue disentería, porque se me habría quitado con los antibióticos del doctor, sino un maleficio, como demostró Eduvigis al curarme con rezos, con su infusión de arrayán, linaza y toronjil y con sus friegas en la barriga con pasta para limpiar metales.

El plato tradicional de Chiloé es el curanto y el de nuestra isla es el mejor. La idea de ofrecer curanto a los turistas fue una iniciativa de Manuel para romper el aislamiento de este pueblito, donde rara vez venían visitantes, porque los jesuitas no nos legaron una de sus iglesias y carecemos de pingüinos o ballenas, sólo tenemos cisnes, flamencos y toninas, muy comunes por estos lados. Primero Manuel divulgó el rumor de que aquí está la gruta de la Pincoya y nadie posee autoridad para desmentirlo, porque el sitio exacto de la gruta es materia de discusión y varias islas se lo atribuyen. La gruta y el curanto son ahora nuestras atracciones.

La orilla noroeste de la isla es un roquedal agreste, peligroso para la navegación, pero excelente para la pesca; allí existe una caverna sumergida, sólo visible en la marea baja, perfecta para el reino de la Pincoya, uno de los pocos seres benévolos en la espantosa mitología chilota, porque ayuda a los pescadores y marineros en apuros. Es una bella adolescente de larga cabellera, vestida de algas marinas, que si danza cara al mar indica buena pesca, pero si lo hace mirando la playa habrá escasez y se debe buscar otro sitio para echar las redes. Como casi nadie la ha visto, esa información es inútil. Si aparece la Pincoya hay que cerrar los ojos y correr en dirección opuesta, porque seduce a los lujuriosos y se los lleva al fondo del mar.

Del pueblo a la gruta hay sólo veinticinco minutos de caminata con zapatos firmes y buen ánimo por un sendero escarpado y ascendente. En el cerro se alzan algunas solitarias araucarias dominando el paisaje y desde la cima se aprecia el bucólico panorama de mar, cielo e islotes cercanos deshabitados. Algunos están separados por canales tan estrechos, que en la marea baja se puede gritar de una orilla a otra. Desde el cerro se ve la gruta como una gran boca desdentada. Se puede descender arañando las rocas cubiertas de excremento de gaviota, con riesgo de partirse el espinazo, o llegar en kayak bordeando la costa de la isla, siempre que se tenga conocimiento del agua y las rocas. Se requiere algo de imaginación para apreciar el palacio submarino de la Pincoya, porque más allá de la boca de bruja, no se ve nada. En el pasado algunos turistas alemanes pretendieron nadar hacia el interior, pero los carabineros lo han prohibido por las corrientes traicioneras. No nos conviene que gente de afuera venga a ahogarse aquí.

Me han dicho que enero y febrero son meses secos y calientes en estas latitudes, pero éste debe de ser un extraño verano, porque llueve a cada rato. Los días son largos, todavía el sol no tiene prisa por ponerse.

Me baño en el mar a pesar de las advertencias de Eduvigis contra las corrientes, los salmones carnívoros escapados de las jaulas y el Millalobo, un ser de la mitología chilota, mitad hombre y mitad lobo de mar, cubierto de una pelambre dorada, que puede secuestrarme en la marea alta. A esa lista de calamidades Manuel agrega hipotermia; dice que sólo a una gringa incauta se le ocurre bañarse en estas aguas heladas sin traje de goma. En realidad no he visto a nadie meterse al mar por gusto. El agua fría es buena para la salud, aseguraba mi Nini cuando fallaba el calentador de agua en el caserón de Berkeley, es decir, dos o tres veces por semana. El año pasado cometí demasiados abusos con mi cuerpo, me podría haber muerto tirada en la calle; aquí me estoy recuperando y para eso no hay nada mejor que el baño de mar. Sólo temo que me vuelva la cistitis, pero hasta ahora voy bien.

He recorrido otras islas y pueblos con Manuel para entrevis-

tar a la gente antigua y ya tengo una idea general del archipiélago, aunque me falta ir al sur. Castro es el corazón de la Isla Grande, con más de cuarenta mil personas y un comercio boyante.
Boyante es un adjetivo algo exagerado, pero al cabo de seis semanas aquí, Castro es como Nueva York. La ciudad se asoma al
mar, con palafitos en la orilla y casas de madera pintadas en audaces colores, para alegrar el ánimo en los largos inviernos,
cuando el cielo y el agua se tornan grises. Allí Manuel tiene su
cuenta de banco, dentista y peluquero, allí hace las compras de
almacén, encarga y recoge libros en la librería.

Si el mar está picado y no alcanzamos a regresar a casa, nos
quedamos en la hostería de una dama austríaca, cuyo trasero
formidable y pechuga oronda hacen enrojecer a Manuel, y nos
hartamos de cerdo y *strudel* de manzana. Hay pocos austríacos
por estos lados, pero alemanes abundan. La política de inmigra-
ción de este país ha sido muy racista, nada de asiáticos, negros ni
indígenas ajenos, sólo europeos blancos. Un presidente del siglo XIX trajo alemanes de la Selva Negra y les asignó tierras en el
sur, que no eran suyas, sino de los indios mapuche, con la idea
de mejorar la raza; quería que los alemanes les inculcaran puntualidad, amor al trabajo y disciplina a los chilenos. No sé si el
plan funcionó como se esperaba, pero en todo caso los alemanes
levantaron con su esfuerzo algunas provincias del sur y lo pobla-
ron de sus descendientes de ojos azules. La familia de Blanca
Schnake proviene de esos inmigrantes.

Hicimos un viaje especial para que Manuel me presentara al
padre Luciano Lyon, un anciano tremendo, que estuvo preso

varias veces en tiempos de la dictadura militar (1973-1989) por defender a los perseguidos. El Vaticano, cansado de tirarle las orejas por revoltoso, lo mandó jubilado a un caserío remoto de Chiloé, pero aquí tampoco le faltan causas para indignarse al viejo guerrero. Cuando cumplió ochenta años acudieron sus admiradores de todas las islas y llegaron veinte buses con sus feligreses de Santiago; la fiesta duró dos días en la explanada frente a la iglesia, con corderos y pollos asados, empanadas y un río de vino ordinario. Fue el milagro de la multiplicación de los panes, porque siguió llegando gente y siempre sobraba comida. Los ebrios de Santiago pernoctaron en el cementerio, sin hacerles caso a las ánimas en pena.

La casita del sacerdote estaba vigilada por un gallo majestuoso de plumas iridiscentes cacareando en el techo y un imponente cordero sin esquilar atravesado en el umbral como muerto. Tuvimos que entrar por la puerta de la cocina. El cordero, con el apropiado nombre de Matusalén, se ha librado por tantos años de convertirse en guiso, que apenas puede moverse de viejo.

—¿Qué haces por estos lados, tan lejos de tu hogar, niña? —fue el saludo del padre Lyon.

—Huyendo de la autoridad —le contesté en serio y se echó a reír.

—Yo pasé dieciséis años en lo mismo y, para serte franco, echo de menos aquellos tiempos.

Es amigo de Manuel Arias desde 1975, cuando ambos estuvieron relegados en Chiloé. La pena de confinamiento, o relegación, como se llama en Chile, es muy dura, pero menos que el exilio, porque al menos el condenado está en su propio país, me explicó.

—Nos mandaban, lejos de la familia, a algún lugar inhóspito, donde estábamos solos, sin dinero ni trabajo, hostilizados por la policía. Manuel y yo tuvimos suerte, porque nos tocó Chiloé y aquí la gente nos acogió. No lo vas a creer, niña, pero don Lionel Schnake, que odiaba a los izquierdistas más que al diablo, nos dio hospedaje.

En esa casa Manuel conoció a Blanca, la hija de su bondadoso anfitrión. Blanca tenía poco más de veinte años, estaba de novia y la fama de su belleza andaba de boca en boca, atrayendo a una romería de admiradores, que no se dejaban intimidar por el novio.

Manuel estuvo un año en Chiloé, ganando apenas para su sustento como pescador y carpintero, mientras leía sobre la fascinante historia y mitología del archipiélago sin moverse de Castro, donde debía presentarse a diario en la comisaría para firmar en el libro de los relegados. A pesar de las circunstancias, se prendó de Chiloé; quería recorrerlo entero, estudiarlo, narrarlo. Por eso, al cabo de un largo periplo por el mundo, vino a terminar sus días aquí. Después de cumplir su condena de relegación, pudo irse a Australia, uno de los países que recibía refugiados chilenos, donde lo esperaba su mujer. Me sorprendió que Manuel tuviera familia, nunca la había mencionado. Resulta que se casó dos veces, no tuvo hijos, se divorció de ambas mujeres hace tiempo y ninguna de ellas vive en Chile.

—¿Por qué te relegaron, Manuel? —le pregunté.

—Los militares cerraron la Facultad de Ciencias Sociales, donde yo era profesor, por considerarla un antro de comunistas. Arrestaron a muchos profesores y alumnos, a algunos los mataron.

—¿Estuviste detenido?

—Sí.

—¿Y mi Nini? ¿Sabes si a ella la detuvieron?

—No, a ella no.

¿Cómo es posible que yo sepa tan poco de Chile? No me atrevo a preguntarle a Manuel, para no pasar por ignorante, pero empecé a escarbar en internet. Gracias a los pasajes gratis que conseguía mi papá por su condición de piloto, mis abuelos viajaban conmigo en cada feriado y vacación disponibles. Mi Popo hizo una lista de sitios que debíamos conocer después de Europa y antes de morirnos. Así visitamos las islas Galápagos, el Amazonas, la Capadocia y Machu Picchu, pero nunca vinimos a Chile, como habría sido lo lógico. La falta de interés de mi Nini por visitar su país es inexplicable, porque defiende ferozmente sus costumbres chilenas y todavía se emociona cuando cuelga la bandera tricolor de su balcón en septiembre. Creo que cultiva una idea poética de Chile y teme enfrentarse a la realidad o bien hay algo aquí que no quiere recordar.

Mis abuelos eran viajeros experimentados y prácticos. En los álbumes de fotos aparecemos los tres en exóticos lugares siempre con la misma ropa, porque habíamos reducido el equipaje a lo más elemental y manteníamos preparadas las maletas de mano, una para cada uno, lo que nos permitía partir en media hora, según se diera la oportunidad o el capricho. Una vez mi Popo y yo estábamos leyendo sobre los gorilas en un *National Geographic*, de cómo son vegetarianos, mansos y con sentido de familia, y mi Nini, que pasaba por la sala con un florero en la

69

mano, comentó a la ligera que deberíamos ir a verlos. «Buena idea», contestó mi Popo, cogió el teléfono, llamó a mi papá, consiguió los pasajes y al día siguiente íbamos hacia Uganda con nuestras baqueteadas maletitas.

A mi Popo lo invitaban a seminarios y conferencias y si podía nos llevaba, porque mi Nini temía que sucediera una desgracia y nos pillara separados. Chile es una pestaña entre las montañas de los Andes y las profundidades del Pacífico, con centenares de volcanes, algunos con la lava aún tibia, que pueden despertar en cualquier momento y hundir el territorio en el mar. Eso explica que mi abuela chilena espere siempre lo peor, esté preparada para emergencias y ande por la vida con un sano fatalismo, apoyada por algunos santos católicos de su preferencia y por los vagos consejos del horóscopo.

Yo faltaba con frecuencia a clases, porque viajaba con mis abuelos y porque me fastidiaba en la escuela; sólo mis buenas notas y la flexibilidad del método italiano impedían que fuera expulsada. Me sobraban recursos, fingía apendicitis, migraña, laringitis, y si eso fallaba, convulsiones. A mi abuelo era fácil engañarlo, pero mi Nini me curaba con métodos drásticos, una ducha helada o una cucharada de aceite de hígado de bacalao, a menos que le conviniera que yo faltara, por ejemplo, cuando me llevaba a protestar contra la guerra de turno, pegar carteles en defensa de los animales de laboratorio o encadenarnos a un árbol para jorobar a las empresas madereras. Su determinación para inculcarme conciencia social siempre fue heroica.

En más de una ocasión, mi Popo tuvo que ir a rescatarnos a la comisaría. La policía de Berkeley es indulgente, está acostumbrada a manifestaciones callejeras por cuanta causa noble existe, fanáticos bien intencionados capaces de acampar por meses en una plaza pública, estudiantes decididos a tomar la universidad por Palestina o los derechos del nudista, genios distraídos que ignoran los semáforos, mendigos que en otra vida fueron *suma cum laude*, drogadictos buscando el paraíso y, en fin, a cuanto ciudadano virtuoso, intolerante y combatiente existe en esa ciudad de cien mil habitantes, donde casi todo está permitido, siempre que se haga con buenas maneras. A mi Nini y a Mike O'Kelly se les suelen olvidar las buenas maneras en el fragor de defender la justicia, pero si son detenidos nunca terminan en una celda, sino que el sargento Walczak va personalmente a comprarles *cappuccinos*.

Yo tenía diez años cuando mi papá volvió a casarse. Nunca nos había presentado a ninguna de sus enamoradas y defendía tanto las ventajas de la libertad, que no esperábamos verlo renunciar a ella. Un día anunció que traería una amiga a cenar y ni Nini, quien por años le había buscado novia en secreto, se preparó para darle una buena impresión a esa mujer, mientras yo me preparaba para atacarla. Se desencadenó un frenesí de actividad en la casa: mi Nini contrató un servicio de limpieza profesional que dejó el aire saturado de olor a lejía y gardenias, y se complicó con una receta marroquí de pollo con canela, que le quedó como postre. Mi Popo grabó una selección de sus piezas favoritas para que hubiera música ambiental, música de dentista a mi parecer.

Mi papá, a quien no habíamos visto en un par de semanas, se presentó la noche señalada con Susan, una rubia pecosa y mal vestida, que nos sorprendió, porque teníamos la idea de que a él le gustaban las chicas glamurosas, como Marta Otter antes de sucumbir a la maternidad y la vida doméstica en Odense. Susan sedujo en pocos minutos a mis abuelos con su sencillez, pero no fue mi caso; la recibí de tan mal modo que mi Nini me arrastró de un ala a la cocina con el pretexto de servir el pollo y me ofreció unos cuantos cachetazos si no cambiaba de actitud. Después de comer, mi Popo cometió lo impensable, invitó a Susan al torreón astronómico, donde no llevaba a nadie más que a mí, y allí estuvieron largo rato observando el cielo, mientras mi abuela y mi papá me retaban por insolente.

Unos meses más tarde, mi papá y Susan se casaron en una ceremonia informal en la playa. Eso había pasado de moda desde hacía una década, pero así lo deseaba la novia. Mi Popo hubiera preferido algo más cómodo, pero mi Nini estaba en su salsa. Ofició la boda un amigo de Susan, que había obtenido por correo una licencia de la Iglesia Universal. Me obligaron a asistir, pero me negué a presentar los anillos y vestirme de hada, como pretendía mi abuela. Mi papá se puso un traje blanco estilo Mao que no calzaba con su personalidad o sus simpatías políticas, y Susan una camisa vaporosa y un cintillo de flores silvestres, también muy pasados de moda. Los asistentes, de pie en la arena, con los zapatos en la mano, soportaron media hora de neblina y consejos azucarados del oficiante. Después hubo una recepción en el club de yates de la misma playa y los comensales bailaron y bebieron hasta pasada la medianoche, mientras yo me encerré en el Volkswagen de mis abuelos y sólo asomé la nariz cuando el bueno de O'Kelly llegó en su silla de ruedas a traerme un pedazo de torta.

Mis abuelos pretendían que los recién casados vivieran con nosotros, ya que nos sobraba espacio, pero mi papá alquiló en el mismo barrio una casita que cabía en la cocina de su madre, porque no podía pagar algo mejor. Los pilotos trabajan mucho, ganan poco y andan siempre cansados; no es una profesión envidiable. Una vez instalados, mi papá decidió que yo debía vivir con ellos y mis berrinches no lo ablandaron ni espantaron a Susan, quien a primera vista me había parecido fácil de intimidar. Era una mujer ecuánime, de humor parejo, siempre dispuesta a ayudar, pero sin la compasión agresiva de mi Nini, que suele ofender a los mismos beneficiados.

Ahora comprendo que a Susan le tocó la ingrata tarea de hacerse cargo de una mocosa criada por viejos, mimada y maniática, que sólo toleraba alimentos blancos —arroz, palomitas de maíz, pan de molde, bananas— y pasaba las noches desvelada. En vez de obligarme a comer con métodos tradicionales, me hacía pechuga de pavo con crema Chantilly, coliflor con helado de coco y otras combinaciones audaces, hasta que de a poco pasé del blanco al beige —*hummus*, algunos cereales, café con leche— y de allí a colores con más personalidad, como algunos tonos de verde, naranja y colorado, siempre que no fuese remolacha. Ella no podía tener hijos y trató de compensar esa carencia ganándose mi cariño, pero la enfrenté con la porfía de una mula. Dejé mis cosas en casa de mis abuelos y llegaba a la de mi papá sólo a dormir, con un bolso de mano, mi reloj despertador y el libro de turno. Mis noches eran de insomnio, temblando de miedo, con la cabeza debajo de las frazadas. Como mi papá no me habría tolerado ninguna insolencia, opté por una cortesía altanera, inspirada en los mayordomos de las películas inglesas.

Mi único hogar era el caserón pintarrajeado, a donde iba diariamente a la salida de la escuela a hacer mis tareas y jugar, rogando para que a Susan se le olvidara recogerme después de su trabajo en San Francisco, pero eso nunca ocurrió: mi madrastra tenía un sentido de la responsabilidad patológico. Así transcurrió el primer mes, hasta que ella trajo un perro a vivir con nosotros. Trabajaba en el Departamento de Policía de San Francisco adiestrando perros para husmear bombas, una especialidad muy valorada a partir del 2001, cuando comenzó la paranoia del terrorismo, pero en la época en que ella se casó con mi papá se prestaba para bromas entre sus rudos compañeros, porque nadie había puesto una bomba en California desde tiempos inmemoriales.

Cada animal trabajaba con un solo humano durante el curso de su vida y ambos llegaban a complementarse tan bien, que se adivinaban el pensamiento. Susan seleccionaba al cachorro más vivaz de la camada y a la persona más idónea para emparejarla con el perro, alguien que hubiera crecido con animales. Aunque yo había jurado destrozarle los nervios a mi madrastra, me rendí ante Alvy, un labrador de seis años más inteligente y simpático que el mejor ser humano. Susan me enseñó lo que sé sobre animales y me permitía, violando las reglas fundamentales del manual, dormir con Alvy. Así me ayudó a combatir el insomnio.

La callada presencia de mi madrastra llegó a ser tan natural y necesaria en la familia, que costaba recordar cómo era la vida anterior a ella. Si mi papá estaba viajando, es decir la mayor parte del tiempo, Susan me autorizaba para quedarme a pasar la noche en la casa mágica de mis abuelos, donde mi pieza permanecía intacta. Susan quería mucho a mi Popo, iba con él a ver películas suecas de los años cincuenta, en blanco y negro, sin subtítulos

—había que adivinar los diálogos– y a oír jazz en unos sucuchos ahogados de humo. Trataba a mi Nini, que no es nada dócil, con el mismo método de entrenar perros de bombas: afecto y firmeza, castigo y recompensa. Con afecto le hizo saber que la quería y estaba a su disposición, con firmeza le impidió entrar por la ventana a su casa para inspeccionar el aseo o darle dulces a escondidas a la nieta; la castigaba desapareciendo por unos días cuando mi Nini la agobiaba de regalos, advertencias y guisos chilenos, y la premiaba llevándola de paseo al bosque cuando todo iba bien. Aplicaba el mismo sistema con su marido y conmigo.

Mi buena madrastra no se interpuso entre mis abuelos y yo, aunque debió de haberle chocado la forma errática en que me criaban. Es cierto que me mimaron demasiado, pero ésa no fue la causa de mis problemas, como sospechaban los psicólogos con quienes me enfrenté en la adolescencia. Mi Nini me formó a la chilena, comida y cariño en abundancia, reglas claras y algunas palmadas, no muchas. Una vez la amenacé con denunciarla a la policía por abuso de menores y me dio tal golpe con el cucharón de la sopa que me dejó un huevo en la cabeza. Eso cortó mi iniciativa en seco.

Asistí a un curanto, la comida típica de Chiloé, abundante y generosa, ceremonia de la comunidad. Los preparativos comenzaron temprano, porque las lanchas del ecoturismo llegan antes del mediodía. Las mujeres picaron tomate, cebolla, ajo y cilantro para el aliño y, mediante un tedioso proceso, hicieron milcao y chapalele, unas masas de papa, harina, grasa de cerdo y chicharrones, pésimas, a mi entender, mientras los hombres cavaron un hueco grande, pusieron al fondo un montón de piedras y encima encendieron una fogata. Cuando la leña se consumió, las piedras ardían, lo que coincidió con la llegada de las lanchas. Los guías les mostraron el pueblo a los turistas y les dieron ocasión de comprar tejidos, collares de conchas, mermelada de murta, licor de oro, tallas de madera, crema de baba de caracol para las manchas de vejez, ramitos de lavanda, en fin, lo poco que hay, y enseguida los congregaron en torno al hoyo humeante de la playa. Los cocineros del curanto colocaron ollas de greda sobre las piedras para recibir los caldos, que son afrodisíacos como bien se sabe, y fueron poniendo en capas los chapaleles y milcao, cerdo, cordero, pollo, mariscos de concha, pescado, verduras y otras delicias que no anoté, lo taparon con paños blancos mojados, enormes hojas de nalca, un saco que sobresalía del orificio como una falda, y por último arena. La cocción demoró poco más de una hora y mientras los ingredientes se transformaban en el secreto del calor, en sus íntimos jugos y fragancias, los visitantes se entretenían fotografiando el humo, bebiendo pisco y escuchando a Manuel Arias.

Los turistas son de varias categorías: chilenos de la tercera edad, europeos de vacaciones, argentinos de diversos pelajes y mochileros de origen vago. A veces llega un grupo de asiáticos o americanos con mapas, guías y libros de flora y fauna que consultan con terrible seriedad. Todos, menos los mochileros, que prefieren fumar marihuana detrás de los arbustos, aprecian la oportunidad de oír a un escritor publicado, alguien capaz de aclarar los misterios del archipiélago en inglés o español, según sea el caso. Manuel no siempre es fastidioso; en su tema puede ser entretenido por un rato no muy largo. Les habla a los visitantes de la historia, leyendas y costumbres de Chiloé y les advierte que los isleños son cautelosos, es necesario ganárselos de a poco, con respeto, tal como hay que adaptarse de a poco y con respeto a la agreste naturaleza, a los implacables inviernos, a los caprichos del mar. Lento. Muy lento. Chiloé no es para personas apuradas.

La gente viaja a Chiloé con la idea de retroceder en el tiempo y se desilusionan con las ciudades de la Isla Grande, pero en nuestro islote encuentran lo que buscan. No existe un propósito de engaño por nuestra parte, por supuesto, sin embargo el día del curanto aparecen por casualidad bueyes y corderos cerca de la playa, hay un mayor número de redes y botes secándose en la arena, la gente se viste con sus más toscos gorros y ponchos y a nadie se le ocurriría usar su celular en público.

Los expertos sabían exactamente cuando se habían cocido los tesoros culinarios en el hoyo y quitaron la arena con palas, levantaron delicadamente el saco, las hojas de nalca y los paños blancos, entonces subió al cielo una nube de vapor con los deliciosos aromas del curanto. Se produjo un silencio expectante y luego un clamor de aplauso. Las mujeres sacaron las presas y las sirvieron en platos de cartón con nuevas rondas de pisco sour, el trago nacional de Chile, capaz de tumbar a un cosaco. Al final debimos apuntalar a varios turistas camino a las lanchas.

A mi Popo le habría gustado esta vida, este paisaje, esta abundancia de mariscos, esta pereza del tiempo. Nunca oyó hablar de Chiloé o lo habría incluido en su lista de lugares para visitar antes de morir. Mi Popo... ¡cómo lo echo de menos! Era un oso grande, fuerte, lento y dulce, con calor de estufa, olor a tabaco y colonia, voz oscura y risa telúrica, con enormes manos para sostenerme. Me llevaba a partidos de fútbol y a la ópera, contestaba mis infinitas preguntas, me cepillaba el pelo y aplaudía mis interminables poemas épicos, inspirados en las películas de Kurosawa, que veíamos juntos. Íbamos al torreón de la casa a escudriñar con su telescopio la bóveda negra del cielo en busca de su escurridizo planeta, una estrella verde que nunca pudimos encontrar. «Prométeme que siempre te vas a querer a ti misma como te quiero yo, Maya», me repetía y yo se lo prometía sin saber qué significaba esa extraña frase. Me quería sin condiciones, me aceptaba tal como soy, con mis limitaciones, manías y defectos, me aplaudía aunque no lo mereciera, al contrario de mi Nini, que cree que no se deben celebrar los esfuerzos de los niños, porque se acostumbran y después lo pasan pésimo en la vida, cuando nadie los alaba. Mi Popo me perdonaba todo, me consolaba, se reía cuando yo me reía, era mi mejor amigo, mi cómplice y confidente, yo era su única nieta y la hija que no tuvo. «Dime que soy el amor de tus amores, Popo», le pedía yo para sacarle roncha a mi Nini. «Eres el amor de nuestros amores, Maya», me contestaba diplomáticamente, pero yo era la preferida, estoy segura; mi abuela no podía competir conmigo. Mi Popo era incapaz de escoger su propia ropa, eso lo hacía mi Nini, pero cuando cumplí trece años me llevó a comprar mi primer sostén, porque notó que me fajaba con una bufanda y andaba agachada para esconder el pecho. La timidez me impedía hablarlo con mi Nini o con Susan, en cambio me resultó normal probarme sostenes delante de mi Popo.

La casa de Berkeley fue mi mundo: las tardes con mis abuelos viendo seriales de televisión, los domingos de verano desayunando en la terraza, las ocasiones en que llegaba mi papá y cenábamos juntos, mientras María Callas cantaba en viejos discos de vinilo, el escritorio, los libros, las fragancias de la cocina. Con esa pequeña familia transcurrió la primera parte de mi existencia sin problemas dignos de mencionarse, pero a los dieciséis años las fuerzas catastróficas de la naturaleza, como las llama mi Nini, me alborotaron la sangre y me nublaron el entendimiento.

Tengo tatuado en la muñeca izquierda el año en que murió mi Popo: 2005. En febrero supimos que estaba enfermo, en agosto lo despedimos, en septiembre cumplí dieciséis y mi familia se deshizo en migajas.

El día inolvidable en que mi Popo comenzó a morirse, yo me había quedado en la escuela en el ensayo de una obra de teatro, nada menos que *Esperando a Godot*, la profesora de drama era ambiciosa, y después me fui caminando donde mis abuelos. Cuando llegué ya era de noche. Entré llamando y encendiendo luces, extrañada del silencio y del frío, porque ésa era la hora más acogedora de la casa, cuando estaba tibia, había música y en el ambiente flotaban los aromas de las ollas de mi Nini. A esa hora mi Popo leía en la poltrona de su estudio y mi Nini cocinaba oyendo las noticias en la radio, pero nada de eso encontré aquella noche. Mis abuelos estaban en la sala, sentados muy juntos en el sofá, que mi Nini había tapizado siguiendo las instrucciones de una revista. Se habían reducido de tamaño y por primera vez noté su edad, hasta ese momento habían permanecido intocados por el rigor del tiempo. Yo había estado con ellos día a día, año a año, sin darme cuenta de los cambios, mis abuelos eran inmutables y eternos como las montañas. No sé si yo sólo los había visto con los ojos del alma o tal vez envejecieron en esas horas. Tampoco había notado que en los últimos meses mi abuelo había perdido peso, la ropa le sobraba, y a su lado mi Nini ya no parecía tan diminuta como antes.

«¿Qué pasa, viejos?», y mi corazón dio un salto en el vacío, porque antes de que alcanzaran a contestarme ya lo había adivinado. Nidia Vidal, esa guerrera invencible, estaba quebrada, con los ojos hinchados de llorar. Mi Popo me hizo una seña para que me sentara con ellos, me abrazó, apretándome contra su pecho, y me contó que llevaba un tiempo sintiéndose mal, le dolía el estómago, le habían hecho varios exámenes y el médico acababa de confirmarle la causa. «¿Qué tienes, Popo?» y me salió como un grito. «Algo al páncreas», dijo, y el gemido visceral de su mujer me dio a entender que era cáncer.

Alrededor de las nueve llegó Susan a cenar, como hacía a menudo, y nos halló apretujados en el sofá, tiritando. Encendió la calefacción, pidió pizza por teléfono, llamó a mi papá a Londres para darle la mala noticia y después se sentó con nosotros, de la mano de su suegro, en silencio.

Mi Nini abandonó todo para cuidar a su marido: la biblioteca, los cuentos, las protestas en la calle, el Club de Criminales, y dejó enfriarse el horno, que durante toda mi infancia mantuvo caliente. El cáncer, ese enemigo solapado, atacó a mi Popo sin dar señales de alarma hasta que estuvo muy avanzado. Mi Nini llevó a su marido al hospital de la Universidad de Georgetown, en Washington, donde están los mejores especialistas, pero de nada sirvió. Le dijeron que sería inútil operarlo y él se negó a someterse a un bombardeo químico para prolongar su vida sólo unos meses. Estudié su enfermedad en internet y en los libros que conseguí en la biblioteca y así supe que de cuarenta y tres mil casos anuales en Estados Unidos, más o menos treinta y siete mil son terminales, un cinco por ciento de pacientes responden al tratamiento y para ésos la máxima expectativa de vida son cinco años; en resumen, sólo un milagro salvaría a mi abuelo.

En la semana que mis abuelos pasaron en Washington, mi Popo se deterioró tanto, que nos costó reconocerlo cuando fui con mi papá y Susan a esperarlos al aeropuerto. Había adelgazado todavía más, arrastraba los pies, estaba encorvado, con los ojos amarillos y la piel opaca, cenicienta. A pasitos de inválido llegó hasta la camioneta de Susan, sudando por el esfuerzo, y en la casa le faltó energía para subir la escalera, tuvimos que prepararle una cama en su estudio del primer piso, donde durmió hasta que trajeron una cama de hospital. Mi Nini se acostaba con él, acurrucada a su lado, como un gato.

Con la misma pasión con que abrazaba perdidas causas políticas y humanitarias, mi abuela se enfrentó a Dios para defender a su marido, primero con súplicas, rezos y promesas, y después con maldiciones y amenazas de volverse atea. «¿Qué sacamos con pelear con la muerte, Nidia, si tarde o temprano ella siempre gana?», se burlaba mi Popo. En vista de que la ciencia tradicional se declaró incompetente, ella recurrió a curas alternativas, como hierbas, cristales, acupuntura, chamanes, masajes del aura y una niña de Tijuana, estigmatizada y milagrera. Su marido soportó esas excentricidades con buen humor, tal como había hecho desde que la conoció. Al comienzo mi papá y Susan procuraron proteger a los viejos de los múltiples charlatanes, que de algún modo olieron la posibilidad de explotar a mi Nini, pero después terminaron por aceptar que esos recursos desesperados la mantenían ocupada mientras pasaban los días.

En las semanas finales no fui a clases. Me instalé en el caserón mágico con la intención de ayudar a mi Nini, pero yo estaba más deprimida que el enfermo y ella debió cuidarnos a los dos.

Susan fue la primera que se atrevió a mencionar el *Hospice*. «¡Eso es para los agónicos y Paul no se va a morir!», exclamó mi Nini, pero poco a poco debió ceder. Vino Carolyn, una voluntaria de modales suaves, muy experta, a explicarnos lo que iba a ocurrir y cómo su organización podía ayudarnos sin ningún costo, desde mantener cómodo al enfermo y darnos consuelo espiritual o psicológico, hasta sortear la burocracia de los médicos y el funeral.

Mi Popo insistió en morir en su casa. Las etapas se sucedieron en el orden y los plazos que Carolyn predijo, pero me pillaron de sorpresa, porque yo también, como mi Nini, esperaba que una intervención divina cambiaría el curso de la desgracia. La muerte le pasa a otros, no a quienes más amamos y mucho menos a mi Popo, que era el centro de mi vida, la fuerza de gravedad que anclaba el mundo; sin él yo no tendría asidero, me arrastraría la menor brisa. «¡Me juraste que nunca te ibas a morir, Popo!» «No, Maya, te dije que siempre estaría contigo y pienso cumplir mi promesa.»

Los voluntarios del *Hospice* instalaron la cama de hospital frente a la ancha ventana de la sala, para que en las noches mi abuelo imaginara a las estrellas y la luna alumbrándolo, ya que no podía verlas por las ramas de los pinos. Le pusieron un portal en el pecho para administrarle medicamentos sin pincharlo y nos enseñaron a moverlo, lavarlo y cambiarle las sábanas sin sacarlo de la cama. Carolyn venía a verlo seguido, se entendía con el médico, el enfermero y la farmacia; más de una vez se encargó de las compras del almacén, cuando nadie en la familia tenía ánimo para hacerlo.

Mike O'Kelly también nos visitaba. Llegaba en su silla de ruedas eléctrica, que manejaba como coche de carrera, acompañado a menudo por un par de sus pandilleros redimidos, a quienes mandaba a sacar la basura, pasar la aspiradora, barrer el patio y realizar otras labores domésticas, mientras él tomaba té con mi Nini en la cocina. Habían estado apartados por unos meses después de pelearse en una manifestación sobre el aborto, que O'Kelly, católico observante, rechaza, sin atenuantes, pero la enfermedad de mi abuelo los reconcilió. Aunque a veces esos dos se hallan en extremos ideológicos opuestos, no pueden permanecer enojados, porque se quieren demasiado y tienen mucho en común.

Si mi Popo estaba despierto, Blancanieves conversaba un rato con él. No habían desarrollado una verdadera amistad, creo que se tenían un poco de celos. Una vez oí a O'Kelly hablarle de Dios a mi Popo y me sentí obligada a advertirle que perdía su tiempo, porque mi abuelo era agnóstico. «¿Estás segura, niña? Paul ha vivido observando el cielo con un telescopio. ¿Cómo no iba a vislumbrar a Dios?», me contestó, pero no trató de salvarle el alma contra su voluntad. Cuando el médico recetó morfina y Carolyn nos hizo saber que dispondríamos de toda la necesaria, porque el enfermo tenía derecho a morir sin dolor y con dignidad, O'Kelly se abstuvo de prevenirnos contra la eutanasia.

Llegó el momento inevitable en que a mi Popo se le acabaron las fuerzas y hubo que atajar el desfile de alumnos y amigos que acudían de visita. Siempre fue coqueto y a pesar de su debilidad se preocupaba de su aspecto, aunque sólo nosotros lo veíamos. Pedía que lo mantuviéramos limpio, afeitado y con la pieza ventilada, temía ofendernos con las miserias de su enfermedad. Tenía los ojos opacos y hundidos, las manos como patas de pájaro, los labios llagados, la piel sembrada de moretones y colgando de los huesos; mi abuelo era el esqueleto de un árbol quemado, pero todavía podía escuchar música y recordar. «Abran la ventana para que entre la alegría», nos pedía. A veces estaba tan ido que apenas le salía la voz, pero había momentos mejores, entonces levantábamos el respaldo de la cama para incorporarlo y conversábamos. Quería entregarme sus vivencias y su sabiduría antes de irse. Nunca perdió su lucidez.

—¿Tienes miedo, Popo? —le pregunté.

—No, pero tengo pena, Maya. Quisiera vivir veinte años más con ustedes —me contestó.

—¿Qué habrá al otro lado, Popo? ¿Crees que hay vida después de la muerte?

—Es una posibilidad, pero no está probado.

—Tampoco está probada la existencia de tu planeta y bien que crees en él —le rebatí y él se rió, complacido.

—Tienes razón, Maya. Es absurdo creer sólo en lo que se puede probar.

—¿Te acuerdas cuando me llevaste al observatorio a ver un cometa, Popo? Esa noche vi a Dios. No había luna, el cielo estaba negro y lleno de diamantes y cuando miré por el telescopio distinguí claramente la cola del cometa.

—Hielo seco, amoníaco, metano, hierro, magnesio y...

—Era un velo de novia y detrás estaba Dios —le aseguré.

—¿Cómo era? —me preguntó.

—Como una telaraña luminosa, Popo. Todo lo que existe está conectado por los hilos de esa telaraña. No puedo explicártelo. Cuando te mueras vas a viajar como el cometa y yo iré prendida de tu cola.

—Seremos polvo sideral.

—¡Ay, Popo!

—No llores, niña, porque me haces llorar a mí también y después empieza a llorar tu Nini y no acabaremos nunca de consolarnos.

En sus últimos días sólo podía tragar unas cucharaditas de yogur y sorbos de agua. Casi no hablaba, pero tampoco se quejaba; pasaba las horas flotando en una duermevela de morfina, aferrado a la mano de su mujer o a la mía. Dudo que supiera adónde estaba, pero sabía que nos amaba. Mi Nini siguió contándole cuentos hasta el final, cuando él ya no los comprendía, pero la cadencia de su voz lo mecía. Le contaba de dos enamorados que se reencarnaban en diferentes épocas, vivían aventuras, morían y volvían a encontrarse en otras vidas, siempre juntos.

Yo murmuraba rezos de mi invención en la cocina, en el

baño, en la torre, en el jardín, en cualquier parte donde pudiera esconderme, y le suplicaba al dios de Mike O'Kelly que se apiadara de nosotros, pero él permanecía remoto y mudo. Me cubrí de ronchas, se me caía el pelo y me mordía las uñas hasta sacarme sangre; mi Nini me envolvía los dedos con tela adhesiva y me obligaba a dormir con guantes. No podía imaginar la vida sin mi abuelo, pero tampoco podía soportar su lenta agonía y acabé rezando para que se muriera pronto y dejara de sufrir. Si él me lo hubiera pedido, le habría administrado más morfina para ayudarlo a morir, era muy fácil, pero nunca lo hizo.

Yo dormía vestida en el sofá de la sala, con un ojo abierto, vigilando, y así supe antes que nadie cuando nos llegó el momento de la despedida. Corrí a despertar a mi Nini, que se había tomado un somnífero para descansar un poco, y llamé por teléfono a mi papá y a Susan, que llegaron en diez minutos.

Mi abuela, en camisa de dormir, se introdujo en la cama de su marido y puso la cabeza en su pecho, tal como habían dormido siempre. De pie al otro lado de la cama de mi Popo, me recliné también en su pecho, que antes era fuerte y ancho y alcanzaba para las dos, pero ya apenas latía. La respiración de mi Popo se había vuelto imperceptible y por unos instantes muy largos pareció que había cesado por completo, pero de pronto abrió los ojos, paseó su mirada sobre mi papá y Susan, que lo rodeaban llorando sin ruido, levantó con esfuerzo su mano grande y la apoyó en mi cabeza. «Cuando encuentre el planeta, le pondré tu nombre, Maya», fue lo último que dijo.

En los tres años transcurridos desde la muerte de mi abuelo, he hablado muy rara vez de él. Eso me creó más de un problema con los psicólogos de Oregón, que pretendían obligarme a «resolver mi duelo» o alguna trivialidad por el estilo. Hay gente así, gente que cree que todos los duelos se parecen y existen fórmulas y plazos para superarlos. La filosofía estoica de mi Nini es más adecuada en estos casos: «A sufrir llaman, apretemos los dientes», decía. Un dolor así, dolor del alma, no se quita con remedios, terapia o vacaciones; un dolor así se sufre, simplemente, a fondo, sin atenuantes, como debe ser. Yo hubiera hecho bien en seguir el ejemplo de mi Nini, en vez de negar que estaba sufriendo y acallar el aullido que llevaba atravesado en el pecho. En Oregón me recetaron antidepresivos, que no me tomaba, porque me ponían idiota. Me vigilaban, pero podía engañarlos con goma de mascar disimulada en la boca, donde pegaba la pastilla con la lengua y minutos después la escupía intacta. Mi tristeza era mi compañera, no quería curarme de ella como si fuera un resfrío. Tampoco quería compartir mis recuerdos con esos terapeutas bien intencionados, porque cualquier cosa que les dijera de mi abuelo sería banal. Sin embargo, en esta isla chilota no pasa un día sin que le cuente a Manuel Arias alguna anécdota de mi Popo. Mi Popo y este hombre son muy distintos, pero los dos tienen cierta cualidad de árbol grande y con ellos me siento protegida.

Acabo de tener con Manuel un raro momento de comunión, como los que tenía con mi Popo. Lo encontré mirando el atardecer en el ventanal y le pregunté qué estaba haciendo.

—Respirando.

—Yo también estoy respirando. No me refiero a eso.

—Hasta que me interrumpiste, Maya, estaba respirando, nada más. Vieras tú lo difícil que es respirar sin pensar.

—Eso se llama meditación. Mi Nini se lo pasa meditando, dice que así siente a mi Popo a su lado.

—¿Y tú lo sientes?

—Antes no, porque por dentro estaba congelada y no sentía nada. Pero ahora me parece que mi Popo anda por aquí, rondando, rondando...

—¿Qué ha cambiado?

—Todo pues, Manuel. Para empezar, estoy sobria, y además aquí hay calma, silencio y espacio. Me haría bien meditar, como mi Nini, pero no puedo, pienso todo el tiempo, tengo la cabeza llena de ideas. ¿Crees que eso es malo?

—Depende de las ideas...

—No soy ningún Avicena, como dice mi abuela, pero se me ocurren buenas ideas.

—¿Como cuáles?

—En este momento preciso no sabría contestarte, pero apenas se me ocurra algo genial te lo diré. Tú piensas demasiado en tu libro, pero no gastas pensamientos en cosas más importantes, por ejemplo, en lo deprimente que era tu vida antes de mi llegada. ¿Y qué será de ti cuando yo me vaya? Ponte a pensar en el amor, Manuel. Todo el mundo necesita un amor.

—Ajá. ¿Cuál es el tuyo? —preguntó, riéndose.

—Yo puedo esperar, tengo diecinueve años y la vida por delante; tú tienes noventa y te puedes morir en cinco minutos.

—Tengo sólo setenta y dos, pero es cierto que me puedo morir en cinco minutos. Ésa es una buena razón para evitar el amor, sería una descortesía dejar a una pobre mujer viuda.

–Con ese criterio estás fregado, hombre.

–Siéntate aquí conmigo, Maya. Un anciano moribundo y una muchacha bonita van a respirar juntos. Siempre que puedas callarte un rato, claro.

Eso hicimos hasta que cayó la noche. Y mi Popo nos acompañó.

Con la muerte de mi abuelo quedé sin brújula y sin familia: mi padre vivía en el aire, a Susan la mandaron a Irak con Alvy a husmear bombas y mi Nini se sentó a llorar a su marido. Ni perros teníamos. Susan solía traer perras preñadas a la casa, que se quedaban hasta que los cachorros tenían tres o cuatro meses y entonces se los llevaba para entrenarlos; era un drama encariñarse con ellos. Los perritos habrían sido un gran consuelo cuando se dispersó mi familia. Sin Alvy y sin cachorros, no tuve con quien compartir la pena.

Mi padre andaba en otros amores y dejaba un impresionante reguero de huellas, como si estuviera clamando para que Susan lo supiera. A los cuarenta y un años trataba de verse de treinta, pagaba una fortuna por su corte de pelo y su ropa deportiva, levantaba pesas y se bronceaba con luz ultravioleta. Estaba más guapo que nunca, las canas en las sienes le daban un aire distinguido. Susan, en cambio, cansada de vivir esperando a un marido que nunca aterrizaba del todo, que siempre estaba listo para irse o cuchicheando en el celular con otras mujeres, se había entregado al desgaste de la edad, más gorda, vestida de hombre, con lentes ordinarios adquiridos por docenas en la farmacia. Se aferró a la oportunidad de ir a Irak para escapar de esa relación humillante. La separación fue un alivio para los dos.

Mis abuelos se habían amado en serio. La pasión que empezó en 1976 entre esa exiliada chilena, que vivía con su maleta preparada, y el astrónomo americano de paso en Toronto, se mantuvo fresca por tres décadas. Cuando murió mi Popo, mi Nini quedó desconsolada y confundida, no era ella misma. También se quedó sin recursos, porque en pocos meses los gastos de la enfermedad habían consumido sus ahorros. Contaba con la pensión de su marido, pero no era suficiente para mantener el galeón a la deriva que era su casa. Sin darme ni dos días de aviso, le alquiló la casa a un comerciante de la India, que la llenó de parientes y mercadería, y ella se fue a vivir a una pieza sobre el garaje de mi papá. Se desprendió de la mayor parte de sus pertenencias, menos los mensajes enamorados que su marido le había dejado por aquí y por allá durante los años de convivencia, mis dibujos, poemas y diplomas, y las fotografías, pruebas irrefutables de la felicidad compartida con Paul Ditson II. Dejar esa casona, donde tan plenamente había sido amada, fue un segundo duelo. Para mí fue el golpe de gracia, sentí que lo había perdido todo.

Mi Nini estaba tan aislada en su duelo, que vivíamos bajo el mismo techo y ella no me veía. Un año antes era una mujer joven, enérgica, alegre e intrusa, con pelo alborotado, sandalias de fraile y faldas largas, siempre ocupada, ayudando, inventando; ahora era un viuda madura con el corazón roto. Abrazada a la urna de las cenizas de su marido, me dijo que el corazón se quiebra como un vaso, a veces con una partidura silenciosa y otras estallando en añicos. Sin darse ni cuenta fue eliminando el color de su vestuario y acabó de luto severo, dejó de pintarse el pelo y se echó diez años encima. Se apartó de sus amistades, incluso de Blancanieves, quien no logró interesarla en ninguna de las protestas contra el gobierno de Bush, a pesar del incentivo de ser arrestados, que antes habría sido irresistible. Empezó a torear a la muerte.

Mi papá sacó la cuenta de los somníferos que su madre consumía, de las veces que chocó el Volkswagen, dejó abiertas las llaves del gas y sufrió caídas aparatosas, pero no intervino hasta que la descubrió gastando lo poco que le quedaba en comunicarse con su marido. La siguió a Oakland y la rescató de un tráiler pintado de símbolos astrales, donde una psíquica se ganaba la vida conectando deudos con sus difuntos, tanto parientes como mascotas. Mi Nini se dejó conducir a un psiquiatra, que empezó a tratarla dos veces por semana y la atiborró de píldoras. No «resolvió el duelo» y siguió llorando a mi Popo, pero se le pasó la paralizante depresión en que estaba sumida.

De a poco, mi abuela salió de su cueva del garaje y se asomó al mundo, sorprendida al comprobar que éste no se había detenido. En poco tiempo se había borrado el nombre de Paul Ditson II, ya ni su nieta hablaba de él. Yo me había agazapado dentro de un caparazón de escarabajo y no permitía que nadie se me acercara. Me convertí en una extraña, desafiante y enfurruñada, que no contestaba cuando me dirigían la palabra, aparecía como una ráfaga en la casa, no ayudaba para nada en las tareas domésticas y a la menor contrariedad me iba dando portazos. El psiquiatra le hizo ver a mi Nini que yo padecía una combinación de adolescencia y depresión y le recomendó que me inscribiera en grupos de duelo para jóvenes, pero no quise oír hablar de eso. En las noches más oscuras, cuando estaba más desesperada, sentía la presencia de mi Popo. Mi tristeza lo llamaba.

Mi Nini había dormido treinta años sobre el pecho de su marido, mecida por el rumor seguro de su respiración; había vivido cómoda y protegida en el calor de ese hombre bondadoso que le celebraba sus extravagancias de horóscopos y decoración hippie, su extremismo político, y su cocina foránea, que soportaba de buen talante sus cambios de humor, sus arrebatos sentimentales y sus súbitas premoniciones, que solían alterar los mejores planes de la familia. Cuando más consuelo ella necesitaba, su hijo no estaba a mano y su nieta se había transformado en un energúmeno.

En eso reapareció Mike O'Kelly, quien había sufrido otra operación en la espalda y había pasado varias semanas en un centro de rehabilitación física. «No me visitaste ni una sola vez, Nidia, y tampoco me llamaste por teléfono», le dijo a modo de saludo. Había perdido diez kilos y se había dejado barba, casi no lo reconocí, se veía mayor y ya no parecía hijo de mi Nini. «¿Qué puedo hacer para que me perdones, Mike?», le rogó ella, inclinada sobre la silla de ruedas. «Ponte a hacer galletas para mis muchachos», replicó él. Mi Nini tuvo que hornearlas sola, porque me declaré harta de los delincuentes arrepentidos de Blancanieves y de otras causas nobles que no me importaban un bledo. Mi Nini levantó la mano para darme una cachetada, bien merecida, por lo demás, pero le cogí la muñeca en el aire. «Ni se te ocurra volver a pegarme, porque no me verás más, ¿entendido?» Entendió.

Ése fue el sacudón que mi abuela necesitaba para ponerse de pie y echar a andar. Volvió a su trabajo en la biblioteca, aunque ya no era capaz de inventar nada y sólo repetía los cuentos de antes. Daba largas caminatas en el bosque y comenzó a frecuentar el Centro Zen. Carece por completo de talento para la serenidad, pero en la forzada quietud de la meditación invocaba a mi Popo y él acudía, como una suave presencia, a sentarse a su lado. Una sola vez la acompañé a la ceremonia dominical del zendo, donde soporté de mala gana una charla sobre monjes que barrían el monasterio, cuyo significado se me escapó por completo. Al ver a mi Nini en la posición del loto entre budistas de cabeza rapada y túnicas color zapallo, pude imaginar cuán sola estaba, pero la compasión me duró apenas un instante. Poco más tarde, cuando compartíamos té verde y bollos orgánicos con el resto de la concurrencia, yo había vuelto a odiarla, tal como odiaba al mundo entero.

No me vieron llorar después de que incineramos a mi Popo y nos entregaron sus cenizas en un jarro de cerámica; no volví a mencionar su nombre y no le dije a nadie que se me aparecía.

Estaba en Berkeley High, la única escuela secundaria pública de la ciudad y una de las mejores del país, demasiado grande, con tres mil cuatrocientos alumnos: treinta por ciento blancos, otros treinta por ciento negros y el resto latinos, asiáticos y razas mezcladas. En la época en que mi Popo iba a Berkeley High, éste era un zoológico, los directores duraban apenas un año y renunciaban, agotados, pero en mi tiempo la enseñanza era excelente; aunque el nivel de los estudiantes era muy disparejo, había orden y limpieza, excepto en los baños, que al final del día estaban asquerosos, y el director había cumplido cinco años en el puesto. Decían que el director era de otro planeta, porque nada penetraba en su piel de paquidermo. Teníamos arte, música, teatro, deportes, laboratorios de ciencia, idiomas, religiones comparadas, política, programas sociales, talleres de muchas clases y la mejor educación sexual, que se impartía por parejo, incluso a los musulmanes y cristianos fundamentalistas, que no siempre la apreciaban. Mi Nini publicó una carta en *The Berkeley Daily Planet* proponiendo que el grupo LGBTD (lesbianas, gays, bisexuales, transexuales y dudosos) agregara una H al nombre para incluir hermafroditas. Ésas eran las típicas iniciativas de mi abuela que me ponían nerviosa, porque tomaban vuelo y terminábamos protestando en la calle con Mike O'Kelly. Siempre se las arreglaban para incluirme.

Los alumnos aplicados florecían en Berkeley High y después iban directamente a las universidades más prestigiosas, como mi Popo, becado en Harvard por sus buenas notas y su récord de jugador de béisbol. Los estudiantes mediocres flotaban tratando de pasar inadvertidos y los flojos quedaban rezagados en el camino o entraban en programas especiales. Los más conflictivos, los drogadictos y los pandilleros terminaban en la calle, eran expulsados o se iban solos. Los dos primeros años yo había sido buena alumna y deportista, pero en cuestión de tres meses descendí a la última categoría, mis notas se fueron a pique, peleaba, robaba, fumaba marihuana y me dormía en las clases. El señor Harper, mi maestro de historia, preocupado, habló con mi papá, quien nada podía hacer al respecto, fuera de darme un sermón edificante, y me remitió al Centro de Salud, donde me hicieron unas cuantas preguntas y una vez establecido que no era anoréxica ni había intentado suicidarme, me dejaron en paz.

Berkeley High es un campus abierto, incrustado en el medio de la ciudad, donde resultó fácil perderme en la muchedumbre. Empecé a faltar sistemáticamente, salía a almorzar y no regresaba en la tarde. Contábamos con una cafetería donde sólo iban los ñoños, no era *cool* ser visto en ella. Mi Nini era enemiga de las hamburguesas y pizzas de los locales del barrio e insistía en que yo fuera a la cafetería, donde la comida era orgánica, sabrosa y barata, pero nunca le hice caso. Los estudiantes nos reuníamos en el Park, una plaza cercana, a cincuenta metros de la Jefatura de Policía, donde imperaba la ley de la selva. Los padres protestaban por la cultura de drogas y ocio del Park, la prensa publicaba artículos, los policías se paseaban sin intervenir y los maestros se lavaban las manos, porque estaba fuera de su jurisdicción.

En el Park nos dividíamos en grupos, separados por clase social y color. Los que fumaban marihuana y los que patinaban tenían su sector, los blancos nos poníamos en otro, la pandilla latina se mantenía en la periferia, defendiendo su territorio imaginario con amenazas rituales, y en el centro se instalaban los vendedores de drogas. En una esquina se ponían los becados del Yemen, que habían hecho noticia porque fueron agredidos por chicos afroamericanos armados de bates de béisbol y cortaplumas. En otra esquina estaba Stuart Peel siempre solo, porque desafió a una niña de doce años a cruzar corriendo la autopista y la atropellaron dos o tres coches; quedó viva, pero inválida y desfigurada y el autor de la broma pagó con ostracismo: nadie volvió a dirigirle la palabra. Mezclados con los estudiantes estaban los «punks de alcantarilla», con sus pelos verdes y sus perforaciones y tatuajes, los mendigos con sus carritos repletos y sus perros obesos, varios alcohólicos, una señora desquiciada que solía exhibir el trasero y otros personajes habituales de la plaza.

Algunos chicos fumaban, bebían alcohol en botellas de Coca-Cola, hacían apuestas, circulaban marihuana y pastillas en las narices de los policías, pero la gran mayoría consumía su merienda y regresaba a la escuela cuando terminaba el recreo de cuarenta y cinco minutos. Yo no estaba entre ésos, asistía a clases apenas lo indispensable para enterarme de qué se hablaba.

Por las tardes los adolescentes tomábamos el centro de Berkeley, desplazándonos en jaurías ante la mirada desconfiada de transeúntes y comerciantes. Pasábamos arrastrando los pies, con nuestros celulares, audífonos, mochilas, chicles, *bluyines* con roturas, lenguaje en clave. Como todos, yo ansiaba más que nada formar parte del grupo y ser querida; no había peor suerte que ser excluido, como Stuart Peel. Ese año de mis dieciséis me sentía diferente a los demás, atormentada, rebelde y furiosa con el mundo. Ya no trataba de perderme en el rebaño, sino de destacar; no deseaba ser aceptada, sino temida. Me aparté de mis amistades habituales, o éstas se apartaron de mí, y formé un triángulo con Sarah y Debbie, las muchachas de peor reputación de la escuela, lo que es mucho decir, porque en Berkeley High había algunos casos patológicos. Formamos nuestro club exclusivo, éramos íntimas hermanas, nos contábamos hasta los sueños, estábamos siempre juntas o conectadas mediante los celulares, hablando, compartíamos ropa, maquillaje, dinero, comida, drogas, no podíamos concebir una existencia separadas, nuestra amistad duraría el resto de la vida y nadie ni nada se interpondría entre nosotras.

Me transformé por dentro y por fuera. Me parecía que iba a reventar, me sobraba carne, me faltaban huesos y pellejo, me hervía la sangre, no me soportaba yo misma. Temía despertar de una pesadilla kafkiana convertida en cucaracha. Examinaba mis defectos, mis dientes grandes, piernas musculosas, orejas protuberantes, pelo lacio, nariz corta, cinco espinillas, uñas mordidas, mala postura, demasiado blanca, alta y torpe. Me sentía horrible, pero había momentos en que podía adivinar el poder de mi nuevo cuerpo de mujer, un poder que no sabía manejar. Me irritaba si los hombres me miraban o me ofrecían un aventón en la calle, si mis compañeros me tocaban o si un maestro se interesaba demasiado en mi conducta o mis notas, salvo el irreprochable señor Harper.

La escuela no contaba con un equipo femenino de fútbol, yo jugaba en un club, donde una vez el entrenador me tuvo haciendo flexiones en la cancha hasta que las otras muchachas se fueron y después me siguió a la ducha, me manoseó entera y como no reaccioné, creyó que me gustaba. Avergonzada, sólo se lo conté a Sarah y Debbie, bajo juramento de guardar el secreto, dejé de jugar y no volví a pisar el club.

Los cambios en mi cuerpo y mi carácter fueron tan súbitos como un resbalón en el hielo y no alcancé a darme cuenta de que iba a estrellarme de cabeza. Empecé a tantear el peligro con determinación de hipnotizada; pronto llevaba una doble vida, mentía con pasmosa habilidad y me enfrentaba a gritos y portazos con mi abuela, la única autoridad de la casa desde que Susan andaba en la guerra. Para fines prácticos, mi padre había desaparecido, me imagino que duplicó sus horas de vuelo para evitar peleas conmigo.

Con Sarah y Debbie descubrí la pornografía de internet, como el resto de los compañeros de la escuela, y ensayábamos los gestos y posturas de las mujeres en la pantalla, con dudosos resultados en mi caso, porque me veía ridícula. Mi abuela empezó a sospechar y se lanzó en una campaña frontal contra la industria del sexo, que degradaba y explotaba a las mujeres; nada nuevo, porque me había llevado con Mike O'Kelly a una manifestación contra la revista *Playboy* cuando Hugh Hefner tuvo la idea descabellada de visitar Berkeley. Yo tenía nueve años, según recuerdo.

Mis amigas eran mi mundo, sólo con ellas podía compartir mis ideas y sentimientos, sólo ellas veían las cosas desde mi punto de vista y me comprendían, nadie más entendía nuestro humor ni nuestros gustos. Los de Berkeley High eran mocosos, estábamos convencidas de que nadie tenía vidas tan complicadas como las nuestras. Con el pretexto de supuestas violaciones y golpes de su padrastro, Sarah se dedicaba a robar compulsivamente, mientras Debbie y yo vivíamos alerta para encubrirla y protegerla. Lo cierto es que Sarah vivía sola con su madre y nunca había tenido padrastro, pero aquel psicópata imaginario estaba tan presente en nuestras conversaciones como si fuese de carne y hueso. Mi amiga parecía un saltamontes, sólo codos, rodillas, clavículas y otros huesos protuberantes, y andaba con bolsas de golosinas, que devoraba de una sentada y enseguida corría al baño a meterse los dedos en la garganta. Estaba tan desnutrida que se desmayaba y olía a muerto, pesaba treinta y siete kilos, ocho más que mi mochila con libros, y su objetivo era llegar a los veinticinco y desaparecer del todo. Por su parte Debbie, a quien en verdad le pegaban en su casa y la había violado un tío, era fanática de las películas de terror y sentía una atracción morbosa por cosas de ultratumba, zombis, vudú, Drácula y posesiones demoníacas; había comprado *El exorcista*, una película antiquísima, y nos hacía verla a cada rato, porque le daba miedo verla sola. Sarah y yo adoptamos su estilo gótico, de negro riguroso, incluso el barniz de uñas, palidez sepulcral, adornos de llaves, cruces y calaveras, y el cinismo lánguido de los vampiros de Hollywood, que dio origen a nuestro apodo: los vampiros.

Las tres competíamos en una carrera de mala conducta. Habíamos establecido un sistema de puntos por delitos impunes, que consistían básicamente en destrozar propiedad ajena, vender marihuana, éxtasis, LSD y medicamentos robados, pintarrajear con spray las paredes de la escuela, falsificar cheques, cometer raterías en las tiendas. Anotábamos nuestras proezas en una libreta, a fin de mes contábamos los puntos y la ganadora se llevaba de premio una botella de vodka de la más fuerte y barata, KU:L, una vodka polaca con la cual se podría disolver pintura. Mis amigas se jactaban de promiscuidad, infecciones venéreas y abortos, como si fuesen medallas de honor, aunque en el tiempo que compartimos no me tocó presenciar nada de eso. Por comparación, mi mojigatería resultaba bochornosa, por eso me apuré en perder la virginidad y lo hice con Rick Laredo, el bruto más bruto del planeta.

Me he acomodado a las costumbres de Manuel Arias con una flexibilidad y cortesía que sorprenderían a mi abuela. Ella sigue considerándome una chiquilla de mierda, término que es de reproche o de cariño, dependiendo de su tono, pero casi siempre es lo primero. No sabe cuánto he cambiado, me he puesto encantadora. «A palos se aprende, la vida enseña», es otro de sus dichos, que en mi caso ha resultado cierto.

A las siete de la mañana Manuel aviva el fuego de la estufa para calentar el agua de la ducha y las toallas, después llega Eduvigis o su hija Azucena a darnos un espléndido desayuno de huevos de sus gallinas, pan de su horno y leche de su vaca, espumosa y tibia. La leche tiene un olor peculiar, que al principio me repelía y ahora me encanta, olor a establo, a pasto, a bosta fresca. A Eduvigis le gustaría que yo desayunara en la cama «como una señorita» —así se usa todavía en Chile en algunas casas donde hay «nanas», como llaman al servicio doméstico— pero sólo lo hago los domingos, en que me levanto tarde, porque viene Juanito, su nieto, y leemos en la cama con el Fákin a los pies. Vamos por la mitad del primer tomo de Harry Potter.

En la tarde, una vez terminado mi trabajo con Manuel, me voy al pueblo trotando; la gente me mira extrañada y más de uno me ha preguntado adónde voy tan apurada. Necesito ejercicio o me pondré redonda, estoy comiendo por todo lo que ayuné el año pasado. La dieta chilota contiene demasiados carbohidratos, pero no se ven obesos por ninguna parte, debe de ser por el esfuerzo físico, aquí hay que moverse mucho. Azucena Corrales está un poco gorda para sus trece años y no he logrado que salga a correr conmigo, le da vergüenza, «qué va a pensar la gente», dice. Esta muchacha lleva una vida muy solitaria, porque hay pocos jóvenes en el pueblo, sólo algunos pescadores, media docena de adolescentes ociosos y volados con marihuana, y el chico del café-internet, donde el café es Nescafé y la señal de internet es caprichosa, y donde yo procuro ir lo menos posible para evitar la tentación del correo electrónico. Las únicas personas en esta isla que viven incomunicadas somos doña Lucinda y yo, ella por anciana y yo por fugitiva. Los demás habitantes del pueblo cuentan con sus celulares y con las computadoras del café-internet.

No me aburro. Esto me sorprende, porque antes me aburría hasta en las películas de acción. Me he acostumbrado a las horas vacías, los días largos, el ocio. Me entretengo con muy poco, las rutinas del trabajo de Manuel, las novelas pésimas de la tía Blanca, los vecinos de la isla y los niños, que andan en manada, sin vigilancia. Juanito Corrales es mi favorito, parece un muñeco, con su cuerpo flaco, su cabezota y sus ojos negros que todo lo ven. Pasa por lerdo porque habla lo mínimo, pero es muy listo: se dio cuenta temprano de que a nadie le importa lo que uno diga, por eso no dice nada. Juego al fútbol con los muchachos, pero no he podido interesar a las niñas, en parte porque los varones se niegan a jugar con ellas y en parte porque aquí nunca se ha visto un equipo femenino de fútbol. La tía Blanca y yo decidimos que eso debe cambiar y apenas comiencen las clases en marzo y tengamos a los chiquillos cautivos, nos ocuparemos del asunto.

Los vecinos del pueblo me han abierto sus puertas, aunque eso es una manera de hablar, ya que las puertas están siempre abiertas. Como mi español ha mejorado bastante, podemos conversar a tropezones. Los chilotes tienen un acento cerrado y usan palabras y giros gramaticales que no figuran en ningún texto y según Manuel provienen del castellano antiguo, porque Chiloé estuvo aislado del resto del país por mucho tiempo. Chile se independizó de España en 1810, pero Chiloé no lo hizo hasta 1826, fue el último territorio español en el cono sur de América.

Manuel me había advertido que los chilotes son desconfiados, pero ésa no ha sido mi experiencia: conmigo son muy amables. Me invitan a sus casas, nos sentamos frente a la estufa a charlar y tomar mate, una infusión de hierba verde y amarga, servida en una calabaza, que pasa de mano en mano, todos chupando de la misma bombilla. Me hablan de sus enfermedades y las enfermedades de las plantas, que pueden ser causadas por la envidia de un vecino. Varias familias están peleadas por chismes o sospechas de brujería; no me explico cómo se las arreglan para seguir enemistados, ya que sólo somos alrededor de trescientas personas y vivimos en un espacio reducido, como pollos en un gallinero. Ningún secreto se puede guardar en esta comunidad, que es como una familia grande, dividida, rencorosa y obligada a convivir y prestarse ayuda en caso de necesidad.

Hablamos de las papas —hay cien variedades o «calidades», papas rojas, moradas, negras, blancas, amarillas, redondas, alargadas, papas y más papas—, de cómo se plantan en luna menguante y nunca en domingo, de cómo se dan gracias a Dios al plantar y cosechar la primera y cómo se les canta cuando están dormidas bajo tierra. Doña Lucinda, con ciento nueve años cumplidos, según calculan, es una de las cantoras que romancea a la cosecha: «Chilote cuida tu papa, cuida tu papa chilote, que no venga otro de afuera y te la lleve, chilote». Se quejan de las salmoneras, culpables de muchos males, y de las fallas del gobierno, que promete mucho y cumple poco, pero coinciden en que Michelle Bachelet es el mejor presidente que han tenido, aunque sea mujer. Nadie es perfecto.

Manuel está lejos de ser perfecto; es seco, austero, carece de una barriga acogedora y de visión poética para entender el universo y el corazón humano, como mi Popo, pero le he tomado afecto, no puedo negarlo. Lo quiero tanto como al Fákin, y eso que Manuel no hace ni el menor esfuerzo por ganarse la estima de nadie. Su peor defecto es el orden obsesivo, esta casa parece un cuartel militar, a veces dejo adrede mis cosas tiradas o los platos sucios en la cocina, para enseñarle a relajarse un poco. No nos peleamos en el estricto sentido de la palabra, pero tenemos encontronazos. Hoy, por ejemplo, no tenía qué ponerme, porque se me olvidó lavar mi ropa, y cogí un par de cosas suyas que se estaban secando en la estufa. Supuse que si otras personas se pueden llevar de esta casa lo que se les antoja, yo puedo tomar prestado algo que él no está usando.

—La próxima vez que te pongas mis calzoncillos, por favor pídemelos —me dijo en un tono que no me gustó.

—¡Qué maniático eres, Manuel! Cualquiera diría que no tienes otros —le contesté en un tono que tal vez a él no le gustó.

—Yo nunca tomo tus cosas, Maya.

—¡Porque no tengo nada! ¡Aquí están tus jodidos calzones! —Y empecé a sacarme los pantalones para devolvérselos, pero me detuvo, espantado.

—¡No, no! Te los regalo, Maya.

Y yo, como una estúpida, me puse a llorar. Por supuesto que no lloraba por eso, quién sabe por qué lloraba, tal vez porque pronto me toca la menstruación o porque anoche estuve recordando la muerte de mi Popo y he andado el día entero con pena. Mi Popo me habría abrazado y a los dos minutos nos habríamos reído juntos, pero Manuel empezó a pasear en círculos rascándose la cabeza y pateando los muebles, como si nunca hubiera visto lágrimas. Por último se le ocurrió la brillante idea de prepararme un Nescafé con leche condensada; eso me calmó un poco y pudimos hablar. Me dijo que tratara de comprenderlo, que hace veinte años que no vivía con una mujer, que tiene sus hábitos muy arraigados, que el orden es importante en un espacio tan reducido como el de esta casa y que la convivencia sería más fácil si respetáramos la ropa interior de cada uno. Pobre hombre.

—Oye, Manuel, yo sé mucho de psicología, porque pasé más de un año entre lunáticos y terapeutas. He estado estudiando tu caso y lo que tú tienes es miedo —le anuncié.

—¿De qué? —Y sonrió.

—No sé, pero puedo averiguarlo. Deja que te explique, esto del orden y del territorio es una manifestación de neurosis. Mira el lío que has armado por unos miserables calzones; en cambio ni te inmutaste cuando un desconocido se llevó prestado tu equipo de música. Tú tratas de controlar todo, en especial tus emociones, para sentirte seguro, pero cualquier babieca sabe que no hay seguridad en este mundo, Manuel.

—Ya veo. Sigue…

—Pareces sereno y distante, como Sidarta, pero a mí no me engañas: sé que por dentro estás todo jodido. ¿Sabes quién era Sidarta, no? El Buda.

—Sí, el Buda.

—No te rías. La gente cree que eres sabio, que has alcanzado paz espiritual o alguna tontería semejante. En el día eres el colmo del equilibrio y la tranquilidad, como Sidarta, pero yo te oigo en las noches, Manuel. Gritas y gimes dormido. ¿Qué es eso tan terrible que escondes?

Hasta allí no más llegó muestra sesión de terapia. Se puso el gorro y el chaleco, le pegó un silbido al Fákin para que lo acompañara y se fue a caminar, a navegar o a quejarse de mí a Blanca Schnake. Volvió muy tarde. ¡Me carga quedarme sola de noche en esta casa llena de murciélagos!

La edad, como las nubes, es imprecisa y cambiante. A ratos Manuel representa los años que ha vivido y en otros, dependiendo de la luz y su estado de ánimo, puedo ver al hombre joven que todavía está agazapado bajo su piel. Cuando se inclina sobre el teclado en el crudo resplandor azulado de su computadora tiene muchos años, pero cuando capitanea su lancha representa cincuenta. Al principio me fijaba en sus arrugas, las bolsas y el borde rojizo de los ojos, las venas de las manos, los dientes manchados, los huesos del rostro esculpidos a cincel, la tos y el carraspeo matutino, el gesto fatigado de quitarse los lentes y frotarse los párpados, pero ahora ya no distingo esos detalles, sino su virilidad sin estridencia. Es atractivo. Estoy segura de que Blanca Schnake está de acuerdo, he notado cómo lo mira. ¡Acabo de decir que Manuel es atractivo! Dios mío, es más antiguo que las pirámides; la mala vida en Las Vegas me dejó el cerebro como coliflor, no cabe otra explicación.

Según mi Nini, lo más sexy de una mujer son las caderas, porque indican su capacidad reproductora, y en un hombre son los brazos, porque indican su capacidad para el trabajo. Quién sabe de dónde desenterró esa teoría, pero admito que los brazos de Manuel son sexys. No son musculosos como los de un joven, pero son firmes, de muñecas gruesas y manos grandes, inesperadas en un escritor, manos de marinero o albañil, con la piel partida y las uñas sucias de grasa de motor, gasolina, leña, tierra. Esas manos pican tomates y cilantro o pelan un pescado con gran delicadeza. Lo observo con disimulo, porque me mantiene a cierta distancia, creo que me tiene miedo, pero lo he examinado por detrás. Quisiera tocar su pelo duro de cepillo y acercar la nariz a esa hendidura que tiene en la base de la nuca, todos la tenemos, supongo. ¿Cómo será su olor? No fuma ni usa colonia, como mi Popo, cuya fragancia es lo primero que percibo cuando viene a verme. La ropa de Manuel huele como la mía y como todo en esta casa: lana, madera, gatos, humo de la estufa.

Si trato de indagar en el pasado o los sentimientos de Manuel, se pone a la defensiva, pero la tía Blanca me ha contado algunas cosas y he descubierto otras archivando sus carpetas. Es sociólogo, además de antropólogo, no se cuál será la diferencia, y supongo que eso explica su pasión contagiosa por estudiar la cultura de los chilotes. Me gusta trabajar y viajar a otras islas con él, me gusta vivir en su casa, me gusta su compañía. Estoy aprendiendo mucho; cuando llegué a Chiloé mi cabeza era una caverna vacía y en poco tiempo se me ha ido llenando.

Blanca Schnake también contribuye a mi educación. En esta isla su palabra es ley, aquí ella manda más que los dos carabineros del retén. De niña, Blanca estuvo interna en una escuela de monjas; después vivió un tiempo en Europa y estudió pedagogía; está divorciada y tiene dos hijas, una en Santiago y la otra, casada y con dos niños, en Florida. En las fotografías que me ha mostrado, sus hijas parecen modelos y sus nietos, querubines. Dirigía un liceo en Santiago y hace unos años pidió ser trasladada a Chiloé, porque quería vivir en Castro, cerca de su padre, pero le tocó instalarse en esta islita insignificante. Según Eduvigis, Blanca tuvo cáncer de pecho y se repuso con la sanación de una *machi*, pero Manuel me aclaró que eso fue después de una mastectomía doble y quimioterapia; ahora está en remisión. Vive detrás de la escuela, en la mejor casa del pueblo, reconstruida y ampliada, que le compró su padre con un solo cheque. Los fines de semana se va a Castro a verlo.

Don Lionel Schnake es considerado persona ilustre en Chiloé y muy querido por su generosidad, que parece ilimitada. «A mi papá, mientras más da, mejor le va con sus inversiones, por eso no se me hace pecado pedirle», me explicó Blanca. En la reforma agraria de 1971, el gobierno de Allende expropió el fundo de los Schnake en Osorno y se lo entregó a los mismos campesinos que habían vivido y trabajado en él por décadas. Schnake no perdió energía cultivando odio o saboteando al gobierno, como otros en su situación, sino que miró alrededor en busca de nuevos horizontes y oportunidades. Se sentía joven y podía volver a empezar. Se trasladó a Chiloé y armó un negocio de productos del mar para abastecer los mejores restaurantes de Santiago. Sobrevivió a los avatares políticos y económicos de la época y más tarde a la competencia de los barcos pesqueros japoneses y de la industria salmonera. En 1976 el gobierno militar le devolvió su tierra y él la puso a cargo de sus hijos, quienes la levantaron de la ruina en que la habían dejado, pero él se quedó en Chiloé, porque había sufrido el primero de varios ataques al corazón y decidió que su salvación sería adoptar el paso cansino de los chilotes. «A los ochenta y cinco años que tengo, muy bien vividos, mi corazón anda mejor que un reloj suizo», me dijo don Lionel, a quien conocí el domingo, cuando fui a visitarlo con Blanca.

Al saber que yo era la gringuita de Manuel Arias, don Lionel me estrechó en un abrazo grande. «Dile a ese comunista malagradecido que me venga a ver, no ha venido desde el Año Nuevo, le tengo un brandy gran reserva finísimo.» Es un patriarca colorado, con un bigotazo y cuatro mechas blancas en el cráneo; panzudo, vividor, expansivo, se ríe a gritos de sus propios chistes y su mesa está preparada para quien quiera llegar. Así me imagino al Millalobo, ese mítico ser que secuestra doncellas para llevarlas a su reino en el mar. Este Millalobo de apellido alemán se declara víctima de las mujeres en general —«¡no puedo negarles nada a esas preciosuras!»— y en especial de su hija, que lo explota. «Blanca es más pedigüeña que un chilote, siempre anda mendigando para su escuela. ¿Sabes qué fue lo último que me pidió? ¡Condones! Era lo que faltaba en este país ¡condones para los niños!», me contó a carcajadas.

Don Lionel no es el único rendido ante Blanca. A una sugerencia de ella se juntaron más de veinte voluntarios a pintar y reparar la escuela; eso se llama *minga* y consiste en que varias personas colaboran gratis en una tarea, sabiendo que no les faltará ayuda cuando ellos la necesiten. Es la ley sagrada de reciprocidad: hoy por ti, mañana por mí. Así se cosechan papas, se arreglan techos y se remiendan redes; así trasladaron el refrigerador de Manuel.

Rick Laredo no había terminado la secundaria y andaba callejeando con otros maleantes, vendía drogas a niños chicos, robaba objetos de poca monta y rondaba el Park a mediodía para ver a sus antiguos compañeros de Berkeley High y, si se daba el caso, trapichear con ellos. Aunque jamás lo habría admitido, quería volver a integrarse al rebaño de la escuela, de donde fue expulsado por ponerle el cañón de su pistola en una oreja al señor Harper. Hay que decirlo: el maestro se portó demasiado bien, incluso intercedió para que no lo echaran, pero el mismo Laredo cavó su tumba al insultar al director y a los miembros de la comisión. Rick Laredo ponía mucho esmero en su aspecto, con sus impolutas zapatillas blancas de marca, camiseta sin mangas para lucir músculos y tatuajes, el pelo erizado con gomina como un puercoespín y tantas cadenas y pulseras que podía quedarse pegado en un imán. Sus vaqueros eran enormes y le caían por debajo de las caderas, caminaba como un chimpancé. Era tan poca cosa que ni siquiera le interesaba a la policía o a Mike O'Kelly.

Cuando decidí poner remedio a mi virginidad, le di cita a Laredo, sin explicaciones, en el estacionamiento vacío de un cine, a una hora muerta, antes de la primera función. Desde lejos lo vi pasear en círculos con su balanceo provocador, sujetándose los pantalones con una mano, tan bolsudos que parecía llevar pañales, y con un cigarrillo en la otra mano, excitado y nervioso, pero cuando me acerqué fingió la indiferencia protocolaria de los machos de su calaña. Aplastó la colilla en el suelo y me miró de arriba abajo con una mueca burlona. «Apúrate, tengo que tomar el autobús dentro de diez minutos», le anuncié, quitándome los pantalones. Se le borró la sonrisa de superioridad; tal vez esperaba algún preámbulo. «Siempre me has gustado, Maya Vidal», dijo. Al menos este cretino sabe mi nombre, pensé.

Laredo aplastó la colilla en el suelo, me tomó de un brazo y quiso besarme, pero volví la cara: eso no estaba incluido en mis planes y Laredo tenía aliento de motor. Esperó a que me sacara los pantalones, enseguida me aplastó contra el pavimento y se afanó por un minuto o dos, clavándome sus collares y fetiches en el pecho, sin imaginar que lo estaba haciendo con una novata, y después se desplomó sobre mí como un animal muerto. Me lo sacudí de encima con furia, me limpié con las bragas, que dejé tiradas en el estacionamiento, me puse mis pantalones, cogí mi mochila y me fui corriendo. En el autobús noté la mancha oscura entre mis piernas y las lágrimas que me mojaban la blusa.

Al día siguiente Rick Laredo estaba plantado en el Park con un CD de rap y una bolsita de marihuana para «su chica». El infeliz me dio lástima y no pude despacharlo con burlas, como correspondía a un vampiro. Me escabullí de la vigilancia de Sarah y Debbie y lo invité a una heladería, donde compré un cono de tres bolas para cada uno, pistacho, vainilla y ron con pasas. Mientras lamíamos el helado, le agradecí su interés en mí y el favor que me había hecho en el estacionamiento, y traté de explicarle que no habría una segunda oportunidad, pero el mensaje no penetró en su cráneo de primate. No pude librarme de Rick Laredo por meses, hasta que un accidente inesperado lo borró de mi vida.

En las mañanas yo salía de mi casa con el aspecto de quien va a la escuela, pero a medio camino me juntaba con Sarah y Debbie en un Starbucks, donde los empleados nos daban un *latte* a cambio de favores indecentes en el baño, me disfrazaba de vampiro y partía de juerga hasta la hora de regresar a mi casa por la tarde, con la cara limpia y aire de colegiala. La libertad me duró varios meses, hasta que mi Nini dejó de tomar antidepresivos, volvió al mundo de los vivos y se fijó en signos que antes no había percibido por tener la mirada vuelta hacia adentro: el dinero desaparecía de su cartera, mis horarios no correspondían a ningún programa educacional conocido, yo andaba con facha y actitud de buscona, me había vuelto ladina y mentirosa. Mi ropa tenía olor a marihuana y mi aliento a sospechosas pastillas de menta. Todavía no se había enterado de que yo no iba a clases. El señor Harper había hablado con mi padre en una ocasión, sin resultados aparentes, pero no se le ocurrió llamar a mi abuela. Los intentos de mi Nini de comunicarse conmigo competían con el ruido de la música atronadora de mis audífonos, el celular, la computadora y la televisión.

Lo más conveniente para el bienestar de mi Nini habría sido ignorar las señales de peligro y convivir conmigo en paz, pero el deseo de protegerme y su largo hábito de desentrañar misterios en novelas de detectives la impulsó a investigar. Empezó por mi clóset y los números registrados en mi teléfono. En un bolso halló paquetes de condones y una bolsita de plástico con dos pastillas amarillas con la marca Mitsubishi que no logró identificar. Se las echó a la boca distraídamente y en quince minutos comprobó el efecto. Se le nubló la vista y el entendimiento, le castañetearon los dientes, se le ablandaron los huesos y vio desaparecer sus penas. Colocó un disco de música de su tiempo y se lanzó en una danza frenética, luego salió a refrescarse a la calle, donde siguió bailando, mientras se quitaba la ropa. Un par de vecinos, que la vieron caer al suelo, acudieron presurosos a cubrirla con una toalla. Se disponían a pedir socorro al 911 en el momento en que llegué yo, reconocí los síntomas y logré convencerlos de que me ayudaran a llevarla al interior de la casa.

No pudimos levantarla, se había vuelto de granito, y tuvimos que arrastrarla hasta el sofá de la sala. Les expliqué a esos buenos samaritanos que no era nada grave, a mi abuela le daban esos ataques con regularidad y se le pasaban solos. Los empujé amablemente hacia la puerta, luego corrí a recalentar café del desayuno y buscar una frazada, porque mi Nini daba diente con diente. A los pocos minutos hervía de calor. Durante las tres horas siguientes fui alternando la frazada con paños de agua fría hasta que mi Nini pudo controlar su temperatura.

Fue una noche larga. Al otro día mi abuela tenía el desánimo de un boxeador derrotado, pero la mente clara y recordaba lo ocurrido. No creyó el cuento de que una amiga me había dado a guardar esas pastillas y yo, inocente, ignoraba que eran éxtasis. El desafortunado viaje le dio nuevas ínfulas, había llegado su oportunidad de practicar lo aprendido en el Club de Criminales. Descubrió otras diez píldoras Mitsubishi entre mis zapatos y averiguó con O'Kelly que cada una costaba el doble de mi mesada semanal.

Mi abuela sabía algo de computadoras, porque las usaba en la biblioteca, pero estaba lejos de ser experta. Por eso recurrió a Norman, un genio de la tecnología, encorvado y cegatón a los veintiséis años por tanto vivir con la nariz pegada a las pantallas, a quien Mike O'Kelly emplea en algunas ocasiones para fines ilegales. Si de ayudar a sus muchachos se trata, Blancanieves nunca ha tenido escrúpulos en escudriñar clandestinamente los archivos electrónicos de abogados, fiscales, jueces y policías. Norman puede acceder a todo aquello que deja una huella, por ínfima que sea, en el espacio virtual, desde los documentos secretos del Vaticano hasta fotos de miembros del Congreso americano retozando con meretrices. Sin salir de la pieza que ocupa en casa de su madre podría extorsionar, robar en cuentas bancarias y cometer fraude en la Bolsa, pero carece de inclinación criminal, lo suyo es una pasión teórica.

Norman no estaba dispuesto a perder su precioso tiempo con la computadora y el celular de una mocosa de dieciséis años, pero puso a disposición de mi Nini y O'Kelly su habilidad de *hacker* y les enseñó a violar contraseñas, leer mensajes privados, y rescatar del éter lo que yo creía haber destruido. En un fin de semana esa pareja con vocación detectivesca acumuló suficiente información para confirmar los peores temores de mi Nini y dejarla anonadada: su nieta bebía lo que le cayera en las manos, desde ginebra hasta jarabe para la tos, fumaba marihuana, traficaba con éxtasis, ácido y tranquilizantes, robaba tarjetas de crédito y había puesto en marcha un negocio que se le ocurrió a partir de un programa de televisión en que agentes del FBI se hacían pasar por chicas impúberes para atrapar viciosos por internet.

La aventura comenzó con un aviso que los vampiros escogimos entre centenares de otros similares:

113

Papá busca hija: hombre de negocios blanco, 54 años, paternal, sincero, afectuoso, busca chica joven de cualquier raza, pequeña, dulce, muy desinhibida y cómoda en el rol de hija con su papacito, para placer mutuo, simple, directo, por una noche y si continúa puedo ser generoso. Sólo respuestas serias, nada de bromas ni homosexuales. Indispensable enviar foto.

Le mandamos una de Debbie, la más baja de las tres, a los trece años, montada en una bicicleta, y le dimos cita al hombre en un hotel de Berkeley que conocíamos porque Sarah había trabajado allí en el verano.

Debbie se desprendió de los trapos negros y el maquillaje sepulcral y se presentó con un vaso de alcohol en el estómago para darse valor, disfrazada de niñita con falda escolar, blusa blanca, calcetines y cintas en el pelo. El hombre dio un respingo al comprobar que era mayor que en la foto, pero no estaba en situación de reclamar, ya que él tenía diez años más de los indicados en el aviso. Le explicó a Debbie que su papel consistía en ser obediente y el de él era darle órdenes y aplicarle algunos castigos, pero sin intención de hacerle daño sino de corregirla, ésa es la obligación de un buen padre. ¿Y cuál es la obligación de una buena hija? Ser cariñosa con su papá. ¿Cómo te llamas? No importa, conmigo serás Candy. Ven, Candy, siéntate aquí, en las rodillas de tu papacito y cuéntale si hoy se te movió el vientre, es muy importante, hijita, es el fundamento de la salud. Debbie manifestó que tenía sed y él pidió una gaseosa y un emparedado por teléfono. Mientras él describía los beneficios de un enema, ella ganó tiempo examinando la habitación con fingida curiosidad infantil y chupándose el dedo.

Entretanto Sarah y yo esperamos en el estacionamiento del hotel los diez minutos que habíamos acordado y enseguida mandamos a Rick Laredo, quien subió al piso correspondiente y golpeó la puerta. «¡Servicio de habitación!», anunció Laredo, según las instrucciones que yo le había dado. Apenas le abrieron, irrumpió en el cuarto con su pistola en la mano.

Laredo, apodado el psicópata por nosotras, porque se jactaba de torturar animales, contaba con músculos y parafernalia de pandillero para imponerse, pero el arma sólo le había servido para acorralar a la clientela de niños a quienes les vendía drogas y lograr que lo echaran de Berkeley High. Al oír nuestro plan de extorsionar pedófilos, se asustó, porque semejante fechoría no figuraba en su escaso repertorio, pero deseaba impresionar a los vampiros y pasar por valiente. Se dispuso a ayudarnos y para darse valor recurrió a tequila y crack. Cuando abrió la puerta de la habitación del hotel de una patada y entró con expresión demente y su sonajera de tacones, llaves y cadenas, apuntando a dos manos, como había visto en el cine, el frustrado papacito se desplomó en el único sillón, encogido como un feto. Laredo vaciló, porque con los nervios se le olvidó el paso siguiente, pero Debbie tenía mejor memoria.

Es posible que la víctima no oyera ni la mitad de lo que ella le dijo, porque sollozaba de susto, pero algunas palabras tuvieron el impacto debido, como crimen federal, pornografía infantil, intento de violación de una menor, años de prisión. Por una propina de doscientos dólares en efectivo podía evitarse esos problemas, le dijeron. El tipo juró por lo más sagrado que no los tenía y eso alteró tanto a Laredo, que tal vez le habría disparado si a Debbie no se le ocurre llamarme por el celular; yo era la mente maestra de la banda. En eso tocaron a la puerta de nuevo y esta vez era un mesonero del hotel con una gaseosa y un emparedado. Debbie recibió la bandeja en el umbral y firmó la cuenta, bloqueando el espectáculo de un hombre en calzoncillos gimiendo en el sillón y otro en cuero negro metiéndole una pistola en la boca.

Subí a la pieza del papacito y me hice cargo de la situación con la calma obtenida de un porro de marihuana. Le indiqué al hombre que se vistiera y le aseguré que no le iba a pasar nada si cooperaba. Me bebí la gaseosa y le di dos mordiscos al emparedado, luego le ordené a la víctima que nos acompañara sin chistar, porque no le convenía armar escándalo. Tomé al infeliz del brazo y bajamos cuatro pisos, con Laredo pegado atrás, por la escalera, ya que en el ascensor podíamos toparnos con alguien. Lo empujamos dentro del Volkswagen de mi abuela, que yo había tomado prestado sin pedirlo y conducía sin licencia, y lo llevamos a un cajero automático, donde retiró el dinero de su rescate. Nos entregó los billetes, subimos al coche y disparamos de allí. El hombre quedó en la calle, suspirando de alivio y, supongo, curado del vicio de jugar al papá. La operación completa demoró treinta y cinco minutos y la descarga de adrenalina fue tan estupenda como los cincuenta dólares que cada uno de nosotros se echó al bolsillo.

Lo que más le chocó a mi Nini fue mi falta de escrúpulos. En los mensajes, que iban y venían al ritmo de un centenar diario, no encontró ni un atisbo de remordimiento o temor a las consecuencias, sólo un descaro de bribona nata. Para entonces habíamos repetido esta forma de extorsión tres veces y no seguimos porque nos hartamos de Rick Laredo, su pistola, su pegajoso amor de *poodle* y sus amenazas de matarme o de denunciarnos si yo no aceptaba ser su chica. Era un exaltado, podía perder la cabeza en cualquier momento y asesinar a alguien en un arrebato. Además, pretendía que le diéramos un porcentaje mayor de las ganancias, porque si algo salía mal, él iría preso por varios años, mientras que a nosotras nos juzgarían como menores de edad. «Yo tengo lo más importante: la pistola», nos dijo. «No, Rick, lo más importante lo tengo yo: el cerebro», le contesté. Me puso el cañón del arma en la frente, pero lo aparté con un dedo y los tres vampiros le dimos la espalda y nos fuimos, riéndonos. Así terminó nuestro rentable negocio con los pedófilos, pero no me libré de Laredo, que siguió rogándome con tanta insistencia que llegué a odiarlo.

En otra inspección de mi pieza, mi Nini halló más drogas, bolsas con pastillas y una gruesa cadena de oro cuya procedencia no pudo dilucidar en los mensajes interceptados. Sarah se la había robado a su madre y yo la escondí mientras averiguábamos la forma de venderla. La madre de Sarah era una fuente generosa de ingresos para nosotras, porque trabajaba en una corporación, ganaba mucho y le gustaba comprar; además viajaba, llegaba tarde a su casa, era fácil engañarla y no se daba cuenta si algo le faltaba. Se jactaba de ser la mejor amiga de su hija y que ésta le contaba todo, aunque en realidad no sospechaba cómo era la vida de su Sarah, ni siquiera se había fijado en lo desnutrida y anémica que estaba. A veces nos invitaba a su casa a tomar cerveza y fumar marihuana con ella, porque era más seguro que hacerlo en la calle, como decía. Me costaba entender que Sarah propagara el mito de un padrastro cruel, teniendo una madre tan envidiable; comparada con esa señora, mi abuela era un monstruo.

Mi Nini perdió la poca tranquilidad que tenía, convencida de que su nieta terminaría tirada en las calles de Berkeley entre drogadictos y mendigos o en la cárcel con los jóvenes delincuentes que Blancanieves no había logrado salvar. Había leído que una parte del cerebro tarda en desarrollarse, por eso los adolescentes andan desquiciados y es inútil razonar con ellos. Concluyó que yo estaba trancada en la etapa del pensamiento mágico, como había estado ella misma cuando intentaba comunicarse con el espíritu de mi Popo y cayó en manos de la psíquica de Oakland. O'Kelly, su leal amigo y confidente, trató de calmarla con el argumento de que a mí me había arrastrado el tsunami de las hormonas, como sucede con los adolescentes, pero era básicamente una niña decente y al final me salvaría, siempre que ellos pudieran protegerme de mí misma y de los peligros del mundo, mientras la implacable naturaleza cumplía su ciclo. Mi Nini estuvo de acuerdo, porque al menos yo no era bulímica, como Sarah, ni me cortaba con hojillas de afeitar, como Debbie, tampoco estaba preñada, con hepatitis o con sida.

De eso y mucho más se habían enterado Blancanieves y mi abuela, gracias a las indiscretas comunicaciones electrónicas de los vampiros y la endiablada habilidad de Norman. Mi Nini se debatió entre la obligación de contarle todo a mi papá, con imprevisibles repercusiones, y el deseo de ayudarme calladamente, como sugería Mike, pero no alcanzó a decidirse, porque el vendaval de los acontecimientos la barrió a un lado.

Entre las personas importantes de esta isla están los dos carabineros —los llaman «pacos»—, Laurencio Cárcamo y Humilde Garay, encargados del orden, con quienes tengo buena amistad porque estoy adiestrando a su perro. Antes la gente les tenía poca simpatía a los pacos, porque se portaron brutalmente durante la dictadura, pero en los veinte años de democracia que lleva el país, han ido recuperando la confianza y la estima de los ciudadanos. En tiempos de la dictadura Laurencio Cárcamo era un niño y Humilde Garay no había nacido. En los afiches institucionales del Cuerpo de Carabineros de Chile, los uniformados aparecen con soberbios pastores alemanes, pero aquí tenemos un chucho mestizo llamado Livingston en honor al más famoso futbolista chileno, ya anciano. El cachorro acaba de cumplir seis meses, edad ideal para comenzar su educación, pero temo que conmigo sólo aprenderá a sentarse, dar la pata y hacerse el muerto. Los carabineros me pidieron que le enseñe a atacar y encontrar cadáveres, pero lo primero requiere agresividad y lo segundo paciencia, dos características opuestas. Obligados a escoger, optaron por lo de buscar cuerpos, ya que aquí no hay a quién atacar y en cambio suele desaparecer gente en los escombros de los terremotos.

El método, que nunca he practicado, pero leí en un manual, consiste en empapar un trapo con cadaverina, una sustancia fétida a carne en descomposición, dárselo a oler al perro antes de esconderlo y luego hacer que éste lo encuentre. «Eso de la cadaverina sería complicado, dama. ¿No podríamos usar tripas podridas de pollo?», sugirió Humilde Garay, pero cuando lo hicimos, el perro nos condujo derecho a la cocina de Aurelio Ñancupel en la Taberna del Muertito. Sigo intentando con diversos métodos improvisados, ante la mirada celosa del Fákin, a quien en principio no le gustan otros animales. Con este pretexto he pasado horas en el retén tomando café instantáneo y escuchando las fascinantes historias de estos hombres al servicio de la patria, como ellos se definen.

El retén es una casita de cemento pintada de blanco y verde pardo, los colores de la policía, y con la cerca decorada con hileras de conchas de machas. Los carabineros hablan muy raro, dicen negativo y positivo en vez de «no, no» y «sí, sí», como los chilotes, yo soy «dama» y el Livingston es «can», también al servicio de la patria. Laurencio Cárcamo, el de más autoridad, estuvo destinado en un pueblo perdido de la provincia de Última Esperanza, donde le tocó amputarle la pierna a un hombre atrapado en un derrumbe. «Con un serrucho, dama, y sin anestesia, aguardiente no más teníamos.»

Humilde Garay, que me parece el más adecuado para compañero del Livingston, es muy guapo, se parece a ese actor de las películas del Zorro, caramba, no me acuerdo cómo se llama... Hay un batallón de mujeres tras él, desde turistas ocasionales que se quedan embobadas en su presencia, hasta muchachas empeñosas que viajan del continente a verlo, pero Humilde Garay es serio por partida doble, primero por llevar el uniforme y segundo por ser evangélico. Manuel me había contado que Garay salvó a unos montañistas argentinos que estaban perdidos en los Andes. Las patrullas de rescate se disponían a abandonar la búsqueda, porque los daban por muertos, cuando intervino Garay. Simplemente marcó un punto en el mapa con su lápiz, mandaron un helicóptero y allí mismo hallaron a los montañistas, semicongelados, pero aún vivos. «Positivo, dama, la localización de las presuntas víctimas de la república hermana estaba adecuadamente señalizada en el mapa Michelin», me contestó, cuando se lo pregunté, y me mostró un recorte de prensa del año 2007 con la noticia y una foto del coronel que le dio la orden: «Si el suboficial en servicio activo Humilde Garay Ranquileo puede encontrar agua en el subsuelo, también puede encontrar a cinco argentinos en la superficie», dice el coronel en la entrevista. Resulta que cuando los carabineros necesitan cavar un pozo en cualquier parte del país, consultan por radio a Garay, quien marca en un mapa el lugar exacto y la profundidad donde hay agua y luego manda una fotocopia del mapa por fax. Éstas son las historias que debo anotar, porque un día le servirán de materia prima a mi Nini para sus cuentos.

Esta pareja de carabineros chilenos me recuerda al sargento Walczak de Berkeley: son tolerantes con las debilidades humanas. Las dos celdas del retén, una para damas y otra para caballeros, como indican los letreros en las rejas, se usan principalmente para albergar ebrios cuando está lloviendo y no hay forma de llevarlos a sus casas.

Los últimos tres años de mi vida, entre los dieciséis y los diecinueve, fueron tan explosivos que por poco destruyen a mi Nini, quien lo resumió en una frase: «Me alegra que tu Popo ya no esté en este mundo para ver en lo que te has convertido, Maya». Casi le contesté que si mi Popo estuviera en este mundo, yo no me habría convertido en lo que soy, pero me callé a tiempo; no era justo culparlo a él por mi conducta.

Un día, en noviembre de 2006, catorce meses después de la

muerte de mi Popo, a las cuatro de la madrugada, llamaron del hospital del condado para notificar a la familia Vidal que la menor, Maya Vidal, había llegado en una ambulancia a la sala de emergencia y en ese momento estaba en cirugía. La única que estaba en la casa era mi abuela, que alcanzó a comunicarse con Mike O'Kelly para pedirle que localizara a mi padre, antes de salir disparada hacia el hospital. Yo me había escabullido por la noche para asistir a una *rave* en una fábrica clausurada, donde me esperaban Sarah y Debbie. No pude coger el Volkswagen, porque mi Nini lo había chocado de nuevo y estaba en reparación, por eso usé mi vieja bicicleta, algo oxidada y con los frenos malos.

Los vampiros conocíamos al vigilante de la puerta, un tipo de aspecto patibulario y cerebro de pollo, que nos dejó entrar a la fiesta sin hacer cuestión de la edad. La fábrica vibraba con el estruendo de la música y el desenfreno de una muchedumbre, títeres desarticulados, unos bailando o saltando, otros clavados en el suelo en estado catatónico, marcando el ritmo con la cabeza. Beber hasta perder la chaveta, fumar lo que no se podía inyectar, fornicar con quien estuviera más a mano y sin inhibiciones, de eso se trataba. El olor, el humo y el calor eran tan intensos que debíamos asomarnos a la calle a respirar. Al llegar me puse a tono con un cóctel de mi invención –ginebra, vodka, whisky, tequila y Coca-Cola– y una pipa de marihuana mezclada con cocaína y unas gotas de LSD, que me pegó como dinamita. Pronto perdí de vista a mis amigas, que se diluyeron en la masa frenética. Bailé sola, seguí bebiendo, me dejé manosear por varios chicos… No me acuerdo de los detalles ni de lo que pasó después. Dos días más tarde, cuando empezó a disiparse el efecto de los calmantes que me dieron en el hospital, supe que me había atropellado un automóvil al salir de la *rave*, completamente drogada, en mi bicicleta, sin luces ni frenos. Volé por el aire y caí a varios metros de distancia, en unos arbustos a la orilla de la carretera. Por tratar de esquivarme, el conductor del coche se estrelló contra un poste y quedó con conmoción cerebral.

Estuve doce días en el hospital con un brazo quebrado, la mandíbula dislocada y el cuerpo en llamas, porque había aterrizado sobre una mata de hiedra venenosa, y otros veinte días cautiva en mi casa, con varillas y tuercas metálicas en el hueso, vigilada por mi abuela y Blancanieves, que la relevaba algunas horas para que ella descansara. Mi Nini creyó que el accidente había sido un recurso desesperado de mi Popo para protegerme. «La prueba es que todavía estás viva y no te rompiste una pierna, porque no habrías podido volver a jugar al fútbol», me dijo. En el fondo, creo que mi abuela estaba agradecida, porque se libró del deber de decirle a mi papá lo que había averiguado de mí; de eso se encargó la policía.

Mi Nini faltó al trabajo durante esas semanas y se instaló a mi lado con celo de carcelero. Cuando Sarah y Debbie acudieron por fin a visitarme —no se habían atrevido a asomar la nariz después del accidente—, ella las sacó de la casa a gritos de verdulera, pero se compadeció de Rick Laredo, quien llegó con un ramito de tulipanes mustios y el corazón roto. Me negué a recibirlo y a ella le tocó escuchar sus cuitas en la cocina por más de dos horas. «Ese muchacho te mandó un recado, Maya: me prometió que nunca ha torturado animales y quiere que por favor le des otra oportunidad», me dijo después. Mi abuela tiene debilidad por quienes sufren de amor. «Si vuelve, Nini, dile que aunque fuera vegetariano y se dedicara a salvar atunes, no quiero verlo más», le contesté.

Los calmantes para el dolor y el susto de haber sido descubierta me quebraron la voluntad y le confesé a mi Nini todo lo que tuvo a bien preguntarme en inacabables interrogatorios, aunque ella ya lo sabía, porque gracias a las lecciones de Norman, ese roedor, ya no quedaban secretos en mi vida.

—No creo que seas de mala índole, Maya, ni completamente estúpida, aunque haces lo posible por parecerlo —suspiró mi Nini—. ¿Cuántas veces hemos discutido el peligro de las drogas? ¡Cómo pudiste extorsionar a esos hombres a punta de pistola!

—Eran viciosos, pervertidos, pedófilos, Nini. Se merecían que los jodiéramos. Bueno, no es que los jodiéramos exactamente, tú me entiendes.

—¿Y tú quién eres para hacer justicia por tu propia mano? ¿Batman? ¡Te podrían haber matado!

—No me pasó nada, Nini...

—¡Pero cómo puedes decir que no te pasó nada! ¡Mira cómo estás! ¿Qué voy a hacer contigo, Maya? —Y se echaba a llorar.

—Perdóname, Nini. No llores, por favor. Te juro que he aprendido la lección. El accidente me hizo ver las cosas con claridad.

—No te creo un carajo. ¡Júramelo por la memoria del Popo!

Mi arrepentimiento era genuino, estaba realmente asustada, pero no me sirvió de nada, porque tan pronto el médico me dio de alta, mi papá me llevó a una academia de Oregón, donde iban a parar adolescentes inmanejables. No lo seguí por las buenas, tuvo que reclutar a un policía amigo de Susan para secuestrarme, un mastodonte con aspecto de moai de la isla de Pascua, que lo ayudó en esa despreciable tarea. Mi Nini se escondió para no verme arrastrada, como un animal al degolladero, aullando que nadie me quería, todos me habían rechazado, por qué no me mataban de una vez, antes de que yo misma lo hiciera.

En la academia de Oregón me mantuvieron cautiva hasta comienzos de junio del 2008 con otros cincuenta y seis jóvenes rebeldes, drogadictos, suicidas, anoréxicas, bipolares, expulsados de la escuela y otros que simplemente no calzaban en ninguna parte. Me propuse sabotear cualquier intento de redención, mientras planeaba cómo vengarme de mi padre por llevarme a ese antro de desquiciados, de mi Nini por permitirlo y del mundo entero por darme la espalda. La verdad es que fui a dar allí por determinación de la jueza que decidió el caso del accidente. Mike O'Kelly la conocía e intercedió por mí con tal elocuencia que logró conmoverla; si no, habría terminado en una institución, aunque no en la prisión federal de San Quintín como me gritó mi abuela en uno de sus arrebatos. Es muy exagerada. Una vez me llevó a ver una película atroz en que ejecutaban a un asesino en San Quintín. «Para que veas lo que pasa por violar la ley, Maya. Se empieza robando lápices de colores en la escuela y se termina en la silla eléctrica», me advirtió a la salida. Desde entonces eso es un chiste familiar, pero esta vez me lo repitió en serio.

En consideración a mi corta edad y a mi falta de antecedentes policiales, la jueza, una señora asiática más pesada que un saco de arena, me dio a elegir entre un programa de rehabilitación o cárcel juvenil, como exigía el conductor del automóvil que me había chocado; al comprender que el seguro de mi papá no lo compensaría tan espléndidamente como esperaba, el hombre quería castigarme. La decisión no fue mía, sino de mi padre, que la tomó sin preguntarme. Por suerte, el sistema educativo de California pagaba; si no, mi familia habría tenido que vender la casa para financiar mi rehabilitación, costaba sesenta mil dólares al año; los padres de algunos internos llegaban de visita en jets privados.

Mi padre obedeció el dictamen de la Corte con alivio, porque su hija le quemaba las manos como un carbón ardiente y quería librarse de mí. Me llevó a Oregón pataleando y con tres pastillas de Valium en el cuerpo que no sirvieron de nada, se habría necesitado el doble para hacerle mella a alguien como yo, que podía funcionar normalmente con un cóctel de Vicodin y hongos mexicanos. El amigo de Susan y él me sacaron a tirones de la casa, me subieron en vilo al avión, luego a un auto alquilado y me condujeron desde el aeropuerto a la institución terapéutica por una interminable carretera entre bosques. Yo esperaba una camisa de fuerza y electrochoques, pero la academia era un amable conjunto de construcciones de madera, en medio de un parque. No se parecía ni remotamente a un asilo de enajenados.

La directora nos recibió en su oficina en compañía de un joven barbudo, que resultó ser unos de los psicólogos. Parecían hermanos, ambos con el pelo color estopa recogido en colas de caballo, vaqueros desteñidos, suéter gris y botas, el uniforme del personal de la academia, así se distinguían de los internos, que usaban atuendos estrafalarios. Me trataron como a una amiga de visita y no como la chiquilla desgreñada y chillona que llegó arrastrada por dos hombres. «Puedes llamarme Angie y éste es Steve. Vamos a ayudarte, Maya. Verás qué fácil es el programa», exclamó animadamente la mujer. Vomité las nueces del avión en su alfombra. Mi papá le advirtió que nada iba a ser fácil con su hija, pero ella tenía mis antecedentes sobre su escritorio y posiblemente había visto casos peores. «Está oscureciendo y el camino de vuelta es largo, señor Vidal. Es mejor que se despida de su hija. No se preocupe, Maya queda en buenas manos», le dijo. Él corrió a la puerta, apurado por irse, pero me abalancé encima y me colgué de su chaqueta clamando que no me dejara, por favor papá, por favor. Angie y Steve me sujetaron sin fuerza excesiva, mientras mi padre y el moai escapaban a la carrera.

Vencida finalmente por el cansancio, dejé de debatirme y me eché en el suelo ovillada como perro. Ahí me dejaron un buen rato, limpiaron el vómito y cuando dejé de hipar y echar mocos me dieron un vaso de agua. «¡No pienso quedarme en este manicomio! ¡Me voy a escapar apenas pueda!», les grité con la poca voz que me quedaba, pero no opuse resistencia cuando me ayudaron a levantarme y me llevaron a recorrer el lugar. Afuera la noche estaba muy fría, pero adentro el edificio era cálido y cómodo, largos corredores techados, espacios amplios, cielos altos con vigas a la vista, ventanales de vidrios empañados, fragancia de madera, sencillez. No había barrotes ni candados. Me mostraron una piscina cubierta, un gimnasio, una sala de múltiples usos con sillones, una mesa de billar y una gran chimenea, donde ardían gruesos troncos. Los internos estaban reunidos en el comedor en mesas rústicas, decoradas con ramitos de flores, un detalle que no se me pasó por alto, porque no estaba el clima como para cultivar flores. Dos mexicanas chaparritas y sonrientes, de delantal blanco, servían detrás del mesón del buffet. El ambiente era familiar, relajado, ruidoso. El delicioso olor a frijoles y carne asada me dio en las narices, pero me negué a comer; no pensaba mezclarme con esa gentuza.

Angie cogió un vaso de leche y un platillo de galletas y me guió a un dormitorio, una pieza sencilla, con cuatro camas, muebles de madera clara, cuadros de pájaros y flores. La única evidencia de que alguien dormía allí eran fotos de familia en las mesitas de noche. Me estremecí pensando en la clase de anormales que vivían en semejante pulcritud. Mi maleta y mi mochila estaban sobre una de las camas, abiertas y con muestras de haber sido revisadas. Iba a decirle a Angie que yo no dormiría con nadie, pero me acordé de que al amanecer del día siguiente me iría de allí y no valía la pena armar un bochinche por una sola noche.

Me quité los pantalones y los zapatos y me acosté sin lavarme, bajo la mirada atenta de la directora. «No tengo marcas de pinchazos ni de haberme cortado las muñecas», la desafié, mostrándole los brazos. «Me alegro, Maya. Que duermas bien», respondió Angie con naturalidad, dejó la leche y las galletas sobre la mesita y salió sin cerrar la puerta.

Devoré la ligera merienda añorando algo más sustancioso, pero estaba rendida y en pocos minutos caí en un sueño de muerte. Desperté con la primera luz del alba, que se insinuaba entre los postigos de la ventana, hambrienta y confundida. Al ver en las otras camas las siluetas de chicas dormidas, recordé dónde estaba. Me vestí apurada, cogí mi mochila y mi chaquetón y salí en puntillas. Crucé el hall, me dirigí a una puerta ancha, que parecía dar al exterior, y me encontré en uno de los corredores techados, entre dos edificios.

La bofetada de aire frío me detuvo en seco. El cielo estaba anaranjado y la tierra cubierta de una fina capa de nieve, el aire olía a pino y hoguera. A pocos metros de distancia había una familia de venados observándome, midiendo el peligro, las narices humeantes, las colas temblorosas. Dos cervatillos, con las manchas de recién nacidos, se sostenían precariamente en sus patas delgadas, mientras la madre vigilaba con las orejas alertas. La venada y yo nos miramos a los ojos un eterno instante esperando la reacción de la otra, inmóviles, hasta que una voz a mis espaldas nos sobresaltó y los venados se fueron al trote. «Vienen a tomar agua. También vienen mapaches, zorros y osos.»

Era el mismo barbudo que me había recibido el día anterior, enfundado en una parka de esquiador, con botas y un gorro de cuero forrado en piel. «Nos vimos ayer, pero no sé si te acuerdas. Soy Steve, uno de los consejeros. Faltan casi dos horas para el desayuno, pero tengo café», y echó a andar sin mirar hacia atrás. Lo seguí automáticamente a la sala de recreación, donde estaba la mesa de *pool*, y aguardé a la defensiva mientras él encendía los troncos de la chimenea con papel de diario y luego servía dos tazas de café con leche de un termo. «Anoche cayó la primera nieve de la temporada», comentó, abanicando el fuego con su gorro.

La tía Blanca debió ir a Castro de emergencia, porque su padre sufrió una alarmante taquicardia, provocada por el Concurso de Potitos en las playas. Dice Blanca que el Millalobo está vivo sólo porque el cementerio le parece aburrido. Las imágenes de la televisión podrían ser fatales para un enfermo cardíaco: muchachas con tangas invisibles agitando la cola ante una horda masculina, que en su entusiasmo lanzaba botellas y atacaba a la prensa. En la Taberna del Muertito los hombres acezaban frente a la pantalla y las mujeres, de brazos cruzados, escupían al suelo. ¡Qué dirían de semejante concurso mi Nini y sus amigas feministas! Ganó una chica de pelo rubio teñido y culo de negra, en la playa de Pichilemu, vaya a saber uno dónde queda eso. «Por culpa de esa pindonga, mi papá casi se despacha al otro mundo», fue el comentario de Blanca, cuando regresó de Castro.

Estoy encargada de formar un equipo infantil de fútbol, tarea fácil, porque en este país los niños aprenden a patear una pelota apenas pueden ponerse de pie. Ya tengo un equipo seleccionado, otro de reserva y uno femenino, que ha provocado una oleada de chismes, aunque nadie se ha opuesto de frente, porque tendría que vérselas con la tía Blanca. Pretendemos que nuestro seleccionado participe en el campeonato escolar de Fiestas Patrias, en septiembre. Tenemos por delante varios meses para entrenar, pero no podemos hacerlo sin zapatillas y como ninguna familia cuenta con presupuesto para ese gasto, Blanca y yo fuimos a hacerle una visita de cortesía a don Lionel Schnake, ya repuesto del impacto causado por los traseros estivales.

Lo ablandamos con dos botellas del más fino licor de oro, que Blanca prepara con aguardiente, azúcar, suero de leche y especias, y le planteamos la conveniencia de mantener ocupados a los niños con actividades deportivas, que así no se meten en líos. Don Lionel estuvo de acuerdo. De allí a mencionar el fútbol no hubo más que otra copita de licor de oro y él se comprometió a regalarnos once pares de zapatillas en los números correspondientes. Debimos explicarle que se requieren once para el Caleuche, el equipo masculino, once para la Pincoya, el femenino, y seis pares más de repuesto. Al enterarse del costo nos soltó un filípica sobre la crisis económica, las salmoneras, la cesantía y cómo esa hija suya era un saco sin fondo y lo iba a matar del corazón, siempre pidiendo más y dónde se ha visto que zapatillas de fútbol sean una prioridad en el deficiente sistema educativo de este país.

Al final, se secó la frente, se empinó una cuarta copita de licor de oro y nos hizo el cheque. Ese mismo día encargamos las zapatillas a Santiago y una semana después fuimos a recogerlas al autobús en Ancud. La tía Blanca las mantiene bajo llave para que los niños no las usen de diario y decretó que a quien le crecieran los pies quedaba eliminado del equipo.

OTOÑO

Abril, mayo

L as reparaciones de la escuela están terminadas. Allí se refugia la gente en caso de emergencia, porque es el edificio más seguro, aparte de la iglesia, cuya enclenque estructura de madera está sostenida por Dios, como quedó probado en 1960, cuando hubo el terremoto más fuerte registrado en el mundo, 9.5 en la escala de Richter. Se subió el mar y estuvo a punto de tragarse al pueblo, pero las olas se detuvieron en la puerta de la iglesia. En los diez minutos del temblor se encogieron los lagos, desaparecieron islas completas, se abrió la tierra y se hundieron los rieles del tren, puentes y caminos. Chile es propenso a las catástrofes, las inundaciones, sequías, vendavales, terremotos y olas capaces de poner un barco en medio de la plaza. La gente posee una resignada filosofía al respecto, son pruebas que manda Dios, pero se pone nerviosa cuando transcurre mucho tiempo sin una desgracia. Así es mi Nini, siempre está esperando que el cielo le caiga encima.

Nuestra escuela está preparada para la próxima rabieta de la naturaleza; es el centro social de la isla, allí se reúne el círculo de mujeres, el grupo artesanal y Alcohólicos Anónimos, al cual fui un par de veces, porque le había prometido a Mike O'Kelly que lo haría, pero yo era la única mujer entre cuatro o cinco hombres que no se atrevían a hablar delante de mí. Creo que no me hace falta, llevo más de cuatro meses sobria. En la escuela vemos películas, se zanjan conflictos menores que no merecen la intervención de los carabineros y se discuten asuntos pendientes, como siembras, cosechas, el precio de papas y mariscos; allí Liliana Treviño imparte vacunas y fundamentos de higiene, que las mujeres mayores escuchan divertidas: «Con su perdón, señorita Liliana, ¡cómo nos va a enseñar a nosotras a medicinear!», dicen. Las comadres aseguran, y con razón, que las píldoras de un frasco son sospechosas, alguien se está haciendo rico con ellas, y optan por remedios caseros, que son gratis, o papelillos de homeopatía. En la escuela nos explicaron el programa de anticonceptivos del gobierno, que espantó a varias abuelas, y allí los carabineros nos repartieron instrucciones para los piojos, por si se produce una epidemia, como sucede cada dos años. Con solo pensar en piojos, me pica la cabeza, prefiero las pulgas, porque se quedan en el Fákin y los gatos.

Las computadoras de la escuela son precolombinas, pero están bien mantenidas y las uso para todo lo que necesito, menos para el correo electrónico. Me he acostumbrado a vivir incomunicada. ¿A quién voy a escribirle si no tengo amigos? Recibo noticias de mi Nini y Blancanieves, porque le escriben en clave a Manuel, pero me gustaría contarles mis impresiones de este curioso destierro; no pueden imaginarse Chiloé, este lugar es para vivirlo.

Me quedé en la academia de Oregón esperando que pasara un poco el frío para huir, pero el invierno en esos bosques llegaba para instalarse, con su cristalina belleza de hielo y nieve y sus cielos, a veces azules e inocentes, otras plomizos y enrabiados. Cuando los días se alargaron, subió la temperatura y empezaron las actividades al aire libre, volví a pensar en mis planes de fuga, pero entonces trajeron a las vicuñas, dos animales esbeltos de orejas paradas y pestañas de novia, costoso regalo del padre agradecido de uno de los alumnos graduados el año anterior. Angie me puso al cuidado de las vicuñas con el argumento de que nadie estaba mejor calificado que yo para hacerse cargo de esos delicados animales, puesto que me había criado con los perros de bombas de Susan. Tuve que postergar mi huida, porque las vicuñas me necesitaban.

Con el tiempo me adapté a la agenda de deporte, arte y terapia, pero no hice amigos, porque el sistema desalentaba la amistad; a lo más, los internos éramos cómplices en algunas travesuras. No echaba de menos a Sarah y Debbie, como si al cambiar de ambiente y circunstancias mis amigas hubieran perdido su importancia. Pensaba en ellas con envidia, viviendo sus vidas sin mí, tal como estaría todo Berkeley High chismeando sobre la zafada de Maya Vidal, interna en un manicomio. Tal vez otra chica ya me había reemplazado en el trío de los vampiros. En la academia aprendí la jerga psicológica y la forma de navegar entre las reglas, que no se llamaban reglas, sino acuerdos. En el primero de muchos acuerdos firmados sin intención de cumplirlos me comprometí, como los demás alumnos, a evitar alcohol, drogas, violencia y sexo. No había oportunidad para los tres primeros, pero mis compañeros se las arreglaban para practicar el cuarto, a pesar del escrutinio constante de consejeros y psicólogos. Yo me abstuve.

Para evitar problemas era muy importante parecer normal, aunque la definición de normalidad fluctuaba. Si comía mucho, padecía de ansiedad, si comía poco era anoréxica; si prefería la soledad era depresiva, pero cualquier amistad levantaba sospecha; si no participaba en una actividad, estaba saboteando, y si participaba mucho quería llamar la atención. «Palos porque bogas y palos porque no bogas», ése es otro de los dichos de mi Nini.

El programa se fundamentaba en tres preguntas concisas: quién eres, qué deseas hacer con tu vida y cómo vas a lograrlo, pero los métodos terapéuticos eran menos claros. A una chica que había sido violada la hicieron bailar, vestida de criadita francesa, delante de los otros alumnos; a un joven con inclinación suicida lo subieron a la torre de vigilancia forestal para ver si se lanzaba y a otro con claustrofobia lo encerraban regularmente en un clóset. Nos sometían a penitencia –rituales de purificación– y a sesiones colectivas en que debíamos actuar nuestros traumas con el fin de superarlos. Me negué a actuar la muerte de mi abuelo y mis compañeros debieron hacerlo por mí, hasta que el psicólogo de turno me declaró curada o incurable, ya no me acuerdo. En largas terapias de grupo confesábamos –compartíamos– recuerdos, sueños, deseos, temores, intenciones, fantasías, los más íntimos secretos. Desnudar el alma, ésa era la finalidad de aquellas maratones. Los celulares estaban prohibidos, el teléfono controlado, correspondencia, música, libros y películas censurados, nada de correo electrónico ni visitantes sorpresivos.

A los tres meses de ingresar en la academia tuve la primera visita de mi familia. Mientras mi padre discutía mi progreso con Angie, llevé a mi abuela a conocer el parque y a las vicuñas, que había adornado con cintas en las orejas. Mi Nini me había traído una pequeña fotografía plastificada de mi Popo en la que aparecía solo, unos tres años antes de su muerte, con su sombrero puesto y la pipa en la mano, sonriendo a la cámara. La había tomado Mike O'Kelly en la Navidad de mis trece años, cuando le regalé a mi abuelo su planeta perdido: una pelotita verde marcada con cien números, correspondientes a otros tantos mapas o ilustraciones de lo que debiera existir en su planeta, según habíamos ideado juntos. El regalo le gustó mucho, por eso sonreía como un chiquillo en la foto.

—Tu Popo siempre está contigo. No lo olvides, Maya —me dijo mi abuela.

—¡Está muerto, Nini!

—Sí, pero lo llevas adentro de ti, aunque todavía no lo sepas. Al principio era tanta mi pena, Maya, que creí que lo había perdido para siempre, pero ahora casi puedo verlo.

—¿Ya no tienes pena? ¡Quién como tú! —le contesté, enojada.

—Tengo pena, pero la he aceptado. Estoy mucho mejor de ánimo.

—Te felicito. Yo estoy cada vez peor de ánimo en este asilo de imbéciles. Sácame de aquí, Nini, antes de que me vuelva loca rematada.

—No seas trágica, Maya. Esto es mucho más agradable de lo que yo creía, hay comprensión y amabilidad.

—¡Porque ustedes están de visita!

—¿Me quieres decir que cuando no estamos aquí te tratan mal?

—No nos golpean, pero nos aplican tortura psicológica, Nini. Nos privan de comida y de sueño, nos bajan las defensas y después nos lavan el cerebro, nos meten cosas en la cabeza.

—¿Qué cosas?

—Advertencias espantosas sobre drogas, enfermedades venéreas, prisiones, hospitales mentales, abortos, nos tratan como idiotas. ¿Te parece poco?

—Me parece demasiado. Le voy a cantar claro a esa tipa ¿cómo es que se llama? ¿Angie? ¡Ya verá quién soy yo!

—¡No! —exclamé, sujetándola.

—¡Cómo que no! ¿Crees que voy a permitir que traten a mi nieta como preso de Guantánamo? —Y la mafia chilena partió a zancadas rumbo a la oficina de la directora. Minutos más tarde Angie me llamó.

—Maya, por favor repite delante de tu papá lo que le contaste a tu abuelita.

—¿Qué cosa?

—Sabes a qué me refiero —insistió Angie sin levantar la voz.

Mi padre no pareció impresionado y se limitó a recordarme la decisión de la jueza: rehabilitación o cárcel. Me quedé en Oregón.

En la segunda visita, dos meses más tarde, mi Nini estuvo encantada: por fin había recuperado a su niña, dijo, nada de maquillaje de Drácula ni modales de pandillera, me veía saludable y en buena forma. Eso se debía a los ocho kilómetros diarios que yo corría. Me lo permitían porque por mucho que corriera, no llegaría lejos. No sospechaban que me estaba entrenando para huir.

Le conté a mi Nini cómo nos burlábamos los internos de las pruebas psicológicas y de los terapeutas, tan transparentes en sus intenciones que hasta el más novato podía manipularlos, y para qué hablar del nivel académico, al graduarnos nos darían un diploma de ignorantes para colgar en la pared. Estábamos hartos de documentales sobre el calentamiento de los polos y excursiones al Everest, necesitábamos saber qué pasaba en el mundo. Ella me informó que nada sucedía digno de contarse, sólo malas noticias sin solución, el mundo se estaba acabando, pero tan lentamente que duraría hasta que yo me graduara. «No veo las horas que vuelvas a la casa, Maya. ¡Te echo tanto de menos!», suspiró, acariciándome el pelo, pintado de varios colores inexistentes en la naturaleza con las tinturas que ella misma me enviaba por correo.

A pesar del arco iris de mis pelos, me veía discreta comparada con algunos de mis compañeros. Para compensar las innumerables restricciones y darnos una falsa sensación de libertad, nos dejaban experimentar con la ropa y el cabello de acuerdo a la fantasía de cada cual, pero no podíamos agregar más perforaciones ni tatuajes a los ya existentes. Yo tenía un aro de oro en la nariz y mi tatuaje de 2005. Un chico, que había superado una breve etapa neonazi antes de optar por la metanfetamina, lucía una esvástica marcada con un hierro al rojo en el brazo derecho y otro se había tatuado *fuck* en la frente.

—Tiene vocación de jodido, Nini. Nos han prohibido mencionar su tatuaje. Dice el psiquiatra que se puede traumatizar.

—¿Cuál es, Maya?

—Ese larguirucho con una cortina de pelo hasta los ojos.

Y allá fue mi Nini a decirle que no se preocupara, ahora existía un rayo láser para borrarle la palabreja de la frente.

Manuel ha aprovechado el corto verano para recoger información y después, en las horas oscuras del invierno, piensa terminar
el libro sobre magia de Chiloé. Nos llevamos muy bien, me parece a mí, aunque él todavía me gruñe de vez en cuando. No le
hago caso. Me acuerdo de que al conocerlo, me pareció huraño,
pero en estos meses viviendo juntos he descubierto que es uno de
esos tipos bondadosos que se avergüenzan de serlo; no hace esfuerzos por ser amable y se asusta cuando alguien le toma cariño,
por eso me tiene un poco de miedo. Dos de sus libros anteriores
fueron publicados en Australia en formato grande con fotografías
a color y éste será parecido, gracias al auspicio del Consejo de la
Cultura y varias empresas de turismo. Los editores encargaron
las ilustraciones a un pintor de mucho copete en Santiago, quien
se verá en aprietos para crear algunos de los seres espeluznantes
de la mitología chilota. Espero que Manuel me dé más trabajo,
así podré retribuir su hospitalidad; si no, voy a quedar endeuda-
da hasta el fin de mis días. Lo malo es que no sabe delegar; me
encarga las tareas más sencillas y después pierde su tiempo revi-
sándolas. Debe creer que soy tarada. Para colmo, ha tenido que
darme dinero, porque llegué sin nada. Me aseguró que mi abuela le hizo un giro bancario con ese fin, pero no le creo, a ella no se
le ocurren soluciones simples. Más de acuerdo con su carácter sería mandarme una pala para desenterrar tesoros. Aquí hay tesoros escondidos por los piratas de antaño, todo el mundo lo sabe.
En la noche de San Juan, 24 de junio, se ven luces en las playas,
señal de que allí hay un cofre enterrado. Por desgracia las luces se
mueven, eso despista a los codiciosos, y además puede ser que la
luz sea un engaño de los brujos. Nadie se ha hecho rico todavía
cavando en la noche de San Juan.

Está cambiando el clima rápidamente y Eduvigis me tejió un gorro chilote. La centenaria doña Lucinda le tiñó la lana con plantas, cortezas y frutos de la isla. Esa viejita es una experta, nadie logra colores tan resistentes como los suyos, diversos tonos de marrón, rojizo, gris, negro y un verde bilis que a mí me queda bien. Con muy poco dinero pude aperarme de ropa abrigada y zapatillas, mis botas rosadas se pudrieron con la humedad. En Chile a nadie le falta para vestirse con decencia: en todas partes venden ropa usada o proveniente de saldos americanos o chinos, donde a veces se encuentran cosas de mi talla.

Le he tomado respeto a la *Cahuilla*, la lancha de Manuel, tan endeble de aspecto y tan brava de corazón. Nos ha llevado galopando por el golfo de Ancud y después del invierno iremos más al sur, al golfo Corcovado, caleteando por la costa de la Isla Grande. La *Cahuilla* es lenta, pero segura en estas aguas tranquilas; las peores tormentas se dan a mar abierto, en el Pacífico. En las islas y aldeas remotas están las personas antiguas, que conocen las leyendas. Los antiguos viven del campo, la crianza de animales y la pesca, en comunidades pequeñas, donde la fanfarria del progreso todavía no ha llegado.

Manuel y yo salimos de madrugada y si la distancia es corta procuramos regresar antes de que oscurezca, pero si es más de tres horas nos quedamos a dormir, porque sólo los buques de la Armada y el *Caleuche*, el barco fantasma, navegan de noche. Según los antiguos, todo lo que hay sobre la tierra también existe bajo el agua. Hay ciudades sumergidas en el mar, en lagunas, ríos y charcos, y allí viven los *pigüichenes*, criaturas de mal genio capaces de provocar marejadas y corrientes traicioneras. Mucho cuidado se requiere en lugares húmedos, nos advirtieron, pero es un consejo inútil en esta tierra de lluvia incesante, donde la humedad está en todas partes. A veces encontramos antiguos bien dispuestos a contarnos lo que sus ojos han visto y volvemos a la casa con un tesoro de grabaciones, que después resulta un lío descifrar, porque ellos tienen su propia manera de hablar. Al comienzo de la conversación evitan el tema de la magia, son cosas de viejos, dicen, ya nadie cree en eso; tal vez temen las represalias de los «del arte», como llaman a los brujos, o bien no desean contribuir a su reputación de supersticiosos, pero con maña y chicha de manzana Manuel les va sonsacando.

Tuvimos la tormenta más seria hasta ahora, que llegó dando zancadas de giganta y rabiando contra el mundo. Se desataron rayos, truenos y un viento demencial, que nos embistió decidido a mandar la casa navegando en la lluvia. Se desprendieron los tres murciélagos de las vigas y empezaron a dar vueltas en la sala, mientras yo procuraba echarlos a escobazos y el Gato-Leso les lanzaba zarpazos inútiles en la temblorosa luz de las velas. El generador está malo desde hace varios días y no sabemos cuándo vendrá el «maestro chasquilla», si es que viene, nunca se sabe, nadie cumple horarios por estos lados. En Chile se llama maestro chasquilla a cualquier tipo capaz de reparar algo a medias con un alicate y un alambre, pero no hay ninguno en esta isla y debemos recurrir a los de afuera, que se hacen esperar como dignatarios. El ruido de la tormenta era atronador, rocas rodando, tanques de guerra, trenes descarrilados, aullidos de lobos y de repente un clamor que venía del fondo de la tierra. «¡Está temblando, Manuel!», pero él, imperturbable, leía con su foco de minero en la frente. «Es sólo el viento, mujer, cuando tiembla se caen las ollas.»

En eso llegó Azucena Corrales, chorreando agua, con un poncho de plástico y botas de pescar, a pedir socorro porque su padre estaba muy mal. Con la furia de la tormenta no había señal para los celulares y caminar hasta el pueblo resultaba imposible. Manuel se colocó impermeable, gorro y botas, tomó la linterna y se dispuso a salir. Yo partí detrás, no iba a quedarme sola con los murciélagos y el vendaval.

La casa de los Corrales está cerca, pero nos demoramos un siglo en recorrer esa distancia en la oscuridad, empapados por la catarata del cielo, hundiéndonos en el barro y luchando con el viento que nos empujaba en sentido contrario. Por momentos me pareció que estábamos perdidos, pero de pronto apareció el resplandor amarillo de la ventana de los Corrales.

La casa, más chica que la nuestra y muy destartalada, apenas se mantenía de pie en medio de una sonajera de tablas sueltas, pero adentro estaba abrigada. A la luz de un par de faroles de parafina pude ver un desorden de muebles viejos, canastos de lana para hilar, pilas de papas, ollas, bultos, ropa secándose en un alambre, baldes para las goteras del techo y hasta jaulas con conejos y gallinas, que no podían dejar afuera en una noche como aquélla. En un rincón había un altar con una vela encendida frente a una Virgen de yeso y una imagen del padre Hurtado, el santo de los chilenos. Las paredes estaban adornadas con calendarios, fotografías enmarcadas, tarjetas postales y publicidad de ecoturismo y del Manual de Alimentación para el Adulto Mayor.

Carmelo Corrales fue un hombre fornido, carpintero y constructor de botes, pero lo derrotó el alcohol y la diabetes, que llevaban mucho tiempo minándole el organismo. Al principio no hizo caso de los síntomas, después lo trató su mujer con ajo, papa cruda y eucalipto, y cuando Liliana Treviño lo obligó a ir al hospital de Castro ya era tarde. Según Eduvigis, la intervención de los doctores lo puso peor. Corrales no modificó su estilo de vida, siguió bebiendo y abusando de su familia hasta que le amputaron una pierna, en diciembre del año pasado. Ya no puede atrapar a sus nietos para darles correazos, pero Eduvigis suele andar con un ojo morado y a nadie le llama la atención. Manuel me aconsejó no indagar, porque sería bochornoso para Eduvigis, la violencia doméstica se mantiene para callado.

Habían acercado la cama del enfermo a la estufa de leña. Por las historias que había oído de Carmelo Corrales, de sus peleas cuando se embriagaba y de la forma en que maltrataba a su familia, lo imaginaba como un hombrón abominable, pero en esa cama había un anciano inofensivo, desencajado y huesudo, con los párpados entrecerrados, la boca abierta, respirando con un ronquido de agonizante. Suponía que a los diabéticos siempre se les pone insulina, pero Manuel le dio unas cucharadas de miel y con eso y los rezos de Eduvigis, el enfermo reaccionó. Azucena nos preparó una taza de té, que bebimos en silencio, esperando a que amainara la tormenta.

A eso de las cuatro de la madrugada, Manuel y yo volvimos a nuestra casa, ya fría, porque la estufa se había apagado hacía rato. Él fue a buscar más leña mientras yo encendía velas y calentaba agua y leche en la hornilla de parafina. Sin darme cuenta, estaba temblando, no tanto de frío como por la tensión de esa noche, el ventarrón, los murciélagos, el hombre moribundo y algo que sentí en la casa de los Corrales y no sabría explicar, algo maléfico, como odio. Si es cierto que las casas se impregnan de la vida transcurrida entre sus paredes, en la de los Corrales hay maldad.

Manuel encendió el fuego rápidamente, nos quitamos la ropa mojada, nos pusimos pijamas, calcetas gruesas y nos arropamos con mantas chilotas. Bebimos de pie, atracados a la estufa, él su segunda taza de té y yo mi leche, después él revisó las persianas, por si habían cedido con el viento, preparó mi bolsa de agua caliente, la dejó en mi pieza y se retiró a la suya. Lo sentí ir y venir del baño y meterse a la cama. Me quedé escuchando los últimos rezongos de la tormenta, los truenos, que se alejaban, y el viento, que comenzaba a cansarse de soplar.

He desarrollado diversas estrategias para vencer el miedo a la noche y ninguna sirve. Desde que llegué a Chiloé estoy sana de cuerpo y mente, pero mi insomnio ha empeorado y no quiero recurrir a somníferos. Mike O'Kelly me advirtió que lo último que recupera un adicto es el sueño normal. Por las tardes evito la cafeína y estímulos alarmantes, como películas o libros con escenas de violencia, que luego vienen a penarme en la noche. Antes de acostarme me tomo un vaso de leche tibia con miel y canela, la poción mágica que me daba mi Popo cuando era niña, y la infusión tranquilizante de Eduvigis: tilo, saúco, menta y violeta, pero haga lo que haga y aunque me acueste lo más tarde posible y lea hasta que se me caigan los párpados, no puedo engañar al insomnio, es implacable. He pasado muchas noches de mi vida sin dormir, antes contaba corderos, ahora cuento cisnes de cuello negro o delfines de panza blanca. Paso horas en la oscuridad,

147

una, dos, tres de la madrugada, escuchando la respiración de la casa, el susurro de los fantasmas, los arañazos de monstruos debajo de mi cama, temiendo por mi vida. Me atacan los enemigos de siempre, dolores, pérdidas, vejaciones, culpa. Encender la luz equivale a darme por vencida, ya no dormiré en el resto de la noche, porque con luz la casa no sólo respira, también se mueve, palpita, le salen protuberancias y tentáculos, los fantasmas adquieren contornos visibles, los esperpentos se alborotan. Ésa sería una de aquellas noches sin fin, había tenido demasiado estímulo y muy tarde. Estaba enterrada bajo un cerro de frazadas viendo pasar cisnes, cuando escuché a Manuel debatirse dormido en la pieza de al lado, como lo había oído otras veces.

Algo provoca estas pesadillas, algo relacionado con su pasado y tal vez con el pasado de este país. He descubierto algunas cosas en internet que pueden ser significativas, pero voy dando palos de ciego con pocas pistas y ninguna certeza. Todo empezó cuando quise averiguar sobre el primer marido de mi Nini, Felipe Vidal, y de rebote caí en el golpe militar de 1973, que cambió la existencia de Manuel. Encontré un par de artículos publicados por Felipe Vidal sobre Cuba en los años sesenta, fue uno de los pocos periodistas chilenos que escribió sobre la revolución, y otros reportajes suyos de diferentes lugares del mundo; por lo visto viajaba seguido. Unos meses después del golpe desapareció, es lo último que sale en internet sobre él. Estaba casado y tenía un hijo, pero los nombres de la mujer y el hijo no figuran. Le pregunté a Manuel dónde había conocido exactamente a Felipe Vidal y me contestó secamente que no quería hablar de eso, pero tengo el presentimiento de que las historias de estos dos hombres están conectadas de alguna manera.

En Chile, mucha gente se negó a creer en las atrocidades cometidas por la dictadura militar, hasta que surgió la evidencia irrefutable en los años noventa. Según Blanca, ya nadie puede negar que se cometieron abusos, pero todavía hay quienes los justifican. No se puede tocar ese tema delante de su padre y el resto de la familia Schnake, para quienes el pasado está enterrado, los militares salvaron al país del comunismo, pusieron orden, eliminaron a los subversivos y establecieron la economía de libre mercado, que trajo prosperidad y obligó a los chilenos, flojos por naturaleza, a trabajar. ¿Atrocidades? En la guerra son inevitables y ésa fue una guerra contra el comunismo.

¿Qué estaría soñando Manuel esa noche? Volví a sentir esas presencias nefastas de sus pesadillas, presencias que me habían asustado antes. Por último me levanté y, tanteando las paredes, fui a su pieza, donde llegaba la sugerencia del resplandor de la estufa, apenas suficiente para adivinar los contornos de los muebles. Nunca había entrado a esa habitación. Hemos convivido estrechamente, él me socorrió cuando estuve con colitis –no hay nada tan íntimo como eso–, nos cruzamos en el baño, incluso él me ha visto desnuda cuando salgo de la ducha distraída, pero su pieza es territorio vedado, donde sólo entran sin invitación el Gato-Leso y el Gato-Literato. ¿Por qué lo hice? Para despertarlo y para que no siguiera sufriendo, para engañar al insomnio y dormir con él. Eso, nada más, pero sabía que estaba jugando con fuego, él es hombre y yo soy mujer, aunque él sea cincuenta y dos años mayor que yo.

Me gusta mirar a Manuel, usar su chaleco gastado, oler su

jabón en el baño, oír su voz. Me gusta su ironía, su seguridad, su callada compañía, me gusta que no sepa cuánto cariño le tiene la gente. No siento atracción por él, nada de eso, sino un cariño tremendo, imposible de expresar con palabras. La verdad es que no tengo muchas personas a quienes querer: mi Nini, mi papá, Blancanieves, dos que dejé en Las Vegas, nadie en Oregón, fuera de las vicuñas, y algunos a quienes empiezo a querer demasiado en esta isla. Me aproximé a Manuel, sin cuidarme del ruido, me introduje en su cama y me abracé a su espalda, con los pies entre los suyos y la nariz en su nuca. No se movió, pero supe que había despertado, porque se transformó en un bloque de mármol. «Relájate, hombre, sólo vengo a respirar contigo», fue lo único que se me ocurrió decirle. Nos quedamos así, un viejo matrimonio, arropados en el calor de las frazadas y en el calor de los dos, respirando. Y me dormí profundamente, como en los tiempos en que dormía entre mis dos abuelos.

Manuel me despertó a las ocho con una taza de café y pan tostado. La tormenta se había disipado y dejó el aire lavado, con olor fresco a madera mojada y sal. Lo acontecido la noche anterior parecía un mal sueño en la luz matinal que bañaba la casa. Manuel estaba afeitado, con el pelo húmedo, vestido en su forma habitual: pantalones deformes, camiseta de cuello subido, chaleco deshilachado en los codos. Me entregó la bandeja y se sentó a mi lado.

—Perdona. No podía dormir y tú tenías una pesadilla. Supongo que fue una tontería por mi parte venir a tu pieza... —le dije.

—De acuerdo.

—No me pongas esa cara de solterona, Manuel. Cualquiera

150

pensaría que cometí un crimen irreparable. No te violé ni nada parecido.

—Menos mal —me contestó seriamente.

—¿Puedo preguntarte algo personal?

—Depende.

—Yo te miro y veo a un hombre, aunque seas viejo. Pero tú me tratas igual que a tus gatos. No me ves como a una mujer, ¿verdad?

—Yo te veo a ti, Maya. Por eso te pido que no vuelvas a mi cama. Nunca más. ¿Estamos claros?

—Estamos.

En esta isla bucólica de Chiloé, mi agitación del pasado parece incomprensible. No sé qué era esa picazón interior que antes no me daba tregua, por qué saltaba de una cosa a otra, siempre buscando algo sin saber lo que buscaba; no logro recordar con claridad los impulsos y sentimientos de los últimos tres años, como si esa Maya Vidal de entonces fuera otra persona, una desconocida. Se lo comenté a Manuel en una de nuestras raras conversaciones más o menos íntimas, cuando estamos solos, afuera está lloviendo, se ha cortado la luz y él no puede refugiarse en sus libros para escapar de mi parloteo, y me dijo que la adrenalina es adictiva, uno se acostumbra a vivir en ascuas, no se puede prescindir del melodrama, que a fin de cuentas es más interesante que la normalidad. Agregó que a mi edad nadie quiere paz de espíritu, estoy en la edad de la aventura, y este exilio en Chiloé es una pausa, pero no puede convertirse en una forma de vida para alguien como yo. «O sea, me estás insinuando que mientras antes me vaya de tu casa, mejor sería, ¿cierto?», le pregunté. «Mejor para ti, Maya, pero no para mí», me respondió. Le creo, porque cuando yo me vaya este hombre se sentirá más solo que un molusco.

Es verdad que la adrenalina es adictiva. En Oregón había algunos chicos fatalistas muy cómodos en su desgracia. La felicidad es jabonosa, se escurre entre los dedos, pero a los problemas uno puede aferrarse, tienen asidero, son ásperos, duros. En la academia tenía mi propio novelón ruso: yo era mala, impura y dañina, defraudaba y hería a quienes más me querían, mi vida ya estaba jodida. En esta isla, en cambio, casi siempre me siento buena, como si al cambiar de paisaje también hubiera cambiado de piel. Aquí nadie conoce mi pasado, salvo Manuel; la gente me tiene confianza, cree que soy una estudiante de vacaciones que ha venido a ayudar a Manuel en su trabajo, una chica ingenua y sana, que nada en el mar helado y juega al fútbol como un hombre, una gringa medio bobalicona. No pienso defraudarlos.

A veces, en las horas del insomnio siento el pinchazo de la culpa por todo lo que hice antes, pero se disipa al amanecer con el olor de la leña en la estufa, la pata del Fákin arañándome para que lo saque al patio y el carraspeo alérgico de Manuel camino al baño. Despierto, bostezo, me estiro en la cama y suspiro contenta. No es indispensable golpearme el pecho de rodillas ni pagar mis errores con lágrimas y sangre. Según decía mi Popo, la vida es una tapicería que se borda día a día con hilos de muchos colores, unos pesados y oscuros, otros delgados y luminosos, todos los hilos sirven. Las tonterías que hice ya están en la tapicería, son imborrables, pero no voy a cargar con ellas hasta que me muera. Lo hecho, hecho está; tengo que mirar hacia delante.

En Chiloé no hay combustible para hogueras de desesperación. En esta casa de ciprés el corazón se tranquiliza.

En junio de 2008 terminé el programa de la academia de Oregón, donde había estado atrapada por trece meses. En cuestión de pocos días podría salir por la puerta ancha y sólo iba a echar de menos a las vicuñas y a Steve, el consejero favorito del alumnado femenino. Estaba vagamente enamorada de él, como las demás muchachas, pero era demasiado orgullosa para admitirlo. Otras se habían deslizado a su habitación en el secreto de la noche y habían sido enviadas amablemente de vuelta a sus camas; Steve era un genio del rechazo. Libertad, al fin. Podría reincorporarme al mundo de los seres normales, hartarme de música, películas y libros prohibidos, abrir una cuenta de Facebook, la última moda en redes sociales, que todos en la academia deseábamos. Juré que no volvería a pisar el estado de Oregón en el resto de mi existencia.

Por primera vez en meses volví a pensar en Sarah y Debbie, preguntándome qué sería de ellas. Con suerte habrían terminado la secundaria y estarían en la etapa de conseguir algún trabajo, porque no era probable que fueran al *College*, no les daba el cerebro para eso. Debbie fue siempre pésima para estudiar y Sarah tenía demasiados problemas; si no se había curado de la bulimia, seguramente estaba en el cementerio.

Una mañana Angie me convidó a dar un paseo entre los pinos, algo bastante sospechoso, porque no era su estilo, y me anunció que estaba satisfecha de mi progreso, que yo había hecho el trabajo sola, la academia sólo lo había facilitado, y que ahora podría ir a la universidad, aunque tal vez había algunas lagunas en mis estudios. «Océanos, no lagunas», la interrumpí.

Toleró la impertinencia con una sonrisa y me recordó que su misión no era impartir conocimientos, eso podía hacerlo cualquier establecimiento educativo, sino algo mucho más delicado, dar a los jóvenes las herramientas emocionales para alcanzar su máximo potencial.

–Has madurado, Maya, eso es lo importante.

–Tienes razón, Angie. A los dieciséis años mi plan de vida era casarme con un anciano millonario, envenenarlo y heredar su fortuna, en cambio ahora mi plan es criar vicuñas para la venta.

No le pareció gracioso. Me propuso, con algunos rodeos, que me quedara en la academia como instructora deportiva y ayudante en el taller de arte durante el verano; después podía ir directamente al *College* en septiembre. Agregó que mi papá y Susan se estaban divorciando, como ya sabíamos, y que a mi papá le habían asignado una ruta al Medio Oriente.

–Tu situación es complicada, Maya, porque necesitas estabilidad en la etapa de transición. Aquí has estado protegida, pero en Berkeley te faltaría estructura. No es conveniente que vuelvas al mismo ambiente.

–Viviría con mi abuela.

–Tu abuelita ya no tiene edad para...

–¡No la conoces, Angie! Tiene más energía que Madonna. Y deja de llamarla abuelita, porque su apodo es Don Corleone, como El Padrino. Mi Nini me crió a coscorrones, qué más estructura quieres que ésa.

–No vamos a discutir a tu abuela, Maya. Dos o tres meses más aquí pueden ser decisivos para tu futuro. Piénsalo antes de contestarme.

Entonces comprendí que mi papá había hecho un pacto con ella. Él y yo nunca estuvimos muy unidos, en mi infancia estuvo casi ausente, se las arregló para mantenerse lejos, mientras mi Nini y mi Popo lidiaban conmigo. Cuando murió mi abuelo y las cosas se pusieron feas entre nosotros, me colocó interna en Oregón y él se lavó las manos. Ahora tenía una ruta al Medio Oriente, perfecto para él. ¿Para qué me trajo al mundo? Debió ser más prudente en su relación con la princesa de Laponia, puesto que ninguno de los dos quería hijos. Supongo que en esos tiempos también había preservativos. Todo esto me pasó como una ráfaga por la cabeza y llegué rápidamente a la conclusión de que era inútil desafiarlo o tratar de negociar con él, porque es testarudo como un burro cuando algo se le mete en la cabeza, tendría que recurrir a otra solución. Yo tenía dieciocho años y legalmente él no podía obligarme a quedarme en la academia; por eso buscó la complicidad de Angie, cuya opinión tenía el peso de un diagnóstico. Si me rebelaba sería interpretado como problema de conducta y con la firma del psiquiatra residente podían retenerme a la fuerza allí o en otro programa similar. Acepté la proposición de Angie con tal prontitud, que alguien menos seguro de su autoridad habría sospechado, y empecé de inmediato a prepararme para mi postergada fuga.

En la segunda semana de junio, pocos días después de mi paseo entre los pinos con Angie, uno de los alumnos, fumando en el gimnasio, provocó un incendio. La colilla olvidada quemó una colchoneta y el fuego alcanzó al techo antes de que sonara la alarma. Nada tan dramático ni divertido había sucedido en la academia desde su fundación. Mientras los instructores y jardineros conectaban las mangueras, los jóvenes aprovecharon para desbandarse en una fiesta de saltos y gritos, liberando la energía acumulada en meses de introspección, y cuando por fin llegaron bomberos y policías, se encontraron con un cuadro alucinante, que confirmaba la idea generalizada de que eso era asilo de energúmenos. El incendio se extendió, amenazando los bosques cercanos, y los bomberos pidieron el refuerzo de una avioneta. Eso aumentó la euforia maniática de los muchachos, que corrían bajo los chorros de espuma química, sordos a las órdenes de las autoridades.

Era una mañana espléndida. Antes de que la humareda del incendio nublara el cielo, el aire estaba tibio y límpido, ideal para mi huida. Primero debía poner a salvo a las vicuñas, de las que nadie se acordó en la confusión, y perdí media hora tratando de moverlas; tenían las patas trabadas de susto por el olor a chamusquina. Por fin se me ocurrió mojar un par de camisetas y cubrirles las cabezas, así logré tironearlas hacia la cancha de tenis, donde las dejé amarradas y encapuchadas. Después fui a mi dormitorio, coloqué lo indispensable en la mochila –la foto de mi Popo, algo de ropa, dos barras energéticas y una botella de agua–, me calcé con mis mejores zapatillas y corrí hacia el bosque. No fue producto de un impulso, estaba esperando esa oportunidad desde hacía siglos, pero llegado el momento partí sin un plan razonable, sin identificación, dinero o un mapa, con la idea loca de esfumarme por unos días y darle un susto inolvidable a mi padre.

Angie se demoró cuarenta y ocho horas en llamar a mi familia, porque era normal que los internos desaparecieran de vez en cuando; se alejaban por la carretera, pedían un aventón hasta el pueblo más cercano, a treinta kilómetros de distancia, probaban la libertad y luego regresaban solos, porque no tenían adónde ir, o los traía la policía. Esas escapadas eran tan rutinarias, especialmente entre los recién ingresados, que se consideraban una muestra de salud mental. Sólo los más abúlicos y deprimidos se resignaban mansamente al cautiverio. Una vez que los bomberos confirmaron que no había víctimas del fuego, mi ausencia no fue motivo de preocupación especial, pero a la mañana siguiente, cuando de la excitación del incendio sólo quedaban cenizas, empezaron a buscarme en el pueblo y se organizaron patrullas para rastrear los bosques. Para entonces yo llevaba muchas horas de ventaja.

No sé cómo pude orientarme sin brújula en aquel océano de pinos y llegar zigzagueando a la carretera interestatal. Tuve suerte, no hay otra explicación. Mi maratón duró horas, salí de mañana, vi caer la tarde y hacerse de noche. Me detuve un par de veces a tomar agua y mordisquear las barras energéticas, mojada de sudor, y seguí corriendo hasta que la oscuridad me obligó a detenerme. Me acurruqué entre las raíces de un árbol a pasar la noche, rogándole a mi Popo que atajara a los osos; había muchos por allí y eran atrevidos, a veces llegaban a la academia a buscar comida sin incomodarse para nada con la cercanía humana. Los observábamos por las ventanas, sin que nadie se atreviera a echarlos, mientras ellos volteaban los cubos de basura. La comunicación con mi Popo, efímera como espuma, había sufrido serios altibajos durante mi estadía en la academia. En los primeros tiempos después de su muerte se me aparecía, estoy segura; lo veía en el umbral de una puerta, en la vereda opuesta de la calle, tras el vidrio de un restaurante. Es inconfundible, no hay otro parecido a mi Popo, ni negro ni blanco, nadie tan elegante y teatral, con pipa, lentes de oro y sombrero Borsalino. Después comenzó mi debacle de drogas y alcohol, ruido y más ruido, andaba con la mente ofuscada y no volví a verlo, pero en algunas ocasiones creo que estaba cerca; podía sentir sus ojos fijos en mi espalda. Según mi Nini, hay que estar muy quieta, en silencio, en un espacio vacío y limpio, sin relojes, para percibir a los espíritus. «¿Cómo quieres oír a tu Popo si andas enchufada a unos audífonos?», me decía.

Esa noche sola en el bosque experimenté de nuevo el miedo irracional de las noches insomnes de mi infancia, volvieron a atacarme los mismos monstruos de la casona de mis abuelos. Sólo el abrazo y el calor de otro ser me ayudaba a dormir, alguien más grande y fuerte que yo: mi Popo, un perro de husmear bombas. «Popo, Popo», lo llamé, con el corazón zapateándome en el pecho. Apreté los párpados y me tapé los oídos para no ver las sombras movedizas ni oír los sonidos amenazantes. Me adormecí por un rato, que debió haber sido muy breve, y desperté sobresaltada por un resplandor entre los troncos de los árboles. Me demoré un poco en ubicarme y adivinar que podían ser los focos de un vehículo y que estaba cerca de un camino; entonces me puse de pie de un salto, gritando de alivio, y eché a correr.

Las clases comenzaron hace varias semanas y ahora tengo empleo de maestra, pero sin sueldo. Voy a pagarle mi hospedaje a Manuel Arias mediante una complicada fórmula de trueque. Yo trabajo en la escuela y la tía Blanca, en vez de pagarme directamente, le retribuye a Manuel con leña, papel de escribir, gasolina, licor de oro y otras amenidades, como películas que no se exhiben en el pueblo por falta de subtítulos en español o porque son «repelentes». No es ella quien aplica la censura, sino un comité de vecinos, para quienes «repelentes» son las películas americanas con demasiado sexo. Ese adjetivo no se aplica a las películas chilenas, donde los actores suelen revolcarse desnudos dando aullidos sin que el público de esta isla se inmute.

El trueque es parte esencial de la economía en estas islas, se cambian pescados por papas, pan por madera, pollos por conejos, y muchos servicios se pagan con productos. El doctor lampiño de la lancha no cobra, porque es del Servicio Nacional de Salud, pero igual sus pacientes le pagan con gallinas o tejidos. Nadie pone precio a las cosas, pero todos saben el valor justo y llevan la cuenta en la memoria. El sistema fluye con elegancia, no se menciona la deuda, lo que se da, ni lo que se recibe. Quien no ha nacido aquí jamás podría dominar la complejidad y sutileza del trueque, pero he aprendido a retribuir las infinitas tazas de mate y té que me ofrecen en el pueblo. Al principio no sabía cómo hacerlo, porque nunca he sido tan pobre como soy ahora, ni siquiera cuando era mendiga, pero me di cuenta de que los vecinos agradecen que yo entretenga a los niños o ayude a doña Lucinda a teñir y ovillar su lana. Doña Lucinda es tan anciana que ya nadie recuerda a qué familia pertenece y la cuidan por turnos; es la tatarabuela de la isla y sigue activa, romanceando las papas y vendiendo lana.

No es indispensable pagar el favor directamente al acreedor, se puede hacer una carambola, como la de Blanca y Manuel con mi trabajo en la escuela. A veces la carambola es doble o triple: Liliana Treviño le consigue glucosamina para la artritis a Eduvigis Corrales, quien le teje calcetas de lana a Manuel Arias y éste canjea sus ejemplares del *National Geographic* por revistas femeninas en la librería de Castro y se las da a Liliana Treviño cuando ésta llega con el remedio de Eduvigis, y así sigue la ronda y todos contentos. Respecto a la glucosamina, conviene aclarar que Eduvigis se la toma a regañadientes, para no ofender a la enfermera, porque la única cura infalible para la artritis son las friegas de ortigas combinadas con picaduras de abejas. Con tan drásticos remedios, no es raro que aquí la gente se desgaste. Además, el viento y el frío dañan los huesos y la humedad entra en las articulaciones; el cuerpo se cansa de recoger papas de la tierra y mariscos del mar y el corazón se pone melancólico, porque los hijos se van lejos. La chicha y el vino combaten las penas por un rato, pero al fin siempre gana el cansancio. Aquí la existencia no es fácil y para muchos la muerte es una invitación al descanso.

Mis días se han puesto más interesantes desde que comenzó la escuela. Antes era la gringuita, pero ahora que les enseño a los niños soy la tía Gringa. En Chile las personas mayores reciben el título de tío o tía, aunque no lo merezcan. Por respeto, yo debería decirle tío a Manuel, pero cuando llegué aquí no lo sabía y ahora es tarde. Estoy echando raíces en esta isla, nunca lo hubiera imaginado.

En invierno entramos a clases alrededor de las nueve de la mañana, de acuerdo a la luz y la lluvia. Me voy a la escuela trotando, acompañada por el Fákin, que me deja en la puerta y después se vuelve a la casa, donde está abrigado. La jornada comienza izando la bandera chilena y todos formados cantando la canción nacional –*Puro Chile es tu cielo azulado, puras brisas te cruzan también,* etc.– y enseguida la tía Blanca nos da las pautas del día. Los viernes nombra a los premiados y a los castigados y nos levanta la moral con un discursito edificante.

Les enseño a los niños fundamentos de inglés, idioma del futuro, como cree la tía Blanca, con un texto de 1952 en el cual los aviones son de hélice y las madres, siempre rubias, cocinan en tacones altos. También les enseño a usar las computadoras, que funcionan sin problemas cuando hay electricidad, y soy la entrenadora oficial de fútbol, aunque cualquiera de estos mocosos juega mejor que yo. Hay una vehemencia olímpica en nuestro equipo masculino, El Caleuche, porque le aposté a don Lionel Schnake, cuando nos regaló las zapatillas, que ganaríamos el campeonato escolar en septiembre y si perdemos me afeitaré la cabeza, lo cual sería una humillación insoportable para mis futbolistas. La Pincoya, el equipo femenino, es pésimo y más vale no mencionarlo.

El Caleuche rechazó a Juanito Corrales, apodado el Enano, por enclenque, aunque corre como liebre y no teme los pelotazos. Los niños se burlan de él y si pueden, le pegan. El alumno más antiguo es Pedro Pelanchugay, que ha repetido varios cursos y el consenso general es que debería ganarse la vida pescando con sus tíos, en vez de gastar el poco cerebro que tiene en aprender números y letras que no le servirán de mucho. Es indio huilliche, macizo, moreno, testarudo y paciente, buen tipo, pero nadie se atreve con él, porque cuando finalmente pierde la paciencia arremete como un tractor. La tía Blanca le encargó proteger a Juanito. «¿Por qué yo?», preguntó él, mirándose los pies. «Porque eres el más fuerte.» Enseguida llamó a Juanito y le ordenó que ayudara a Pedro con las tareas. «¿Por qué yo?», tartamudeó el niño, que rara vez habla. «Porque eres el más listo.» Con esa solución salomónica resolvió el problema del abuso contra uno y las malas notas del otro y además forjó una sólida amistad entre los chiquillos, que por mutua conveniencia se han vuelto inseparables.

A mediodía ayudo a servir el almuerzo que provee el Ministerio de Educación: pollo o pescado, papas, verdura, postre y un vaso de leche. Dice la tía Blanca que para algunos niños chilenos ése es el único alimento del día, pero en esta isla no es el caso; somos pobres, pero no nos falta comida. Mi turno termina después de almuerzo; entonces me voy a la casa a trabajar con Manuel un par de horas y el resto de la tarde estoy libre. Los viernes la tía Blanca premia a los tres alumnos de mejor conducta en la semana con un papelito amarillo firmado por ella, que sirve para bañarse en el jacuzzi, es decir, el tonel de madera con agua caliente, del tío Manuel. En la casa les damos a los niños premiados una taza de cocoa y galletas horneadas por mí, los hacemos enjabonarse en la ducha y después pueden jugar en el jacuzzi hasta que oscurezca.

Esa noche en Oregón me dejó una marca indeleble. Me escapé de la academia y corrí todo el día en el bosque sin un plan, sin otro pensamiento en la cabeza que herir a mi padre y librarme de los terapeutas y sus sesiones de grupo, estaba harta de su amabilidad azucarada y su insistencia obscena para sondear en mi mente. Quería ser normal, nada más.

Me despertó el paso fugaz de un vehículo y corrí, tropezando con arbustos y raíces y apartando ramas de los pinos, pero cuando finalmente encontré el camino, que estaba a menos de cincuenta metros, las luces habían desaparecido. La luna alumbraba la raya amarilla que dividía la carretera. Calculé que pasarían otros coches, porque todavía era relativamente temprano, y no me equivoqué, pronto escuché el ruido de un potente motor y vi de lejos el resplandor de dos focos, que al aproximarse revelaron un camión gigantesco, cada rueda de mi altura, con dos banderas flameando en el chasis. Me atravesé por delante haciendo señas desesperadas con los brazos. El conductor, sorprendido ante esa visión inesperada, frenó en seco, pero tuve que apartarme apurada, porque la enorme masa del camión siguió rodando por inercia unos veinte metros antes de detenerse por completo. Corrí hacia el vehículo. El chofer asomó la cabeza por la ventanilla y me alumbró de arriba abajo con una linterna, estudiándome, preguntándose si esa muchacha pudiera ser el señuelo de una pandilla de asaltantes, no sería la primera vez que algo así le ocurría a un transportista. Al comprobar que no había nadie más en los alrededores y ver mi cabeza de Medusa con mechas color sorbete, se tranquilizó. Debía haber concluido que yo era una yonqui inofensiva, otra tonta drogada. Me hizo un gesto, le quitó el seguro a la puerta de la derecha y trepé a la cabina.

El hombre, visto de cerca, era tan abrumador como su vehículo, grande, fornido, con brazos de levantador de pesas, camiseta sin mangas y una anémica cola de caballo asomando bajo la cachucha de béisbol, una caricatura del macho bruto, pero yo ya no podía retroceder. En contraste con su aspecto amenazador había un zapatito de bebé colgando del espejo retrovisor y un par de estampas religiosas. «Voy a Las Vegas», me informó. Le dije que yo iba a California y añadí que Las Vegas me servía igual, porque nadie me esperaba en California. Ése fue mi segundo error; el primero fue subirme al camión.

La hora siguiente transcurrió con un animado monólogo del chofer, que exudaba energía como si estuviera electrizado con anfetaminas. Se entretenía durante sus eternas horas de manejo comunicándose con otros conductores para intercambiar chistes y comentarios del tiempo, el asfalto, béisbol, sus vehículos y los restaurantes de la carretera, mientras en la radio los predicadores evangélicos profetizaban a pulmón partido la segunda venida de Cristo. Fumaba sin pausa, sudaba, se rascaba, tomaba agua. El aire en la cabina era irrespirable. Me ofreció papas fritas de una bolsa que llevaba en el asiento y una lata de Coca-Cola, pero no se interesó por saber mi nombre ni por qué estaba de noche en un camino desolado. En cambio me contó de sí mismo: se llamaba Roy Fedgewick, era de Tennessee, estuvo en el ejército, hasta que tuvo un accidente y lo dieron de baja. En el hospital ortopédico, donde pasó varias semanas, encontró a Jesús. Siguió hablando y citando pasajes de la Biblia, mientras yo trataba en vano de relajarme con la cabeza apoyada en mi ventanilla, lo más lejos posible de su cigarro; tenía las piernas acalambradas y un hormigueo desagradable en la piel por la esforzada carrera del día.

Unos ochenta kilómetros más adelante Fedgewick se desvió del camino y se detuvo frente a un motel. Un letrero de luces azules, con varias ampolletas quemadas, indicaba el nombre. No había signos de actividad, una hilera de cuartos, una máquina dispensadora de gaseosas, una caseta de teléfono público, un camión y dos coches con aspecto de haber estado allí desde el comienzo de los tiempos.

—Estoy manejando desde las seis de la mañana. Vamos a pasar la noche aquí. Bájate —me anunció Fedgewick.

—Prefiero dormir en su camión, si no le importa —le dije, pensando que no tenía dinero para una pieza.

El hombre estiró el brazo por encima de mí para abrir la cajuela interior y sacó un frasco de cuarto de litro de whisky y una pistola semiautomática. Cogió un bolso de lona, se bajó, dio la vuelta, abrió mi puertezuela y me ordenó que me bajara, sería mejor para mí.

—Los dos sabemos para qué estamos aquí, putita. ¿O tú creías que el viaje era gratis?

Le obedecí por instinto, aunque en el curso de autodefensa de Berkeley High nos habían enseñado que en esas circunstancias lo mejor es tirarse al suelo y gritar como enajenada, jamás colaborar con el agresor. Me di cuenta de que el hombre cojeaba y era más bajo y grueso de lo que parecía sentado, yo habría podido escapar corriendo y él no habría podido alcanzarme, pero me detuvo la pistola. Fedgewick adivinó mis intenciones, me sujetó firmemente de un brazo y me llevó casi en vilo a la ventanilla de recepción, que estaba protegida por un vidrio grueso y barrotes, pasó varios billetes por un hueco, recibió la llave y pidió una caja de seis cervezas y una pizza. No conseguí ver al empleado ni hacerle una señal, porque el camionero se las arregló para interponer su corpachón.

Con la garra del hombrón estrujándome el brazo, caminé hacia el número 32 y entramos a una habitación maloliente a humedad y creosota, con una cama doble, papel a rayas en las paredes, televisor, estufa eléctrica y un aparato de aire acondicionado que bloqueaba la única ventana. Fedgewick me mandó a encerrarme en el baño hasta que trajeran la cerveza y la pizza. El baño consistía en una ducha con las llaves oxidadas, un lavatorio, un excusado de dudosa limpieza y dos toallas deshilachadas; carecía de cerrojo en la puerta y sólo había una pequeña claraboya de ventilación. Recorrí mi celda de una angustiosa mirada y comprendí que nunca había estado tan desvalida. Mis aventuras anteriores eran broma comparadas con esto, habían sido en territorio conocido, con mis amigas, Rick Laredo cuidando la retaguardia y la certeza de que en una emergencia podía refugiarme en las faldas de mi abuela.

El camionero recibió el pedido, intercambió un par de frases con el empleado, cerró la puerta y me llamó a comer antes de que la pizza se enfriara. Yo no podía echarme nada a la boca, tenía una roca en la garganta. Fedgewick no insistió. Buscó algo en su bolso, fue al excusado, sin cerrar la puerta, y regresó a la pieza con la bragueta abierta y un vaso de plástico con un dedo de whisky. «¿Estás nerviosa? Con esto te sentirás mejor», dijo, pasándome el vaso. Negué con la cabeza, incapaz de hablar, pero él me cogió por la nuca y me puso el vaso en la boca. «Tómatelo, perra desgraciada ¿o quieres que te lo dé a la fuerza?»

Me lo tragué, tosiendo y lagrimeando; hacía más de un año que no probaba alcohol y había olvidado cómo quemaba.

Mi raptor se sentó en la cama a ver una comedia en la televisión y darles el bajo a tres cervezas y dos tercios de la pizza, riéndose, eructando, aparentemente olvidado de mí, mientras yo aguardaba de pie en un rincón, apoyada contra la pared, mareada. El cuarto se movía, los muebles cambiaban de forma, la masa enorme de Fedgewick se confundía con las imágenes del televisor. Las piernas se me doblaban y tuve que sentarme en el suelo, luchando contra el deseo de cerrar los ojos y abandonarme. Era incapaz de pensar, pero comprendía que estaba drogada: el whisky del vaso de papel. El hombre, cansado de la comedia, apagó el televisor y se acercó a evaluar mi estado. Sus dedos gruesos me levantaron la cabeza, que se había vuelto de piedra y el cuello ya no la sostenía. Su aliento repugnante me dio en la cara. Fedgewick se sentó en la cama, alineó cocaína en la mesita de noche con una tarjeta de crédito y aspiró el polvo blanco a fondo, con placer. Enseguida se volvió hacia mí y me ordenó quitarme la ropa, mientras se frotaba la entrepierna con el cañón de la pistola, pero no pude moverme. Me levantó del suelo y me desnudó a zarpazos. Traté de forcejear, pero mi cuerpo no respondía, traté de gritar y no me salía la voz. Me fui hundiendo en un espeso lodazal, sin aire, ahogándome, muriéndome.

Estuve medio inconsciente durante las horas siguientes y no supe de las peores vejaciones, pero en algún momento mi espíritu regresó de lejos y observé la escena en la sórdida pieza del motel como en una pantalla en blanco y negro: la figura femenina larga y delgada, inerte, abierta en cruz, el minotauro mascullando obscenidades y arremetiendo una y otra vez, las manchas oscuras en la sábana, el cinturón, el arma, la botella. Flotando en el aire vi por último a Fedgewick desplomarse de boca, exhausto, satisfecho, babeante, y al instante empezar a roncar. Hice un esfuerzo sobrehumano por despertar y volví a mi cuerpo adolorido, pero apenas podía abrir los ojos y mucho menos podía pensar. Levantarme, pedir ayuda, escapar, eran palabras sin sentido que se formaban como pompas de jabón y se desvanecían en el algodón de mi cerebro embotado. Me sumí una vez más en una piadosa oscuridad.

Desperté a las tres menos diez de la mañana, según indicaba el reloj fluorescente en el velador, con la boca seca, los labios partidos y atormentada por una sed de desierto. Al tratar de incorporarme, me di cuenta de que estaba inmovilizada, porque Fedgewick había sujetado mi muñeca izquierda al respaldo de la cama con un par de esposas. Tenía la mano hinchada y el brazo rígido, el mismo brazo que me había quebrado antes en el accidente en bicicleta. El pánico que sentía despejó un poco la densa bruma de la droga. Me moví con cuidado, tratando de ubicarme en la penumbra. La única luz provenía del resplandor azul del letrero del motel, que se filtraba entre las roñosas cortinas, y del reflejo verde de los números luminosos del reloj. ¡El teléfono! Lo descubrí al volverme para ver la hora, estaba junto al reloj, muy cerca.

Con la mano libre tiré de la sábana y me limpié la humedad viscosa del vientre y los muslos, luego me volteé a la izquierda y me deslicé con penosa lentitud hacia el piso. El tirón de las esposas en la muñeca me arrancó un gemido y el rechinar de los resortes de la cama sonó como el frenazo de un tren. De rodillas sobre la alfombra áspera, con el brazo torcido en una posición imposible, esperé aterrada la reacción de mi captor, pero por encima del ruido atronador de mi propio corazón escuché sus ronquidos. Antes de atreverme a coger el teléfono aguardé cinco minutos para asegurarme de que él seguía despatarrado en el sueño profundo de la ebriedad. Me encogí en el suelo, lo más lejos que las esposas me permitieron, y marqué el 911 para pedir socorro, amortiguando la voz con una almohada. No había línea exterior. El aparato de la pieza sólo comunicaba con la recepción; para llamar afuera se requería el teléfono público de la portería o un celular y el del camionero estaba fuera de mi alcance. Marqué el número de la recepción y oí repicar once veces antes de que una voz masculina con acento de la India contestara. «Me han secuestrado, ayúdeme, ayúdeme…», susurré, pero el empleado colgó el teléfono sin darme tiempo de decir más. Lo intenté de nuevo, con el mismo resultado. Desesperada, ahogué mis sollozos en la mugrienta almohada.

Pasó más de media hora antes de que me acordara de la pistola, que Fedgewick había usado como un juguete perverso, metal frío en la boca, en la vagina, sabor de sangre. Tenía que encontrarla, era mi única esperanza. Para subirme a la cama con una mano esposada debí hacer contorsiones de circo y no pude evitar el rebote del colchón con mi peso. El camionero emitió unos resoplidos de toro, se volteó de espaldas y su mano cayó sobre mi cadera con el peso de un ladrillo, paralizándome, pero pronto volvió a roncar y yo pude respirar. El reloj marcaba las tres y veinticinco, el tiempo se arrastraba, faltaban horas para el amanecer. Comprendí que ésos eran mis últimos momentos, Fedgewick jamás me dejaría viva, yo podía identificarlo y describir su vehículo, si no me había matado aún era porque planeaba seguir abusando de mí. La idea de que estaba condenada, que iba a morir asesinada y nunca encontrarían mis restos en esos bosques, me dio un coraje inesperado. No tenía nada que perder.

Aparté la manaza de Fedgewick de mi cadera con brusquedad y me volví para enfrentarlo. Su olor me golpeó: aliento de fiera, sudor, alcohol, semen, pizza rancia. Distinguí el rostro bestial de perfil, el tórax enorme, los músculos abultados del antebrazo, el sexo velludo, la pierna gruesa como un tronco y tragué el vómito que me subía por la garganta. Con la mano libre comencé a palpar debajo de su almohada en busca de la pistola. La encontré casi de inmediato, estaba a mi alcance, pero aplastada por la cabezota de Fedgewick, quien debía de estar muy confiado en su poder y en mi resignación de víctima para haberla dejado allí. Respiré a fondo, cerré los ojos, cogí el cañón con dos dedos y empecé a tirar milímetro a milímetro, sin mover la almohada. Por último logré sacar la pistola, que resultó más pesada de lo esperado, y la sostuve contra mi pecho, estremecida por el esfuerzo y la ansiedad. La única arma que había visto era la de Rick Laredo y jamás la había tocado, pero sabía usarla, el cine me lo había enseñado.

Apunté con la pistola a la cabeza de Fedgewick, era su vida o la mía. Apenas podía levantar el arma con una sola mano, temblando de nervios, con el cuerpo torcido y debilitada por la droga, pero iba a ser un disparo a quemarropa y no podía fallar. Puse el dedo en el gatillo y vacilé, enceguecida por el golpeteo ensordecedor en mis sienes. Calculé, con absoluta claridad, que no iba a tener otra oportunidad de escapar de ese animal. Me obligué a mover el dedo índice, sentí la leve resistencia del gatillo y vacilé de nuevo, anticipando el fogonazo, el recular del arma, el estallido dantesco de huesos y sangre y pedazos del cerebro. Ahora, tiene que ser ahora, murmuré, pero no pude hacerlo. Me limpié el sudor que me corría por la cara y me nublaba la vista, me sequé la mano en la sábana y volví a tomar el arma, coloqué el dedo en el gatillo y apunté. Dos veces más repetí el gesto, sin poder disparar. Miré el reloj: tres y media. Por último, dejé la pistola sobre la almohada, junto a la oreja de mi verdugo dormido. Le di la espalda a Fedgewick y me encogí, desnuda, entumecida, llorando de frustración por mis escrúpulos y de alivio por haberme librado del irreversible horror de matar.

Al amanecer Roy Fedgewick despertó eructando y estirándose, sin rastros de ebriedad, locuaz y de buen humor. Vio la pistola sobre la almohada, la tomó, se la puso en la sien y apretó el gatillo. «¡Pum! No pensarías que estaba cargada, ¿verdad?», dijo, echándose a reír. Se levantó desnudo, sopesando a dos manos su erección matinal, pensó un momento, pero desistió del impulso. Guardó el arma en su bolso, sacó una llave del bolsillo de su pantalón, abrió las esposas y me liberó. «Vieras cómo me han servido estas esposas, a las mujeres les encantan. ¿Cómo te sientes?», me preguntó, acariciándome la cabeza con un gesto paternal. Yo todavía no podía creer que estaba viva. Había dormido un par de horas como anestesiada, sin sueños. Me froté la muñeca y la mano, para restablecer la circulación.

«Vamos a desayunar, ésa es la comida más importante del día. Con un buen desayuno puedo manejar veinte horas», me anunció desde el excusado, donde estaba sentado, con un cigarrillo en los labios. Al poco rato lo oí ducharse y cepillarse los dientes, luego volvió a la pieza, se vistió tarareando y se recostó sobre la cama calzado con sus botas de vaquero, imitación piel de lagarto, a ver la televisión. Moví de a poco mis huesos entumecidos, me puse de pie con torpeza de anciana, me fui trastabillando al baño y cerré la puerta. La ducha caliente me cayó encima como un bálsamo. Me lavé el pelo con el champú ordinario del motel y me froté el cuerpo furiosamente, tratando de borrar con jabón las infamias de la noche. Tenía magulladuras y arañazos en las piernas, los senos y la cintura; la muñeca y la mano derechas estaban deformes por la hinchazón. Sentía un dolor generalizado de quemadura en la vagina y el ano, me corría un hilo de sangre entre las piernas; hice un apósito con papel del excusado, me puse las bragas y terminé de vestirme. El camionero se echó dos pastillas a la boca y se las tragó con media botella de cerveza, luego me ofreció el resto de la botella, la última que quedaba, y otras dos pastillas. «Tómatelas, son aspirinas, ayudan con la resaca. Hoy estaremos en Las Vegas. Te conviene seguir conmigo, niña, ya me pagaste el peaje», me dijo. Tomó su bolso, verificó que nada se le quedaba y salió del cuarto. Lo seguí sin fuerzas al camión. El cielo recién empezaba a aclarar.

Poco más tarde nos detuvimos en un restaurante para viajeros de paso, donde ya había otros pesados vehículos de transporte y un tráiler. Adentro, el aroma de tocino y café me despertó el hambre, sólo había comido dos barras energéticas y un puñado de papas fritas en veintitantas horas. El chofer entró al local derrochando bonhomía, a bromas con los otros parroquianos, a quienes por lo visto conocía, a besos con la mesonera y saludando en un español masticado a los dos guatemaltecos que cocinaban. Pidió jugo de naranja, huevos, salchichas, panquecas, pan tostado y café para los dos, mientras yo absorbía de una mirada el piso de linóleo, los ventiladores en el techo, las pilas de bollos dulces bajo la campana de vidrio sobre el mesón. Cuando trajeron la comida, Fedgewick me tomó las dos manos encima de la mesa, inclinó teatralmente la cabeza y cerró los ojos. «Gracias, Señor, por este desayuno nutritivo y este hermoso día. Bendícenos, Señor, y protégenos en el resto del viaje. Amén.» Observé sin esperanza a los hombres comiendo ruidosamente en las otras mesas, la mujer sirviendo café con su pelo teñido y su aire de fatiga, los indios milenarios volteando huevos y tocino en la cocina. No había a quién recurrir. ¿Qué podía decirles? Que había pedido un aventón y me habían cobrado el favor en un motel, que era una estúpida y merecía mi suerte. Incliné la cabeza como el camionero y recé calladamente: «No me sueltes, Popo, cuídame». Luego devoré hasta la última brizna de mi desayuno.

Por su posición en el mapa, tan lejos de Estados Unidos y tan cerca de nada, Chile está fuera de la ruta habitual del narcotráfico, pero las drogas también han llegado aquí, como al resto del mundo. Se ven algunos chicos perdidos en las nubes; me tocó uno en el transbordador, cuando crucé el canal de Chacao para venir a Chiloé, un desesperado que ya estaba en la etapa de los seres invisibles, oyendo voces, hablando solo, gesticulando. La marihuana está al alcance de cualquiera, es más común y barata que los cigarrillos, la ofrecen en las esquinas; pasta base o crack circula más entre los pobres, que también inhalan gasolina, cola, disolvente de barniz y otros venenos; para los interesados en variedad existen alucinógenos de diversas clases, cocaína, heroína y sus derivados, anfetaminas y un menú completo de fármacos del mercado negro, pero en nuestra islita hay menos opciones, sólo alcohol para quien quiera y marihuana y pasta base para los jóvenes. «Debes andar muy alerta con los niños, gringuita, nada de drogas en la escuela», me ordenó Blanca Schnake y procedió a explicarme cómo detectar los síntomas en los alumnos. No sabe que soy experta.

Cuando estábamos supervisando el recreo, Blanca me comentó que Azucena Corrales no ha venido a clases y teme que abandone los estudios como sus hermanos mayores, ninguno de los cuales terminó la escuela. No conoce a la madre de Juanito, porque ya se había ido cuando ella llegó a la isla, pero sabe que era una niña brillante, que quedó embarazada a los quince años y después de dar a luz se fue y no volvió más. Ahora vive en Quellón, en el sur de la Isla Grande, donde estaban la mayoría de las salmoneras, antes de que llegara el virus que mató a los peces. En la época de la bonanza del salmón, Quellón era como el Far West, tierra de aventureros y hombres solos, que solían tomar la ley en sus manos, y de mujeres de virtud liviana y ánimo emprendedor, capaces de ganar en una semana lo que un obrero en un año. Las mujeres más solicitadas eran las colombianas, llamadas trabajadoras sexuales itinerantes por la prensa y negras potonas por los clientes agradecidos.

—Azucena era buena estudiante, como su hermana, pero de

repente se puso huraña y empezó a evitar a la gente. No sé qué le habrá pasado —me dijo la tía Blanca.

—Tampoco ha ido a hacer aseo en nuestra casa. La última vez que la vi fue la noche de la tormenta, cuando llegó a buscar a Manuel, porque Carmelo Corrales estaba muy enfermo.

—Manuel me lo contó. Carmelo Corrales estaba con un ataque de hipoglucemia, bastante común entre los diabéticos alcohólicos, pero darle miel fue una decisión arriesgada por parte de Manuel; podía haberlo matado. ¡Imagínate qué responsabilidad!

—De todos modos, ya estaba medio muerto, tía Blanca. Manuel tiene una admirable sangre fría. ¿Te has fijado en que nunca se enoja ni se apura?

—Es por su burbuja en el cerebro —me informó Blanca.

Resulta que hace una década a Manuel le descubrieron un aneurisma, que puede reventar en cualquier instante. ¡Y yo recién me entero! Según Blanca, Manuel se vino a Chiloé a vivir sus días a plenitud en este paisaje soberbio, en paz y silencio, haciendo lo que ama, escribir y estudiar.

—El aneurisma equivale a una sentencia de muerte, eso lo ha vuelto desprendido, pero no indiferente. Manuel aprovecha bien su tiempo, gringuita. Vive en el presente, hora a hora, y está mucho más reconciliado con la idea de morir que yo, que también ando con una bomba de tiempo adentro. Otros pasan años meditando en un monasterio sin alcanzar ese estado de paz que tiene Manuel.

—Veo que tú también crees que él es como Sidarta.

—¿Quién?

—Nadie.

Se me ocurre que Manuel Arias nunca ha tenido un gran amor, como el de mis abuelos, por eso se conforma con su existencia de lobo solitario. La burbuja en el cerebro le sirve de excusa para evitar el amor. ¿Acaso no tiene ojos para ver a Blanca? ¡Juesú!, como diría Eduvigis, parece que estoy tratando de engancharlo con Blanca. Este pernicioso romanticismo es producto de las novelas rosa que he estado leyendo últimamente. La pregunta inevitable es por qué Manuel aceptó recibir en su casa a una tipa como yo, una desconocida, alguien de otro mundo, con sospechosas costumbres y además fugitiva; cómo va a ser que su amistad con mi abuela, a quien no ha visto en varias décadas, pese más en la balanza que su indispensable tranquilidad.

—Manuel estaba preocupado con tu venida —me dijo Blanca cuando se lo pregunté—. Creía que le ibas a desbaratar la vida, pero no pudo negarle el favor a tu abuela, porque cuando a él lo relegaron en 1975, alguien le dio amparo.

—Tu padre.

—Sí. En esa época era arriesgado ayudar a los perseguidos de la dictadura, a mi padre se lo advirtieron, perdió amigos y familiares, hasta mis hermanos estaban enojados por eso. ¡Lionel Schnake dándole refugio a un comunista! Pero él decía que si en este país no se puede ayudar al prójimo, más vale irse lejos. Mi papá se cree invulnerable, decía que los milicos no se atreverían a tocarlo. La arrogancia de su clase le sirvió en este caso para hacer el bien.

—Y ahora Manuel le paga a don Lionel ayudándome a mí. La ley chilota de reciprocidad en carambola.

—Cierto.

—Los temores de Manuel respecto a mí estaban muy justificados, tía Blanca. Llegué como un toro suelto a romperle la cristalería...

—¡Pero eso le ha hecho mucho bien! —me interrumpió—. Lo noto cambiado, gringuita, está más suelto.

—¿Suelto? Es más apretado que nudo de marinero. Creo que tiene depresión.

—Es su carácter, gringuita. Nunca fue un payaso.

El tono y la mirada perdida de Blanca me indicaron cuánto lo quiere. Me contó que Manuel tenía treinta y nueve años cuando fue relegado a Chiloé y vivió en la casa de don Lionel Schnake. Estaba traumatizado por más de un año en prisión, por la relegación, la pérdida de su familia, sus amigos, su trabajo, todo, mientras que para ella era una época espléndida: había sido elegida reina de belleza y estaba planeando su boda. El contraste entre los dos resultaba muy cruel. Blanca no sabía casi nada del huésped de su padre, pero la atraía su aire trágico y melancólico; por comparación, otros hombres, incluso su novio, le parecían insustanciales. La noche antes de que Manuel partiera al exilio, justamente cuando la familia Schnake celebraba la devolución del campo expropiado en Osorno, ella fue a la pieza de Manuel a regalarle un poco de placer, algo memorable que él pudiera llevarse a Australia. Blanca había hecho el amor con su novio, un ingeniero exitoso, de familia rica, partidario del gobierno militar, católico, lo opuesto de Manuel y adecuado para una joven como ella, pero lo que vivió con Manuel esa noche fue muy diferente. El amanecer los encontró abrazados y tristes, como dos huérfanos.

—El regalo me lo dio él. Manuel me cambió, me dio otra perspectiva del mundo. No me contó lo que le había pasado cuando estuvo preso, nunca habla de eso, pero sentí su sufrimiento en mi propia piel. Poco después terminé con mi novio y me fui de viaje —me dijo Blanca.

En los veinte años siguientes tuvo noticias de él, porque Manuel nunca dejó de escribirle a don Lionel; así supo de sus divorcios, su estadía en Australia, luego en España, su retorno a Chile en 1998. Entonces ella estaba casada, con dos hijas adolescentes.

—Mi matrimonio iba dando tumbos, mi marido era uno de esos infieles crónicos, criado para ser servido por las mujeres. Te habrás dado cuenta de lo machista que es este país, Maya. Mi marido me dejó cuando me dio cáncer; no pudo soportar la idea de acostarse con una mujer sin senos.

—¿Y qué pasó entre tú y Manuel?

—Nada. Nos reencontramos aquí en Chiloé, los dos bastante heridos por la vida.

—Tú lo quieres, ¿verdad?

—No es tan simple…

—Entonces deberías decírselo —la interrumpí—. Si vas a esperar que él tome la iniciativa, tendrás que ponerte cómoda.

—En cualquier momento me puede volver el cáncer, Maya. Ningún hombre quiere hacerse cargo de una mujer con este problema.

—Y en cualquier momento a Manuel se le puede reventar la jodida burbuja, tía Blanca. No hay tiempo que perder.

—¡No se te ocurra meter las narices en esto! Lo último que necesitamos es una gringa alcahueta —me advirtió, alarmada.

Me temo que si no meto mis narices, se van a morir de viejos sin resolver ese asunto. Más tarde, cuando llegué a la casa, encontré a Manuel sentado en su poltrona frente a la ventana, editando páginas sueltas, con una taza de té sobre la mesita, el Gato-Leso a sus pies y el Gato-Literato enroscado encima del manuscrito. La casa olía a azúcar, Eduvigis había estado haciendo dulce de damasco con la última fruta de la temporada. El dulce estaba enfriándose en una hilera de frascos reciclados de diversos tamaños, listos para el invierno, cuando se acaba la abundancia y se duerme la tierra, como ella dice. Manuel me oyó entrar y me hizo un gesto vago con la mano, pero no levantó la vista de sus papeles. ¡Ay, Popo! No podría soportar que algo le pasara a Manuel, cuídamelo, que no se me muera también. Me acerqué de puntillas y lo abracé por detrás, un abrazo triste. Le perdí el miedo a Manuel desde aquella noche en que me introduje sin invitación en su cama; ahora le tomo la mano, le doy besos, saco comida de su plato —lo que odia—, pongo la cabeza en sus rodillas cuando leemos, le pido que me rasque la espalda y él, aterrado, lo hace. Ya no me reta cuando uso su ropa y su computadora o le corrijo el libro, la verdad es que yo escribo mejor que él. Hundí la nariz en su pelo duro y mis lágrimas le cayeron encima como piedritas.

—¿Pasa algo? —me preguntó, extrañado.

—Pasa que te quiero —le confesé.

—No me bese, señorita. Más respeto con este anciano —masculló.

Después del abundante desayuno con Roy Fedgewick, viajé en su camión el resto del día con música country y predicadores evangélicos en el radio y su interminable monólogo, que yo apenas escuchaba, porque iba adormecida por la resaca de la droga y la fatiga de esa noche terrible. Tuve dos o tres oportunidades de escapar y él no habría intentado retenerme, había perdido interés en mí, pero no me dieron las fuerzas, sentía el cuerpo flojo y la mente confusa. Nos detuvimos en una gasolinera y mientras él compraba cigarrillos, fui al baño. Me dolía para orinar y todavía sangraba un poco. Pensé quedarme en ese baño hasta que se alejara el camión de Fedgewick, pero el cansancio y el miedo de caer en manos de otro desalmado me quitaron la idea de la mente. Volví cabizbaja al vehículo, me acurruqué en mi rincón y cerré los ojos. Llegamos a Las Vegas al anochecer, cuando me sentía un poco mejor.

Fedgewick me dejó en pleno Boulevard –el *Strip*–, corazón de Las Vegas, con diez dólares de propina, porque le recordaba a su hija, como me aseguró, y para probarlo me mostró a una criatura rubia de uno cinco años en su celular. Al irse me acarició la cabeza y se despidió con un «Dios te bendiga, querida». Me di cuenta de que él nada temía y se iba con la conciencia en paz; ése había sido otro de muchos encuentros similares para los cuales andaba preparado con pistola, esposas, alcohol y drogas; dentro de unos minutos me habría olvidado. En algún momento de su monólogo me había dado a entender que existían docenas de adolescentes, niños y niñas, escapados de sus casas, que se ofrecían en los caminos para beneficio de transportistas; era toda una cultura de prostitución infantil. Lo único bueno que se podría decir de él es que tomó precauciones para que yo no le contagiara una enfermedad. Prefiero no saber los detalles de lo sucedido aquella noche en el motel, pero recuerdo que en la mañana había preservativos usados en el suelo. Tuve suerte, me violó con condones.

A esa hora el aire en Las Vegas había refrescado, pero el pavimento todavía guardaba el calor seco de las horas anteriores. Me senté en un banco, adolorida por los excesos de las últimas horas y agobiada por el escándalo de luces de esa ciudad irreal, surgida como un encantamiento en el polvo del desierto. Las calles estaban animadas en un perenne festival: tráfico, buses, limusinas, música; gente por todas partes: viejos en pantalones cortos y camisas hawaianas, mujeres maduras vestidas con sombreros tejanos, *bluyines* rebordados de lentejuelas y bronceado químico, turistas ordinarios y pobretones, muchos obesos. Mi decisión de castigar a mi padre seguía firme, lo culpaba de todos mis infortunios, pero quería llamar a mi abuela. En esta era de celulares es casi imposible dar con un teléfono público. En el único teléfono que encontré en buen estado, la operadora no pudo o no quiso hacer una llamada de cargo revertido.

Fui a cambiar el billete de diez dólares por monedas en un hotel-casino, una de las vastas ciudadelas de lujo con palmeras trasplantadas del Caribe, erupciones volcánicas, fuegos artificiales, cascadas de colores y playas sin mar. El despliegue de fausto y vulgaridad se concentra en pocas cuadras, donde también abundan burdeles, bares, garitos, salones de masaje, cines X. En un extremo del Boulevard es posible casarse en siete minutos en una capilla con corazones titilantes y en el otro extremo divorciarse en el mismo plazo. Así se lo describiría meses más tarde a mi abuela, aunque sería una verdad incompleta, porque en Las Vegas existen comunidades de ricos con mansiones enrejadas, suburbios de clase media, donde las madres pasean sus cochecitos, barrios degradados de mendigos y pandilleros, hay escuelas, iglesias, museos y parques que yo sólo vislumbré de lejos, pues mi vida transcurrió de noche. Llamé por teléfono a la casa que había sido de mi padre y Susan y donde ahora mi Nini vivía sola. No sabía si Angie ya le había notificado mi ausencia, aunque habían pasado dos días desde que desaparecí de la academia. El teléfono repicó cuatro veces y la grabación me indicó que dejara un mensaje; entonces me acordé de que los jueves mi abuela cumple un turno de noche como voluntaria del *Hospice*, así retribuye la ayuda recibida cuando mi Popo agonizaba. Colgué; no encontraría a nadie hasta la mañana siguiente.

Ese día había desayunado muy temprano, no quise comer al mediodía con Fedgewick y en ese momento sentía un hoyo en el estómago, pero decidí guardar mis monedas para el teléfono. Eché a andar en dirección contraria a las luces de los casinos, alejándome del gentío, del resplandor fantástico de los avisos luminosos, del ruido de cascada del tráfico. La ciudad alucinante desapareció para dar paso a otra, callada y sombría. Vagando sin rumbo, desorientada, llegué a una calle somnolienta, me senté en el banco techado de una parada de buses, apoyada en mi mochila, y me dispuse a descansar. Agotada, me dormí.

Al poco rato, un desconocido me despertó, tocándome el hombro. «¿Puedo llevarte a tu casa, bella durmiente?», me preguntó, en el tono de domar caballos. Era bajo, muy delgado, con la espalda encorvada, cara de liebre, el cabello pajizo y grasiento. «¿Mi casa?», repetí, desconcertada. Me tendió la mano, sonriendo con dientes manchados, y me dio su nombre: Brandon Leeman.

En aquel primer encuentro, Brandon Leeman estaba vestido enteramente en color caqui, camisa y pantalones con varios bolsillos y zapatones con suela de goma. Tenía un aire tranquilizador de guardián de parques. Las mangas largas le cubrían los tatuajes con motivos de artes marciales y los moretones de las agujas, que yo no habría de ver hasta más tarde. Leeman había cumplido dos condenas en prisión y lo buscaba la policía en varios estados, pero en Las Vegas se sentía a salvo y la había convertido en su guarida temporal. Era ladrón, traficante y heroinómano, nada lo distinguía de otros de su calaña en esa ciudad. Andaba armado por precaución y hábito, no porque fuese propenso a la violencia, y en caso necesario contaba con dos matones, Joe Martin, de Kansas, y el Chino, un filipino marcado de viruela a quien había conocido en prisión. Tenía treinta y ocho años, pero parecía de cincuenta. Ese jueves salía de la sauna, uno de los pocos placeres que se permitía, no por austeridad, sino por haber llegado a un estado de total indiferencia por todo menos su dama blanca, su nieve, su reina, su azúcar morena. Acababa de inyectarse y se sentía fresco y animoso para iniciar su ronda nocturna.

Desde su vehículo, una camioneta de aspecto fúnebre, Leeman me había visto adormecida en el banco callejero. Tal como me lo describió después, confiaba en su instinto para juzgar a la gente, muy útil en su línea de trabajo, y yo le parecí un diamante en bruto. Dio una vuelta a la manzana, volvió a pasar frente a mí lentamente y confirmó su primera impresión. Creyó que yo tenía unos quince años, demasiado joven para sus propósitos, pero no estaba en condiciones de ponerse exigente, porque hacía meses que buscaba a alguien como yo. Se detuvo a cincuenta metros, se bajó del coche, les ordenó a sus secuaces que desaparecieran hasta que él los llamara y se aproximó al paradero de buses.

—No he comido todavía. Hay un McDonald's a tres cuadras. ¿Quieres acompañarme? Te invito —me ofreció.

Analicé rápidamente la situación. La reciente experiencia con Fedgewick me había dejado escamada, pero ese mequetrefe vestido de explorador no era de temer. «¿Vamos?», insistió. Lo seguí un poco dudosa, pero al doblar la esquina apareció a lo lejos el aviso de McDonald's y no resistí la tentación; tenía hambre. Por el camino nos fuimos charlando y acabé contándole que había llegado recién a la ciudad, que estaba de paso y que iba a volver a California apenas llamara a mi abuela para que me enviara dinero.

—Te prestaría mi celular para que la llames, pero se le descargó la pila —me dijo Leeman.

—Gracias, pero no puedo llamar hasta mañana. Hoy mi abuela no está en la casa.

En el McDonald's había pocos clientes y tres empleados, una adolescente negra con uñas postizas y dos latinos, uno de ellos con la Virgen de Guadalupe en la camiseta. El olor a grasa avivó mi apetito y pronto una hamburguesa doble con papas fritas me devolvió en parte la confianza en mí misma, la firmeza en las piernas y la claridad de pensar. Ya no me pareció tan urgente llamar a mi Nini.

—Las Vegas se ve muy divertida —comenté con la boca llena.

—La Ciudad del Pecado, así la llaman. No me has dicho tu nombre —dijo Leeman, sin probar la comida.

—Sarah Laredo —improvisé para no darle mi nombre a un extraño.

—¿Qué te pasó en la mano? —me preguntó, señalando mi muñeca hinchada.

—Me caí.

—Cuéntame de ti, Sarah. ¿No te habrás escapado de tu casa?

—¡Claro que no! —exclamé, atorada con una papa frita—. Me acabo de graduar de la secundaria y antes de ir al *College* quería visitar Las Vegas, pero perdí mi billetera, por eso tengo que llamar a mi abuela.

—Entiendo. Ya que estás aquí, debes ver Las Vegas, es un Disneyworld para adultos. ¿Sabías que es la ciudad que está creciendo más rápidamente en América? Todo el mundo quiere venirse a vivir aquí. No cambies tus planes por un inconveniente menor, quédate un tiempo. Mira, Sarah, si el giro bancario de tu abuela se demora en llegar, te puedo adelantar un poco de dinero.

—¿Por qué? No me conoces —respondí, alerta.

—Porque soy un buen tipo. ¿Cuántos años tienes?

—Voy a cumplir diecinueve.

—Te ves menor.

—Así parece.

En ese momento entraron dos policías al McDonald's, uno joven, con lentes de espejo negro, aunque ya era de noche, y músculos de luchador a punto de reventarle las costuras del uniforme, y el otro de unos cuarenta y cinco años, sin nada notable en su apariencia. Mientras el más joven dictaba el pedido a la chica de uñas postizas, el otro se acercó a saludar a Brandon Leeman, quien nos presentó: su amigo, el oficial Arana, y yo era su sobrina de Arizona, de visita por unos días. El policía me examinó con expresión inquisitiva en sus ojos claros, tenía un rostro abierto, de sonrisa fácil, con la piel color ladrillo por el sol del

185

desierto. «Cuida a tu sobrina, Leeman. En esta ciudad una chica decente se pierde fácilmente», dijo y se fue a otra mesa con su compañero.

–Si quieres, te puedo emplear durante el verano, hasta que vayas al *College* en septiembre –me ofreció Brandon Leeman.

Un fogonazo de intuición me previno contra tanta generosidad, pero tenía la noche por delante y no había obligación de darle una respuesta inmediata a ese pájaro desplumado. Pensé que debía de ser uno de esos alcohólicos rehabilitados que se dedican a salvar almas, otro Mike O'Kelly, pero sin nada del carisma del irlandés. Veré cómo se me da el naipe, decidí. En el baño me lavé lo mejor posible, comprobé que ya no sangraba, me puse la muda de ropa limpia que llevaba en la mochila, me cepillé los dientes y, refrescada, me dispuse a conocer Las Vegas con mi nuevo amigo.

Al salir del baño, vi a Brandon Leeman hablando en su celular. ¿No me había dicho que estaba sin pila? Qué más da. Seguramente yo le había entendido mal. Nos fuimos andando hasta su vehículo, donde esperaban dos tipos de sospechosa catadura. «Joe Martin y el Chino, mis socios», dijo Leeman a modo de presentación. El Chino se sentó al volante, el otro a su lado, Leeman y yo en el asiento de atrás. A medida que nos alejábamos comencé a inquietarme, estábamos entrando a una zona de mal aspecto, con viviendas desocupadas o en pésimo estado, basura, grupos de jóvenes ociosos en los portales, un par de mendigos metidos en roñosos sacos de dormir junto a sus carritos atiborrados de bolsas con cachureos.

—No te preocupes, conmigo estás segura, aquí todos me conocen —me tranquilizó Leeman, adivinando que yo me aprontaba para salir corriendo—. Hay barrios mejores, pero éste es discreto y aquí tengo mi negocio.

—¿Qué clase de negocio? —le pregunté.

—Ya lo verás.

Nos detuvimos frente a un edificio de tres pisos, decrépito,
con vidrios rotos, pintado de graffiti. Leeman y yo nos bajamos
del coche y sus socios continuaron hacia el estacionamiento, en
la calle de atrás. Era tarde para retroceder y me resigné a seguir
a Leeman, para no parecer desconfiada, lo que podía provocar-
le una reacción poco conveniente para mí. Me condujo por una
puerta lateral —la principal estaba clausurada— y nos hallamos
en un hall en estado de absoluto abandono, apenas alumbrado
por unos bombillos que colgaban de cables pelados. Me explicó
que en sus orígenes el edificio fue un hotel y luego se dividió en
apartamentos, pero estaba mal administrado, explicación que se
quedó corta ante la realidad.

  Subimos dos tramos de una escalera sucia y maloliente y en
cada piso alcancé a ver varias puertas desencajadas de los goz-
nes, que daban a cuartos cavernosos. No encontramos a nadie en
el trayecto, pero sentí voces, risas y vi unas sombras humanas inmóviles en esos cuartos abiertos. Más tarde me enteré de que en
los dos pisos inferiores se juntaban adictos a esnifar, inyectarse,
prostituirse, traficar y morir, pero nadie subía al tercero sin permiso. El tramo de la escalera que conducía al último piso estaba
cerrado con una reja, que Leeman abrió con un dispositivo de
control remoto, y llegamos a un pasillo relativamente limpio, en
comparación con la pocilga que eran los pisos inferiores. Mani-

puló el cerrojo de una puerta metálica y entramos a un apartamento con las ventanas tapiadas, alumbrado por ampolletas del
techo y la luz celeste de una pantalla. Un aparato de aire acondicionado mantenía la temperatura a un nivel soportable; olía a
disolvente de pintura y menta. Había un sofá de tres cojines en
buen estado, un par de baqueteados colchones en el suelo, una
mesa larga, algunas sillas y un enorme televisor moderno frente
al cual un muchacho de unos doce años comía palomitas de
maíz tirado por el suelo.

—¡Me dejaste encerrado, cabrón! —exclamó el chico sin despegar los ojos de la pantalla.

—¿Y? —replicó Brandon Leeman.

—¡Si hubiera un jodido incendio me cocino como salchicha!

—¿Por qué habría de haber un incendio? Éste es Freddy, futuro rey del rap —me lo presentó—. Freddy, saluda a esta chica.
Va a trabajar conmigo.

Freddy no levantó la vista. Recorrí la extraña vivienda, donde no había muchos muebles, pero se amontonaban computadoras anticuadas y otras máquinas de oficina en las piezas, varios inexplicables sopletes de butano en la cocina, que parecía
no haberse usado jamás para cocinar, cajas y bultos a lo largo de
un pasillo.

El apartamento se conectaba con otro del mismo piso a través
de un gran hueco abierto en la pared, aparentemente a mazazos.
«Aquí es mi oficina y allá duermo», me explicó Brandon Leeman. Pasamos agachados por el hueco y llegamos a una sala
idéntica a la anterior, pero sin muebles, también con aire acon-

dicionado, las ventanas clausuradas con tablones y varios cerrojos en la puerta que daba al exterior. «Como ves, no tengo familia», dijo el anfitrión, señalando con un gesto exagerado el espacio vacío. En una de las piezas había una cama ancha deshecha, en un rincón se apilaban cajones y una maleta, y frente a la cama había otro televisor de lujo. En la habitación de al lado, más reducida y tan sucia como el resto del lugar, vi una cama angosta, una cómoda y dos mesitas de noche pintadas de blanco, como para una niña.

—Si te quedas, ésta será tu pieza —me dijo Brandon Leeman.

—¿Por qué están tapiadas las ventanas?

—Por precaución, no me gustan los curiosos. Te explicaré en qué consistiría tu trabajo. Necesito una chica de buena presencia, para que vaya a hoteles y casinos de primera categoría. Alguien como tú, que no levante sospechas.

—¿Hoteles?

—No es lo que te imaginas. No puedo competir con las mafias de prostitución. Es un negocio brutal y aquí hay más putas y chulos que clientes. No, nada de eso, tú sólo harías las entregas donde yo te indique.

—¿Qué clase de entregas?

—Drogas. La gente con clase aprecia el servicio a la habitación.

—¡Eso es muy peligroso!

—No. Los empleados de los hoteles cobran su tajada y hacen la vista gorda, les conviene que los huéspedes se lleven una buena impresión. El único problema podría ser un agente de la brigada antivicio, pero nunca ha aparecido ninguno, te prometo. Es muy fácil y te va a sobrar dinero.

—Siempre que me acueste contigo...

—¡Oh, no! Hace tiempo que no pienso en eso y vieras tú cómo se me ha simplificado la vida. —Se rió de buena gana Brandon Leeman—. Tengo que salir. Trata de descansar, mañana podemos empezar.

—Has sido muy amable conmigo y no quisiera parecer malagradecida, pero en realidad no te voy a servir. Yo...

—Puedes decidir más tarde —me interrumpió—. Nadie trabaja para mí a la fuerza. Si quieres irte mañana, estás en tu derecho, pero por el momento estás mejor aquí que en la calle, ¿no?

Me senté en la cama, con mi mochila en las rodillas. Sentía un regusto de grasa y cebolla en la boca, la hamburguesa me había caído como un peñasco en el estómago, tenía los músculos adoloridos y los huesos blandos, no daba más. Recordé la esforzada carrera para escapar de la academia, la violencia de la noche en el motel, las horas viajando en el camión aturdida por los residuos de la droga en el cuerpo, y comprendí que necesitaba reponerme.

—Si prefieres, puedes venir conmigo, para que conozcas mis canchas, pero te advierto que la noche será larga —me ofreció Leeman.

No podía quedarme allí sola. Lo acompañé hasta las cuatro de la madrugada a recorrer hoteles y casinos del *Strip*, donde les entregaba bolsitas a diversas personas, porteros, cuidadores de autos, mujeres y hombres jóvenes con apariencia de turistas, que lo aguardaban en la oscuridad. El Chino se quedaba al volante, Joe Martin vigilaba y Brandon Leeman distribuía; ninguno de los tres entraba a los establecimientos porque estaban fichados o en observación, llevaban demasiado tiempo operando en la misma zona. «No me conviene hacer este trabajo personalmente, pero tampoco me conviene usar intermediarios, cobran una comisión desproporcionada y son poco fiables», me explicó Leeman. Comprendí la ventaja que ese tipo tenía al emplearme a mí, porque yo mostraba la cara y corría los riesgos, pero no recibía comisión. ¿Cuál iba a ser mi sueldo? No me atreví a preguntarle. Al terminar el recorrido, volvimos al desvencijado edificio, donde Freddy, el niño que había visto antes, dormía en uno de los colchones.

Brandon Leeman siempre fue claro conmigo, yo no puedo alegar que me engañó sobre la clase de negocio y el estilo de vida que me ofrecía. Me quedé con él sabiendo exactamente lo que hacía.

Manuel me ve escribir en mi cuaderno con la concentración de un notario, pero nunca me pregunta qué escribo. Su falta de interés contrasta con mi curiosidad: yo quiero saber más de él, su pasado, sus amores, sus pesadillas, quiero saber qué siente por Blanca Schnake. No me cuenta nada, en cambio yo le cuento casi todo, porque sabe escuchar y no me da consejos, podría enseñarle esas virtudes a mi abuela. Todavía no le he hablado de la noche deshonrosa con Roy Fedgewick, pero lo haré en algún momento. Es el tipo de secreto que guardado acaba por infestar la mente. No siento culpa por eso, la culpa le corresponde al violador, pero tengo vergüenza.

Ayer Manuel me encontró absorta frente a su computadora leyendo sobre «la caravana de la muerte», una unidad del ejército que en octubre de 1973, un mes después del golpe militar, recorrió Chile de norte a sur asesinando prisioneros políticos. El grupo estaba al mando de un tal Arellano Stark, un general que escogía presos al azar, los hacía fusilar sin más trámite y luego dinamitaban los cuerpos, un método eficiente para imponer terror en la población civil y en los soldados indecisos. Manuel nunca se refiere a ese período, pero como me vio interesada, me prestó un libro sobre esa siniestra caravana, escrito hace unos años por Patricia Verdugo, una valiente periodista que investigó el caso. «No sé si vas a entenderlo, Maya, eres demasiado joven y además extranjera», me dijo. «No me subestime, compañero», le contesté. Se sobresaltó, porque ya nadie usa ese término, que estaba en boga en tiempos de Allende y después fue prohibido por la dictadura. Lo averigüé en una web.

Han pasado treinta y seis años desde el golpe militar y desde hace veinte este país ha tenido gobiernos democráticos, pero todavía quedan cicatrices y en algunos casos, heridas abiertas. Se habla poco de la dictadura, quienes la sufrieron tratan de olvidarla y para los jóvenes es historia antigua, pero puedo encontrar toda la información que quiera, hay muchas páginas en internet y existen libros, artículos, documentales y fotografías, que he visto en la librería de Castro, donde Manuel compra sus libros. La época se estudia en universidades y ha sido analizada desde los más variados ángulos, pero en sociedad es de mal gusto. Los chilenos todavía están divididos. El padre de Michelle Bachelet, la presidenta, un general de brigada de la Fuerza Aérea, murió en manos de sus propios compañeros de armas porque no quiso plegarse a la sublevación, después ella y su madre fueron detenidas, torturadas y exiliadas, pero ella no se refiere a eso. Según Blanca Schnake, ese trozo de la historia chilena es barro al fondo de una laguna, no hay para qué revolverlo y enturbiar el agua.

La única persona con quien puedo hablar de esto es Liliana Treviño, la enfermera, que quiere ayudarme a investigar. Se ofreció para acompañarme donde el padre Luciano Lyon, quien ha escrito ensayos y artículos sobre la represión de la dictadura. Nuestro plan es ir a visitarlo sin Manuel, para hablar con confianza.

Silencio. Esta casa de ciprés de las Gualtecas es de largos silencios. Me ha costado cuatro meses adaptarme al carácter introvertido de Manuel. Mi presencia debe de ser un incordio para este hombre solitario, especialmente en una casa sin puertas, donde la privacidad depende de los buenos modales. Es gentil conmigo a su manera: por un lado no me hace caso o me contesta con monosílabos y por otro me calienta las toallas en la estufa cuando calcula que voy a ducharme, me trae mi vaso de leche a la cama, me cuida. El otro día perdió los estribos por primera vez desde que lo conozco, porque fui con dos pescadores a echar las redes, nos pilló mal tiempo, lluvia y mar picado, y volvimos muy tarde, mojados hasta los huesos. Manuel nos estaba esperando en el embarcadero con el Fákin y uno de los carabineros, Laurencio Cárcamo, quien ya se había comunicado por radio con la Isla Grande para pedir que mandaran una lancha de la Armada a buscarnos. «¿Qué le voy a decir a tu abuela si te ahogas?», me gritó Manuel, furioso, apenas pisé tierra firme. «Cálmate, hombre. Sé cuidarme sola», le dije. «¡Claro, por eso estás aquí! ¡Por lo bien que sabes cuidarte!»

En el jeep de Laurencio Cárcamo, quien tuvo a bien llevarnos a la casa, le tomé la mano a Manuel y le expliqué que habíamos salido con buen pronóstico metereológico y con permiso del alcalde de mar, nadie esperaba esa tormenta súbita. En cosa de minutos, el cielo y el mar se pusieron color ratón y tuvimos que recoger las redes. Navegamos un par de horas perdidos, porque cayó la noche y nos desorientamos. No había señal para los celulares, por eso no pude avisarle; fue sólo un inconveniente, no corrimos peligro, el bote era de buena factura y los pescadores conocen estas aguas. Manuel no se dignó mirarme ni me contestó, pero tampoco retiró su mano.

Eduvigis nos había preparado salmón con papas al horno, una bendición para mí, que venía muy hambrienta, y en el rito de sentarnos a la mesa y la intimidad de la rutina compartida, a él se le pasó el mal humor. Después de comer nos instalamos en el desvencijado sofá, él a leer y yo a escribir en mi cuaderno, con nuestros tazones de café con leche condensada, dulce y cremoso. Lluvia, viento, arañazos de las ramas del árbol en la ventana, leña ardiendo en la estufa, ronroneo de los gatos, ésa es mi música ahora. La casa se cerró, como un abrazo, en torno a nosotros y los animales.

Era de madrugada cuando regresé con Brandon Leeman de mi primera gira por los casinos del *Strip*. Me caía de cansancio, pero antes de irme a la cama debí posar ante una cámara, porque se necesitaba una foto para poner en marcha mi nueva identidad. Leeman había adivinado que no me llamaba Sarah Laredo, pero mi nombre verdadero le daba lo mismo. Por fin pude ir a mi pieza, donde me tendí en la cama sin sábanas, con la ropa y las zapatillas puestas, asqueada con ese colchón, que imaginé usado por gente de sospechosa higiene. No desperté hasta las diez. El baño era tan repugnante como la cama, pero me duché de todos modos, tiritando, porque no había agua caliente y del aparato de aire acondicionado salía una ventolera siberiana. Me vestí con lo mismo del día anterior, pensando que debía encontrar un sitio para lavar la poca ropa que llevaba en mi mochila, y después me asomé por el hoyo de la pared al otro apartamento, la «oficina», donde no había nadie a la vista. Estaba en penumbra, entraba un mínimo de luz entre los tablones de la ventana, pero encontré un interruptor y encendí las ampolletas del techo. En el refrigerador sólo había paquetes pequeños sellados con cinta adhesiva, un frasco de ketchup a medio consumir y varios yogures pasados de fecha con pelos verdes. Recorrí el resto de las piezas, más sucias que el otro apartamento, sin atreverme a tocar nada, y descubrí frascos vacíos, jeringas, agujas, gomas, pipas, tubos de vidrio quemados, rastros de sangre. Entonces entendí el uso de los sopletes de butano de la cocina y confirmé que estaba en una guarida de drogadictos y traficantes. Lo más cuerdo era salir de allí lo antes posible.

La puerta metálica estaba sin llave y en el pasillo tampoco había nadie; me encontraba sola en el piso, pero no podía irme porque la reja eléctrica de la escalera se hallaba cerrada. Volví a revisar el apartamento de arriba abajo, maldiciendo de nervios, sin encontrar el control remoto de la reja ni un teléfono para pedir socorro. Empecé a tironear con desesperación las tablas de una ventana, tratando de recordar en qué piso estaba, pero las habían clavado a fondo y no logré aflojar ninguna. Iba a ponerme a gritar, cuando escuché voces y el chirrido de la reja eléctrica en la escalera y un instante después entraron Brandon Leeman con sus dos socios y el niño, Freddy. «¿Te gusta la comida china?», me preguntó Leeman, a modo de saludo. De puro pánico, no me salió la voz, pero sólo Fredddy se dio cuenta de mi agitación. «A mí tampoco me gusta que me dejen encerrado», me dijo, con un guiño amistoso. Brandon Leeman me explicó que era una medida de seguridad, nadie debía entrar al apartamento en su ausencia, pero si yo me quedaba tendría mi propio control remoto.

Los guardaespaldas —o socios, como preferían ser llamados— y el niño se instalaron frente al televisor a comer con palillos, directamente de los cartones. Brandon Leeman se encerró en una de las piezas a gritarle a alguien en su celular por un largo rato y después anunció que iba a descansar y desapareció por el hueco hacia el otro apartamento. Pronto Joe Martin y el Chino se fueron, me quedé sola con Freddy y pasamos las horas más calientes de la tarde viendo la televisión y jugando a los naipes. Freddy me hizo una imitación perfecta de Michael Jackson, su ídolo.

A eso de las cinco reapareció Brandon Leeman y poco después el filipino trajo una licencia de conducir de una tal Laura Barron, veintidós años, de Arizona, con mi fotografía.

—Úsala mientras estés aquí —me dijo Leeman.

—¿Quién es? —pregunté, examinando la licencia.

—Desde este momento, Laura Barron eres tú.

—Sí, pero sólo puedo quedarme en Las Vegas hasta agosto.

—Ya lo sé. No te arrepentirás, Laura, éste es un buen trabajo. Eso sí, nadie puede saber que estás aquí, ni tu familia, ni tus amigos. Nadie. ¿Me entiendes?

196

—Sí.

—Vamos a correr la voz en el barrio de que eres mi chica, así evitamos problemas. Nadie se atreverá a molestarte.

Leeman dio órdenes a sus socios de comprar un colchón nuevo y sábanas para mi cama, luego me llevó a la lujosa peluquería de un club-gimnasio, donde un hombre con zarcillos y pantalones color frambuesa lanzó exclamaciones de disgusto ante el estridente arco iris de mi pelo y diagnosticó que la única solución sería cortarlo y decolorarlo. Dos horas más tarde vi en el espejo a un hermafrodita escandinavo de cuello demasiado largo y orejas de ratón. Los productos químicos de la decoloración me habían dejado el cuero cabelludo en llamas. «Muy elegante», aprobó Brandon Leeman y enseguida me condujo en peregrinaje de un *mall* a otro en el Boulevard. Su método de comprar era desconcertante: entrábamos a una tienda, él me hacía probar varias prendas de ropa y al fin elegía una sola, pagaba con billetes de alta denominación, se guardaba el cambio y nos íbamos a otro local, donde adquiría el mismo artículo que me había probado en el anterior y no habíamos comprado. Le pregunté si no sería más expedito adquirir todo en el mismo sitio, pero no me contestó.

Mi nuevo ajuar consistía en varios conjuntos deportivos, nada provocativo o vistoso, un vestido negro sencillo, sandalias de diario y otras doradas con tacones, algo de maquillaje y dos bolsos grandes con la marca del diseñador a la vista, que costaron, según mis cálculos, tanto como el Volkswagen de mi abuela. Leeman me inscribió en su gimnasio, el mismo donde me habían arreglado el pelo, y me aconsejó que lo usara lo más posible, ya que me iban a sobrar horas ociosas en el día. Pagaba en efectivo con fajos de dólares sujetos con un elástico y a nadie le parecía extraño; por lo visto en esa ciudad los billetes corrían como agua. Me di cuenta de que Leeman siempre pagaba con billetes de cien, aunque el precio de la compra fuera la décima parte, y no encontré explicación para esa excentricidad.

A eso de las diez de la noche me tocó la primera entrega. Me dejaron en el hotel Mandalay Bay. De acuerdo a las instrucciones de Leeman, me dirigí a la piscina, donde se me acercó una pareja, que me identificó por la marca del bolso, que aparentemente era la contraseña que les había dado Leeman. La mujer, con vestido largo de playa y un collar de cuentas de vidrio, ni me miró, pero el hombre, de pantalones grises, remera blanca y sin calcetines, me tendió la mano. Conversamos un minuto sobre nada, les pasé con disimulo el encargo, recibí dos billetes de cien dólares doblados dentro de un folleto turístico y nos despedimos.

En el lobby llamé por el teléfono interno del hotel a otro cliente, subí al décimo piso, pasé ante las narices de un guardia plantado junto al ascensor sin que me diera una mirada y toqué a la puerta debida. Un hombre de unos cincuenta años, descalzo y en bata de baño, me hizo entrar, recibió la bolsita, me pagó y me retiré deprisa. En la puerta me crucé con una visión del trópico, una bella mulata con corsé de cuero, falda muy breve y tacones de aguja; adiviné que era una escolta, como llaman ahora a las prostitutas con clase. Nos miramos mutuamente de arriba abajo, sin saludarnos.

En el inmenso hall del hotel respiré a fondo, satisfecha con mi primera misión, que había resultado muy fácil. Leeman me esperaba en el coche, con el Chino al volante, para conducirme a otros hoteles. Antes de la medianoche había recogido más de cuatro mil dólares para mi nuevo jefe.

A primera vista, Brandon Leeman era diferente a otros adictos que conocí en esos meses, gente destrozada por las drogas: tenía un aspecto normal, aunque frágil, pero viviendo con él comprendí lo enfermo que realmente estaba. Comía menos que un gorrión, no retenía casi nada en el estómago y a veces se quedaba tirado en su cama tan inerte, que no se sabía si estaba dormido, desmayado o agonizando. Despedía un olor peculiar, mezcla de cigarrillo, alcohol y algo tóxico, como fertilizante. La mente le fallaba y él lo sabía; por eso me mantenía a su lado, decía que confiaba más en mi memoria que en la propia. Era un animal nocturno, pasaba las horas del día descansando en el aire acondicionado de su cuarto, en la tarde solía ir al gimnasio a darse masajes, sauna o baño de vapor y en la noche hacía sus negocios. Nos veíamos en el gimnasio, pero nunca llegábamos juntos y la consigna era aparentar no conocernos; yo no podía hablar con nadie, algo muy difícil, puesto que iba a diario y veía siempre las mismas caras.

Leeman era exigente con su veneno, como decía, bourbon del más caro y heroína de la más pura, que se inyectaba cinco o seis veces al día, siempre con agujas nuevas. Disponía de la cantidad que se le antojara y mantenía sus rutinas, nunca caía en la insoportable desesperación de la abstinencia, como otras pobres almas que se arrastraban hasta su puerta en el último grado de necesidad. Yo presenciaba el ritual de la dama blanca, la cuchara, la llama de una vela o un encendedor, la jeringa, la goma en el brazo o la pierna, admirada por su destreza para pinchar las venas colapsadas, invisibles, incluso en la ingle, el estómago o el cuello. Si le temblaba demasiado la mano recurría a Freddy, porque yo no era capaz de ayudarlo, la aguja me ponía los pelos de punta. Leeman había usado heroína por tanto tiempo que toleraba dosis que habrían sido mortales para cualquier otro.

—La heroína no mata, sino el estilo de vida de los adictos, la pobreza, desnutrición, infecciones, suciedad, agujas usadas —me explicó.

—Entonces, ¿por qué no me dejas probarla?

—Porque una yonqui no me sirve para nada.

—Sólo una vez, para saber cómo es...

—No. Confórmate con lo que te doy.

Me daba alcohol, marihuana, alucinógenos y pastillas, que yo tragaba a ciegas, sin importarme demasiado el efecto con tal de alcanzar alguna alteración de la consciencia para escapar de la realidad, de la voz de mi Nini llamándome, de mi cuerpo, de la angustia por el futuro. Las únicas píldoras que podía reconocer eran los somníferos por su color naranja, esas cápsulas benditas derrotaban mi insomnio crónico y me daban unas horas de descanso sin sueños. El jefe me permitía usar unas rayas de cocaína para mantenerme animada y alerta en el trabajo, pero me prohibía el crack, que tampoco toleraba en sus guardaespaldas. Joe Martin y el Chino tenían sus propias adicciones. «Esas porquerías son para viciosos», decía Leeman con desprecio, aunque ésos eran sus más leales clientes, los que podía estrujar a muerte, obligarlos a robar y prostituirse, cualquier degradación para conseguir la próxima dosis. Perdí la cuenta de cuántos de esos zombis nos rodeaban, esqueletos con mocos y úlceras, agitados, temblando, sudorosos, aprisionados en sus alucinaciones, sonámbulos perseguidos por voces y bichos que se les metían por los orificios del cuerpo.

Freddy pasaba por esos estados, pobre niño, me partía el alma verlo en una crisis. A veces yo lo ayudaba a acercar el soplete a la pipa y aguardaba con su misma ansiedad que el fuego partiera los cristales amarillos con un ruido seco y la nubecilla mágica llenara el tubo de vidrio. En treinta segundos Freddy volaba a otro mundo. El placer, la grandiosidad y la euforia le duraban sólo unos momentos y después volvía a agonizar en un abismo profundo, absoluto, del cual sólo podía emerger con otra dosis. Cada vez necesitaba más para sostenerse y Brandon Leeman, que le tenía cariño, se lo daba. «¿Por qué no lo ayudamos a desintoxicarse?», le pregunté a Leeman una vez. «Es tarde para Freddy, el crack no tiene vuelta. Por eso tuve que deshacerme de otras muchachas que trabajaron para mí antes que tú», me contestó. Lo interpreté como que las había despedido. No sabía que en ese ambiente «deshacer» suele tener un significado irrevocable.

Era imposible evadirme de la vigilancia de Joe Martin y el Chino, que estaban encargados de espiarme y lo hacían a conciencia. El Chino, una comadreja furtiva, no me dirigía la palabra ni me miraba de frente, en cambio Joe Martin hacía alarde de sus intenciones. «Présteme a la muchacha para una mamada, jefe», oí que le decía a Brandon Leeman en una ocasión. «Si no supiera que estás bromeando, te daba un tiro aquí mismo por insolente», replicó éste con calma. Deduje que mientras Leeman estuviera al mando, aquel par de cretinos no se atreverían a tocarme.

No era ningún misterio a qué se dedicaba esa banda, pero yo no consideraba a Brandon Leeman un criminal, como Joe Martin y el Chino, que según Freddy se habían echado varios muertos a la espalda. Por supuesto, era muy probable que Leeman también fuera un asesino, pero no tenía el aspecto. En todo caso, era mejor no saberlo, tal como él prefería no saber nada de mí. Para el jefe, Laura Barron carecía de pasado o futuro y sus sentimientos eran irrelevantes, sólo le importaba que le obedeciera. Me confiaba algunas cosas de su negocio, que temía olvidar y habría sido imprudente anotar, para que yo las memorizara: cuánto le debían y quiénes, dónde recoger un paquete, cuánto había que pasarle a los policías, cuáles eran las órdenes del día para la banda.

El jefe era muy frugal, vivía como un fraile, pero era generoso conmigo. No me había asignado sueldo fijo ni comisión, me pasaba dinero de su rollo inagotable sin llevar la cuenta, como propinas, y pagaba directamente el club y mis compras. Si yo quería más, me lo daba sin chistar, pero muy pronto dejé de pedirle, porque no necesitaba nada y además cualquier cosa con algo de valor desaparecía del apartamento. Dormíamos separados por un angosto pasillo, que él nunca hizo amago de cruzar. Me había prohibido tener relaciones con otros hombres por una cuestión de seguridad. Decía que la lengua se suelta en la cama.

A los dieciséis años, yo había tenido, además del desastre con Rick Laredo, algunas experiencias con muchachos que me habían dejado frustrada y resentida. La pornografía de internet, a la que todo el mundo en Berkeley High tenía acceso, no les enseñaba nada a los chicos, que eran de una torpeza grotesca; celebraban la promiscuidad como si la hubieran inventado, el nombre de moda era «amistad con beneficios», pero yo tenía muy claro que los beneficios eran sólo para ellos. En la academia de Oregón donde había un ambiente saturado de hormonas juveniles —decíamos que la testosterona chorreaba por las paredes—, estábamos sometidos a una convivencia estrecha y a castidad forzada. Esa combinación explosiva les daba material inagotable a los terapeutas en las sesiones de grupo. A mí no me pesaba para nada el «acuerdo» respecto al sexo, que para otros era peor que la abstinencia de las drogas, porque aparte de Steve, el psicólogo, que no se prestaba para intentos de seducción, el elemento masculino era deplorable. En Las Vegas no me rebelé contra la restricción impuesta por Leeman, porque la noche funesta con Fedgewick todavía estaba demasiado viva en mi mente. No quería que nadie me tocara.

Brandon Leeman aseguraba que podía satisfacer cualquier capricho de sus clientes, desde un niño de pocos años para un pervertido, hasta un rifle automático para un extremista, pero era más jactancia que realidad: nunca vi nada de eso; sólo tráfico de drogas y reventa de objetos robados, negocios de hormiga comparados con otros que funcionaban impunemente en la ciudad. Por el apartamento pasaban prostitutas de diversas trazas en busca de drogas, unas de alto precio, como denotaba su aspecto, otras en el último estado de miseria, unas pagaban en efectivo, a otras se les anotaba el crédito y a veces, si el jefe estaba ausente, Joe Martin y el Chino cobraban en servicios. Brandon Leeman redondeaba sus ingresos con coches robados por una banda de menores de edad adictos al crack, los reciclaba en un garaje clandestino, les cambiaba la numeración y los vendía en otros estados, eso también le permitía cambiar el suyo cada dos o tres semanas, así evitaba ser identificado. Todo contribuía a engrosar su mágico fajo de billetes.

—Con tu gallina de los huevos de oro podrías tener un *penthouse* en vez de esta pocilga, un avión, un yate, lo que quisieras... —le reproché cuando se reventó la plomería en un chorro de agua fétida y teníamos que usar los baños del gimnasio.

—¿Quieres un yate en Nevada? —me preguntó, sorprendido.

—¡No! ¡Todo lo que pido es un baño decente! ¿Por qué no nos cambiamos a otro edificio?

—Éste me conviene.

—Entonces trae un plomero, por amor de Dios. Y de paso podrías emplear a alguien para la limpieza.

Se echó a reír a carcajadas. La idea de una inmigrante ilegal haciendo aseo en un reducto de delincuentes y adictos le pareció desopilante. En realidad, la limpieza le correspondía a Freddy, ése era el pretexto para darle alojamiento, pero el niño se limitaba a sacar la basura y deshacerse de pruebas quemándolas en un tambor de gasolina en el patio. Aunque yo carezco por completo de vocación para labores domésticas, a veces tenía que ponerme guantes de goma y echar mano del detergente, no había más remedio si quería vivir allí, pero era imposible combatir el deterioro y la suciedad, que invadían todo como inexorable pestilencia. Sólo a mí me importaba, los demás no lo notaban. Para Brandon Leeman esos apartamentos eran un arreglo temporal, iba a cambiar de vida apenas se concretara un misterioso negocio que estaba afinando con su hermano.

Mi jefe, como le gustaba que lo llamara, le debía mucho a su hermano, Adam, según me explicó. Su familia era de Georgia. Su madre los abandonó cuando eran chicos, su padre murió en la cárcel, posiblemente asesinado, aunque la versión oficial fue suicidio, y su hermano mayor se hizo cargo de él. Adam nunca había tenido un trabajo honrado, pero tampoco había tenido líos con la ley, como su hermano menor, quien a los trece años ya estaba fichado como delincuente. «Nos tuvimos que separar para que yo no perjudicara a Adam con mis problemas», me confesó Brandon. De mutuo acuerdo decidieron que Nevada era el lugar ideal para él, con más de ciento ochenta casinos abiertos día y noche, dinero en efectivo pasando de mano en mano a vertiginosa velocidad y un número conveniente de policías corruptos.

Adam le entregó a su hermano un fajo de cédulas de identidad y pasaportes con diferentes nombres, que podrían serle de mucha utilidad, y dinero para empezar a operar. Ninguno de los dos usaba tarjetas de crédito. En un raro momento de conversación relajada, Brandon Leeman me contó que él nunca se había casado, su hermano era su único amigo y su sobrino, hijo de Adam, era su única debilidad sentimental. Me mostró una foto de la familia, en que aparecía el hermano, fornido y bien plantado, muy diferente a él, la rolliza cuñada y el sobrino, un angelote llamado Hank. Varias veces lo acompañé a escoger juguetes electrónicos para enviarle al niño, muy caros y poco apropiados para un crío de dos años.

Las drogas eran sólo una diversión para los turistas que iban a Las Vegas por un fin de semana a escapar del tedio y probar suerte en los casinos, pero eran el único consuelo de prostitutas, vagabundos, mendigos, rateros, pandilleros y otros infelices que circulaban en el edificio de Leeman dispuestos a vender el último resquicio de humanidad por una dosis. A veces llegaban sin un céntimo y suplicaban hasta que él les daba algo por caridad o para mantenerlos enganchados. Otros ya andaban de la mano con la muerte y no valía la pena socorrerlos, vomitaban sangre, les daban convulsiones, perdían el conocimiento. A ésos Leeman los hacía tirar a la calle. Algunos eran inolvidables, como un joven de Indiana que sobrevivió a una explosión en Afganistán y terminó en Las Vegas sin recordar ni su nombre. «Pierdes las piernas y te dan una medalla, pierdes la mente y no te dan nada», repetía como una oración entre inhalaciones de crack; o Margaret, una joven de mi edad, pero con el cuerpo acabado, que me robó uno de los bolsos de marca. Freddy la vio y pudimos quitárselo antes de que alcanzara a venderlo, porque entonces Brandon Leeman la habría hecho pagarlo muy caro. En una ocasión Margaret llegó alucinando al piso y al no encontrar a nadie que la socorriera, se cortó las venas con un pedazo de vidrio. Freddy la encontró en el pasillo en un charco de sangre y se las arregló para llevarla afuera, dejarla a una cuadra de distancia y pedir ayuda por teléfono. Cuando la recogió la ambulancia todavía estaba viva, pero no supimos qué pasó con ella ni volvimos a verla.

¿Y cómo podría olvidar a Freddy? Le debo la vida. Le tomé cariño de hermana a ese niño incapaz de estar quieto, flaco, petizo, con los ojos vidriosos, moqueando, duro por fuera y dulce por dentro, que todavía podía reírse y acurrucarse a mi lado para ver la televisión. Yo le daba vitaminas y calcio para que creciera, y compré dos ollas y un libro de recetas para inaugurar la cocina, pero mis platos iban a dar intactos a la basura; Freddy tragaba dos bocados y perdía el apetito. De vez en cuando se ponía muy enfermo y no podía moverse de su colchón, otras veces desaparecía por varios días sin dar explicaciones. Brandon Leeman le suministraba drogas, alcohol, cigarrillos, lo que él le pidiera. «¿No ves que lo estás matando?», le reclamaba yo. «Ya estoy muerto, Laura, no te preocupes», nos interrumpía Freddy, de buen humor. Consumía cuanta sustancia tóxica existe, ¡cuánta inmundicia podía tragar, fumar, esnifar o inyectarse! Estaba realmente medio muerto, pero tenía música en la sangre y podía sacarle ritmo a una lata de cerveza o improvisar novelones en rap rimado; su sueño era ser descubierto y lanzarse en una carrera estelar, como Michael Jackson. «Nos vamos a ir juntos a California, Freddy. Allá vas a empezar otra vida. Mike O'Kelly te va a ayudar, ha rehabilitado a cientos de jóvenes, algunos mucho más jodidos que tú, pero si los vieras ahora, no lo creerías. Mi abuela también te va a ayudar, tiene buena mano para eso. Vas a vivir con nosotros ¿qué te parece?»

Una noche, en uno de los exagerados salones del Caesar's Palace, con sus estatuas y fuentes romanas, donde yo esperaba a un cliente, me encontré con el oficial Arana. Traté de escabullirme, pero él me había visto y se me acercó sonriendo, con la mano extendida, y me preguntó cómo estaba mi tío. «¿Mi tío?», repetí, desconcertada, y entonces me acordé que la primera vez que nos vimos, en un McDonald's, Brandon Leeman me había presentado como su sobrina de Arizona. Inquieta, porque tenía la mercadería en mi bolso, empecé a balbucear explicaciones que él no me había pedido.

—Estoy aquí sólo por el verano, pronto voy a iré a la universidad.

—¿Cuál? —me preguntó Arana, sentándose a mi lado.

—No sé todavía...

—Pareces una chica seria, tu tío debe estar orgulloso de ti. Perdona, no recuerdo tu nombre...

—Laura. Laura Barron.

—Me alegro de que vayas a estudiar, Laura. En mi trabajo me tocar ver casos trágicos de jóvenes con mucho potencial, que se pierden completamente. ¿Quieres tomar algo? —Y antes de que yo alcanzara a negarme pidió un cóctel de fruta a una mesonera con túnica romana—. Lo siento, no puedo acompañarte con una cerveza, como quisiera, estoy de servicio.

—¿En este hotel?

—Es parte de la ronda que me toca hacer.

Me contó que el Caesar's Palace tenía cinco torres, tres mil trescientos cuarenta y ocho habitaciones, algunas de casi cien metros cuadrados, nueve restaurantes de lujo, un *mall* con las tiendas más refinadas del mundo, un teatro, que imitaba el coliseo romano, con cuatro mil doscientos noventa y seis asientos, donde actuaban celebridades. ¿Había visto el Cirque du Soleil? ¿No? Debía pedirle a mi tío que me llevara, lo mejor de Las Vegas eran sus espectáculos. Pronto llegó la falsa vestal romana con un líquido verdoso en un vaso coronado con piña. Yo contaba los minutos, porque afuera me esperaban Joe Martin y el Chino, reloj en mano, y adentro mi cliente estaría paseándose entre columnas y espejos sin sospechar que su contacto era la chica en amable tertulia con un policía uniformado. ¿Qué sabría Arana de las actividades de Brandon Leeman?

Bebí el jugo de fruta, demasiado dulce, y me despedí de él con tanta prisa, que debió de parecerle sospechoso. El oficial me caía bien, miraba a los ojos con expresión amable, daba la mano con firmeza y su actitud era relajada. Mirándolo bien, resultaba atractivo, a pesar de que le sobraban varios kilos; sus dientes albos contrastaban con su piel bronceada y cuando sonreía se le cerraban los ojos como rayitas.

La persona más cercana a Manuel es Blanca Schnake, pero eso no significa mucho, él no necesita a nadie, ni siquiera a Blanca, y podría pasar el resto de su vida sin hablar. El esfuerzo de mantener la amistad lo hace ella sola. Es ella quien lo invita a comer o llega de improviso con un guiso y una botella de vino; es ella quien lo obliga a ir a Castro a ver a su padre, el Millalobo, que se ofende si no lo visitan regularmente; es ella quien se preocupa de la ropa, la salud y la comodidad doméstica de Manuel, como un ama de llaves. Yo soy una intrusa que ha venido a arruinarles la privacidad; antes de mi llegada podían estar solos, pero ahora me tienen siempre metida al medio. Son tolerantes estos chilenos, ninguno de los dos ha dado muestras de resentirse con mi presencia.

Hace unos días comimos en casa de Blanca, como hacemos a menudo, porque es mucho más acogedora que la nuestra. Blanca había puesto la mesa con su mejor mantel, servilletas almidonadas de lino, velas y un canasto con el pan de romero que yo le había traído; una mesa sencilla y refinada como todo lo suyo. Manuel es incapaz de apreciar esos detalles, que a mí me dejan boquiabierta, porque antes de conocer a esta mujer yo pensaba que la decoración interior es sólo para hoteles y revistas. La casa de mis abuelos parecía un mercado de las pulgas, con su abundancia de muebles y objetos horrendos amontonados sin más criterio que la utilidad o la pereza de tirarlos a la basura. Con Blanca, quien puede crear una obra de arte con tres hortensias azules en un jarro de vidrio lleno de limones, se me está afinando el gusto. Mientras ellos cocinaban una sopa de mariscos, yo salí al jardín a cosechar lechugas y albahaca, antes de que se fuera la luz, pues ahora oscurece más temprano. En pocos metros cuadrados, Blanca ha plantado árboles frutales y una variedad de vegetales, que cuida personalmente; siempre se la ve con un sombrero de paja y guantes trabajando en su jardín. Cuando empiece la primavera voy a pedirle que me ayude a cultivar el terreno de Manuel, donde no hay más que maleza y piedras.

A la hora del postre hablamos de magia —el libro de Manuel me tiene obsesionada— y de fenómenos sobrenaturales, en los que yo sería una autoridad si le hubiera prestado más atención a mi abuela. Les conté que había crecido con mi abuelo, un astrónomo racionalista y agnóstico, y mi abuela, entusiasta del tarot, aspirante a astróloga, lectora del aura y de la energía, intérprete de sueños, coleccionista de amuletos, cristales y piedras sagradas, por no mencionar amiga de los espíritus que la rondan.

—Mi Nini nunca se aburre, se entretiene protestando contra el gobierno y hablando con los muertos —les comenté.

—¿Cuáles muertos? —me preguntó Manuel.

—Mi Popo y otros, como san Antonio de Padua, un santo que encuentra cosas perdidas y novios para las solteras.

—A tu abuela le hace falta un novio —me contestó.

—¡Qué cosas tienes, hombre! Es casi tan vieja como tú.

—¿No me dijiste que necesito un amor? Si te parece que yo tengo edad para enamorarme, con mayor razón Nidia, que es varios años menor.

—¡Estás interesado en mi Nini! —exclamé, pensando que podríamos vivir los tres juntos; por un instante se me olvidó que su novia ideal sería Blanca.

—Ésa es una conclusión apresurada, Maya.

—Tendrías que quitársela a Mike O'Kelly —le informé—. Es inválido e irlandés, pero bastante guapo y famoso.

—Entonces puede ofrecerle más que yo. —Y se rió.

—Y tú, tía Blanca, ¿crees en esas cosas? —le pregunté.

—Soy muy práctica, Maya. Si se trata de curar una verruga, voy al dermatólogo y además, por si acaso, me amarro un pelo en el dedo meñique y orino detrás de un roble.

—Manuel me dijo que eres bruja.

—Cierto. Me junto con otras brujas en las noches de luna llena. ¿Quieres venir? Nos toca reunirnos el próximo miércoles. Podríamos ir juntas a Castro a pasar un par de días con mi papá y te llevo a nuestro aquelarre.

—¿Un aquelarre? No tengo escoba —le dije.

—En tu lugar, yo aceptaría, Maya —interrumpió Manuel—. Esa oportunidad no se te va a presentar dos veces. Blanca nunca me ha invitado a mí.

—Es un círculo femenino, Manuel. Te ahogarías en estrógeno.

—Me están tomando el pelo… —dije.

—Hablo en serio, gringuita. Pero no es lo que te imaginas, nada como la brujería del libro de Manuel, nada de chalecos con piel de muerto ni *invunches*. Nuestro grupo es muy cerrado, como debe ser para sentirnos en plena confianza. No se aceptan invitados, pero contigo haríamos una excepción.

—¿Por qué?

—Me parece que estás bastante sola y necesitas amigas.

Unos días más tarde acompañé a Blanca a Castro. Llegamos a la casa del Millalobo a la hora sagrada del té, que los chilenos le copian a los ingleses. Blanca y su padre tienen una rutina invariable, una escena de comedia, primero se saludan efusivamente, como si no se hubieran visto la semana anterior y no se hubieran hablado por teléfono todos los días; de inmediato ella lo reta porque «está cada día más gordo y hasta cuándo va a seguir fumando y tomando, papá, va a estirar la pata en cualquier momento»; él le contesta con comentarios sobre las mujeres que se dejan las canas y andan vestidas de proletarias rumanas; enseguida se ponen al día con los chismes y rumores en circulación; luego ella le solicita otro préstamo y él pone un grito en el cielo, que lo están arruinando, va a terminar en pelotas y tendrá que declararse en quiebra, lo que da pie para cinco minutos de negociaciones y por último sellan el acuerdo con más besos. Para entonces yo voy por mi cuarta taza de té.

Al anochecer, el Millalobo nos prestó su auto y Blanca me llevó a la reunión. Pasamos frente la catedral de dos torres, recubierta de chapas metálicas, y la plaza, con todos los bancos ocupados por parejas enamoradas, dejamos atrás la parte antigua de la ciudad y luego los nuevos barrios de casas feas de concreto y nos internamos por un sendero curvo y solitario. Poco después, Blanca se detuvo en un patio, donde ya había otros coches estacionados, y avanzamos hacia la casa por una huella apenas visible, alumbrándonos con su linterna. Adentro había un grupo de diez mujeres jóvenes, vestidas en el estilo artesanal que usa mi Nini, túnicas, faldas largas o pantalones anchos de algodón y ponchos, porque hacía frío. Me estaban esperando y me recibieron con ese afecto espontáneo de los chilenos, que al principio, cuando recién llegué a este país, me chocaba y ahora lo espero. La casa estaba amueblada sin pretención, había un perro viejo echado encima del sofá y juguetes tirados por el suelo. La anfitriona me explicó que en las noches de luna llena sus niños iban a dormir a casa de la abuela y su marido aprovechaba para jugar al póquer con sus amigos.

Salimos por la cocina hacia un gran patio trasero, alumbrado por chonchones de parafina, donde había un huerto de vegetales plantados en cajones, un gallinero, dos columpios, una carpa de camping grande y algo que a primera vista parecía un montículo de tierra cubierto con una lona recauchutada, pero del centro salía una delgada columna de humo. «Esto es la ruca», me dijo la dueña de casa. Tenía la forma redonda de un iglú o de una *kiva* y sólo el techo asomaba en la superficie; el resto estaba bajo tierra. La habían construido los compañeros de esas mujeres, que a veces participaban en las reuniones, pero en esas ocasiones se juntaban todos en la carpa, porque la ruca era un santuario femenino. Imitando a las demás, me quité la ropa; algunas se desnudaron, otras se dejaron las bragas. Blanca encendió un manojo de salvia para «limpiarnos» con el humo fragante a medida que entrábamos a gatas por un estrecho túnel.

Por dentro, la ruca era una bóveda redonda de unos cuatro metros de diámetro por un metro setenta de altura en su parte más elevada. Al centro ardía una hoguera de leña y piedras, el humo salía por la única apertura del techo, encima de la fogata, y a lo largo de la pared se extendía una plataforma cubierta con frazadas de lana, donde nos sentamos en círculo. El calor era intenso, pero soportable, el aire olía a algo orgánico, hongos o levadura y la escasa luz provenía del fuego. Disponíamos de un poco de fruta —damascos, almendras, higos— y dos jarros de té frío.

Aquel grupo de mujeres era una visión de *Las mil y una noches*, un harén de odaliscas. En la penumbra de la ruca se veían bellísimas, parecían madonas renacentistas, con sus cabelleras pesadas, confortables en sus cuerpos, lánguidas, abandonadas. En Chile las clases sociales dividen a la gente, como las castas en la India o la raza en Estados Unidos, y yo no tengo el ojo entrenado para distinguirlas, pero esas mujeres de aspecto europeo debían ser de una clase diferente a la de las chilotas que he conocido, quienes en general son gruesas, bajas, con rasgos indígenas, gastadas por el trabajo y las penas. Una de ellas estaba embarazada de siete u ocho meses, a juzgar por el tamaño de la barriga, y otra había dado a luz hacía poco, tenía los pechos hinchados y aureolas moradas en los pezones. Blanca se había soltado el moño y el pelo, crespo y alborotado como espuma, le llegaba a los hombros. Lucía su cuerpo maduro con la naturalidad de quien ha sido siempre hermosa, aunque no tenía senos y un costurón de pirata le cruzaba el pecho.

Blanca tocó una campanita, hubo un par de minutos de silencio para concentrarse y luego una de ella invocó a la Pachamama, la madre tierra, en cuyo vientre estábamos reunidas. Las cuatro horas siguientes se nos fueron sin sentirlas, lentamente, pasando de mano en mano una gran concha marítima para hablar por turnos, bebiendo té, mordisqueando fruta, contándonos lo que estaba sucediendo en ese momento en nuestras vidas y los dolores acarreados del pasado, escuchando con respeto, sin preguntar ni opinar. La mayoría venían de otras ciudades del país, unas por su trabajo, otras acompañando a sus maridos. Dos de las mujeres eran «sanadoras», se dedicaban a curar por diferentes medios, hierbas, esencias aromáticas, reflexología, imanes, luz, homeopatía, movimiento de energía y otras formas de medicina alternativa que en Chile son muy populares. Aquí recurren a los remedios de farmacia sólo cuando todo lo demás falla. Compartieron sus historias sin pudores, una estaba destrozada, porque había sorprendido a su marido en amores con su mejor amiga, otra no se decidía a dejar a un hombre abusador que la maltrataba emocional y físicamente. Hablaron de sus sueños, enfermedades, temores y esperanzas, se rieron, algunas lloraron y todas aplaudieron a Blanca, porque los exámenes recientes confirmaban que su cáncer seguía en remisión. Una joven, a quien se le acababa de morir la madre, pidió que cantaran por su alma y otra, con voz de plata, empezó una canción, que las demás corearon.

Pasada la medianoche, Blanca sugirió que concluyéramos la reunión honrando a nuestros ancestros, entonces cada una nombró a alguien −la madre recién fallecida, una abuela, una madrina− y describió el legado que esa persona le había dejado; para una era talento artístico, para otra un recetario de medicina natural, para la tercera el amor por la ciencia, y así todas dijeron lo suyo. Yo fui la última y cuando llegó mi turno llamé a mi Popo, pero no me salió la voz para contarles a esas mujeres quién era. Después hubo una meditación en silencio, con los ojos cerrados, para pensar en el ancestro que habíamos invocado, agradecerle sus dones y despedirlo. En eso estábamos cuando me acordé de la frase que mi Popo me repitió por años: «Prométeme que siempre te vas a querer como te quiero yo». Fue tan claro el mensaje como si él me lo hubiera dicho en voz alta. Me puse a llorar y seguí llorando el mar de lágrimas que no vertí cuando se murió.

Al final circularon entre ellas un cuenco de madera y cada una tuvo oportunidad de poner adentro una piedrita. Blanca las contó y había tantas piedras como mujeres en la ruca; era una votación y yo había sido aprobada por unanimidad, única forma de pertenecer al grupo. Me felicitaron y brindamos con té.

Volví orgullosa a nuestra isla a informarle a Manuel Arias que de ahora en adelante no contara conmigo en las noches de luna llena.

La noche con las brujas buenas en Castro me hizo pensar en mis experiencias del año pasado. Mi vida es muy diferente a las de esas mujeres y no sé si en la intimidad de la ruca podré contarles algún día todo lo que me ha pasado, contarles de la rabia que me consumía antes, de lo que significa la urgencia de alcohol y drogas, de cómo no podía estar quieta y callada. En la academia de Oregón me diagnosticaron «deficiencia atencional», una de esas clasificaciones que parecen condenas a prisión perpetua, pero esa condición nunca se manifestó mientras mi Popo estaba vivo y tampoco la tengo ahora. Puedo describir los síntomas de la adicción, pero no puedo evocar su brutal intensidad. ¿Dónde estaba mi alma en ese tiempo? En Las Vegas hubo árboles, sol, parques, la risa de Freddy, rey del rap, helados, comedias en la televisión, jóvenes bronceados y limonada en la piscina del gimnasio, música y luces en la noche eterna del *Strip*, hubo momentos amables, incluso una boda de amigos de Leeman y una torta de cumpleaños para Freddy, pero sólo recuerdo la dicha efímera de chutarme y el infierno largo de buscar otra dosis. El mundo de entonces empieza a convertirse en un borrón en mi memoria, aunque sólo han pasado pocos meses desde entonces.

La ceremonia de mujeres en el vientre de la Pachamama me conectó definitivamente con este Chiloé fantástico y, de alguna extraña manera, con mi propio cuerpo. El año pasado llevaba una existencia quebrantada, creía que mi vida estaba acabada y mi cuerpo estaba irremisiblemente mancillado. Ahora estoy entera y siento un respeto por mi cuerpo que nunca tuve antes, cuando vivía examinándome en el espejo para llevar la cuenta de mis defectos. Me gusta como soy, no quiero cambiar nada. En esta isla bendita nada alimenta mis malos recuerdos, pero hago el esfuerzo de escribirlos en este cuaderno para que no me pase lo que a Manuel, que tiene sus recuerdos encerrados en una cueva y si se descuida lo asaltan de noche como perros rabiosos.

Hoy puse sobre el escritorio de Manuel cinco flores del jardín de Blanca Schnake, las últimas de la estación, que él no sabrá apreciar, pero a mí me han dado una tranquila felicidad. Es natural extasiarse ante el color cuando uno viene del gris. El año pasado fue un año gris para mí. Este ramo mínimo es perfecto: un vaso de vidrio, cinco flores, un insecto, la luz de la ventana. Nada más. Con razón me cuesta recordar la oscuridad de antes. ¡Qué larga fue mi adolescencia! Un viaje subterráneo.

Para Brandon Leeman mi apariencia era parte importante de su negocio: debía lucir inocente, sencilla y fresca, como las espléndidas muchachas empleadas en los casinos. Así inspiraba confianza y me mimetizaba en el ambiente. Le gustaba mi pelo blanco, muy corto, que me daba un aire casi masculino. Me hacía usar un elegante reloj de hombre con correa ancha de cuero para tapar el tatuaje de la muñeca, que me negué a borrar con láser, como él pretendía. En las tiendas me pedía que desfilara con la ropa escogida por él y se divertía con mis poses exageradas de modelo. Yo no había engordado, a pesar de la comida chatarra, que era todo mi alimento, y la falta de ejercicio; ya no corría, como siempre había hecho, por el desagrado de llevar a Joe Martin o el Chino pegados a mis talones.

En un par de ocasiones Brandon Leeman me llevó a una suite en un hotel del *Strip*, pidió champaña y después quiso que me desnudara lentamente, mientras él flotaba con su dama blanca y su vaso de bourbon, sin tocarme. Lo hice tímidamente al principio, pero pronto me di cuenta de que era como desvestirme sola frente al espejo, porque para el jefe el erotismo se limitaba a la aguja y el vaso. Me repetía que yo tenía mucha suerte de estar con él, otras chicas eran explotadas en salones de masajes y prostíbulos, sin ver la luz del día, golpeadas. ¿Sabía yo cuántos cientos de miles de esclavas sexuales había en Estados Unidos? Algunas provenían de Asia y los Balcanes, pero muchas eran americanas secuestradas en la calle, en estaciones del metro y aeropuertos o adolescentes escapadas de sus casas. Las mantenían encerradas y dopadas, debían servir a treinta o más hombres al día y si se negaban les aplicaban electricidad; esas infelices eran invisibles, desechables, no valían nada. Había lugares especializados en sadismo, donde los clientes podían torturar a las chicas como les diera la gana, azotarlas, violarlas, incluso matarlas, si pagaban lo suficiente. La prostitución era muy rentable para las mafias, pero era una picadora de carne para las mujeres, que no duraban mucho y siempre terminaban mal. «Eso es para desalmados, Laura, y yo soy de corazón blando –me decía–. Pórtate bien, no me defraudes. Me daría lástima que fueras a parar a ese ambiente.»

Más tarde, cuando empecé a relacionar hechos aparentemente inconexos, me intrigó este aspecto del negocio de Brandon Leeman. No lo vi mezclado en prostitución, excepto para venderles droga a las mujeres que la solicitaban, pero tenía misteriosos tratos con chulos, que coincidían con la desaparición de algunas niñas de su clientela. En varias ocasiones lo vi con chicas muy jóvenes, adictas recientes, a quienes atraía al edificio con sus modales amables, les daba a probar lo mejor de sus reservas, las abastecía a crédito por un par de semanas y después ya no volvían, se hacían humo. Freddy confirmó mis sospechas de que terminaban vendidas a las mafias; así Brandon Leeman ganaba una tajada sin ensuciarse demasiado las manos.

Las reglas del jefe eran simples, y mientras yo cumpliera mi parte del trato, él cumplía la suya. Su primera condición era que yo evitara el contacto con mi familia o cualquier persona de mi vida anterior, lo que me resultó fácil, porque sólo echaba de menos a mi abuela y como pensaba regresar a California pronto, podía esperar. Tampoco me permitía adquirir nuevas amistades, porque la menor indiscreción ponía en peligro el frágil andamiaje de sus negocios, como decía. En una ocasión el Chino le contó que me había visto en la puerta del gimnasio conversando con una mujer. Leeman me agarró por el cuello, me dobló hasta ponerme de rodillas con una destreza inusitada, porque yo era más alta y fuerte que él. «¡Idiota! ¡Desgraciada!», dijo, y me plantó dos bofetadas, rojo de ira. Eso fue un campanazo de alerta, pero no alcancé a procesar lo sucedido; era uno de esos días, cada vez más frecuentes, en que los pensamientos se me deshilvanaban.

Al poco rato me mandó vestirme elegantemente porque íbamos a cenar en un nuevo restaurante italiano; supuse que era su forma de hacerse perdonar. Me coloqué mi vestido negro y las sandalias doradas, pero no intenté disimular con maquillaje el labio roto ni las marcas en las mejillas. El restaurante resultó más agradable de lo que esperaba: muy moderno, cristal, acero y espejos negros, nada de manteles a cuadros y mozos disfrazados de gondoleros. Dejamos los platos casi intactos, pero nos bebimos dos botellas de Quintessa, cosecha del 2005, que costaron un dineral y tuvieron la virtud de suavizar las asperezas. Leeman me explicó que se encontraba bajo mucha presión, se le había presentado una oportunidad en un negocio estupendo, pero peligroso. Lo relacioné con un viaje reciente de dos días, que él había hecho sin decir adónde ni hacerse acompañar por sus socios.

—Ahora más que nunca, una brecha en la seguridad puede ser fatal, Laura —me dijo.

—Con esa mujer del gimnasio hablé menos de cinco minutos sobre la clase de yoga, ni siquiera sé su nombre, te lo juro, Brandon.

—No vuelvas a hacerlo. Por esta vez voy a olvidarlo, pero tú no lo olvides ¿me entiendes? Necesito confiar en mi gente, Laura. Contigo me avengo bien, tienes clase, eso me gusta, y aprendes rápido. Podemos hacer muchas cosas juntos.

—¿Como qué?

—Te lo diré en el momento apropiado. Todavía estás a prueba.

Ese momento, tan anunciado, llegó en septiembre. De junio a agosto yo todavía andaba en una nebulosa. No salía agua por las cañerías en el apartamento y la nevera estaba vacía, pero drogas sobraban. Ni cuenta me daba de cuán volada andaba; tragar dos o tres pastillas con vodka o encender un pito de marihuana se convirtieron en gestos automáticos que mi mente no registraba. Mi nivel de consumo era ínfimo, comparado con el de los demás a mi alrededor, lo hacía por diversión, podía dejarlo en cualquier momento, no era adicta, eso creía.

Me acostumbré a la sensación de flotar, a la niebla embrollándome la mente, a la imposibilidad de terminar un pensamiento o expresar una idea, a ver esfumarse las palabras del vasto vocabulario aprendido con mi Nini. En mis escasos destellos de lucidez recordaba el propósito de volver a California, pero me decía que ya habría tiempo para eso. Tiempo. ¿Dónde se escondían las horas? Se me escurrían como sal entre los dedos, vivía en un compás de espera, pero no había nada que esperar, sólo otro día exacto al anterior, aletargada frente a la televisión con Freddy. Mi única tarea diurna consistía en pesar polvos y cristales, contar pastillas, sellar bolsitas de plástico. Así se fue agosto.

Al atardecer me despercudía con unas rayas de cocaína y partía al gimnasio a remojarme en la piscina. Me miraba con espíritu crítico en las hileras de espejos del vestuario, buscando los signos de la mala vida, pero no se veían; nadie sospecharía las borrascas de mi pasado o los albures de mi presente. Parecía una estudiante, como Brandon Leeman deseaba. Otra línea de cocaína, pastillas, una taza de café retinto y estaba lista para mi trabajo nocturno. Tal vez Brandon Leeman tenía otros distribuidores en el día, pero nunca los vi. A veces, él me acompañaba, pero tan pronto aprendí la rutina y me tomó confianza, me mandaba sola con sus socios.

Me atraían el ruido, las luces, los colores, el despilfarro de los hoteles y casinos, la tensión de los jugadores en las tragaperras y los tapetes verdes, el clic-clic de las fichas, las copas coronadas con orquídeas y parasoles de papel. Mis clientes, muy distintos a los de la calle, tenían la desfachatez de quienes cuentan con impunidad. Los traficantes tampoco tenían nada que temer, como si existiera un acuerdo tácito en esa ciudad para violar la ley sin pagar las consecuencias. Leeman se entendía con varios policías, que recibían su parte y lo dejaban en paz. Yo no los conocía y Leeman nunca me dijo sus nombres, pero sabía cuánto y cuándo había que pagarles. «Son unos cerdos odiosos, malditos, insaciables, hay que cuidarse de ellos, son capaces de cualquier cosa, ponen pruebas para implicar a inocentes, roban joyas y dinero en los allanamientos, se quedan con la mitad de las drogas y las armas que confiscan, se protegen unos a otros. Son corruptos, racistas, psicópatas. Son ellos los que deberían estar entre rejas», me decía el jefe. Los infelices que acudían al edificio a buscar drogas eran prisioneros de su adicción, pobres de pobreza absoluta, solos de soledad irremediable; ésos sobrevivían perseguidos, apaleados, ocultos en sus agujeros del subsuelo como topos, expuestos al zarpazo de la ley. Para ellos no había impunidad, sólo sufrimiento.

Dinero, alcohol y pastillas me sobraban, bastaba pedirlos, pero no tenía nada más, nada de familia, amistad o amor, ni siquiera sol había en mi vida, porque vivía de noche, como las ratas.

Un día Freddy desapareció del apartamento de Brandon Leeman, y no supimos de él hasta el viernes, cuando nos encontramos por casualidad con el oficial Arana, a quien había visto muy pocas veces, aunque en cada ocasión él me decía algunas palabras amables. La conversación recayó en Freddy y el oficial nos comentó al pasar que lo habían encontrado malherido. El rey del rap se había aventurado en zona enemiga y una pandilla le dio una paliza y lo tiró en un basural, creyéndolo muerto. Arana agregó para mi información que la ciudad estaba dividida en territorios controlados por diversas pandillas y un latino como Freddy, aunque fuera mulato, no podía ir a meterse con los negros. «El chico tiene varias órdenes de arresto pendientes, pero la cárcel sería fatal para él. Freddy necesita ayuda», nos dijo Arana al despedirse.

A Brandon Leeman no le convenía acercarse a Freddy, ya que la policía lo tenía en la mira, pero fue conmigo a visitarlo al hospital. Subimos al quinto piso y recorrimos pasillos alumbrados con luz fluorescente buscando su habitación, sin que nadie se fijara en nosotros, éramos dos más en el ir y venir de personal médico, pacientes y familiares, pero Leeman iba pegado a las paredes, mirando por encima del hombro y con la mano en el bolsillo, donde llevaba la pistola. Freddy estaba en una sala de cuatro camas, todas ocupadas, inmovilizado con correas y conectado a varias mangueras; tenía el rostro deformado, costillas rotas y una mano machacada de tal modo, que habían tenido que amputarle dos dedos. Las patadas le habían reventado un riñón y su orina en la bolsa tenía color de óxido.

El jefe me dio permiso para acompañar al muchacho cuantas horas al día quisiera, siempre que cumpliera con mi trabajo en la noche. Al principio mantuvieron a Freddy dopado con morfina y después empezaron a darle metadona, porque en su estado jamás habría soportado el síndrome de abstinencia, pero la metadona no era suficiente. Estaba desesperado, era un animal atrapado debatiéndose entre las correas de la cama. En los descuidos del personal yo me las arreglaba para inyectarle heroína en la línea del suero, como me había indicado Brandon Leeman. «Si no lo haces, se morirá. Lo que le dan aquí es como agua para Freddy», me dijo.

En el hospital conocí a una enfermera negra, de unos cincuenta y tantos años, voluminosa, con un vozarrón gutural, que contrastaba con la dulzura de su carácter y con el nombre magnífico de Olympia Pettiford. A ella le tocó recibir a Freddy cuando lo subieron de la sala de cirugía al quinto piso. «Me da pena verlo tan flaco y desvalido, este niño podría ser mi nieto», me dijo. Yo no había hecho amistad con nadie desde que llegué a Las Vegas, con excepción de Freddy, quien en ese momento estaba con un pie en la muerte, y por una vez desobedecí las órdenes de Brandon Leeman; necesitaba hablar con alguien y esa mujer era irresistible. Olympia me preguntó cuál era mi relación con el paciente, para simplificar le contesté que era su hermana y a ella no le extrañó que una blanca de pelo platinado, vestida con ropa cara, fuese pariente de un chiquillo de color, adicto y posiblemente delincuente.

La enfermera aprovechaba cualquier momento libre para sentarse junto al niño a rezar. «Freddy debe aceptar a Jesús en su corazón, Jesús lo salvará», me aseguró. Ella tenía su propia iglesia en el oeste de la ciudad y me invitó a sus servicios nocturnos, pero le expliqué que a esa hora yo trabajaba y mi jefe era muy estricto. «Entonces ven el domingo, niña. Después del servicio las Viudas por Jesús ofrecemos el mejor desayuno de Nevada.» Viudas por Jesús era un grupo poco numeroso, pero muy activo, la columna vertebral de su iglesia. Ser viuda no se consideraba requisito indispensable para pertenecer, bastaba con haber perdido un amor en el pasado. «Yo, por ejemplo, en la actualidad estoy casada, pero tuve dos hombres que se fueron y un tercero que se murió, así es que técnicamente soy viuda», me dijo Olympia.

La asistente social del Servicio de Protección Infantil asignada a Freddy resultó ser una mujer madura, mal pagada, con más casos sobre su escritorio de los que podía atender, estaba harta y contaba los días para jubilarse. Los niños pasaban por el Servicio brevemente, ella los colocaba en un hogar temporal y al poco tiempo regresaban, otra vez golpeados o violados. Vino a ver a Freddy un par de veces y se quedó conversando con Olympia, así me enteré del pasado de mi amigo.

Freddy tenía catorce años y no doce, como yo pensaba, ni dieciséis como él decía. Había nacido en el barrio latino de Nueva York, de madre dominicana y padre desconocido. La madre lo trajo a Nevada en el destartalado vehículo de su amante, un indio paiute, alcohólico como ella. Vivían acampando por aquí y por allá, moviéndose si tenían gasolina, acumulando multas de tránsito y dejando un reguero de deudas. Ambos desaparecieron de Nevada al poco tiempo, pero alguien encontró a Freddy, de siete meses, abandonado en una gasolinera, desnutrido y cubierto de moretones. Se crió en hogares del Estado, pasando de mano en mano, no duraba en ninguna casa, tenía problemas de conducta y de carácter, pero iba a la escuela y era buen alumno. A los nueve años lo arrestaron por robo a mano armada, estuvo varios meses en un correccional y después se borró del radar del Servicio y de la policía.

La asistente social debía averiguar cómo y dónde había vivido Freddy los últimos años, pero él se hacía el dormido o se negaba a contestarle. Temía que lo pusieran en un programa de rehabilitación. «No sobreviviría ni un solo día, Laura, no te imaginas lo que es eso. De rehabilitación, nada, sólo castigo.» Brandon Leeman estaba de acuerdo y se dispuso a impedirlo.

Cuando al chiquillo le quitaron las sondas, pudo comer alimentos sólidos y ponerse de pie, lo ayudamos a vestirse, lo llevamos al ascensor disimulado en el gentío del quinto piso a la hora de visita, y de allí a pasitos de tortuga hasta la puerta del hospital, donde Joe Martin nos esperaba con el motor en marcha. Yo podría jurar que Olympia Pettiford estaba en el pasillo, pero la buena mujer fingió no habernos visto.

Un médico, que abastecía a Brandon Leeman de fármacos

para el mercado negro, venía al apartamento a ver a Freddy y me enseñó a cambiarle los vendajes de la mano, para que no se infectara. Pensé aprovechar que tenía al niño en mi poder para suprimirle las drogas, pero no me alcanzaron las fuerzas para verlo sufrir de manera tan horrenda. Freddy se repuso rápidamente, ante la sorpresa del médico, que esperaba verlo postrado un par de meses, y pronto estaba bailando como Michael Jackson con su mano en cabestrillo, pero siguió orinando sangre.

Joe Martin y el Chino se encargaron de la venganza contra la pandilla enemiga, porque consideraron que no podían dejar pasar semejante insulto.

La paliza que le dieron a Freddy en el barrio negro me afectó mucho. En el universo desarticulado de Brandon Leeman, la gente pasaba y desaparecía sin dejar recuerdos, unos se iban, otros acababan presos o muertos, pero Freddy no era una de esas sombras anónimas, era mi amigo. Al verlo en el hospital respirando con dificultad, adolorido, a ratos inconsciente, se me caían las lágrimas. Supongo que también lloraba por mí misma. Me sentía atrapada y ya no podía seguir engañándome respecto a la adicción, porque dependía del alcohol, pastillas, marihuana, cocaína y otras drogas para pasar el día. Al despertar en la mañana con la resaca feroz de la noche anterior, me hacía el firme propósito de limpiarme, pero antes de media hora cedía a la tentación de un trago. Sólo un poco de vodka para quitarme el dolor de cabeza, me prometía a mí misma. El dolor de cabeza persistía y la botella estaba a mano.

No podía engañarme con la idea de estar de vacaciones, haciendo tiempo para ir a la universidad: me hallaba entre criminales. Al menor descuido, podía terminar muerta o, como Freddy, enchufada a media docena de mangueras y tubos en un hospital. Estaba muy asustada, aunque me negaba a nombrar el miedo, ese felino agazapado en la boca del estómago. Una voz insistente me recordaba el peligro, cómo no lo veía, por qué no huía antes de que fuera tarde, qué esperaba para llamar a mi familia. Pero otra voz resentida contestaba que a nadie le importaba mi suerte; si mi Popo estuviera vivo habría movido cielo y tierra para encontrarme, pero mi padre no se había dado la molestia. «No me llamaste porque todavía no habías sufrido suficiente, Maya», me dijo mi Nini cuando volvimos a vernos.

Transcurrió lo peor del verano de Nevada con un calor de cuarenta grados, pero como yo vivía en el aire acondicionado y circulaba de noche, no lo sufrí demasiado. Mis costumbres eran invariables, el trabajo continuó como siempre. Nunca estaba sola, el gimnasio era el único sitio donde los socios de Brandon Leeman me dejaban en paz, porque aunque no entraran conmigo a los hoteles y casinos, me esperaban afuera contando los minutos.

En esos días el jefe andaba con una persistente bronquitis, que él llamaba alergia, y me fijé en que había adelgazado. En el poco tiempo que lo conocía se había debilitado, la piel de los brazos le colgaba como tela arrugada y los tatuajes habían perdido su diseño original, se le podían contar las costillas y las vértebras, estaba macilento, ojeroso, muy cansado. Joe Martin lo notó antes que nadie y empezó a darse aires y a cuestionar sus órdenes, mientras el sigiloso Chino nada decía, pero secundaba al otro traficando a espaldas del jefe y embrollando las cuentas. Lo hacían con tal desenfado que Freddy y yo lo comentamos.

«No abras la boca, Laura, porque te lo harán pagar, estos tipos no perdonan», me advirtió el muchacho.

Los gorilas se descuidaban frente a Freddy, a quien consideraban inofensivo, un payaso, un yonqui con el cerebro cocinado; sin embargo, su cerebro funcionaba mejor que el de todos los demás, de eso no había duda. Yo trataba de convencer al niño de que podía rehabilitarse, ir a la escuela, hacer algo con su futuro, pero me contestaba con el cliché de que la escuela no tenía nada que enseñarle, él aprendía en la universidad de la vida. Repetía las mismas palabras lapidarias de Leeman: «Es demasiado tarde para mí».

A comienzos de octubre Leeman fue a Utah en avión y regresó manejando un Mustang convertible último modelo, azul con una franja plateada y el interior negro. Me informó que lo había comprado para su hermano, quien por razones complicadas no podía adquirirlo personalmente. Adam, que vivía a una distancia de doce horas por carretera, mandaría a alguien a buscarlo al cabo de un par de días. Un vehículo de tal categoría no podía quedar un minuto en las calles de ese barrio sin desaparecer o ser destripado, así que Leeman lo guardó de inmediato en uno de los dos garajes del edificio que contaban con puertas seguras, el resto eran cavernas de desperdicios, covachas para adictos de paso y fornicadores espontáneos. Algunos indigentes vivían por años en esas cuevas, defendiendo su metro cuadrado contra las ratas y contra otros desamparados.

Al día siguiente Brandon Leeman mandó a sus socios a recoger un envío a Fort Ruby, uno de los seiscientos pueblos fantasma de Nevada que solía servirle de punto de encuentro con su proveedor mexicano, y cuando se fueron me invitó a probar el Mustang. El poderoso motor, el olor a cuero nuevo, la brisa en el pelo, el sol en la piel, el paisaje inmenso cortado a cuchillo por la carretera, las montañas contra un cielo pálido y sin nubes, todo contribuía a embriagarme de libertad. Esa sensación de libertad contrastaba con el hecho de que pasamos cerca de varias prisiones federales. Era un día de calor y, aunque ya había terminado lo peor del verano, pronto el panorama se volvió incandescente y tuvimos que subir la capota y encender el aire acondicionado.

–Sabes que Joe Martin y el Chino me están robando, ¿no? –me preguntó.

Preferí callarme. Ése no era un tema que él discutiría sin un propósito; negarlo implicaba que yo andaba en la luna y una respuesta afirmativa equivalía a admitir que lo había traicionado al no advertírselo.

–Tenía que suceder tarde o temprano –agregó Brandon Leeman–. No puedo contar con la lealtad de nadie.

–Puedes contar conmigo –murmuré con la sensación de resbalar en aceite.

–Así lo espero. Joe y el Chino son un par de imbéciles. Con nadie estarían mejor que conmigo, he sido muy generoso con ellos.

–¿Qué vas a hacer?

–Reemplazarlos, antes de que ellos me reemplacen a mí.

Seguimos callados por varios kilómetros, pero cuando yo ya creía que se habían agotado las confidencias, él volvió a la carga.

–Uno de los policías quiere más dinero. Si se lo doy, va a querer más. ¿A ti, qué te parece, Laura?

–No sé nada de eso…

Hicimos otro trecho de varios kilómetros sin hablar. Brandon Leeman, que empezaba a ponerse ansioso, salió del camino en busca de un sitio privado, pero nos hallábamos en un peladero de tierra seca, rocas, matas espinudas y pastos raquíticos. Nos bajamos del coche a plena vista del tráfico, nos agachamos detrás de la puerta abierta y yo sostuve el encendedor mientras él calentaba la mezcla. En menos de un suspiro se inyectó. Después compartimos una pipa de marihuana celebrando la travesura; si nos revisaba una patrulla de caminos encontraría un arma ilegal, cocaína, heroína, marihuana, Demerol y otras píldoras sueltas en una bolsa. «Esos cochinos polis encontrarían algo más, que tampoco podríamos explicarles», agregó enigmáticamente Brandon Leeman, ahogado de risa. Estaba tan drogado que debí manejar yo, aunque mi experiencia al volante era mínima y el *bong* me había nublado la vista.

Entramos a Beatty, un pueblo de apariencia deshabitado a esa hora del mediodía, y nos detuvimos a almorzar en una posada mexicana, con un letrero de vaqueros, sombreros y lazos, que por dentro resultó ser un casino lleno de humo. En el restaurante Leeman pidió dos cócteles de tequila, dos platos al azar y la botella de vino tinto más cara de la carta. Hice un esfuerzo por comer, mientras él removía el contenido de su plato con el tenedor, trazando caminitos en el puré de papas.

—¿Sabes qué haré con Joe y el Chino? Ya que de todos modos tengo que darle al poli lo que quiere, voy a pedirle que me retribuya con un pequeño favor.

—No entiendo.

—Si quiere aumentar su comisión, tendrá que deshacerse de esos dos hombres sin involucrarme en ninguna forma.

Capté el significado y me acordé de las muchachas que Leeman había empleado antes que yo y de quienes se había «deshecho». Vi con aterradora claridad el abismo abierto a mis pies y una vez más pensé en huir, pero de nuevo me paralizó la sensación de hundirme en espesa melaza, inerte, sin voluntad. No puedo pensar, siento el cerebro lleno de aserrín, demasiadas pastillas, marihuana, vodka, ya no sé qué he tomado hoy, tengo que limpiarme, mascullaba para mis adentros, mientras me echaba al cuerpo el segundo vaso de vino, después de haberme tomado el tequila.

Brandon Leeman se había reclinado en su asiento, con la cabeza en el respaldo y los ojos entrecerrados. La luz le daba por un lado, marcando los pómulos prominentes, las mejillas ahuecadas, las ojeras verdosas, parecía un cadáver. «Volvamos», le propuse con un espasmo de náusea. «Antes tengo algo que hacer en este maldito pueblo. Pídeme un café», replicó él.

Leeman pagó en efectivo, como siempre, salimos del aire acondicionado al calor despiadado de Beatty, que según él era un depósito de basura radioactiva y sólo existía por el turismo al Valle de la Muerte, a diez minutos de distancia. Condujo zigzagueando hasta un sitio donde alquilaban locales para guardar cosas; eran unas construcciones chatas de cemento con hileras de puertas metálicas pintadas color turquesa. Había estado allí antes, porque se dirigió sin vacilar a una de las puertas. Me ordenó quedarme en el coche, mientras él manipulaba torpemente las combinaciones de dos pesados candados industriales, maldiciendo, porque le costaba enfocar la vista y desde hacía un tiempo le temblaban mucho las manos. Cuando abrió la puerta, me hizo señas de acercarme.

El sol iluminó un cuarto pequeño, donde sólo había dos grandes cajones de madera. Del maletero del Mustang sacó una bolsa deportiva de plástico negro con el nombre El Paso TX y entramos al depósito, que hervía de calor. No pude evitar el pensamiento aterrador de que Leeman podría dejarme enterrada en vida en ese guardadero. Me cogió firmemente de un brazo y me clavó los ojos.

—¿Te acuerdas que te dije que haríamos grandes cosas juntos?

—Sí...

—Ha llegado el momento. Espero que no me falles.

Asentí, asustada por su tono amenazante y por hallarme sola con él en ese horno sin otra alma viviente. Leeman se acuclilló, abrió la bolsa y me mostró el contenido. Tardé un instante en comprender que esos paquetes verdes eran fajos de billetes.

—No es dinero robado y nadie lo anda buscando —me dijo—. Esto es sólo una muestra, pronto habrá mucho más. Te das cuenta de que te estoy dando una tremenda prueba de confianza, ¿no? Eres la única persona decente que conozco, fuera de mi hermano. Ahora tú y yo somos socios.

—¿Qué debo hacer? —murmuré.

—Nada, por el momento, pero si te doy la orden o si algo me sucede, debes llamar de inmediato a Adam y decirle dónde está su bolsa de El Paso TX, ¿me entiendes? Repite lo que acabo de decirte.

—Debo llamar a tu hermano y decirle dónde está su bolsa.

—Su bolsa de El Paso TX, que no se te olvide eso. ¿Tienes alguna pregunta?

—¿Cómo abrirá tu hermano los candados?

—¡Eso no te importa! —ladró Brandon Leeman, con tal violencia que me encogí esperando un golpe, pero se calmó, cerró la bolsa, la puso encima de uno de los cajones y salimos.

Los hechos se precipitaron a partir del momento en que fui con Brandon Leeman a dejar la bolsa en el depósito de Beatty y después no pude ordenarlos en mi cabeza, porque algunos sucedieron simultáneamente y otros no los presencié, los supe más tarde. Dos días después, Brandon Leeman me ordenó que lo siguiera en un Ford Acura recién reciclado en el garaje clandestino, mientras él conducía el Mustang que había adquirido en Utah para su hermano. Lo seguí por la ruta 95, tres cuartos de hora en un calor inclemente por un paisaje de titilantes espejismos, hasta Boulder City, ausente en el mapa mental de Brandon Leeman, porque es una de las únicas dos ciudades de Nevada donde el juego es ilegal. Nos detuvimos en una gasolinera y nos dispusimos a esperar a rayo partido de sol.

Veinte minutos más tarde llegó un coche con dos hombres, Brandon Leeman les entregó las llaves del Mustang, recibió una bolsa de viaje de tamaño mediano y se subió a mi lado en el Ford Acura. El Mustang y el otro vehículo se alejaron en dirección al sur y nosotros tomamos la carretera por donde habíamos llegado. No pasamos por Las Vegas, seguimos directamente al depósito de Beatty, donde Brandon Leeman repitió la rutina de abrir los candados sin dejarme ver la combinación. Colocó la bolsa junto a la otra y cerró la puerta.

—¡Medio millón de dólares, Laura! —Y se frotó las manos, contento.

—Esto no me gusta… —murmuré, retrocediendo.

—¿Qué es lo que no te gusta, perra?

Pálido, me zamarreó por los brazos, pero lo aparté de un empujón, lloriqueando. Ese alfeñique enfermo, que yo podía aplastar con los tacos, me inspiraba terror, era capaz de cualquier cosa.

—¡Déjame!

—Piensa, mujer —dijo Leeman, en tono conciliador—. ¿Quieres seguir en esta jodida vida? Mi hermano y yo tenemos todo arreglado, nos vamos a ir de este maldito país y tú vendrás con nosotros.

—¿Adónde?

—Al Brasil. En cuestión de un par de semanas estaremos en una playa con cocoteros. ¿No querías tener un yate?

—¿Yate? ¿Qué yate? ¡Yo sólo quiero volver a California!

—¡Así es que la jodida puta quiere volver a California! —se burló, amenazante.

—Por favor, Brandon. No se lo diré a nadie, te lo prometo, puedes irte tranquilo con tu familia al Brasil.

Se paseó a grandes trancos, pateando el suelo de concreto, descompuesto, mientras yo aguardaba mojada de sudor junto al coche, tratando de entender los errores que me habían conducido a ese polvoriento infierno y a esas bolsas de billetes verdes.

—Me equivoqué contigo, Laura, eres más estúpida de lo que pensé —dijo al fin—. Puedes irte al carajo, si eso es lo que quieres, pero en las próximas dos semanas tendrás que ayudarme. ¿Cuento contigo?

—Claro que sí, Brandon, lo que tú digas.

—Por el momento no harás nada, fuera de cerrar la boca.

Cuando yo te lo diga llamarás a Adam. ¿Te acuerdas de las instrucciones que te di?

—Sí, lo llamo y le digo dónde están las dos bolsas.

—¡No! Le dices dónde están las bolsas de El Paso TX. Eso y nada más. ¿Entendiste?

—Sí, por supuesto, le diré que las bolsas de El Paso TX están aquí. No te preocupes.

—Mucha discreción, Laura. Si se te sale una sola palabra de esto, te arrepentirás. ¿Quieres saber exactamente lo que te pasaría? Puedo darte los detalles.

—Te lo juro, Brandon, no se lo diré a nadie.

Regresamos en silencio a Las Vegas, pero yo escuchaba los pensamientos de Brandon Leeman en mi cabeza, como campanazos: iba a «deshacerse» de mí. Tuve la reacción física de náuseas y mareo, que había sentido esposada por Fedgewick a la cama de aquel sórdido motel; veía el resplandor verdoso del reloj, sentía el olor, el dolor, el terror. Tengo que pensar, tengo que pensar, necesito un plan… Pero cómo iba a pensar si estaba intoxicada de alcohol y no lograba recordar qué pastillas había tomado, cuántas y a qué hora. Llegamos a la ciudad a las cuatro de la tarde, cansados, con la ropa pegada de transpiración y polvo, sedientos. Leeman me dejó en el gimnasio para que me refrescara antes de la ronda nocturna y él se fue al apartamento. Al despedirse, me apretó la mano y me dijo que me quedara tranquila, él tenía todo bajo control. Ésa fue la última vez que lo vi.

El gimnasio carecía de los lujos extravagantes de los hoteles del *Strip*, con sus cacareados baños de leche en piletas de mármol y sus masajistas ciegos de Shangai, pero era el más grande y completo de la ciudad, contaba con varias salas de ejercicio, diversos aparatos de tortura para inflar músculos y estirar tendones, un spa con un menú a la carta de tratamientos de salud y belleza, peluquería para gente y para perros y una piscina cubierta donde calculo que cabía una ballena. Yo lo consideraba mi cuartel general, disponía de crédito abierto y podía ir al spa, nadar o hacer yoga en las ocasiones, cada vez menos frecuentes, en que me daba el ánimo. La mayor parte del tiempo estaba echada en una silla reclinable con la mente en blanco. En los casilleros con llave guardaba mis cosas de valor, que en el apartamento desaparecían en manos de infelices como Margaret y del mismo Freddy, si andaba necesitado.

Al volver de Beatty, me lavé la fatiga del viaje en la ducha y sudé el susto en la sauna. Limpia y apaciguada, mi situación me pareció menos angustiosa, contaba con dos semanas completas, plazo suficiente para decidir mi destino. Pensé que cualquier acción imprudente por mi parte precipitaría consecuencias que podían ser fatales, debía complacer a Brandon Leeman hasta dar con la forma de librarme de él. La idea de una playa brasilera con cocoteros en compañía de su familia me producía tiritones; debía volver a mi casa.

Cuando llegué a Chiloé me quejaba de que aquí no pasa nada, pero debo retractarme, porque ha pasado algo que merece escribirse con tinta de oro y letras mayúsculas ¡ESTOY ENAMORADA! Tal vez es un poco prematuro hablar de esto, porque sucedió hace apenas cinco días, pero el tiempo no significa nada en este caso, estoy totalmente segura de mis sentimientos. ¿Cómo voy a callarme si ando flotando? Así de caprichoso es el amor, como dice una canción estúpida que Blanca y Manuel me cantan a coro, se ríen a mi costa desde que Daniel apareció en el horizonte. ¿Qué voy a hacer con tanta felicidad, con este estallido en el corazón?

Más vale que empiece por el principio. Fui con Manuel y Blanca a la Isla Grande a ver la «tiradura de una casa», sin soñar que allí, de repente, por casualidad, iba a sucederme algo mágico, iba a conocer al hombre de mi destino, Daniel Goodrich. Una tiradura es algo único en el mundo, estoy segura. Consiste en trasladar una casa navegando en el mar, jalada por un par de lanchas, y luego arrastrarla por tierra con seis yuntas de bueyes para colocarla en el sitio destinado. Si un chilote se va a vivir a otra isla o se le seca el pozo y debe desplazarse unos kilómetros para obtener agua, se lleva la casa puesta, como un caracol. A causa de la humedad, las viviendas chilotas son de madera, sin cimientos, eso permite remolcarlas flotando y trasladarlas sobre troncos. La faena se hace con una *minga* en que vecinos, parientes y amigos se abocan a la tarea; unos ponen las lanchas, otros ponen los bueyes y el dueño de la casa pone el trago y la comida, pero en este caso la *minga* era una trampa para turistas, porque la misma casita va y viene por agua y tierra durante meses, hasta que se hace pedazos. Ésa sería la última tiradura hasta el próximo verano, cuando habrá otra casa trashumante. La idea es mostrarle al mundo cuán deschavetados son los chilotes y darles gusto a los inocentes que acuden en los buses de las agencias de turismo. Entre esos turistas venía Daniel.

Habíamos tenido varios días secos y calurosos, inusitados en

238

esta época del año, siempre lluviosa. El paisaje era diferente, nunca había visto un cielo tan azul, un mar tan plateado, tantas liebres en los pastizales, nunca había oído una algarabía de pájaros tan alegres en los árboles. Me gusta la lluvia, inspira recogimiento y amistad, pero a pleno sol se aprecia mejor la belleza de estas islas y canales. Con buen tiempo puedo nadar sin partirme los huesos en el agua helada y broncearme un poco, aunque con cuidado, porque aquí la capa de ozono es tan delgada, que suelen nacer ovejas ciegas y sapos deformes. Eso dicen, todavía no me ha tocado verlos.

En la playa estaban listos los preparativos para la tiradura: bueyes, cuerdas, caballos, veinte hombres para el trabajo pesado y varias mujeres con canastos de empanadas, muchos niños, perros, turistas, gente de la localidad que no se pierde la parranda, dos carabineros para asustar a los rateros y un fiscal de iglesia para bendecir. En el mil setecientos, cuando viajar era muy difícil y no había suficientes sacerdotes para cubrir el extenso y desarticulado territorio de Chiloé, los jesuitas establecieron el cargo de fiscal de iglesia, que lo ejerce una persona de honorable reputación. El fiscal cuida la iglesia, convoca a la congregación, preside funerales, reparte la comunión, bendice y, en casos de verdadera emergencia, puede bautizar y casar.

Con la marea alta avanzó la casa meciéndose en el mar como una antigua carabela, remolcada por dos lanchas y sumergida hasta las ventanas. En el techo flameaba una bandera chilena amarrada a un palo y dos niños cabalgaban a horcajadas en la viga mayor, sin chalecos salvavidas. Al acercarse a la playa, la carabela fue recibida con una merecida ovación y los hombres procedieron a anclarla hasta que bajara la marea. Lo habían calculado bien para que la espera no fuese larga. El tiempo se nos pasó volando en un carnaval de empanadas, alcohol, guitarras, pelotas y un concurso de payadores, que se desafiaban unos a otros con versos rimados de doble sentido y subidos de color, según me pareció. El humor es lo último que se domina en otra lengua y a mí me falta mucho para eso. A la hora conveniente deslizaron unos troncos debajo de la casa, alinearon a los doce bueyes en sus yuntas, los amarraron a los pilares de la casa con cuerdas y cadenas y comenzó la monumental tarea, avivada por gritos y aplausos de los mirones y pitazos de los carabineros.

Los bueyes agacharon la cerviz, tensaron cada músculo de sus cuerpos grandiosos y a una orden de los hombres avanzaron bramando. El primer tirón fue vacilante, pero en el segundo los animales ya habían coordinado sus fuerzas y echaron a andar mucho más rápido de lo que imaginé, rodeados por la multitud, unos adelante abriendo paso a la carrera, otros a los lados azuzando, otros detrás de la casa empujando. ¡Qué jolgorio! ¡Tanto esfuerzo compartido y tanta alegría! Yo corría entre los niños, chillando de placer, con el Fákin a la siga entre las patas de los bueyes. Cada veinte o treinta metros la tiradura se detenía, para alinear a los animales, circular botellas de vino entre los hombres y posar para las cámaras.

Fue una *minga* de circo preparada para turistas, pero eso no le restó mérito al atrevimiento humano ni al brío de los bueyes. Al final, cuando la casa quedó en su sitio, cara al mar, el fiscal le tiró agua bendita y el público empezó a dispersarse.

Cuando los forasteros se montaron en sus buses y los chilo-

240

tes se llevaron a sus bueyes, yo me senté en el pasto a repasar lo que había visto, lamentando no tener mi cuaderno para anotar los detalles. En eso sentí que me miraban y al levantar la vista me encontré con los ojos de Daniel Goodrich, ojos redondos color madera, ojos de potrillo. Sentí un espasmo de susto en el estómago, como si se hubiera materializado un personaje de ficción, alguien conocido en otra realidad, en una ópera o un cuadro del Renacimiento, de ésos que vi en Europa con mis abuelos. Cualquiera pensaría que estoy demente: un extraño se me pone al frente y se me llena de picaflores la cabeza; cualquiera menos mi Nini. Ella entendería, porque así fue cuando conoció a mi Popo en Canadá.

Sus ojos, eso fue lo primero que vi, ojos de párpados lánguidos, pestañas de mujer y cejas gruesas. Tardé casi un minuto en apreciar el resto: alto, fuerte, de huesos largos, rostro sensual, labios gruesos, la piel color caramelo. Llevaba botas de caminante, una cámara de video y una gran mochila empolvada con un saco de dormir enrollado encima. Me saludó en buen castellano, soltó la mochila en el suelo, se sentó a mi lado y empezó a abanicarse con el sombrero; tenía el pelo corto, negro, en rizos apretados. Me tendió una mano oscura de dedos largos y me dijo su nombre, Daniel Goodrich. Le ofrecí el resto de mi botella de agua, que se bebió de tres tragos sin importarle mis gérmenes.

Nos pusimos a hablar de la tiradura, que él había filmado desde varios ángulos, y le aclaré el engaño de que era para turistas, pero eso no desinfló su entusiasmo. Venía de Seattle y llevaba cinco meses recorriendo América del Sur sin planes ni metas, como un vagabundo. Así se definió, vagabundo. Quería conocer lo más posible y practicar el español que había aprendido en clases y libros, tan diferente del idioma hablado. En sus primeros días en este país no entendía nada, como me sucedió a mí, porque los chilenos hablan en diminutivo, cantadito y de carrera, se tragan la última sílaba de cada palabra y aspiran las eses. «Para las burradas que dice la gente, mejor es no entender», opina la tía Blanca.

Daniel está recorriendo Chile y antes de llegar a Chiloé estuvo en el desierto de Atacama con sus paisajes lunares de sal y sus columnas de agua hirviendo, en Santiago y otras ciudades, que le interesaron poco, en la región de los bosques, con sus volcanes humeantes y lagos color esmeralda, y piensa seguir a la Patagonia y Tierra del Fuego, para ver los fiordos y glaciares.

Manuel y Blanca, que habían ido a comprar al pueblo, llegaron demasiado pronto a interrumpirnos, pero Daniel les causó buena impresión y, para mi deleite, Blanca lo invitó a quedarse en su casa unos días. Le dijo que nadie puede pasar por Chiloé sin probar un verdadero curanto y el jueves tendríamos uno en nuestra isla, el último de la temporada turística, el mejor de Chiloé, y no podía perdérselo. Daniel no se hizo de rogar, ha tenido tiempo de habituarse a la hospitalidad impulsiva de los chilenos, siempre dispuestos a abrir sus puertas a cualquier forastero despistado que se les cruce por delante. Creo que aceptó sólo por mí, pero Manuel me advirtió que no fuera presumida, dice que Daniel tendría que ser tonto para rechazar hospedaje y comida gratis.

Partimos en la *Cahuilla*, con mar amable y brisa de popa, y llegamos a buena hora para ver a los cisnes de cuello negro que flotaban en el canal, esbeltos y elegantes como góndolas de Venecia.

«Estable pasan los cisnes», dijo Blanca, quien habla como los chilotes. En la luz del atardecer el paisaje se veía más hermoso que nunca; me sentí orgullosa de vivir en este paraíso y poder mostrárselo a Daniel. Se lo señalé con un gesto amplio del brazo, abarcando el horizonte entero. «Bienvenido a la isla de Maya Vidal, amigo», le dijo Manuel con un guiño que alcancé a captar. Puede burlarse de mí todo lo que se le antoje en privado, pero si pretende hacerlo delante de Daniel, se va a arrepentir. Así se lo hice saber apenas estuvimos solos.

Subimos a la casa de Blanca, donde ella y Manuel se pusieron de inmediato a cocinar. Daniel pidió permiso para darse una ducha, que mucha falta le hacía, y lavar algo de ropa, mientras yo iba trotando a nuestra casa a buscar un par de buenas botellas de vino, que el Millalobo le había regalado a Manuel. Hice el trayecto en once minutos, récord mundial, llevaba alas en los talones. Me lavé, me pinté los ojos, me puse por primera vez mi único vestido y eché a correr de vuelta con mis sandalias y las botellas en una bolsa, seguida por el Fákin con la lengua afuera y arrastrando su pata coja. En total demoré cuarenta minutos y en ese rato Manuel y Blanca habían improvisado ensalada y pasta con mariscos, que en California se llama *tuti-mare* y aquí se llama tallarines con sobras, porque es lo que quedó del día anterior. Manuel me recibió con un silbido de admiración, porque sólo me ha visto en pantalones y debe de creer que no tengo estilo. El vestido lo compré en una tienda de ropa usada en Castro, pero está casi nuevo y no muy pasado de moda.

Daniel salió de la ducha recién afeitado y con la piel brillante como madera pulida, tan guapo que tuve que esforzarme para no mirarlo demasiado. Nos arropamos con ponchos para comer en la terraza, porque en esta época ya hace frío. Daniel se mostró muy agradecido de la hospitalidad, dijo que lleva meses viajando con un presupuesto mínimo y le ha tocado dormir en los sitios más incómodos o a la intemperie. Supo apreciar la mesa, la buena comida, el vino chileno y el paisaje de agua, cielo y cisnes. Tan elegante era la lenta danza de los cisnes en la seda color violeta del mar, que nos quedamos admirándola callados. Otra bandada de cisnes llegó del oeste, oscureciendo los últimos resplandores anaranjados del cielo con sus grandes alas, y pasó de largo. Estas aves, tan dignas de apariencia y tan fieras de corazón, están diseñadas para navegar —en tierra parecen patos gordos— pero nunca son tan espléndidas como en pleno vuelo.

Ellos le dieron el bajo a las dos botellas del Millalobo y yo tomé limonada, no me hizo falta el vino, estaba medio embriagada con la compañía. Después del postre —manzanas al horno con dulce de leche— Daniel preguntó con naturalidad si deseábamos compartir un pito de marihuana. Me dio un escalofrío, esa proposición no les caería bien a los viejos, pero aceptaron y, ante mi sorpresa, Blanca fue a buscar una pipa. «No se te vaya a salir nada de esto en la escuela, gringuita», me dijo con aire de conspiración, y agregó que de vez en cuando fumaban con Manuel. Resulta que en esta isla hay varias familias que cultivan marihuana de primera calidad; la mejor es de doña Lucinda, la tatarabuela, que lleva medio siglo exportándola a otros puntos de Chiloé. «Doña Lucinda le canta a las plantas, dice que hay que romancearlas, como a las papas, para que se den mejor, y así debe ser, porque nadie puede competir con su hierba», nos contó Blanca. Soy muy despistada, he estado cien veces en el patio de doña Lucinda, ayudándola a teñir su lana, sin fijarme en las plantas. En cualquier caso, ver a Blanca y Manuel, ese par de zanahorias, pasándose la pipa de agua, fue difícil de creer. Yo también fumé, sé que puedo hacerlo sin que se convierta en necesidad, pero no me atrevo a probar el alcohol. No todavía, tal vez nunca más.

A Manuel y a Blanca no tuve que confesarles el impacto que causó Daniel en mí; lo adivinaron cuando me vieron con vestido y maquillaje, están acostumbrados a mi aspecto de refugiada. Blanca, romántica de vocación, nos va a facilitar las cosas, porque disponemos de poco tiempo. Manuel, en cambio, se empeña en su actitud de carcamal.

—Más vale que antes de morirte de amor, Maya, averigües si ese joven también está agonizando del mismo mal, o si piensa seguir su periplo y dejarte plantada —me aconsejó.

—Con semejante prudencia nadie se enamoraría, Manuel. ¿No estarás celoso?

—Al contrario, Maya, estoy esperanzado. Tal vez Daniel te lleve a Seattle; es la ciudad perfecta para esconderse del FBI y la mafia.

—¡Me estás echando!

—No, niña, cómo te voy a echar, si tú eres la luz de mi triste vejez —dijo en ese tono sarcástico que me revienta—. Sólo me preocupa que te caigas de narices en este asunto del amor. ¿Daniel te ha insinuado sus sentimientos?

—Todavía no, pero lo hará.

—Pareces muy segura.

—Un flechazo como éste no puede ser unilateral, Manuel.

—No, claro, es el encuentro de dos almas...

—Exactamente, pero a ti nunca te ha pasado, por eso te burlas.

—No opines de lo que no sabes, Maya.

—¡Eres tú quien opina de lo que no sabe!

Daniel es el primer americano de mi edad que he visto desde que llegué a Chiloé y el único interesante que recuerdo; los mocosos de la secundaria, los neuróticos de Oregón y los viciosos de Las Vegas no cuentan. No somos de la misma edad, yo tengo ocho años menos, pero he vivido un siglo más y podría darle clases en madurez y experiencia del mundo. Me sentí cómoda con él desde el comienzo; tenemos gustos similares en libros, cine y música y nos reímos de las mismas cosas, entre los dos conocemos más de cien chistes de locos: la mitad los adquirió él en la universidad, y la otra mitad los aprendí yo en la academia. En lo demás somos muy diferentes.

Daniel fue adoptado a la semana de nacido por una pareja blanca con recursos económicos, liberales y cultos, el tipo de gente amparada bajo el gran paraguas de la normalidad. Ha sido un pasable estudiante y un buen deportista, ha llevado una existencia ordenada y puede planear su futuro con la confianza irracional de quien no ha sufrido. Es un tipo saludable, seguro de sí mismo, amistoso y relajado; sería irritante sin su espíritu inquisitivo. Ha viajado dispuesto a aprender, eso lo salva de ser sólo un turista más. Decidido a seguir los pasos de su padre adoptivo, estudió medicina, terminó su residencia en psiquiatría a mediados del año pasado y, cuando regrese a Seattle, tendrá empleo asegurado en la clínica de rehabilitación de su padre. Qué ironía, yo podría ser uno de sus pacientes.

La felicidad natural de Daniel, sin énfasis, como la felicidad de los gatos, me da envidia. En su peregrinaje por Latinoamérica ha convivido con la gente más variada: ricachos de Acapulco, pescadores del Caribe, madereros del Amazonas, cocaleros de Bolivia, indígenas del Perú y también pandilleros, chulos, narcos, criminales, policías y militares corruptos. Ha flotado de una aventura a otra con la inocencia intacta. A mí, en cambio, todo lo vivido me ha dejado cicatrices, arañazos, magulladuras. Este hombre tiene buena suerte, espero que eso no sea un problema entre nosotros. Pasó la primera noche en casa de la tía Blanca, donde descansó entre plumas y sábanas de hilo, así de refinada es ella, pero luego se vino con nosotros porque ella encontró un pretexto para ir a Castro y dejar al huésped en mis manos. Daniel instaló su saco en un rincón de la sala y allí ha dormido con los gatos. Cada noche cenamos tarde, nos remojamos en el jacuzzi, conversamos, él me cuenta su vida y su viaje, yo le muestro las constelaciones del sur, le cuento de Berkeley y mis abuelos, también de la academia de Oregón, pero por el momento me callo la parte de Las Vegas. No puedo hablarle de eso antes de entrar en confianza, se espantaría. Me parece que el año pasado descendí precipitadamente a un mundo sombrío. Mientras estuve bajo la tierra, como una semilla o un tubérculo, otra Maya Vidal pujaba por emerger; me salieron delgados filamentos buscando humedad, luego raíces como dedos buscando alimento, y finalmente un tallo tenaz y hojas buscando la luz. Ahora debo de estar floreciendo, por eso puedo reconocer el amor. Aquí, al sur del mundo, la lluvia todo lo vuelve fértil.

La tía Blanca volvió a la isla, pero a pesar de sus sábanas de hilo, Daniel no ha sugerido regresar con ella y sigue en nuestra casa. Buen síntoma. Hemos estado juntos a tiempo completo, porque no estoy trabajando, Blanca y Manuel me liberaron de responsabilidades mientras Daniel esté aquí. Hemos hablado de muchas cosas, pero él todavía no me ha dado pie para hacerle confidencias. Es mucho más cauteloso que yo. Me preguntó por qué estoy en Chiloé y le contesté que estoy ayudando a Manuel en su trabajo y conociendo el país, porque mi familia es de origen chileno, lo cual es una verdad incompleta. Le he mostrado el pueblo, filmó el cementerio, los palafitos, nuestro patético y empolvado museo, con sus cuatro cachivaches y sus óleos de próceres olvidados, a doña Lucinda, que a los ciento nueve años todavía vende lana y cosecha papas y marihuana, a los poetas del truco en la Taberna del Muertito, a Aurelio Ñancupel y sus historias de piratas y mormones.

Manuel Arias está encantado, porque tiene un huésped atento, que lo escucha con admiración y no lo critica como yo. Mientras ellos conversan, yo cuento los minutos perdidos en leyendas de brujos y monstruos; son minutos que Daniel podría emplear mejor a solas conmigo. Debe terminar su viaje dentro de pocas semanas y todavía le faltan el extremo sur del continente y el Brasil, es una lástima que gaste su precioso tiempo con Manuel. Hemos tenido ocasiones de intimar, pero muy pocas, a mi parecer, y sólo me ha cogido la mano para ayudarme a saltar un escollo. Rara vez estamos solos, porque las comadres del pueblo nos espían y Juanito Corrales, Pedro Pelanchugay y el Fákin nos siguen a todas partes. Las abuelas adivinaron mis sentimientos por Daniel y creo que han dado un suspiro colectivo de alivio, porque circulaban chismes absurdos sobre mí y Manuel. A la gente le parece sospechoso que vivamos juntos aunque nos separe más de medio siglo en edad. Eduvigis Corrales y otras mujeres se han confabulado para hacerme de alcahuetas, pero deberían ser más disimuladas o van a ahuyentar al joven de Seattle. Manuel y Blanca también conspiran.

Ayer se llevó a cabo el curanto que Blanca había anunciado y Daniel pudo filmarlo completo. La gente del pueblo es cordial con los turistas, porque compran artesanías y las agencias pagan por el curanto, pero cuando se van hay una sensación generalizada de alivio. Les incomodan esas hordas de extraños curioseando en sus casas y tomándoles fotos como si los exóticos fueran ellos. Con Daniel es diferente, se trata de un huésped de Manuel, eso le abre puertas, y además lo ven conmigo, por eso le han dado facilidades para que filme lo que desee, incluso dentro de sus casas.

En esta ocasión la mayoría de los turistas era de la tercera edad, jubilados de pelo blanco que venían de Santiago, muy alegres, a pesar de la dificultad para caminar en la arena. Trajeron una guitarra y cantaron, mientras se cocinaba el curanto, y bebieron pisco sour a granel; eso contribuyó al relajo general. Daniel se apoderó de la guitarra y nos deleitó con boleros mexicanos y valses peruanos, que ha ido recogiendo en su viaje; su voz no es gran cosa, pero canta entonado y su aspecto de beduino sedujo a los visitantes.

Después de darles el bajo a los mariscos, bebimos los jugos del curanto en las ollitas de barro, que son lo primero que se coloca sobre las piedras calientes para recibir ese néctar. Es imposible describir el sabor de ese caldo concentrado de las delicias de tierra y mar, nada puede compararse a la embriaguez que produce; recorre las venas como un río caliente y deja el corazón saltando. Se hicieron muchas bromas sobre su poder afrodisíaco, los vejetes santiaguinos que nos visitaban lo comparaban con el Viagra, doblados de risa. Debe de ser cierto, porque por primera vez en mi vida siento un deseo intransferible y abrumador de hacer el amor con alguien muy concreto, con Daniel.

He podido observarlo de cerca y ahondar en lo que él cree que es amistad y yo sé que tiene otro nombre. Está de paso, se irá pronto, no desea ataduras, tal vez yo no vuelva a verlo, pero esa idea es tan insoportable que la he descartado. Es posible morir de amor. Manuel lo dice en broma, pero es cierto, se me está acumulando una presión fatídica en el pecho y si no se alivia pronto, voy a estallar. Blanca me aconseja tomar la iniciativa, un consejo que ella no aplica para sí misma con Manuel, pero no me atrevo. Esto es ridículo, a mi edad y con mi pasado, bien puedo soportar un rechazo. ¿Puedo? Si Daniel me rechazara, me tiraría de cabeza entre salmones carnívoros. No soy del todo fea, según dicen. ¿Por qué Daniel no me besa?

La proximidad de este hombre que apenas conozco es intoxicante, término que uso con cuidado, porque conozco demasiado bien su significado, pero no encuentro otro para describir esta exaltación de los sentidos, esta dependencia tan parecida a la adicción. Ahora entiendo por qué los amantes de la ópera y la literatura, ante la eventualidad de una separación, se suicidan o se mueren de pena. Hay grandeza y dignidad en la tragedia, por eso es fuente de inspiración, pero no quiero tragedia, por inmortal que sea, quiero una dicha sin bulla, íntima, y muy discreta, para no provocar los celos de los dioses, siempre tan vengativos. ¡Qué idiotez digo! No hay fundamento para estas fantasías, Daniel me trata con la misma simpatía con que trata a Blanca, que podría ser su madre. Tal vez no soy su tipo. ¿O será gay?

Le conté a Daniel que Blanca fue reina de belleza en los años setenta y hay quienes creen que inspiró uno de los veinte poemas de amor de Pablo Neruda, aunque en 1924, cuando se publicaron, ella no había nacido. Así de mal pensada es la gente. Blanca rara vez se refiere a su cáncer, pero creo que ha venido a esta isla a curarse de la enfermedad y de la desilusión de su divorcio. El tema más común aquí son las enfermedades, pero a mí me tocaron en suerte los únicos dos chilenos estoicos que no las mencionan, Blanca Schnake y Manuel Arias, para quienes la vida es difícil y quejarse la empeora. Han sido grandes amigos por varios años, tienen todo en común, menos los secretos que él guarda y la ambivalencia de ella con respecto a la dictadura. Se entretienen juntos, se prestan libros, cocinan, a veces los encuentro sentados en la ventana viendo pasar a los cisnes, mudos.

«Blanca mira a Manuel con ojos de amor», me comentó Daniel, de modo que no soy la única que lo ha notado. Esa noche, después de poner unos palos en la estufa y cerrar las persianas, nos fuimos a acostar, él en su saco en la sala, yo en mi pieza. Ya era muy tarde. Acurrucada en mi cama, insomne, bajo tres frazadas, con mi gorro verde-bilis en la cabeza por temor a los murciélagos, que se prenden del pelo, según dice Eduvigis, podía oír los suspiros de las tablas de la casa, el crepitar de la leña ardiendo, el grito de la lechuza en el árbol frente a mi ventana, la respiración cercana de Manuel, que apenas pone la cabeza en la almohada se duerme, y los suaves ronquidos del Fákin. Me quedé pensando que en mis casi veinte años sólo a Daniel he mirado con ojos de amor.

Blanca insistió en que Daniel se quedara otra semana en Chiloé, para que vaya a aldeas remotas, recorra los senderos de los bosques y vea los volcanes. Después puede viajar a la Patagonia en el avión de un amigo de su padre, un multimillonario que ha comprado un tercio del territorio de Chiloé y piensa postularse a la presidencia del país en las elecciones de diciembre, pero yo quiero que Daniel se quede a mi lado, ya ha vagado suficiente. No tiene ninguna necesidad de ir a la Patagonia ni al Brasil, puede irse directamente a Seattle en junio.

Nadie puede permanecer en esta isla más de unos días sin darse a conocer y ya todos saben quién es Daniel Goodrich. Los vecinos del pueblo han sido especialmente cariñosos con él, porque les parece muy exótico, aprecian que hable español y suponen que es mi enamorado (¡ojalá lo fuera!). También les ha impresionado su participación en el asunto de Azucena Corrales.

Habíamos ido en el kayak a la gruta de la Pincoya, bien abrigados porque estábamos a fines de mayo, sin sospechar lo que nos aguardaba al regresar. El cielo estaba despejado, el mar calmo y el aire muy frío. Para ir a la gruta uso una ruta diferente a la de los turistas, más peligrosa a causa de las rocas, pero la prefiero porque me permite acercarme a los lobos de mar. Ésa es mi práctica espiritual, no hay otro nombre para definir el arrebato místico que me producen los bigotes tiesos de la Pincoya, como he bautizado a mi mojada amiga, una hembra de lobo marino. En las rocas hay un macho amenazante, al que debo evitar, y unas ocho o diez madres con sus crías, que se asolean o juegan en el agua entre las nutrias marinas. La primera vez me quedé flotando en mi kayak sin aproximarme, inmóvil, para ver a las nutrias de cerca, y al poco rato una de las lobas marinas comenzó a rondarme. Estos animales son torpes en tierra, pero muy graciosos y veloces en el agua. Pasaba por debajo del kayak como un torpedo y reaparecía en la superficie, con sus bigotes de filibustero y sus redondos ojos negros, llenos de curiosidad. Con la nariz le daba topones a mi frágil embarcación, como si supiera que de un soplido podía lanzarme al fondo del mar, pero su actitud era puramente juguetona. Nos fuimos conociendo de a poco. Empecé a visitarla a menudo y muy pronto nadaba a mi encuentro apenas vislumbraba el kayak. A la Pincoya le gusta refregar la escoba de sus bigotes contra mi brazo desnudo.

Esos momentos con la loba son sagrados, siento por ella un cariño vasto como enciclopedia, me dan unas ganas dementes de tirarme al agua y retozar con ella. No podía darle mayor prueba de amor a Daniel que llevarlo a la gruta. La Pincoya estaba asoleándose y apenas me vio se tiró al mar para acudir a saludarme, pero se quedó a cierta distancia, estudiando a Daniel, y por último se volvió a las rocas, ofendida porque llevé a un extraño. Me va a tomar mucho tiempo recuperar su estima.

Cuando volvimos al pueblo, cerca de la una, Juanito y Pedro nos estaban esperando ansiosos en el embarcadero con la noticia de que Azucena había sufrido una hemorragia en casa de Manuel, donde había ido a limpiar. Manuel la encontró en un charco de sangre, llamó por celular a los carabineros, que fueron a buscarla en el jeep. Dijo Juanito que en ese momento la muchacha estaba en el retén esperando a la lancha de la ambulancia.

Los carabineros habían instalado a Azucena en el catre de la celda de damas y Humilde Garay le estaba aplicando paños húmedos en la frente, a falta de un remedio más eficaz, mientras Laurencio Cárcamo hablaba por teléfono con la comisaría de Dalcahue pidiendo instrucciones. Daniel Goodrich se identificó como médico, nos indicó que saliéramos de la celda y procedió a examinar a Azucena. Diez minutos más tarde volvió para anunciarnos que la niña estaba embarazada de unos cinco meses. «¡Pero si tiene sólo trece años!», exclamé. No entiendo cómo nadie se dio cuenta, ni Eduvigis, ni Blanca, ni siquiera la enfermera; Azucena parecía simplemente gorda.

En eso llegó la lancha ambulancia y los carabineros nos permitieron a Daniel y mí que acompañáramos a Azucena, que lloraba de susto. Entramos con ella al servicio de emergencia del hospital de Castro y yo aguardé en el pasillo, pero Daniel hizo valer su título de médico y siguió la camilla al pabellón. Esa misma noche operaron a Azucena para sacar al niño, que estaba muerto. Habrá una investigación para saber si el aborto fue inducido, es el procedimiento legal en un caso como éste y eso parece más importante que averiguar las circunstancias en que una niña de trece años queda preñada, como alega Blanca Schnake, enfurecida y con razón.

Azucena Corrales se niega a decir quién la embarazó y ya circula el rumor en la isla de que fue el Trauco, un mítico enano de una vara de altura, armado de un hacha, que vive en los huecos de los árboles y protege los bosques. Puede torcer el espinazo de un hombre con la mirada y persigue a muchachas vírgenes para preñarlas. Tiene que haber sido el Trauco, dicen, porque se vio excremento amarillo cerca de la casa de los Corrales.

Eduvigis ha reaccionado de forma extraña, se niega a ver a su hija o conocer los detalles de lo sucedido. El alcoholismo, la violencia doméstica y el incesto son las maldiciones de Chiloé, especialmente en las comunidades más aisladas, y según Manuel el mito del Trauco se originó para encubrir los embarazos de las muchachas violadas por sus padres o hermanos. Me acabo de enterar de que Juanito no sólo es nieto de Carmelo Corrales, también es su hijo. La madre de Juanito, que vive en Quellón, fue violada por Carmelo, su padre, y tuvo al niño a los quince años. Eduvigis lo crió como si fuera suyo, pero en el pueblo se conoce la verdad. Me pregunto cómo un inválido postrado pudo abusar de Azucena, tuvo que haber sido antes de que le amputaran la pierna.

¡Ayer se fue Daniel! El 29 de mayo de 2009 quedará en mi memoria como el segundo día más triste de mi vida, el primero fue cuando se murió mi Popo. Voy a tatuarme 2009 en la otra muñeca, para que jamás se me olvide. He llorado dos días seguidos, Manuel dice que me voy a deshidratar, que nunca ha visto tantas lágrimas y que ningún hombre merece tanto sufrimiento, especialmente si sólo se ha ido a Seattle y no a la guerra. ¡Qué sabe él! Las separaciones son muy peligrosas. En Seattle debe de haber un millón de chicas mucho más bonitas y menos complicadas que yo. ¿Para qué le conté los detalles de mi pasado? Ahora tendrá tiempo de analizarlos, incluso podrá discutirlos con su padre y quién sabe cuáles serán las conclusiones de ese par de psiquiatras, me van a tildar de adicta y neurótica. Lejos de mí, a Daniel se le va a enfriar el entusiasmo y puede decidir que no le conviene engancharse con una tipa como yo. ¡Por qué no me fui con él! Bueno, no me lo pidió, ésa es la verdad...

INVIERNO

Junio, julio, agosto

Si me hubieran preguntado hace unas pocas semanas, cuál fue la época más feliz de mi vida, habría dicho que ya pasó, fue mi niñez con mis abuelos en la casona mágica de Berkeley. Sin embargo, ahora mi respuesta sería que los días más felices los viví a fines de mayo con Daniel y si no sucede una catástrofe, volveré a vivirlos en un futuro próximo. Pasé nueve días en su compañía y en tres de ellos estuvimos solos en esta casa con alma de ciprés. En esos días prodigiosos se me entreabrió una puerta, me asomé al amor y la luz me resultó casi insoportable. Mi Popo decía que el amor nos vuelve buenos. No importa a quién amemos, tampoco importa ser correspondidos o si la relación es duradera. Basta la experiencia de amar, eso nos transforma.

A ver si puedo describir los únicos días de amor de mi vida. Manuel Arias se fue a Santiago en un viaje apresurado de tres días por un asunto de su libro, dijo, pero según Blanca fue al médico a controlar la burbuja en su cerebro. Yo creo que se fue para dejarme sola con Daniel. Estuvimos completamente solos, porque Eduvigis no volvió a limpiar después del escándalo del embarazo de Azucena, quien seguía en el hospital de Castro, convaleciendo de una infección, y Blanca les prohibió a Juanito

Corrales y Pedro Pelanchugay que nos molestaran. Estábamos a fines de mayo, los días eran cortos y las noches largas y heladas, el clima perfecto para la intimidad.

Manuel partió a mediodía y nos dejó la tarea de hacer mermelada de tomates, antes de que se pudrieran. Tomates, tomates, más tomates. Tomates en otoño, dónde se ha visto. Se dan tantos en el jardín de Blanca, y son tantos los que nos regala que no sabemos qué hacer con ellos: salsa, pasta, tomates secos, en conserva. Mermelada es una solución extrema, no sé a quién le puede gustar. Con Daniel pelamos varios kilos, los partimos, les quitamos las pepas, los pesamos y los pusimos en las ollas; eso nos tomó más de dos horas, que no fueron perdidas, porque con la distracción de los tomates se nos soltó la lengua y nos contamos muchas cosas. Agregamos un kilo de azúcar por cada kilo de pulpa de tomate, le echamos un poco de jugo de limón, lo cocinamos hasta que espesó, más o menos veinte minutos, revolviendo, y enseguida lo pusimos en frascos bien lavados. Hervimos los frascos llenos por media hora y, una vez sellados y herméticos, quedaron listos para cambiarlos por otros productos, como el dulce de membrillo de Liliana Treviño y la lana de doña Lucinda. Cuando terminamos, la cocina estaba oscura y la casa tenía un olor delicioso de azúcar y leña.

Nos instalamos frente a la ventana a mirar la noche, con una bandeja de pan, queso mantecoso, salchichón enviado por don Lionel Schnake y pescado ahumado de Manuel. Daniel abrió una botella de vino tinto, sirvió una copa y cuando iba a servir la segunda lo atajé, era hora de darle mis razones para no probarlo y explicarle que él puede tomar sin preocuparse por mí. Le hablé de mis adicciones en general, sin ahondar todavía en la mala vida del año pasado, y le expliqué que no echo de menos un trago para ahogar alguna pena, sino en momentos de celebración, como ése frente a la ventana, pero podíamos brindar juntos, él con vino y yo con jugo de manzana.

Creo que tendré que cuidarme del alcohol para siempre; es más difícil de resistir que las drogas, porque es legal, está disponible y a uno se lo ofrecen en todas partes. Si acepto una copa se me aflojaría la voluntad y me costaría rechazar la segunda y de ahí al abismo de antes hay unos cuantos sorbos. Tuve suerte, le dije a Daniel, porque en los seis meses en Las Vegas no alcanzó a afirmarse demasiado mi dependencia y si ahora surge la tentación, recuerdo las palabras de Mike O'Kelly, que sabe mucho del asunto, porque es alcohólico rehabilitado, y dice que la adicción es como el embarazo, sí o no, nada de términos medios.

Por fin, al cabo de muchos rodeos, Daniel me besó, primero con suavidad, apenas rozándome, y luego con más certeza, sus labios gruesos contra los míos, su lengua en mi boca. Sentí el tenue sabor del vino, la firmeza de sus labios, la dulce intimidad de su aliento, su olor a lana y tomate, el rumor de su respiración, su mano caliente en mi nuca. Se apartó y me miró con una expresión interrogante, entonces me di cuenta de que estaba rígida, con los brazos pegados a los costados, los ojos desorbitados. «Perdona», me dijo, apartándose. «¡No! ¡Perdóname a mí!», exclamé, con demasiado énfasis, asustándolo. Cómo explicarle que en realidad era mi primer beso, que todo lo anterior fue otra cosa, muy distinta al amor, que llevaba una semana imaginando ese beso y de tanto anticiparlo, ahora zozobraba, y de tanto temer que nunca ocurriría, ahora iba a ponerme a llorar. No sabía cómo decirle todo eso y lo más expedito fue tomarle la cabeza a dos manos y besarlo como en una despedida trágica. Y de ese punto en adelante ya fue cuestión de soltar amarras y partir a vela desplegada por aguas desconocidas, echando fuera de borda las vicisitudes del pasado.

En una pausa, entre dos besos, le confesé que había tenido relaciones sexuales, pero en realidad nunca había hecho el amor. «¿Te imaginabas que iba a sucederte aquí, en el fin del mundo?», me preguntó. «Cuando llegué definía a Chiloé como el culo del mundo, Daniel, pero ahora sé que es el ojo de la galaxia», le informé.

El destartalado sofá de Manuel resultó inadecuado para el amor, se le salen los resortes y está cubierto de pelos pardos del Gato-Leso y anaranjados del Gato-Literato, de modo que trajimos frazadas de mi pieza e hicimos un nido junto a la estufa. «Si hubiera sabido que existías, Daniel, le habría hecho caso a mi abuela y me habría cuidado más», admití, dispuesta a recitarle el rosario de mis errores, pero un instante después se me olvidaron, porque en la magnitud del deseo qué diablos podían importar. A tirones, bruscamente, le quité el suéter y la camiseta de mangas largas y empecé a lidiar con el cinturón y el cierre de los vaqueros —¡qué engorrosa es la ropa de hombre!— pero él me tomó las manos y volvió a besarme. «Tenemos tres días, no nos apuremos», dijo. Acaricié su torso desnudo, sus brazos, sus hombros, recorriendo la topografía desconocida de ese cuerpo, sus valles y montes, admirando su piel lisa color bronce antiguo, piel de africano, la arquitectura de sus huesos largos, la forma noble de su cabeza, besando la hendidura del mentón, los pómulos de bárbaro, los lánguidos párpados, las orejas inocentes, la manzana de Adán, el largo camino del esternón, las tetillas como arándanos, pequeñas y moradas. Volví a arremeter contra su cinturón y nuevamente Daniel me detuvo con el pretexto de que quería mirarme.

Empezó a quitarme la ropa y es de nunca acabar: chaleco viejo de cachemira de Manuel, una franela de invierno, debajo otra más delgada, tan desteñida que Obama es un solo borrón, sostén de algodón con un tirante prendido con alfiler de gancho, pantalones comprados con Blanca en la tienda de ropa usada, cortos de pierna, pero abrigadores, medias gruesas y por último las bragas blancas de colegiala que mi abuela me puso en la mochila en Berkeley. Daniel me tendió de espaldas en el nido y sentí los arañazos de las rudas frazadas chilotas, insoportables en otras circunstancias y sensuales en ese momento. Con la punta de la lengua me lamió como un caramelo, haciéndome cosquillas en algunas partes, despertando quién sabe qué animalejo dormido, comentando el contraste de su piel oscura y mi color original de escandinava, visible en su mortal palidez en los sitios donde no pega el sol.

Cerré los ojos y me abandoné al placer, culebreando para salir al encuentro de esos dedos solemnes y sabios, que me tocaban como a un violín, y así de a poco hasta que de pronto llegó el orgasmo, largo, lento, sostenido y mi grito alarmó al Fákin, que empezó a gruñir con los colmillos a la vista. *«It's okay, fucking dog»*, y me acurruqué en el abrazo de Daniel, ronroneando dichosa en el calor de su cuerpo y el olor almizclado de los dos. «Ahora es mi turno», le anuncié por último, al cabo de un buen rato, y entonces me permitió desvestirlo y hacer con él lo que me diera la real gana.

Permanecimos encerrados en la casa por tres días memorables, regalo de Manuel; mi deuda con este viejo antropófago ha aumentado de manera alarmante. Teníamos confidencias pendientes y amor por inventar. Debíamos aprender a acomodar los cuerpos, descubrir con calma la forma de complacer al otro y de dormir juntos sin molestarnos. En eso él carece de experiencia, pero es natural para mí, porque me crié en la cama de mis abuelos. Pegada a alguien no necesito contar corderos, cisnes o delfines, en especial alguien grande, caliente, oloroso, que ronca discretamente, así sé que está vivo. Mi cama es angosta y como nos pareció irrespetuoso ocupar la de Manuel, pusimos un cerro de frazadas y almohadas en el suelo, cerca de la estufa. Cocinábamos, hablábamos, hacíamos el amor; mirábamos por la ventana, nos asomábamos a las rocas, escuchábamos música, hacíamos el amor; nos dábamos baños en el jacuzzi, acarreábamos leña, leíamos los libros de Manuel sobre Chiloé, hacíamos el amor de nuevo. Llovía y no daban deseos de salir, la melancolía de las nubes chilotas se presta para el romance.

En esa oportunidad única de estar a solas con Daniel sin interrupciones me propuse, guiada por él, la tarea exquisita de aprender las múltiples posibilidades de los sentidos, el placer de acariciarse sin un propósito, por el gusto de frotar piel con piel. Un cuerpo de hombre da para entretenerse por años, los puntos álgidos que se estimulan de este modo, otros que piden diferentes atenciones, aquellos que no se tocan y basta con soplarlos; cada vértebra tiene una historia, una puede perderse en el campo ancho de los hombros, con su buena disposición para cargar peso y pesares, y en los duros músculos de los brazos, hechos para sostener el mundo. Y bajo la piel se ocultan deseos nunca formulados, aflicciones recónditas, marcas invisibles al microscopio. Sobre besos debe de haber manuales, besos de pájaro carpintero, de pez, una variedad infinita. La lengua es un culebrón atrevido e indiscreto, y no me refiero a las cosas que dice. El corazón y el pene son mis favoritos: indómitos, transparentes en sus intenciones, cándidos y vulnerables, no hay que abusar de ellos.

Al fin, pude contarle mis secretos a Daniel. Le conté de Roy Fedgewick y Brandon Leeman y los hombres que lo mataron, de repartir drogas y perderlo todo y acabar de mendiga, de cuánto más peligroso es el mundo para las mujeres, cómo debemos cruzar una calle solitaria si viene un hombre en sentido contrario y evitarlos por completo si van en grupo, cuidarnos las espaldas, mirar a los lados, volvernos invisibles. En el último tiempo que pasé en Las Vegas, cuando ya lo había perdido todo, me protegí haciéndome pasar por un muchacho; me ayudó que soy alta y estaba flaca como tabla, con el pelo mochado y ropa de hombre del Ejército de Salvación. Así me salvé más de una vez, supongo. La calle es implacable.

Le conté de las violaciones que presencié y que sólo le había contado a Mike O'Kelly, quien tiene estómago para todo. La primera vez, un borracho asqueroso, un hombrón que parecía fornido por las capas de harapos que lo cubrían, pero tal vez estaba en los huesos, atrapó a una chica en un callejón sin salida, lleno de desperdicios, a plena luz del día. La cocina de un restaurante daba al callejón y yo no era la única que iba a escarbar en los tachos de basura en busca de sobras para disputarles a los gatos sin dueño. Había ratas también, se podían oír, pero nunca las vi. La chica, una adicta joven, hambrienta, sucia, podría haber sido yo. El hombre la agarró por detrás, la tiró de boca al pavimento, entre desperdicios y charcos de agua putrefacta y con una navaja le rasgó el pantalón por el costado. Me hallaba a menos de tres metros, escondida entre los tachos de basura, y sólo por casualidad era ella quien gritaba y no yo. La muchacha no se defendió. En dos o tres minutos él terminó, se acomodó los harapos y se alejó, tosiendo. En esos minutos yo lo podría haber aturdido de un golpe en la nuca con una de las botellas tiradas en el callejón, habría sido fácil y la idea se me ocurrió, pero la descarté de inmediato: ése no era mi jodido problema. Y cuando el atacante se hubo ido tampoco me acerqué a ayudar a la chica inmóvil en el suelo, pasé por su lado y me fui deprisa, sin mirarla.

La segunda vez fueron dos hombres jóvenes, tal vez traficantes o pandilleros, y la víctima era una mujer que yo había visto antes en la calle, muy desgastada, enferma. A ella tampoco la ayudé. La arrastraron debajo de un paso de nivel, riéndose, burlándose, mientras ella se debatía con una furia tan concentrada como inútil. De pronto ella me vio. Nuestros ojos se cruzaron por un instante eterno, inolvidable, y yo di media vuelta y eché a correr.

En esos meses en Las Vegas, en que el dinero abundaba, fui incapaz de ahorrar lo suficiente para un pasaje en avión a California. Ya era tarde para pensar en llamar a mi Nini. Mi aventura de verano se había tornado siniestra y no podía enredar a mi inocente abuela en las fechorías de Brandon Leeman.

Después de la sauna me fui a la piscina del gimnasio envuelta en una bata, pedí una limonada, que arreglé con un chorro de vodka del frasco, que siempre llevaba en mi bolso, y me tomé dos tranquilizantes y otra pastilla que no identifiqué; consumía demasiados fármacos de variados colores y formas como para distinguirlos. Me tendí en una silla lo más lejos posible de un grupo de jóvenes con retardo mental, que se remojaban en el agua con sus cuidadores. En otras circunstancias habría jugado un rato con ellos, los había visto muchas veces y eran las únicas personas con quienes me atrevía a relacionarme, porque no representaban un peligro para la seguridad de Brandon Leeman, pero me dolía la cabeza y necesitaba estar sola.

La paz bendita de las píldoras comenzaba a invadirme, cuando escuché el nombre de Laura Barron en el altoparlante, lo que jamás había sucedido. Pensé que había oído mal y no me moví hasta el segundo llamado, entonces fui al teléfono interno, marqué la recepción y me informaron de que alguien me buscaba y se trataba de una emergencia. Fui al hall, descalza y en una bata, y encontré a Freddy, muy agitado. Me tomó de una mano y me llevó a un rincón para anunciarme, trastocado de nervios, que Joe Martin y el Chino habían matado a Brandon Leeman.

—¡Lo cosieron a tiros, Laura!

—¡De qué me estás hablando, Freddy!

—Había sangre por todas partes, pedazos del cerebro… ¡Tienes que escapar, también te van a matar a ti! —soltó de un tirón.

—¿A mí? ¿Por qué a mí?

—Después te explico, tenemos que irnos volando, apúrate.

Corrí a vestirme, cogí el dinero que tenía y me reuní con Freddy, quien se paseaba como pantera ante la mirada alerta de los empleados de la recepción. Salimos a la calle y nos alejamos deprisa, procurando no llamar demasiado la atención. Un par de cuadras más adelante logramos detener un taxi. Terminamos en un motel en las afueras de Las Vegas, después de cambiar de taxi tres veces para despistar y de comprar tintura de pelo y la botella de ginebra más fuerte y ordinaria del mercado. En el motel pagué la noche y nos encerramos en un cuarto.

Mientras me pintaba el pelo de negro, Freddy me contó que Joe Martin y el Chino habían pasado el día entrando y saliendo del apartamento y hablando por los celulares frenéticamente, sin fijarse para nada en él. «En la mañana estuve mal, Laura, ya sabes cómo me pongo a veces, pero me di cuenta de que algo tramaba ese par de jodidas bestias y empecé a parar la oreja, sin moverme del colchón. Se olvidaron de mí o pensaron que estaba volado.» Por las llamadas y las conversaciones, Freddy dedujo finalmente lo que estaba sucediendo.

Los hombres se habían enterado de que Brandon Leeman había pagado a alguien para eliminarlos, pero por alguna razón esa persona no lo hizo, en cambio los puso sobre aviso y les dio instrucciones de raptar a Brandon Leeman y obligarlo a revelar dónde tenía su dinero. A Freddy le pareció, por el tono deferente de Joe Martin y el Chino, que el misterioso interlocutor era alguien con autoridad. «No alcancé a avisar a Brandon. No tenía teléfono y no hubo tiempo», gimió el chico. Brandon Leeman era lo más parecido a una familia que Freddy tenía, lo había recogió de la calle, le dio techo, comida y protección sin ponerle condiciones, nunca trató de regenerarlo, lo aceptaba con sus vicios y le celebraba las bromas y su exhibiciones de rap. «Varias veces me pilló robándole, Laura, ¿y sabes lo que hacía en vez de pegarme? Me decía que le pidiera y él me lo daría.»

Joe Martin se plantó a esperar a Leeman en el garaje del edificio, donde éste debía poner el automóvil, y el Chino montó guardia en el apartamento. Freddy se quedó acostado en el colchón, fingiéndose dormido, y desde allí oyó al Chino recibir en su celular el aviso de que se aproximaba el jefe. El filipino bajó corriendo y Freddy lo siguió a cierta distancia.

El Ford Acura entró al garaje, Leeman apagó el motor y empezó a salir del vehículo, pero alcanzó a ver por el espejo retrovisor las sombras de los dos hombres que le bloqueaban la salida. Reaccionó impulsado por el largo hábito de desconfiar y con un solo movimiento instintivo sacó su arma, se tiró al suelo y disparó sin preguntar. Pero Brandon Leeman, siempre tan obsesionado por la seguridad, desconocía su propio revólver. Freddy nunca lo había visto limpiarlo o entrenar la puntería, como hacían Joe Martin y el Chino, quienes podían desmontar sus pistolas y volver a armarlas en pocos segundos. Al dispararles a ciegas a esas sombras en el garaje, Brandon Leeman precipitó su muerte, aunque seguramente lo habrían acribillado de todos modos. Los dos matones vaciaron sus armas en el jefe, que estaba atrapado entre el coche y la pared.

Freddy alcanzó a ver la carnicería y luego salió corriendo, antes de que se disipara el alboroto y los hombres lo descubrieran.

—¿Por qué crees que quieren matarme? Yo no tengo nada que ver con eso, Freddy —le dije.

—Ellos creían que tú estabas en el auto con Brandon. Querían cogerlos a los dos, dicen que tú sabes más de la cuenta. Dime en qué estás metida, Laura.

—¡Nada! ¡No sé qué quieren esos tipos de mí!

—Seguramente Joe y el Chino te fueron a buscar al gimnasio, el único sitio donde podrías estar. Tienen que haber llegado unos minutos después de que nos fuimos.

—¿Qué voy a hacer ahora, Freddy?

—Quedarte aquí hasta que se nos ocurra algo.

Abrimos la botella de ginebra y, echados lado a lado en la cama, bebimos por turnos hasta sumirnos en una densa embriaguez de muerte.

Resucité muchas horas más tarde en un cuarto desconocido con la sensación de estar aplastada por un paquidermo y con agujas clavadas en los ojos, sin acordarme de lo sucedido. Me incorporé con inmenso esfuerzo, me dejé caer al suelo y me arrastré al baño a tiempo para abrazar el excusado y vomitar un chorro interminable de lodo de alcantarilla. Quedé postrada sobre el linóleo, temblando, con la boca amarga y una garra en las tripas, balbuceando entre arcadas secas quiero morirme, quiero morirme. Mucho rato después pude echarme agua en la cara y enjuagarme la boca, espantada ante la desconocida de pelo negro y palidez cadavérica en el espejo. No alcancé a llegar a la cama, me eché en el suelo, gimiendo.

Tiempo después dieron tres golpes en la puerta, que sentí como cañonazos, y una voz gritó con acento hispano que venía a limpiar el cuarto. Sujetándome en las paredes llegué a la puerta, la entreabrí apenas lo suficiente para mandar a la empleada al diablo y colgar el aviso de no molestar; luego caí otra vez de rodillas. Volví a gatas a la cama con el presentimiento de un peligro inmediato y funesto, que no lograba precisar. No me acordaba por qué estaba en esa pieza, pero intuía que no era una alucinación ni una pesadilla, sino algo real y terrible, algo relacionado con Freddy. Una corona de hierro me cernía las sienes, cada vez más apretada, mientras yo llamaba a Freddy con un hilo de voz. Al fin me cansé de llamarlo y, desesperada, me puse a buscarlo debajo de la cama, en el clóset, el baño, por si me estuviera gastando una broma. No estaba en ninguna parte, pero descubrí que me había dejado una bolsita de crack, una pipa y un encendedor. ¡Cuán simple y familiar!

El crack era el paraíso y la condenación de Freddy, yo lo había visto usarlo a diario, pero no lo había probado por órdenes del jefe. Niña obediente. Joder. Las manos apenas me funcionaban y estaba ciega de dolor de cabeza, pero me las arreglé para introducir los guijarros en la pipa de vidrio y encender el soplete, una faena titánica. Exasperada, enloquecida, esperé eternos segundos a que ardieran los guijarros color cera, con el tubo quemándome los dedos y los labios, y por fin se partieron y aspiré a fondo la nube salvadora, la fragancia dulzona de gasolina mentolada y entonces el malestar y las premoniciones desaparecieron y me elevé a la gloria, liviana, grácil, un pájaro en el viento.

Durante un tiempo breve me sentí eufórica, invencible, y enseguida aterricé con estrépito a la penumbra de esa habitación. Otra chupada al tubo de vidrio y otra más. ¿Dónde estaba Freddy? ¿Por qué me había abandonado sin despedirse, sin una explicación? Me quedaba algo de dinero y salí con paso vacilante a comprar otra botella, luego regresé a encerrarme en mi guarida.

Entre el licor y el crack floté a la deriva dos días sin dormir ni comer ni lavarme, chorreada de vómito, porque no alcanzaba a llegar al baño. Cuando se me terminaron el alcohol y la droga, vacié el contenido de mi bolso y encontré una papelina de cocaína, que esnifé de inmediato, y un frasco con tres somníferos, que me propuse racionar. Me tomé dos y como no me hicieron el menor efecto, me tomé el tercero. No supe si dormí o estuve inconsciente, el reloj marcaba números que nada significaban. ¿Qué día es? ¿Dónde estoy? No tenía idea. Abría los ojos, me ahogaba, mi corazón era una bomba de tiempo, tic-tac-tic-tac, más y más rápido, sentía golpes de corriente, sacudones, estertores, luego el vacío.

Me despertaron nuevos golpes en la puerta y gritos perentorios, esta vez del encargado del hotel. Enterré la cabeza debajo de las almohadas clamando por algo de alivio, una sola calada más del humo bendito, un solo trago más de cualquier cosa. Dos hombres forzaron la puerta e irrumpieron en el cuarto maldiciendo, amenazando. Se detuvieron en seco ante el espectáculo de una loca despavorida, agitada, balbuceando incoherencias en aquella habitación convertida en una pocilga fétida, pero habían visto de todo en ese motel de mala muerte y adivinaron de qué se trataba. Me obligaron a vestirme, me levantaron por los brazos, me arrastraron escalera abajo y me empujaron a la calle. Confiscaron mis únicas pertenencias de valor, el bolso de marca y los lentes de sol, pero tuvieron la consideración de entregarme mi licencia y mi billetera, con los dos dólares y cuarenta centavos que me quedaban.

Afuera hacía un calor de incendio y el asfalto medio derretido me quemaba los pies a través de las zapatillas, pero nada me importaba. Mi única obsesión era conseguir algo para calmar la angustia y el miedo. No tenía adónde ir ni a quién pedir ayuda. Me acordé de que había prometido llamar al hermano de Brandon Leeman, pero eso podía esperar, y también me acordé de los tesoros que había en el edificio donde había vivido esos meses, cerros de magníficos polvos, preciosos cristales, prodigiosas píldoras, que yo separaba, pesaba, contaba y colocaba cuidadosamente en bolsitas de plástico, allí hasta el más mísero podía disponer de su pedazo de cielo, por breve que fuese. Cómo no iba a conseguir algo en las cavernas de los garajes, en los cementerios del primero y segundo piso, cómo no iba a encontrar a alguien que me diera algo, por amor de Dios; pero con la escasa lucidez que me quedaba recordé que acercarme a ese barrio equivalía a un suicidio.

Piensa, Maya, piensa, repetía en alta voz, como hacía a cada rato en los últimos meses. Hay drogas en todas partes en esta jodida ciudad, es cosa de buscarlas, clamaba, paseándome frente al motel como coyote hambriento, hasta que la necesidad me aclaró la mente y pude pensar.

Expulsada del motel donde me había dejado Freddy, caminé hasta una gasolinera, pedí la llave del baño público y me lavé un poco, luego conseguí un aventón con un chofer, que me dejó a pocas cuadras del gimnasio.

Tenía las llaves de los casilleros en el bolsillo de los pantalones. Me quedé cerca de la puerta, esperando la oportunidad de entrar sin llamar la atención, y cuando vi acercarse a tres personas conversando, me uní al grupo con disimulo. Atravesé el hall de la recepción y al llegar a la escalera me topé de frente con uno de los empleados, que vaciló antes de saludarme, extrañado por el color de mi pelo. Yo no hablaba con nadie en el gimnasio, supongo que tenía reputación de arrogante o estúpida, pero otros miembros me conocían de vista y varios empleados por el nombre. Subí a la carrera a los vestuarios y vacié mis casilleros en el suelo tan frenéticamente que una mujer me preguntó si se me había perdido algo; solté una retahíla de maldiciones, porque no encontré nada para volarme, mientras ella me observaba sin disimulo desde el espejo. «¿Qué mira, señora?», le grité y entonces me vi en el mismo espejo como me veía ella y no reconocí a esa lunática con los ojos colorados, manchas en la piel y un animal negro sobre la cabeza.

Guardé todo de cualquier modo en los casilleros, tiré a la basura mi ropa sucia y el celular, que me había dado Brandon Leeman y cuyo número los asesinos sabían, me di una ducha y me lavé el pelo deprisa, pensando que podía vender el otro bolso de marca, que aún estaba en mi poder, y me alcanzaría para chutarme por varios días. Me puse el vestido negro, coloqué una muda de ropa en una bolsa plástica y no hice el intento de maquillarme, porque temblaba de pies a cabeza, las manos apenas me obedecían.

La mujer seguía allí, envuelta en una toalla, con el secador en la mano, aunque tenía el pelo seco, espiándome, calculando si debía llamar a los empleados de seguridad. Ensayé una sonrisa y le pregunté si quería comprar mi bolso, le dije que era un Louis Vouitton auténtico y estaba casi nuevo, me habían robado la billetera y necesitaba dinero para regresar a California. Una mueca de desprecio la afeó, pero se acercó a examinar el bolso, vencida por la codicia, y me ofreció cien dólares. Le hice un gesto obsceno con el dedo y salí apurada.

No llegué lejos. Desde la escalera había una vista completa de la recepción y, a través de la puerta de vidrio, distinguí el vehículo de Joe Martin y el Chino. Posiblemente se instalaban allí a diario, sabiendo que tarde o temprano yo iría al club, o bien un soplón les había avisado de mi llegada, en cuyo caso uno de ellos debía de estar en ese mismo momento buscándome dentro del edificio.

Logré vencer el pánico, que me heló por un momento, y retrocedí hacia el spa, que ocupaba un ala del edificio, con su Buda, ofrendas de pétalos, música de pájaros, aroma de vainilla y jarros de agua con rodajas de pepino. Los masajistas de ambos sexos se diferenciaban por batas color turquesa, el resto del personal eran muchachas casi idénticas, con batas rosadas. Como yo conocía los hábitos del spa, porque ése era uno de los lujos que Brandon Leeman me autorizaba, pude deslizarme por el pasillo sin ser vista y entrar a unos de los cubículos. Cerré la puerta y encendí la luz indicando que estaba ocupado. Nadie molestaba cuando esa luz roja estaba prendida. Sobre una mesa había un calentador de agua con hojas de eucalipto, piedras planas para el masaje y varios frascos con productos de belleza. Descarté las cremas y me bebí de tres tragos una botella de loción, pero si contenía alcohol, era mínimo y no me alivió.

En el cubículo estaba a salvo, al menos por una hora, el tiempo normal de un tratamiento, pero muy pronto empecé a angustiarme en ese espacio cerrado, sin ventana, con una sola salida y ese penetrante olor a dentista que me revolvía las tripas. No podía quedarme allí. Me puse encima de mi ropa la bata que había sobre la camilla y una toalla como turbante en la cabeza, me eché en la cara una capa gruesa de crema blanca y me asomé al pasillo. El corazón me dio un salto: Joe Martin estaba hablando con una de las empleadas de bata rosada.

El impulso de echar a correr fue insoportable, pero me obligué a alejarme por el pasillo con la mayor calma posible. Buscando la salida del personal, que no debía estar lejos. Pasé frente a varios cubículos cerrados, hasta que di con una puerta más ancha, la empujé y me encontré en la escalera de servicio. El ambiente allí era muy distinto al amable universo del spa, suelo de baldosas, paredes de cemento sin pintar, luz dura, olor inconfundible de cigarrillos y voces femeninas en el rellano del piso inferior. Esperé una eternidad pegada a la pared, sin poder avanzar ni volver al spa, y al fin las mujeres terminaron de fumar y se fueron. Me limpié la crema, dejé la toalla y la bata en un rincón y bajé a las entrañas del edificio, que los miembros del club nunca veíamos. Abrí una puerta al azar y me hallé en una sala grande, cruzada de tuberías de agua y aire, donde atronaban máquinas de lavar y secar. La salida no daba a la calle, como yo esperaba, sino a la piscina. Volví atrás y me acurruqué en un rincón, oculta por un cerro de toallas usadas, en el ruido y el calor insoportables de la lavandería; no podría moverme hasta que Joe Martin se diera por vencido y se fuera.

Pasaban los minutos en ese submarino ensordecedor y el temor dominante de caer en manos de Joe Martin fue reemplazado por la urgencia de volarme. No había comido en varios días, estaba deshidratada, con un torbellino en la cabeza y calambres en el estómago. Se me durmieron las manos y los pies, veía vertiginosas espirales de puntitos de colores, como una pesadilla de LSD. Perdí conciencia del tiempo, puede que hubiera pasado una hora o varias, no sé si dormí o si a ratos me desmayaba. Supongo que entraron y salieron empleados a lavar ropa, pero no me descubrieron. Por fin salí reptando fuera de mi escondite y con un esfuerzo enorme me puse de pie y eché a andar con piernas de plomo, apoyándome en la pared, mareada.

Afuera todavía era de día, debían de ser las seis o siete de la tarde, y la piscina estaba llena de gente. Era la hora más concurrida del club, cuando llegaban en masa los oficinistas. Era también la hora en que Joe Martin y el Chino debían prepararse para sus actividades nocturnas y lo más probable era que se hubieran ido. Me dejé caer en una de las sillas reclinables aspirando la bocanada de cloro que emanaba del agua, sin atreverme a una zambullida, porque debía estar lista para correr en caso de necesidad. Pedí un batido de fruta a un mesonero, maldiciendo entre dientes, porque sólo servían bebidas saludables, nada de alcohol, y lo cargué a mi cuenta. Me tomé dos sorbos de aquel líquido espeso, pero me pareció asqueroso y tuve que dejarlo. Era inútil seguir perdiendo tiempo y decidí arriesgarme a pasar frente a la recepción, con la esperanza de que el soplón que avisó a esos malvados ya no estuviese de turno. Tuve suerte y salí sin inconvenientes.

Para alcanzar la calle debía cruzar el estacionamiento, que a esa hora estaba lleno de coches. Vi de lejos a un miembro del club, un cuarentón en buena forma, colocando su bolsa en el maletero, y me acerqué, colorada de humillación, a preguntarle si disponía de tiempo para invitarme a un trago. No sé de dónde saqué el valor. Sorprendido ante ese ataque frontal, el hombre se demoró un momento en clasificarme; si me había visto antes no me reconoció y yo no calzaba con su idea de una buscona. Me examinó de arriba abajo, se encogió de hombros, se subió al vehículo y se fue.

Yo había cometido muchas imprudencias en mi corta existencia, pero hasta ese momento no me había degradado de esa manera. Lo ocurrido con Fedgewick fue secuestro y violación, me pasó por incauta y no por descarada. Esto era diferente y tenía un nombre, que me negaba a pronunciar. Pronto noté a otro hombre, cincuenta o sesenta años, barriga, pantalones cortos, piernas blancas con venas azules, que caminaba hacia su auto, y lo seguí. Esta vez tuve más suerte... o menos suerte, no lo sé. Si ése también me hubiera rechazado, tal vez mi vida no se hubiera torcido tanto.

Al pensar en Las Vegas me dan náuseas. Manuel me recuerda que todo eso me sucedió hace apenas unos meses y está fresco en mi memoria, me asegura que el tiempo ayuda a curar y un día hablaré de ese episodio de mi vida con ironía. Así dice, pero no es su caso, porque él nunca habla de su pasado. Yo creía haber asumido mis errores, incluso estaba un poco orgullosa de ellos, porque me hicieron más fuerte, pero ahora que conozco a Daniel quisiera tener un pasado menos interesante para poder presentarme ante él con dignidad. Esa chica que interceptó a un hombre barrigón de piernas varicosas en el estacionamiento del club, era yo; esa chica dispuesta a entregarme por un trago de alcohol, era yo, pero ahora soy otra. Aquí, en Chiloé, tengo una segunda oportunidad, tengo mil oportunidades más, pero a veces no puedo acallar la voz de la conciencia, que me acusa.

Aquel viejo en pantalones fue el primero de varios hombres que me mantuvieron a flote por un par de semanas, hasta que no pude hacerlo más. Venderme de esa manera fue peor que pasar hambre y peor que el suplicio de la abstinencia. Nunca, ni ebria ni drogada, pude evadirme del sentimiento de profunda degradación, siempre estuvo mi abuelo mirándome, sufriendo por mí. Los hombres se aprovechaban de mi timidez y de mi falta de experiencia. Comparada con otras mujeres que hacían lo mismo, yo era joven y de buen aspecto, podría haberme administrado mejor, pero me entregaba por unos tragos, una pizca de polvo blanco, un puñado de peñascos amarillos. Los más decentes me permitieron beber apurada en un bar, o me ofrecieron cocaína antes de llevarme a un cuarto de hotel; otros se limitaron a comprar una botella ordinaria y hacerlo en el coche. Algunos me dieron diez o veinte dólares, otros me tiraron a la calle sin nada, yo ignoraba que se debe cobrar antes y cuando lo aprendí ya no estaba dispuesta a seguir por ese camino.

Con un cliente probé por fin heroína, directo a la vena, y maldije a Brandon Leeman por haberme impedido compartir su paraíso. Es imposible describir ese instante en que el líquido divino entra en la sangre. Traté de vender lo poco que tenía, pero no hubo interesados, sólo obtuve sesenta dólares por el bolso de marca, después de mucho rogarle a una vietnamita en la puerta de una peluquería. Valía veinte veces más, pero se lo habría dado por la mitad, tanta era mi urgencia.

No había olvidado el número de teléfono de Adam Leeman, ni la promesa que le hice a Brandon de llamarlo si algo le ocurría a él, pero no lo hice, porque pensaba ir a Beatty y apropiarme de la fortuna de esas bolsas. Pero ese plan requería estrategia y una lucidez de la cual yo carecía por completo.

Dicen que al cabo de unos meses viviendo en la calle, uno acaba definitivamente marginado, porque se adquiere traza de indigente, se pierde la identidad y la red social. En mi caso fue más rápido, bastaron tres semanas para irme al fondo. Me sumergí con pavorosa rapidez en esa dimensión miserable, violenta, sórdida, que existe paralela a la vida normal de una ciudad, un mundo de delincuentes y sus víctimas, de locos y adictos, un mundo sin solidaridad o compasión, donde se sobrevive pisoteando a los demás. Estaba siempre drogada o procurando los medios de estarlo, sucia, maloliente y desgreñada, cada vez más enloquecida y enferma. Soportaba apenas un par de bocados en el estómago, tosía y moqueaba constantemente, me costaba abrir los párpados, pegados de pus, a veces me desmayaba. Se me infectaron varios pinchazos, tenía llagas y moretones en los brazos. Pasaba las noches caminando de un lado a otro, era más seguro que dormir, y en el día buscaba covachas para esconderme a descansar.

Aprendí que los lugares más seguros eran a plena vista, mendigando con un vaso de papel en la calle a la entrada de un *mall* o de una iglesia, eso gatillaba el sentido de culpa de los pasantes. Algunos dejaban caer monedas, pero nadie me hablaba; la pobreza de hoy es como la lepra de antes: repugna y da miedo.

Evitaba acercarme a los sitios donde había circulado antes, como el Boulevard, porque también eran las canchas de Joe

Martin y el Chino. Los mendigos y adictos marcan su territorio, como los animales, y se limitan a un radio de pocas cuadras, pero la desesperación me hacía explorar diferentes barrios, sin respetar las barreras raciales de negros con negros, latinos con latinos, asiáticos con asiáticos, blancos con blancos. Nunca permanecía más de unas horas en la misma parte. Era incapaz de cumplir las tareas más elementales, como alimentarme o lavarme, pero me las arreglaba para conseguir alcohol y drogas. Estaba siempre alerta, era un zorro perseguido, me movía rápido, no hablaba con nadie, había enemigos en cada esquina.

Empecé a oír voces y a ratos me sorprendía contestándoles, aunque sabía que no eran reales, porque había visto los síntomas en varios habitantes del edificio de Brandon Leeman. Freddy los llamaba «los seres invisibles» y se burlaba de ellos, pero cuando se ponía mal aquellos seres cobraban vida, como los insectos, también invisibles, que solían atormentarlo. Si yo vislumbraba un vehículo negro como el de mis perseguidores, o a alguien de aspecto conocido, me escabullía en dirección contraria, pero no perdía la esperanza de volver a ver a Freddy. Pensaba en él con una mezcla de agradecimiento y de rencor, sin entender por qué había desaparecido, por qué no era capaz de encontrarme si conocía cada rincón de la ciudad.

Las drogas adormecían el hambre y los múltiples dolores del cuerpo, pero no calmaban los calambres. Me pesaban los huesos y me picaba la piel, por la suciedad, y me salió un extraño sarpullido en las piernas y la espalda, que sangraba de tanto rascármelo. De repente me acordaba de que no había comido en dos o tres días, entonces me iba arrastrando los pies a un refugio de mujeres o a la cola de pobres en San Vicente de Paul, donde siempre podía conseguir un plato caliente. Mucho más difícil era hallar donde dormir. Por las noches la temperatura se mantenía en los veinte grados, pero como estaba débil, pasé mucho frío, hasta que me dieron una chamarra en el Ejército de Salvación. Esa generosa organización resultó ser un valioso recurso, no era necesario andar con bolsas en un carrito robado del supermercado, como otros desamparados, porque cuando mi ropa hedía demasiado o me empezaba a quedar grande, la cambiaba en el Ejército de Salvación. Había adelgazado varias tallas, me asomaban los huesos de las clavículas y las caderas y mis piernas, antes tan fuertes, daban lástima. No tuve oportunidad de pesarme hasta diciembre, entonces descubrí que había perdido trece kilos en dos meses.

Los baños públicos eran antros de delincuentes y pervertidos, pero no había más remedio que taparse la nariz y usarlos, ya que el de una tienda o un hotel estaba fuera de mi alcance, me habrían echado a empellones. Tampoco tenía acceso a los excusados de las gasolineras, porque los empleados se negaban a prestarme la llave. Así fui descendiendo con rapidez los peldaños del infierno, como tantos otros seres abyectos que sobrevivían en la calle mendigando y robando por un puñado de crack, algo de meta o ácido, un trago de algo fuerte, áspero, brutal. Mientras más barato el alcohol, más efectivo, justamente lo que yo necesitaba. Pasé octubre y noviembre en lo mismo; no puedo recordar con claridad cómo sobrevivía, pero recuerdo bien los breves instantes de euforia y luego la cacería indigna para conseguir otra dosis.

Nunca me senté a una mesa, si tenía dinero compraba tacos, burritos o hamburguesas que enseguida devolvía en interminables arcadas a gatas en la calle, el estómago en llamas, la boca rota, llagas en los labios y la nariz, nada limpio ni amable, vidrio roto, cucarachas, tachos de basura, ni un solo rostro en la multitud que me sonriera, ni una mano que me ayudara, el mundo entero estaba poblado de traficantes, yonquis, chulos, ladrones, criminales, putas y locos. Me dolía el cuerpo entero. Odiaba ese jodido cuerpo, odiaba esa jodida vida, odiaba carecer de la jodida voluntad de salvarme, odiaba mi jodida alma, mi jodido destino.

En Las Vegas pasé días completos sin intercambiar un saludo, sin recibir una palabra o un gesto de otro ser humano. La soledad, esa garra helada en el pecho, me venció en tal forma que no se me ocurrió la solución simple de tomar un teléfono y llamar a mi casa en Berkeley. Habría bastado eso, un teléfono; pero para entonces había perdido la esperanza.

Al principio, cuando todavía podía correr, rondaba los cafés y restaurantes con mesas al aire libre, donde se sientan los fumadores, y si alguien dejaba un paquete de cigarrillos sobre la mesa, yo pasaba volando y me lo llevaba, porque podía cambiarlo por crack. He usado cuanta sustancia tóxica existe en la calle, excepto tabaco, aunque el olor me gusta, porque me recuerda a mi Popo. También robaba fruta de los automercados o barras de chocolate de los kioscos de la estación, pero igual que no pude dominar el triste oficio de puta, tampoco pude aprender a robar. Freddy era experto, había comenzado a robar cuando estaba en pañales, decía, y me hizo varias demostraciones con el fin de enseñarme sus trucos. Me explicaba que las mujeres son muy descuidadas con sus carteras, las cuelgan en las sillas, las sueltan en las tiendas mientras escogen o se prueban, las tiran al suelo en la peluquería, se las ponen al hombro en los buses, es decir, andan pidiendo que alguien las libre del problema. Freddy tenía manos invisibles, dedos mágicos y la gracia sigilosa de una chita. «Fíjate bien, Laura, no me despegues los ojos», me desafiaba. Entrábamos a un *mall*, estudiaba a la gente buscando a su víctima, se paseaba con el celular en la oreja, fingiéndose absorto en una conversación a gritos, se acercaba a una mujer distraída, le quitaba la billetera del bolso antes de que yo alcanzara a verlo y se alejaba con calma, siempre hablando por teléfono. Con la misma elegancia podía violar la cerradura de cualquier coche o entrar a una tienda por departamentos y salir a los cinco minutos por otra puerta con un par de perfumes o relojes.

Traté de aplicar las lecciones de Freddy, pero carecía de naturalidad, me fallaban los nervios y mi aspecto miserable me hacía sospechosa; en las tiendas me vigilaban y en la calle la gente se me apartaba, olía a acequia, tenía el pelo grasiento y expresión desesperada.

A mediados de octubre cambió el clima, empezó a hacer frío en las noches y yo estaba enferma, orinaba a cada rato con un dolor agudo y quemante, que sólo desaparecía con drogas. Era cistitis. La reconocí porque la había sufrido una vez antes, a los dieciséis años, y sabía que se cura rápido con un antibiótico, pero un antibiótico sin receta médica es más difícil de obtener en Estados Unidos que un kilo de cocaína o un rifle automático. Me costaba caminar, enderezarme, pero no me atreví a ir al servicio de emergencia del hospital, porque me harían preguntas y siempre había policías de guardia.

Debía encontrar un sitio seguro para pasar las noches y decidí probar un albergue de indigentes, que resultó ser un galpón mal aireado con apretadas hileras de catres de campaña, donde había unas veinte mujeres y muchos niños. Me sorprendió que muy pocas de esas mujeres estuvieran resignadas a la miseria como yo; sólo unas cuantas hablaban solas como los dementes o buscaban camorra, las demás parecían muy enteras. Las que tenían niños eran más decididas, activas, limpias y hasta alegres, se afanaban con sus chiquillos, preparaban mamaderas, lavaban ropa; vi a una leyéndole un libro del doctor Seus a una niña de unos cuatro años, que se lo sabía de memoria y lo recitaba con su madre. No toda la gente de la calle son esquizofrénicos o maleantes, como se cree, son simplemente pobres, viejos o desempleados, la mayoría son mujeres con niños que han sido abandonadas o están escapando de diversas formas de violencia.

En la pared del albergue había un afiche con una frase que se me grabó para siempre: «La vida sin dignidad no vale la pena». ¿Dignidad? Comprendí de súbito, con aterradora certeza, que me había convertido en drogadicta y alcohólica. Supongo que me quedaba un rescoldo de dignidad enterrado entre cenizas, suficiente para sentir una turbación tan violenta como un puñetazo al pecho. Me puse a llorar frente al afiche y debió de haber sido mucho mi desconsuelo, porque pronto se me acercó una de las consejeras, me condujo a su pequeña oficina, me dio un vaso de té frío y me preguntó amablemente mi nombre, qué estaba usando, con qué frecuencia, cuándo había sido la última vez, si había recibido tratamiento, si podíamos avisar a alguien.

Yo sabía de memoria el número de teléfono de mi abuela, eso no se me había olvidado, pero llamarla significaba matarla de dolor y bochorno, también significaba para mí rehabilitación obligada y abstinencia. Ni pensarlo. «¿Tienes familia?», insistió en preguntarme la consejera. Estallé de ira, como me sucedía a cada rato, y le respondí a palabrotas. Ella me permitió desahogarme, sin perder la calma, y después me autorizó a quedarme esa noche en el albergue, violando el reglamento, porque una condición para ser aceptada era no estar usando alcohol o drogas.

Había jugo de fruta, leche y galletas para los niños, café y té a toda hora, baños, teléfono y máquinas de lavar, inútiles para mí, porque sólo contaba con la ropa puesta, había perdido la bolsa de plástico con mis magras pertenencias. Me di una ducha muy larga, la primera en varias semanas, saboreando el placer del agua caliente en la piel, el jabón, la espuma en el pelo, el olor delicioso del champú. Después tuve que ponerme la misma ropa hedionda. Me enrosqué en mi catre, llamando en un murmullo a mi Nini y a mi Popo, rogándoles que vinieran a tomarme en brazos, como antes, a decirme que todo iba a salir bien, que no me preocupara, ellos velaban por mí, arroró mi niña, arroró mi sol, duérmase pedazo de mi corazón. Dormir siempre ha sido mi problema, desde que nací, pero pude descansar, a pesar del aire enrarecido y los ronquidos de las mujeres. Algunas gritaban en sueños.

Cerca de mi catre se había instalado una madre con dos niños, un bebé de pecho y una niñita preciosa de dos o tres años. Era una joven blanca, pecosa, gorda, que por lo visto había quedado sin techo hacía poco, porque todavía parecía tener un propósito, un plan. Al cruzarnos en el baño me había sonreído y la niña se había quedado mirándome con sus redondos ojos azules y me había preguntado si yo tenía un perro. «Antes yo tenía un perrito, se llamaba Toni», me dijo. Cuando la mujer le cambió los pañales al bebé, vi un billete de cinco dólares en un compartimiento de su bolso y ya no pude sacármelo de la mente. Al amanecer, cuando por fin había silencio en el dormitorio y la mujer dormía en paz abrazada a sus niños, me deslicé hasta su catre, hurgué en el bolso y le robé el billete. Luego regresé a mi cama agachada, con la cola entre las piernas, como una perra.

De todos los errores y pecados cometidos en mi vida, ése es el que menos podré perdonar. Le robé a alguien más necesitado que yo, a una madre que hubiera empleado ese billete en comprar comida para sus hijos. Eso no tiene perdón. Sin decencia, uno se desarma, se pierde la humanidad, el alma.

A las ocho de la mañana, después de un café y un bollo, la misma consejera que me había atendido al llegar me dio un papel con los datos de un centro de rehabilitación. «Habla con Michelle, es mi hermana, ella te va a ayudar», me dijo. Salí a la carrera sin darle las gracias y tiré el papel en un basurero de la calle. Los benditos cinco dólares me alcanzaban para una dosis de algo barato y efectivo. No necesitaba la compasión de ninguna Michelle.

Ese mismo día extravié la foto de mi Popo, que me había dado mi Nini en la academia de Oregón y que siempre llevaba conmigo. Me pareció un signo aterrador, significaba que mi abuelo me había visto robar esos cinco dólares, que estaba decepcionado, que se había ido y ya nadie velaba por mí. Miedo, angustia, esconderme, huir, mendigar, todo fundido en una sola pesadilla, días y noches iguales.

A veces me asalta el recuerdo de una escena de ese tiempo en la calle, que surge ante mí en un fogonazo y me deja temblorosa. Otras veces despierto sudando con imágenes en la cabeza, tan vívidas como si fueran reales. En el sueño me veo corriendo desnuda, gritando sin voz, en un laberinto de callejones angostos que se enroscan como serpientes, edificios con puertas y ventanas ciegas, ni un alma a quien pedir socorro, el cuerpo ardiendo, los pies sangrando, bilis en la boca, sola. En Las Vegas me creía condenada a una soledad irremediable, que había comenzado con la muerte de mi abuelo. Cómo iba a imaginar entonces que un día iba a estar aquí, en esta isla de Chiloé, incomunicada, escondida, entre extraños y muy lejos de todo lo que me es familiar, sin sentirme sola.

Cuando recién conocí a Daniel, quería causarle buena impresión, borrar mi pasado y empezar de nuevo en una página en blanco, inventar una versión mejor de mí misma, pero en la intimidad del amor compartido, entendí que eso no es posible ni conveniente. La persona que soy es el resultado de mis vivencias anteriores, incluso de los errores drásticos. Confesarme con él fue una buena experiencia, comprobé la verdad de lo que sostiene Mike O'Kelly, que los demonios pierden su poder cuando los sacamos de las profundidades donde se esconden y los miramos de frente en plena luz, pero ahora no sé si hubiera debido hacerlo. Creo que espanté a Daniel y por eso no me responde con la misma pasión que siento yo, seguramente desconfía de mí, es natural. Una historia como la mía podría asustar al más bravo. También es cierto que él mismo provocaba mis confidencias. Fue muy fácil contarle hasta los episodios más humillantes, porque me escuchaba sin juzgarme, supongo que eso es parte de su formación. ¿No es eso todo lo que hacen los psiquiatras? Escuchar y callarse. Nunca me preguntó qué sucedió, me preguntaba qué sentía en ese momento, al contarlo, y yo le describía el ardor en la piel, la palpitaciones en el pecho, el peso de una roca aplastándome. Me pedía que no rechazara esas sensaciones, que las admitiera sin analizarlas, porque si tenía el valor de hacerlo se irían abriendo como cajas y mi espíritu podría librarse.

—Has sufrido mucho, Maya, no sólo por lo que te pasó en la adolescencia, sino también por el abandono de la infancia —me dijo.

—¿Abandono? De abandono, nada, te lo aseguro. No te imaginas cómo me consintieron mis abuelos.

—Sí, pero tu madre y tu padre te abandonaron.

—Eso decían los terapeutas de Oregón, pero mis abuelos...

—Algún día tendrás que revisar eso en terapia —me interrumpió.

—¡Ustedes los psiquiatras todo lo resuelven con terapia!

—Es inútil echarle tierra a las heridas psicológicas, hay que ventilarlas para que cicatricen.

—Me harté de terapia en Oregón, Daniel, pero si eso es lo que necesito, tú podrías ayudarme.

Su respuesta fue más razonable que romántica, dijo que eso sería un proyecto de largo aliento y él tenía que irse pronto, además en la relación del paciente con su terapeuta no puede haber sexo.

—Entonces voy a pedirle a mi Popo que me ayude.

—Buena idea. —Y se rió.

En el tiempo desgraciado de Las Vegas, mi Popo vino a verme una sola vez. Yo había conseguido una heroína tan barata que debí haber sospechado que no era segura. Sabía de adictos que habían perecido envenenados por las porquerías con que a veces cortan la droga, pero estaba muy necesitada y no pude resistir. La esnifé en un asqueroso baño público. No tenía una jeringa para inyectármela, tal vez eso me salvó. Apenas inhalé sentí patadas de mula en las sienes, se me desbocó el corazón y en menos de un minuto me vi envuelta en un manto negro, sofocada, sin poder respirar. Me desplomé en el suelo, en los cuarenta centímetros entre el excusado y la pared, sobre papeles usados, en un vaho de amoníaco.

Comprendí vagamente que me estaba muriendo y lejos de asustarme, me invadió un gran alivio. Flotaba en agua negra, cada vez más hondo, más desprendida, como en un sueño, contenta de caer suavemente hacia el fondo de ese abismo líquido y poner fin a la vergüenza, irme, irme al otro lado, escapar de la farsa que era mi vida, de mis mentiras y justificaciones, de ese ser indigno, deshonesto y cobarde que era yo misma, ese ser que culpaba a mi padre, a mi abuela y al resto de universo de su propia estupidez, esa infeliz que a los diecinueve años recién cumplidos ya había quemado todas sus naves y estaba arruinada, atrapada, perdida, ese esqueleto cosido de ronchas y piojos en que me había convertido, esa miserable que se acostaba por un trago, que le robaba a una madre indigente; sólo deseaba escapar para siempre de Joe Martin y el Chino, de mi cuerpo, de mi jodida existencia.

Entonces, cuando ya estaba ida, escuché desde muy lejos gritos de «¡Maya, Maya, respira! ¡Respira! ¡Respira!». Vacilé un buen rato, confundida, deseando desmayarme de nuevo para no tener que tomar una decisión, tratando de soltarme y partir como una flecha hacia la nada, pero estaba sujeta a este mundo por ese vozarrón perentorio que me llamaba. ¡Respira, Maya! Instintivamente abrí la boca, tragué aire y empecé a inhalar a suspiros cortos de agonizante. Poco a poco, con pasmosa lentitud, volví del último sueño. No había nadie conmigo, pero en el espacio de un palmo entre la puerta del excusado y el suelo pude ver unos zapatos de hombre al otro lado y los reconocí. ¿Popo? ¿Eres tú, Popo? No hubo respuesta. Los mocasines ingleses permanecieron en el mismo sitio un instante y luego se alejaron sin ruido. Me quedé allí sentada, respirando entrecortado, con estertores en las piernas, que no me obedecían, llamándolo, Popo, Popo.

A Daniel no le extrañó para nada que mi abuelo me hubiera visitado y no intentó darme una explicación racional por lo que había pasado, como haría cualquiera de los muchos psiquiatras que he conocido. Ni siquiera me dio una de esas miradas burlonas que suele lanzarme Manuel Arias cuando me pongo esotérica, como él dice. ¿Cómo no voy a estar enamorada de Daniel, que además de bello es sensible? Sobre todo, es bello. Se parece al *David* de Miguel Ángel, pero tiene un color mucho más atractivo. En Florencia, mis abuelos compraron una réplica en miniatura de la estatua. En la tienda les ofrecieron un *David* con una hoja de higuera, pero a mí lo que más me gustaban eran sus genitales; todavía no había visto esa parte en un verdadero humano, sólo en el libro de anatomía de mi Popo. En fin, me distraje, vuelvo a Daniel, quien cree que la mitad de los problemas del mundo se solucionarían si cada uno de nosotros tuviera un Popo incondicional, en vez de un superego exigente, porque las mejores virtudes florecen con el cariño.

La vida de Daniel Goodrich ha sido regalada en comparación con la mía, pero también él ha tenido sus penas. Es un tipo serio en sus propósitos, que sabía desde joven cuál iba a ser su camino, a diferencia mía, que ando a la deriva. A primera vista engaña con su actitud de niño rico y su sonrisa demasiado fácil, la sonrisa de alguien satisfecho consigo mismo y el mundo. Ese aire de eterno contento es raro, porque en sus estudios de medicina, su práctica en hospitales y sus viajes, a pie y con mochila al hombro, debe de haber presenciado mucha pobreza y sufrimiento. Si yo no hubiera dormido con él, pensaría que es otro aspirante a Sidarta, otro desenchufado de sus emociones, como Manuel.

La historia de los Goodrich da para una novela. Daniel sabe que su padre biológico era negro y su madre blanca, pero no los conoce y no ha tenido interés en buscarlos, porque adora a la familia donde creció. Robert Goodrich, su padre adoptivo, es inglés de esos con título de sir, aunque no lo usa, porque en Estados Unidos sería motivo de burla. Como prueba, existe una fotografía a color en que aparece saludando a la reina Isabel II con una ostentosa condecoración colgada de una cinta color naranja. Es un psiquiatra de mucho renombre, con un par de libros publicados y un título de sir que le llegó por mérito en la ciencia.

El sir inglés se casó con Alice Wilkins, una joven violinista americana de paso por Londres, se trasladó con ella a Estados Unidos y la pareja se instaló en Seattle, donde él montó su propia clínica, mientras ella se incorporaba a la orquesta sinfónica. Al saber que Alice no podía tener hijos, y después de mucho vacilar, adoptaron a Daniel. Cuatro años más tarde, inesperadamente, Alice quedó encinta. Al principio creyeron que era un embarazo histérico, pero pronto se comprobó que no era así y a su debido tiempo Alice dio a luz a la pequeña Frances. En vez de estar celoso por la llegada de una rival, Daniel se prendó de su hermana con un amor absoluto y excluyente, que no hizo más que aumentar con el tiempo y que era plenamente correspondido por la niña. Robert y Alice compartían el gusto por la música clásica, que le inculcaron a los dos hijos, la afición a los cocker spaniels, que siempre han tenido, y a los deportes de montaña, que habrían de provocar el infortunio de Frances.

Daniel tenía nueve años y su hermana cinco cuando sus padres se separaron y Robert Goodrich se fue a vivir a diez cuadras de distancia con Alfons Zaleski, el pianista de la orquesta donde también tocaba Alice, un polaco talentoso, de modales bruscos, con corpachón de leñador, una mata de pelo indomable y un humor vulgar, que contrastaba notoriamente con la ironía británica y la finura de sir Robert Goodrich. Daniel y Frances recibieron una explicación poética sobre el llamativo amigo de su padre y se quedaron con la idea de que se trataba de un arreglo temporal, pero han transcurrido diecinueve años y los dos hombres siguen juntos. Entretanto Alice, ascendida a primer violín de la orquesta, siguió tocando con Alfons Zaleski como los buenos camaradas que en realidad son, porque el polaco nunca intentó quitarle al marido, sólo compartirlo.

Alice se quedó en la casa familiar con la mitad de los muebles y dos de los cocker spaniels, mientras Robert se instalaba en el mismo barrio con su enamorado en una casa similar, con el resto de los muebles y el tercer perro. Daniel y Frances crecieron yendo y viniendo entre ambos hogares con sus maletas, una semana en cada uno. Fueron siempre al mismo colegio, donde la situación de sus padres no llamaba la atención, pasaban las fiestas y aniversarios con ambos y por un tiempo creyeron que la numerosa familia Zaleski, que viajaba desde Washington y se dejaba caer en masa para el día de Acción de Gracias, eran acróbatas de circo, porque ésa fue una de las muchas historias inventadas por Alfons para ganarse la estima de los niños. Podría haberse ahorrado la molestia, porque Daniel y Frances lo quieren por otros motivos: ha sido una madre para ellos. El polaco los adora, les dedica más tiempo que los verdaderos padres y es un tipo alegre y vividor, que suele hacerles demostraciones de atléticas danzas folclóricas rusas en pijama y con la condecoración de sir Robert al cuello.

Los Goodrich se separaron sin darse la molestia de un divorcio legal y lograron mantener la amistad. Están unidos por los mismos intereses que compartían antes de la aparición de Alfons Zaleski, excepto el montañismo, que no volvieron a practicar después del accidente de Frances.

Daniel terminó la secundaria con buenas notas a los diecisiete años recién cumplidos y fue aceptado en la universidad para estudiar medicina, pero era tan evidente su inmadurez, que Alfons lo convenció de esperar un año y entretanto curtirse un poco. «Eres un mocoso, Daniel, cómo vas a ser médico si no sabes sonarte los mocos.» Ante la oposición cerrada de Robert y Alice, el polaco lo mandó a Guatemala en un programa estudiantil para que se hiciera hombre y aprendiera español. Daniel vivió nueve meses con una familia indígena en una aldea del lago Atitlán cultivando maíz y tejiendo cuerdas de sisal, sin mandar noticias, y regresó color petróleo, con el pelo como un arbusto impenetrable, con ideas de guerrillero y hablando quiché.

Después de esa experiencia, estudiar medicina le pareció un juego de niños.

Posiblemente el cordial triángulo de los Goodrich y Zaleski se habría deshecho una vez que crecieron los dos niños que habían criado juntos, pero la necesidad de cuidar a Frances los ha unido más que antes. Frances depende por completo de ellos.

Hace nueve años, Frances Goodrich sufrió una caída estrepitosa cuando toda la familia, menos el polaco, estaba escalando montañas en la Sierra Nevada, se quebró más huesos de los que se pueden contar y al cabo de trece operaciones complicadas y continuo ejercicio, apenas puede moverse. Daniel decidió estudiar medicina al ver a su hermana hecha pedazos en una cama de la Unidad de Cuidados Intensivos y optó por la psiquiatría porque ella se lo pidió.

La muchacha estuvo sumida en un coma profundo durante tres largas semanas. Sus padres consideraron la idea irrevocable de desconectarla del respirador, porque había sufrido una hemorragia cerebral y, de acuerdo a los pronósticos médicos, iba a quedar en estado vegetativo, pero Alfons Zaleski no lo permitió, porque tenía la corazonada de que Frances estaba suspendida en el limbo, pero si no la soltaban, iba a volver. La familia se turnaba para pasar día y noche en el hospital, hablándole, acariciándola, llamándola, y en el momento en que por fin ella abrió los ojos, un sábado a las cinco de la mañana, era Daniel quien estaba con ella. Frances no podía hablar, porque tenía una traqueotomía, pero él tradujo lo que expresaban sus ojos y le anunció al mundo que su hermana estaba muy contenta de vivir y más valía abandonar el plan misericordioso de ayudarla a morir. Se habían criado unidos como mellizos, se conocían mejor que a sí mismos y no necesitaban palabras para entenderse.

La hemorragia no dañó el cerebro de Frances en la forma en que se temía, sólo le produjo pérdida temporal de la memoria, se puso bizca y perdió la audición en un oído, pero Daniel se dio cuenta de que algo fundamental había cambiado. Antes su hermana era como su padre, racional, lógica, inclinada a la ciencia y las matemáticas, pero después del accidente piensa con el corazón, según me explicó. Dice que Frances puede adivinar las intenciones y los estados de ánimo de la gente, es imposible ocultarle algo o engañarla y tiene chispazos de premonición tan acertados que Alfons Zaleski la está entrenando para que adivine los números premiados de la lotería. Se le ha desarrollado de forma espectacular la imaginación, la creatividad y la intuición. «La mente es mucho más interesante que el cuerpo, Daniel. Deberías ser psiquiatra, como papá, para que averigües por qué yo tengo tanto entusiasmo por vivir y otras personas que están sanas se suicidan», le dijo Frances, cuando pudo hablar.

El mismo coraje que antes empleaba en deportes arriesgados, le ha servido a Frances para aguantar el sufrimiento; ha jurado que se va a recuperar. Por el momento tiene la vida enteramente ocupada entre la rehabilitación física, que le consume muchas horas diarias, su asombrosa vida social en internet y sus estudios; se va a graduar este año en historia del arte. Vive con su curiosa familia. Los Goodrich y Zaleski decidieron que salía más conveniente vivir todos juntos con los cocker spaniels, que han aumentado a siete, y se cambiaron a una casa grande de un piso, donde Frances puede desplazarse de un lado a otro en su silla de ruedas con la mayor comodidad. Zaleski ha tomado varios cursos para ayudar a Frances con sus ejercicios y ya nadie se acuerda claramente de cuál es la relación entre los Goodrich y el pianista polaco; no importa, son tres buenas personas que se estiman y cuidan a una hija, tres personas que aman la música, los libros y el teatro, coleccionan vinos y comparten los mismos perros y los mismos amigos.

Frances no puede peinarse o cepillarse los dientes sola, pero mueve los dedos y maneja su computadora, así se conecta con la universidad y el mundo. Entramos en internet y Daniel me mostró el Facebook de su hermana, donde hay varias fotos de ella antes y después del accidente: una niña con cara de ardilla, pecosa, pelirroja, delicada y alegre. En su página tiene varios comentarios, fotos y videos del viaje de Daniel.

—Frances y yo somos muy diferentes —me contó—. Yo soy más bien quitado de bulla y sedentario, mientras que ella es un polvorín. Cuando chica quería ser exploradora y su libro favorito era los *Naufragios y comentarios*, de Álvar Núñez Cabeza de Vaca, un aventurero español del siglo XV. Le habría gustado ir a los confines de la tierra, al fondo del mar, a la luna. Mi viaje a América del Sur fue idea suya, es lo que ella había planeado y no podrá hacer. A mí me toca ver con sus ojos, escuchar con sus oídos y filmar con su cámara.

Yo temía, y sigo temiendo, que Daniel se asuste con mis confidencias y me rechace por desequilibrada, pero tuve que contarle todo, no se puede construir nada firme sobre mentiras y omisiones. Según Blanca, con quien he hablado de esto hasta cansarla, cada persona tiene derecho a sus secretos y ese afán mío de exhibirme en la luz menos favorable es una forma de soberbia. También he pensado en eso. La soberbia consistiría en pretender que Daniel me quiera a pesar de mis problemas y mi pasado. Mi Nini decía que a los hijos y nietos se los quiere incondicionalmente, pero no a la pareja. Manuel se calla sobre este asunto, pero me ha prevenido contra la imprudencia de enamorarme de un desconocido que vive muy lejos. ¿Qué otro consejo podía darme? Así es él: no corre riesgos sentimentales, prefiere la soledad de su covacha, donde se siente seguro.

En noviembre del año pasado, mi vida en Las Vegas estaba tan fuera de control y yo estaba tan enferma que los detalles se me confunden. Andaba vestida de hombre, con la capucha del chaquetón sobre los ojos, la cabeza metida en los hombros, moviéndome rápido, sin dar nunca la cara. Para descansar me pegaba a una pared, mejor aún al ángulo entre dos paredes, ovillada, con una botella rota en la mano que de poco me habría servido para defenderme. Dejé de pedir comida en el albergue para mujeres y empecé a ir al de hombres, esperaba para ponerme al final de la cola, tomaba mi plato y tragaba apurada en un rincón. Entre esos hombres, una mirada directa podía interpretarse como agresión, una palabra de más era peligrosa, eran seres anónimos, invisibles, salvo los viejos, que estaban algo dementes y habían acudido allí por años, ése era su territorio y nadie se metía con ellos. Yo pasaba por ser otro muchacho drogado de los muchos que aparecían arrastrados por la marea de la miseria humana. Era tal mi aspecto de vulnerabilidad, que a veces alguien que todavía tenía un resquicio de compasión, me saludaba con un «*hi, buddie!*». Yo no contestaba, porque la voz me habría delatado.

El mismo traficante que me cambiaba cigarrillos por crack, compraba aparatos electrónicos, CD, DVD, iPods, teléfonos móviles y videojuegos, pero no era fácil conseguirlos. Para robar ese tipo de cosa se requiere mucho atrevimiento y velocidad, que a mí me faltaban. Freddy me había explicado su método. Primero se debe hacer una visita de reconocimiento para estudiar la ubicación de las salidas y las cámaras de seguridad; luego, esperar a que la tienda esté llena y los empleados ocupados, lo cual ocurre especialmente en las liquidaciones, las fiestas y a comienzo y mediado del mes, días de pago. Eso está bien en teoría, pero si la necesidad es imperiosa no se pueden esperar las circunstancias ideales.

El día en que el oficial Arana me sorprendió había sido de continuo sufrimiento. Yo no había conseguido nada y llevaba horas con calambres, tiritando por la abstinencia y doblada de dolor por la cistitis, que se había agravado y ya sólo se calmaba con heroína o fármacos muy caros en el mercado negro. No podía seguir en ese estado ni una hora más e hice exactamente lo contrario de lo aconsejado por Freddy: entré desesperada a una tienda de electrónicos que no conocía, cuya única ventaja era la ausencia de un guardia armado en la puerta, como había en otras, sin preocuparme de los empleados o las cámaras, buscando a tontas y a locas la sección de juegos. Mi actitud y mi aspecto debían de haber llamado la atención. Encontré los juegos, cogí uno japonés de guerra, que a Freddy le gustaba, lo escondí debajo de la camiseta y me apresuré en salir. El código de seguridad del videojuego hizo sonar la alarma con un estrepitoso chillido apenas me acerqué a la puerta.

Eché a correr con una sorprendente energía, dada la condición lamentable en que me encontraba, antes de que los empleados alcanzaran a reaccionar. Seguí corriendo, primero por el medio de la calle, sorteando los vehículos, y luego por la acera, apartando a la gente a empujones y gritos obscenos, hasta que comprendí que nadie me seguía. Me detuve, jadeando, sin aliento, con un lanzazo en los pulmones, dolor sordo en la cintura y vejiga, humedad caliente de orina entre la piernas, y me dejé caer sentada en la acera, abrazada a la caja japonesa.

Momentos más tarde, dos manos pesadas y firmes me tomaron por los hombros. Al volverme, me enfrenté a unos ojos claros en un rostro muy bronceado. Era el oficial Arana, que no reconocí de inmediato, porque estaba sin uniforme y yo no podía enfocar la vista, pues estaba a punto de desmayarme. Pensándolo bien, resulta sorprendente que Arana no me encontrara antes. El mundo de mendigos, rateros, prostitutas y adictos se limita a ciertos barrios y calles que la policía conoce de sobra y vigila, tal como tiene el ojo puesto en los albergues para indigentes, donde tarde o temprano van a parar los hambrientos. Vencida, saqué el videojuego de mi camiseta y se lo entregué.

El policía me levantó del suelo por un brazo y debió sostenerme, porque se me doblaban las piernas. «Ven conmigo», me dijo, con más gentileza de la que cabía esperar. «Por favor… no me arreste, por favor…», le solté a borbotones. «No te voy a arrestar, tranquila.» Me condujo veinte metros más adelante a La Taquería, un comedero mexicano, donde los mesoneros trataron de impedirme la entrada al ver mi estado de desamparo, pero cedieron cuando Arana les mostró su identificación. Me desmoroné en un asiento con la cabeza entre los brazos, sacudida por incontrolables temblores.

No sé cómo me reconoció Arana. Me había visto pocas veces y la ruina que tenía delante no se parecía en nada a la muchacha sana con el pelo como plumitas platinadas, vestida a la moda, que él conocía. Se dio cuenta de inmediato de que no era comida lo que yo necesitaba con más urgencia y, ayudándome, como a una inválida, me llevó al baño. Echó un vistazo para asegurarse de que estábamos solos, me puso algo en la mano y me empujó suavemente hacia adentro, mientras él montaba guardia en la puerta. Polvo blanco. Me soné la nariz con papel higiénico, ansiosa, apurada, y esnifé la droga, que me subió como un cuchillo helado a la frente. Al instante me invadió ese alivio prodigioso que cualquier yonqui conoce, dejé de tiritar y gemir, se me despejó la mente.

Me mojé la cara y traté de ordenarme un poco el pelo con los dedos, sin reconocer en el espejo a ese cadáver de ojos enrojecidos y mechas grasientas de dos colores. No soportaba mi propio olor, pero era inútil lavarme si no podía cambiarme de ropa. Afuera me esperaba Arana de brazos cruzados, apoyado en la pared. «Siempre llevo algo para las emergencias como éstas», y me sonrió con sus ojos como rayitas.

Volvimos a la mesa y el oficial me compró una cerveza, que me cayó como agua bendita en el estómago, y me obligó a comer unos bocados de fajitas de pollo antes de darme dos pastillas. Debían de ser de algún analgésico muy fuerte, porque insistió en que no podía tomarlas con el estómago vacío. En menos de diez minutos yo había resucitado.

—Cuando mataron a Brandon Leeman te busqué para tomarte una declaración y que identificaras el cuerpo. Era sólo una formalidad, porque no cabía ninguna duda de quién era. Fue un típico crimen entre traficantes –me dijo.

–¿Se sabe quién lo hizo, oficial?

–Tenemos una idea, pero faltan pruebas. Le metieron once balas y más de uno debe de haber escuchado el tiroteo, pero nadie colabora con la policía. Pensé que ya habrías vuelto con tu familia, Laura. ¿En qué quedaron tu planes de ir a la universidad? Nunca imaginé que te encontraría en estas condiciones.

–Me asusté, oficial. Cuando supe que lo habían matado no me atreví a volver al edificio y me escondí. No pude llamar a mi familia y terminé en la calle.

–Y adicta, por lo visto. Necesitas…

–¡No! –lo interrumpí–. De verdad estoy bien, oficial, no necesito nada. Me iré a mi casa, me van a mandar dinero para el bus.

–Me debes algunas explicaciones, Laura. Tu supuesto tío no se llamaba Brandon Leeman ni ninguno de los nombres que aparecían en la media docena de cédulas falsas en su poder. Fue identificado como Hank Trevor, con dos condenas de prisión en Atlanta.

–Nunca me habló de eso.

–¿Tampoco te habló de su hermano Adam?

–Puede que lo mencionara, no me acuerdo.

El policía pidió otra cerveza para cada uno y enseguida me contó que Adam Trevor era uno de los mejores falsificadores de dinero del mundo. A los quince años entró a trabajar en una imprenta en Chicago, donde aprendió el oficio de la tinta y el papel, y después desarrolló una técnica para falsificar billetes tan perfectos, que pasaban la prueba de la lapicera y de la luz ultravioleta. Los vendía a cuarenta o cincuenta centavos por dólar a las mafias de China, India y los Balcanes, que los mezclaban con billetes verdaderos antes de introducirlos en la corriente del mercado. El negocio de dinero falsificado, uno de los más lucrativos del mundo, exige discreción total y sangre fría.

—Brandon Leeman, o mejor dicho Hank Trevor, carecía del talento o la inteligencia de su hermano, era un delincuente de poca monta. Lo único en común que tenían los hermanos era su mentalidad criminal. ¿Para qué partirse el lomo en un trabajo honrado si la delincuencia es más rentable y divertida? No les falta razón, ¿verdad, Laura? Te confieso que siento cierta admiración por Adam Trevor, es un artista y nunca le ha hecho daño a nadie, fuera del gobierno americano —concluyó Arana.

Me explicó que la regla fundamental de un falsificador es no gastar su dinero sino venderlo lo más lejos posible, sin dejar pistas que pudieran conducir al autor o a la imprenta. Adam Trevor violó esa regla y le entregó una suma a su hermano, quien en vez de guardarla, como seguramente eran sus instrucciones, empezó a gastarla en Las Vegas. Arana agregó que él tenía veinticinco años de experiencia en el Departamento de Policía y sabía muy bien a qué se dedicaba Brandon Leeman y lo que yo hacía para él, pero no nos había arrestado porque yonquis como nosotros carecíamos de importancia; si detuvieran a cada drogadicto y traficante de Nevada no habría suficientes celdas donde ponerlos. Sin embargo, cuando Leeman puso en circulación dinero falsificado, se colocó en otra categoría, muy por encima de su liga. La única razón para no apresarlo de inmediato fue la posibilidad de que a través de él se pudiera descubrir el origen de los billetes.

—Yo llevaba meses vigilándolo con la esperanza de que me condujera a Adam Trevor, imagínate mi frustración cuando lo asesinaron. Te andaba buscando porque tú sabes dónde guardaba tu amante el dinero que recibía de su hermano...

—¡No era mi amante! —lo interrumpí.

—Eso da lo mismo. Quiero saber dónde puso el dinero y cómo localizar a Adam Trevor.

—Si supiera dónde hay dinero, oficial, ¿cree que estaría en la calle?

Una hora antes se lo habría dicho sin vacilar, pero la droga, las pastillas, las cervezas y un vasito de tequila me habían despejado temporalmente la angustia y recordé que no debía meterme en ese lío. Ignoraba si los billetes del depósito de Beatty eran falsos, auténticos, o una mezcla de ambos, pero en cualquier caso no me convenía que Arana me relacionara con aquellas bolsas. Como aconsejaba Freddy, siempre lo más seguro es callarse. Brandon Leeman había muerto brutalmente, sus asesinos andaban sueltos, el policía había mencionado a las mafias y cualquier información que yo soplara provocaría la venganza de Adam Trevor.

—Cómo se le ocurre que Brandon Leeman me iba a confiar algo así, oficial. Yo era su chica de los mandados. Joe Martin y el Chino eran sus socios, ellos participaban en sus negocios y lo acompañaban a todas partes, no yo.

—¿Eran socios?

—Eso creo, pero no estoy segura, porque Brandon Leeman no me contaba nada. Hasta este momento yo ni siquiera sabía que se llamaba Hank Trevor.

—Es decir, Joe Martin y el Chino saben dónde está el dinero.

—Tendría que preguntarle a ellos. El único dinero que yo veía eran las propinas que me daba Brandon Leeman.

—Y el que cobrabas para él en los hoteles.

Siguió interrogándome para averiguar detalles de la convivencia en el antro de delincuencia que era el edificio de Brandon Leeman y le respondí con cautela, sin mencionar a Freddy ni darle pistas sobre las bolsas de El Paso TX. Traté de involucrar a Joe Martin y el Chino, con la idea de que si eran arrestados, yo me libraría de ellos, pero Arana no pareció interesado en ellos. Habíamos terminado de comer hacía rato, eran cerca de las cinco de la tarde y en el modesto restaurante mexicano sólo quedaba un mesonero esperando a que nos fuéramos. Como si no hubiera hecho bastante por mí, el oficial Arana me regaló diez dólares y me dio el número de su celular, para que estuviéramos en contacto y lo llamara si me veía en apuros. Me advirtió que debía avisarle antes de irme de la ciudad y me aconsejó cuidarme, porque había barrios muy peligrosos en Las Vegas, especialmente de noche, como si yo no lo supiera. Al despedirnos se me ocurrió preguntarle por qué andaba sin uniforme y me confió que estaba colaborando con el FBI: la falsificación de dinero es un crimen federal.

Las precauciones que me permitieron ocultarme en Las Vegas fueron inútiles ante la Fuerza del Destino, con mayúsculas, como diría mi abuelo refiriéndose a una de sus óperas favoritas de Verdi. Mi Popo aceptaba la idea poética del destino, qué otra explicación cabía para haber encontrado a la mujer de su vida en Toronto, pero era menos fatalista que mi abuela, para quien el destino es algo tan seguro y concreto como la herencia genética. Ambos, el destino y los genes, determinan lo que somos, no se pueden cambiar; si la combinación es virulenta, estamos fregados, pero si no es así, podemos ejercer cierto control sobre la propia existencia, siempre que la carta astrológica sea favorable. Tal como ella me explicaba, venimos al mundo con ciertos naipes en la mano y hacemos nuestro juego; con naipes similares una persona puede hundirse y otra superarse. «Es la ley de la compensación, Maya. Si tu destino es nacer ciega, no estás obligada a sentarte en el metro a tocar la flauta, puedes desarrollar el olfato y convertirte en catadora de vinos.» Típico ejemplo de mi abuela.

De acuerdo a la teoría de mi Nini, yo nací predestinada a la adicción, vaya uno a saber por qué, ya que no está en mis genes, mi abuela es abstemia, mi padre sólo toma un vaso de vino blanco de vez en cuando y mi madre, la princesa de Laponia, me dejó una buena impresión la única vez que la vi. Claro que eran las once de la mañana y a esa hora casi todo el mundo está más o menos sobrio. En cualquier caso, entre mis cartas figura la de la adicción, pero con voluntad e inteligencia yo podría idear jugadas maestras para mantenerla bajo control. Sin embargo, las estadísticas son pesimistas, hay más ciegos que se convierten en catadores de vinos, que adictos rehabilitados. Teniendo en cuenta otras zancadillas que me ha hecho el destino, como haber conocido a Brandon Leeman, mis posibilidades de llevar una vida normal eran mínimas antes de la oportuna intervención de Olympia Pettiford. Así se lo dije a mi Nini y ella me contestó que siempre se puede hacer trampa con las cartas. Eso es lo que ella hizo al enviarme a esta islita de Chiloé: trampa con las cartas.

El mismo día de mi encuentro con Arana, unas horas más tarde, Joe Martin y el Chino dieron finalmente conmigo a pocas cuadras del comedero mexicano, donde el oficial me había socorrido. No vi la temible camioneta negra ni los sentí acercarse hasta que los tuve encima, porque había gastado los diez dólares en drogas y estaba volada. Me cogieron entre los dos, me levantaron en vilo y me metieron a la fuerza al vehículo, mientras yo gritaba y lanzaba patadas a la desesperada. Algunas personas se detuvieron por el escándalo, pero nadie intervino, quién se va meter con dos matones peligrosos y una mendiga histérica. Traté de tirarme del coche en marcha, pero Joe Martin me paralizó de un golpe en el cuello.

Me llevaron al edificio que ya conocía, las canchas de Brandon Leeman, donde ahora los capos eran ellos, y a pesar de mi aturdimiento pude darme cuenta de que estaba más deteriorado, se habían multiplicado las groserías pintarrajeadas en los muros, la basura y los vidrios rotos, olía a excremento. Entre los dos me subieron al tercer piso, abrieron la reja y entramos al apartamento, que estaba vacío. «Ahora vas a cantar, puta maldita», me amenazó Joe Martin, a dos centímetros de mi cara, estrujándome los senos con sus manazas de simio. «Vas a decirnos adónde guardó Leeman el dinero o te romperé los huesos uno a uno.»

En ese instante sonó el celular del Chino, quien habló un par de frases y después le dijo a Joe Martin que ya habría tiempo para partirme los huesos, tenían órdenes de irse, los estaban esperando. Me amordazaron con un trapo en la boca y cinta adhesiva, me tiraron sobre uno de los colchones, me ataron los tobillos y las muñecas con un cable eléctrico y unieron la amarra de los tobillos con la de los brazos, de modo que quedé doblada hacia atrás. Se fueron, después de advertirme una vez más lo que me harían a su regreso, y quedé sola, sin poder gritar ni moverme, el cable cortándome los tobillos y las muñecas, el cuello tieso por el golpe, ahogándome con el trapo en la boca, aterrada por lo que me esperaba en manos de esos asesinos y porque empezaba a disiparse el efecto del alcohol y las drogas. En la boca tenía el trapo y un regusto de fajitas de pollo del almuerzo. Trataba de controlar el vómito, que me subía por la garganta y me habría sofocado.

¿Cuánto rato estuve sobre ese colchón? Es imposible saberlo con certeza, pero me parecieron varios días, aunque pudo haber sido menos de una hora. Muy pronto empecé a temblar violentamente y morder el trapo, ya empapado de saliva, para no tragármelo. Con cada sacudón se incrustaba más el cable de las amarras. El miedo y el dolor me impedían pensar, se me estaba acabando el aire y empecé a rezar para que volvieran Joe Martin y el Chino, para decirles todo lo que querían saber, para llevarlos yo misma a Beatty, a ver si podían volar los candados del depósito a balazos, y si después me daban un tiro en la cabeza, eso sería preferible a morir supliciada como un animal. No me importaba para nada ese dinero maldito, por qué no confié en el oficial Arana, por qué, por qué. Ahora, meses más tarde en Chiloé, con la calma de la distancia, comprendo que ésa era la forma de hacerme confesar, no era necesario partirme los huesos, el tormento de la abstinencia era suficiente. Ésa fue, seguramente, la orden que le dieron al Chino en el celular.

Afuera se había puesto el sol, ya no se filtraba luz entre las tablas de la ventana, y adentro la oscuridad era total, mientras yo, cada vez más enferma, seguía rogando para que volvieran los asesinos. La fuerza del destino. No fueron Joe Martin y el Chino quienes encendieron la luz y se inclinaron sobre mí, sino Freddy, tan flaco y tan demente, que por un momento no lo reconocí. «Joder, Laura, joder, joder», mascullaba mientras trataba de quitarme la mordaza con mano tembleque. Por fin sacó el trapo y pude aspirar una bocanada inmensa y llenarme de aire los pulmones, con arcadas, tosiendo. Freddy, Freddy, bendito seas Freddy. No pudo desamarrarme, los nudos se habían fosilizado y él contaba con una sola mano, a la otra le faltaban dos dedos y nunca recuperó la movilidad después de que se la machacaron. Fue a buscar un cuchillo a la cocina y empezó a lidiar con el cable hasta que logró cortarlo y, al cabo de eternos minutos, soltarme. Yo tenía heridas sangrientas en los tobillos y las muñecas, pero sólo las noté más tarde, en esos momentos estaba dominada por la angustia de la abstinencia, conseguir otra dosis era lo único que me importaba.

Fue inútil tratar de levantarme, estaba sacudida por espasmos convulsivos, sin control de las extremidades. «Joder, joder, joder, tienes que salir de aquí, joder, Laura, joder», repetía el muchacho, como una letanía. Freddy se fue otra vez a la cocina y volvió con una pipa, un soplete y un puñado de crack. Lo encendió y me lo puso en la boca. Inhalé a fondo y eso me devolvió algo de fuerza. «¿Cómo vamos a salir de aquí, Freddy?», murmuré; me castañeteaban los dientes. «Andando es la única forma. Ponte de pie, Laura», respondió.

Y andando salimos de la forma más simple, por la puerta principal. Freddy tenía el control remoto para abrir la reja y nos deslizamos por la escalera en la oscuridad, pegados a la pared, él sosteniéndome por la cintura, yo apoyada en sus hombros. ¡Era tan pequeño! Pero su corazón valiente suplía de sobra su fragilidad. Tal vez nos vieron algunos de los fantasmas de los pisos inferiores y les dijeron a Joe Martin y al Chino que Freddy me había rescatado, nunca lo sabré. Si nadie se los dijo, igualmente lo dedujeron, quién otro iba a jugarse la vida por ayudarme.

Caminamos un par de cuadras por las sombras de las casas, alejándonos del edificio. Freddy trató de detener varios taxis, que al vernos seguían de largo, debíamos de presentar un aspecto deplorable. Me llevó a una parada de buses y nos subimos al primero que pasó, sin fijarnos adónde iba ni hacer caso de las caras de repugnancia de los pasajeros ni las miradas del chofer por el espejo retrovisor. Yo olía a orina, estaba desgreñada, tenía rastros de sangre en los brazos y las zapatillas. Podrían habernos obligado a salir del bus o haber advertido a la policía, pero en eso también tuvimos suerte y no lo hicieron.

Nos bajamos en la última parada, donde Freddy me llevó a un baño público y me lavé lo mejor posible, que no era mucho, porque tenía la ropa y el pelo asquerosos, y luego subimos en otro bus, y otro más, y dimos vueltas por Las Vegas durante horas para despistar. Por último Freddy me llevó a un barrio negro donde yo nunca había estado, mal alumbrado, con las calles vacías a esa hora, casas humildes de empleados bajos y obreros, porches con sillas de mimbre, patios con trastos, coches viejos. Después de la terrible paliza que le habían dado a ese niño por meterse en un barrio que no le correspondía, se requería mucho valor para llevarme allí, pero él no parecía preocupado, como si hubiera andado en esas calles muchas veces.

Llegamos a una casa, que en nada se diferenciaba de las otras, y Freddy tocó el timbre varias veces, con insistencia. Por fin oímos una voz de trueno: «¿Quién se atreve a molestar tan tarde!». Se encendió una luz en el porche, se entreabrió la puerta y un ojo nos inspeccionó. «¡Bendito sea el Señor ¿qué no eres tú Freddy?»

Era Olympia Pettiford en una bata de peluche rosado, la enfermera que había cuidado a Freddy en el hospital cuando le dieron la paliza, la giganta dulce, la madona de los desamparados, la mujer espléndida que dirigía su propia iglesia de las Viudas por Jesús. Olympia abrió su puerta de par en par y me acogió en su regazo de diosa africana, «pobre niña, pobre niña». Me llevó en brazos al sofá de su sala y allí me tendió con la delicadeza de una madre con su recién nacido.

En casa de Olympia Pettiford estuve atrapada por completo en el horror del síndrome de abstinencia, peor que cualquier dolor físico, dicen, pero menor que el dolor moral de sentirme indigna o el dolor terrible de perder a alguien tan querido, como mi Popo. No quiero pensar en lo que sería perder a Daniel... El marido de Olympia, Jeremiah Pettiford, un verdadero ángel, y las Viudas por Jesús, unas señoras negras maduras, sufridas, mandonas y generosas, se turnaron para sostenerme en los peores días. Cuando me castañeteaban tanto los dientes que apenas me salía la voz para clamar por un trago, un solo trago de algo fuerte, cualquier cosa para sobrevivir, cuando los temblores y los retortijones me martirizaban y el pulpo de la angustia me cernía las sienes y me estrujaba en sus mil tentáculos, cuando sudaba y me debatía y luchaba y trataba de escapar, esas Viudas maravillosas me sujetaron, me mecieron, me consolaron, rezaron y cantaron por mí y no me dejaron sola ni un solo instante.

«Arruiné mi vida, no puedo más, quiero morirme», sollocé en algún momento, cuando pude articular algo más que insultos, súplicas y maldiciones. Olympia me agarró por los hombros y me obligó a mirarla a los ojos, enfocar la vista, prestar atención, escucharla: «¿Quién te dijo que iba a ser fácil, niña? Aguanta. Nadie se muere por esto. Te prohíbo que hables de morirte, eso es un pecado. Ponte en manos de Jesús y vivirás con decencia los setenta años que te quedan por delante».

De algún modo se las arregló Olympia Pettiford para conseguirme un antibiótico, que dio cuenta de la infección urinaria, y Valium para ayudarme con los síntomas de abstinencia, imagino que los sustrajo del hospital con la conciencia limpia, porque contaba con el perdón anticipado de Jesús. La cistitis me había llegado a los riñones, según me explicó, pero sus inyecciones la controlaron en unos días y me dio un frasco de pastillas para tomar en las dos semanas siguientes. No recuerdo cuánto tiempo agonicé por la abstinencia, debieron de ser dos o tres días, pero me parecieron un mes.

Fui saliendo del pozo de a poco y me asomé a la superficie. Pude tragar sopa y avena con leche, descansar y dormir en algunos momentos; el reloj se burlaba de mí y una hora se estiraba como una semana. Las Viudas me bañaron, me cortaron las uñas y me quitaron los piojos, me curaron las heridas inflamadas de las agujas y de los cables que me habían roto las muñecas y los tobillos, me hicieron masajes con aceite de bebé para aflojar las costras, me consiguieron ropa limpia y me vigilaron para evitar que saltara por la ventana y fuera a buscar drogas. Cuando al fin pude ponerme de pie y caminar sin ayuda, me llevaron a su iglesia, un galpón pintado de celeste, donde se reunían los miembros de la reducida congregación. No había jóvenes, todos eran afroamericanos, la mayoría mujeres y supe que los pocos hombres que había no eran necesariamente viudos. Jeremiah y Olympia Pettiford, ataviados con túnicas de raso violeta con guardas amarillas, condujeron un servicio para dar gracias a Jesús en mi nombre. ¡Esas voces! Cantaban con el cuerpo entero, balanceándose como palmeras, los brazos alzados al cielo, alegres, tan alegres que sus cantos me limpiaron por dentro.

Olympia y Jeremiah no quisieron averiguar nada de mí, ni siquiera mi nombre, les bastó que Freddy me hubiera llevado a su puerta para acogerme. Adivinaron que yo huía de algo y prefirieron no saber de qué, en caso de que alguien les hiciera preguntas comprometedoras. Rezaban por Freddy a diario, le pedían por él a Jesús, que se desintoxicara y aceptara ayuda y amor, «pero a veces Jesús se demora en contestar, porque recibe demasiadas peticiones», me explicaron. Tampoco yo me quitaba a Freddy de la cabeza, temía que cayera en manos de Joe Martin y el Chino, pero Olympia confiaba en su astucia y su asombrosa capacidad de sobrevivir.

Una semana más tarde, cuando los síntomas de la infección habían desaparecido y yo podía estar más o menos quieta sin Valium, le pedí a Olympia que llamara a mi abuela a California, porque yo no era capaz de hacerlo. Eran la siete de la mañana cuando Olympia marcó el número que le di y mi Nini atendió de inmediato, como si hubiera estado seis meses sentada junto al teléfono, esperando. «Su nieta está lista para volver a casa, venga a buscarla.»

Once horas más tarde, una camioneta colorada se detuvo ante la vivienda de los Pettiford. Mi Nini pegó el dedo en el timbre con la urgencia del cariño y yo caí en sus brazos, ante la mirada complacida de los dueños de casa, varias Viudas y de Mike O'Kelly, quien estaba sacando su silla de ruedas del vehículo de alquiler. «¡Chiquilla de mierda! ¡Cómo nos has hecho sufrir! ¡Qué te habría costado llamarme para que supiéramos que estabas viva!», fue el saludo de mi Nini, en español y a gritos, como habla cuando está muy emocionada, y enseguida: «Te ves pésimo, Maya, pero tienes el aura verde, color de sanación, eso es buen síntoma». Mi abuela estaba mucho más chica de lo que yo recordaba, en pocos meses se había reducido y sus ojeras moradas, antes tan sensuales, ahora la envejecían. «Le avisé a tu papá, viene volando de Dubai y mañana te esperará en la casa», me dijo, aferrada a mi mano y mirándome con ojos de lechuza para impedir que desapareciera de nuevo, pero se abstuvo de agobiarme a preguntas. Pronto las Viudas nos llamaron a la mesa: pollo frito, papas fritas, vegetales apanados y fritos, buñuelos fritos, un festín de colesterol para celebrar el reencuentro de mi familia.

Después de cenar, las Viudas por Jesús se despidieron y se fueron, mientras nosotros nos reuníamos en la salita, donde la silla de ruedas apenas cabía. Olympia les dio a mi Nini y a Mike un resumen de mi estado de salud y el consejo de mandarme a un programa de rehabilitación apenas llegáramos a California, lo cual

Mike, quien sabe mucho de estas cosas, ya había decidido por su cuenta, y luego se retiró con discreción. Entonces los puse al día brevemente sobre lo que había sido mi vida desde mayo, saltándome la noche con Roy Fedgewick en el motel y la prostitución, que habrían destrozado a mi Nini. A medida que les contaba de Brandon Leeman, mejor dicho, Hank Trevor, el dinero falsificado, los asesinos que me secuestraron y lo demás, mi abuela se retorcía en el asiento, repitiendo entre dientes «chiquilla de mierda», pero los ojos azules de Blancanieves brillaban como luces de avión. Estaba encantado de hallarse finalmente en medio de un caso policial.

—La falsificación de dinero es un crimen muy grave, se paga más caro que un asesinato con premeditación y alevosía —nos informó alegremente.

—Así me dijo el oficial Arana. Lo mejor sería llamarlo y confesarle todo, me dejó su número —les propuse.

—¡Qué idea genial! ¡Digna de la burra de mi nieta! —exclamó mi Nini—. ¿Te gustaría pasar veinte años en San Quintín y acabar en la silla eléctrica, chiquilla tonta? Anda entonces, corre a contarle al poli que eres cómplice.

—Cálmate Nidia. Lo primero será destruir la evidencia, para que no puedan relacionar a tu nieta con el dinero. Enseguida, la llevaremos a California sin dejar trazos de su paso por Las Vegas y después, cuando recupere la salud, la haremos desaparecer, ¿qué te parece?

—¿Cómo vamos a hacer eso? —le preguntó ella.

—Aquí todos la conocen como Laura Barron, menos las Viudas por Jesús, ¿no es así, Maya?

—La Viudas tampoco saben mi verdadero nombre —aclaré.

–Excelente. Vamos a regresar a California en la camioneta que alquilamos –decidió Mike.

–Bien pensado, Mike –intervino mi Nini, a quien también le habían empezado a brillar los ojos–. Para el avión Maya necesita un pasaje a su nombre y alguna forma de identificación, eso deja huellas, pero en auto podemos cruzar el país sin que nadie se entere. Podemos devolver la camioneta en Berkeley.

De esa manera expedita los dos miembros del Club de Criminales organizaron mi salida de la Ciudad del Pecado. Era tarde, estábamos cansados y había que dormir antes de poner en práctica el plan. Me quedé esa noche con Olympia, mientras Mike y mi abuela conseguían un hotel. En la mañana siguiente nos juntamos con los Pettiford a tomar el desayuno, que alargamos lo más posible, porque nos daba pena despedirnos de mi benefactora. Mi Nini, agradecida y en deuda para siempre con los Pettiford, les ofreció hospitalidad incondicional en Berkeley, «mi casa es su casa», pero por precaución no quisieron saber el nombre de mi familia ni la dirección. Sin embargo, cuando Blancanieves le dijo que había salvado a jóvenes como Freddy y podía ayudar al chico, Olympia aceptó su tarjeta. «Las Viudas por Jesús lo buscaremos hasta encontrarlo y se lo llevaremos, aunque sea amarrado», le aseguró. Me despedí de esa adorable pareja con un abrazo inmenso y la promesa de volver a verlos.

Mi abuela, Mike y yo partimos en la camioneta colorada rumbo a Beatty y por el camino discutimos la forma de abrir los candados. No era cosa de ponerle dinamita a la puerta, como sugirió mi Nini, porque en caso de que la consiguiéramos, el estallido podría llamar la atención y además la fuerza bruta es el último recurso de un buen detective. Me hicieron repetirles diez veces los pormenores del par de viajes que hice con Brandon Leeman al depósito.

—¿Cuál era exactamente el mensaje que debías darle a su hermano por teléfono? —me preguntó una vez más mi Nini.

—La dirección donde estaban las bolsas.

—¿Eso es todo?

—¡No! Ahora que me acuerdo, Leeman insistió mucho en que debía decirle a su hermano adónde estaban las bolsas de El Paso TX.

—¿Se refería a la ciudad de El Paso en Texas?

—Supongo, pero no estoy segura. La otra bolsa no tenía marca, era una bolsa de viaje ordinaria.

El par de detectives aficionados dedujo que la clave de los candados estaba en el nombre, por eso Leeman me había majadeado con la exactitud del mensaje. Se demoraron tres minutos en traducir las letras a números, una clave tan sencilla que los defraudó, porque esperaban un desafío a la altura de sus capacidades. Bastaba ver un teléfono: las ocho letras correspondían a ocho números, cuatro para cada combinación, 3578 y 7689.

Pasamos a comprar guantes de goma, un trapo, una escoba, fósforos y alcohol, luego a una ferretería por un bidón de plástico y una pala, y por último a una gasolinera a llenar el tanque del vehículo y el bidón. Seguimos al depósito, que por suerte yo recordaba, porque hay varios en ese sector. Localicé la puerta correspondiente y mi Nini, con guantes, abrió los candados al segundo intento; rara vez la he visto más contenta. Adentro se hallaban las dos bolsas, tal como las había dejado Brandon Leeman. Les dije que en las dos visitas anteriores yo no había tocado nada, fue Leeman quien manipuló los candados, sacó las bolsas del carro y volvió a cerrar el depósito, pero mi Nini opinó que si yo andaba drogada no podía estar segura de nada. Mike limpió con el trapo empapado en alcohol las superficies donde podrían haber huellas digitales, desde la puerta hacia adentro.

Por curiosidad echamos una mirada dentro de los cajones y hallamos rifles, pistolas y municiones. Mi Nini pretendía que saliéramos armados como guerrilleros, ya que estábamos metidos hasta las narices en el ambiente criminal, y a Blancanieves la idea le pareció estupenda, pero no se los permití. Mi Popo nunca quiso poseer un arma, decía que las carga el diablo y si uno la tiene, acaba por usarla y después se arrepiente. Mi Nini creía que si su marido hubiera poseído un arma, la habría matado a ella cuando tiró a la basura sus partituras de ópera, a la semana de casados. ¡Qué darían los miembros del Club de Criminales por esos dos cajones de juguetes mortíferos! Echamos las bolsas en la camioneta, mi Nini barrió el suelo para borrar las marcas de nuestros zapatos y de la silla de ruedas, cerramos los candados y nos alejamos, desarmados.

Con las bolsas en la camioneta nos fuimos a descansar unas horas en un motel, después de comprar agua y provisiones para el viaje, que nos tomaría unas diez horas. Mike y mi Nini habían llegado en avión y alquilaron el vehículo en el aeropuerto de Las Vegas, no sabían lo larga, recta y aburrida que es la carretera, pero al menos en esa época no era el caldero hirviente que es en otros meses, cuando la temperatura sube a más de cuarenta grados. Mike O'Kelly se llevó las bolsas del tesoro a su pieza y yo compartí una cama ancha en otra pieza con mi abuela, quien me tuvo cogida de la mano la noche entera. «No pienso escaparme, Nini, no te preocupes», le aseguré, medio desmayada de fatiga, pero no me soltó. Ninguna de las dos pudo dormir mucho y aprovechamos para conversar, teníamos mucho que decirnos. Me habló de mi papá, de cómo había sufrido con mi escapada, y me repitió que nunca me perdonaría que los hubiera tenido cinco meses, una semana y dos días sin noticias, les había destrozado los nervios y partido el corazón. «Perdona, Nini, no lo pensé...» Y en verdad eso no se me ocurrió, sólo había pensado en mí.

Le pregunté por Sarah y Debbie y me contó que había asistido a la graduación de mi clase de Berkeley High, invitada especialmente por el señor Harper, con quien llegó a tener amistad, porque siempre se había interesado por saber de mí. Debbie se graduó con el resto de mis compañeros, pero a Sarah la habían sacado de la escuela y llevaba meses en una clínica, en el último estado de debilidad, convertida en un esqueleto. Al término de la ceremonia, Debbie se le acercó para preguntarle por mí. Iba de azul, fresca y bonita, nada quedaba de sus trapos góticos ni de su maquillaje de ultratumba, y mi Nini, picada, le anunció que yo me había casado con un heredero y andaba en las Bahamas. «¿Para qué le iba a decir que habías desaparecido, Maya? No quería darle ese gusto, mira el daño que te hizo esa desgraciada con sus malas costumbres», me anunció Don Corleone de la mafia chilena, que no perdona.

En cuanto a Rick Laredo, había sido arrestado por una estupidez que sólo a él podía ocurrírsele: secuestrar mascotas. Su operación, muy mal planeada, consistía en robarse algún chucho regalón y luego llamar a la familia para pedir recompensa por devolverlo. «Sacó la idea de los secuestros de millonarios en Colombia, ya sabes, esos insurgentes ¿cómo se llaman? ¿Farc? Bueno, algo así. Pero no te preocupes, Mike lo está ayudando y pronto lo van a soltar», concluyó mi abuela. Le aclaré que no me preocupaba para nada que Laredo estuviera entre rejas, al contrario, pensaba que ése era el sitio que le correspondía en el orden del universo. «No seas pesada, Maya, ese pobre muchacho estuvo muy enamorado de ti. Cuando lo suelten, Mike le va a conseguir trabajo en la Sociedad Protectora de Animales, para que aprenda a respetar a los perritos ajenos ¿qué te parece?» Esa solución no se le habría pasado por la mente a Blancanieves, tenía que ser de mi Nini.

Mike nos llamó por teléfono desde su pieza a las tres de la mañana, nos repartió bananas y bollos, pusimos el escaso equipaje en la camioneta y media hora más tarde íbamos en dirección a California con mi abuela al volante. Era noche cerrada, buena hora para evitar el tráfico y a los patrulleros. Yo iba cabeceando, sentía aserrín en los ojos, tambores en la cabeza, algodón en las rodillas y habría dado cualquier cosa por dormir un siglo, como la princesa del cuento de Perrault. Ciento noventa kilómetros más adelante nos salimos de la carretera y tomamos un sendero angosto, escogido por Mike en el mapa porque no conducía a ninguna parte, y pronto nos hallamos en una soledad lunar.

Hacía frío, pero entré en calor rápidamente cavando un hoyo, tarea imposible para Mike desde la silla de ruedas o para mi Nini con sus sesenta y seis años, y muy difícil para una sonámbula como yo. El terreno era pedregoso, con una vegetación rastrera seca y dura, me fallaban las fuerzas, nunca había usado una pala y las instrucciones de Mike y mi abuela sólo aumentaban mi frustración. Media hora más tarde sólo había logrado hacer una hendidura en el suelo, pero como tenía ampollas en las manos bajo los guantes de goma y apenas podía levantar la pala, los dos miembros del Club de Criminales debieron darse por satisfechos.

Quemar medio millón de dólares es más complicado de lo que suponíamos, porque no calculamos el factor viento, la calidad de trapo reforzado que tiene el papel, ni la densidad de los fajos. Después de varios intentos, optamos por el método más pedestre, poníamos puñados de billetes en el hoyo, los rociábamos con gasolina, les prendíamos fuego y abanicábamos el humo para evitar que se viera de lejos, aunque de noche eso era poco probable.

—¿Estás segura de que todo esto es falsificado, Maya? —me preguntó mi abuela.

—¿Cómo voy a estarlo, Nini? El oficial Arana dijo que normalmente se mezclan los billetes falsos con legales.

—Sería un despilfarro quemar billetes buenos, con tanto gasto que tenemos. Podríamos guardar un poco para emergencias... —sugirió ella.

—¿Estás loca, Nidia? Esto es más peligroso que nitroglicerina —la rebatió Mike.

Siguieron discutiendo acalorados mientras yo terminé de quemar el contenido de la primera bolsa y abrí la segunda. Adentro encontré sólo cuatro fajos de billetes y dos paquetes del tamaño de libros envueltos en plástico y cinta adhesiva de embalar. Rompimos la cinta con los dientes y a tirones, porque no disponíamos de algo cortante y debíamos apurarnos, empezaba a aclarar con nubes plomizas deslizándose apresuradas en un cielo bermellón. En los paquetes había cuatro placas metálicas para imprimir billetes de cien y cincuenta dólares.

—¡Esto vale una fortuna! —exclamó Mike—. Es mucho más valioso que los billetes que hemos quemado.

—¿Cómo lo sabes? —le pregunté.

—Según te dijo el policía, Maya, los billetes de Adam Trevor son tan perfectos que es casi imposible detectarlos. Las mafias pagarían millones por estas placas.

—O sea, podríamos venderlas —dijo mi Nini, esperanzada.

—Ni se te ocurra, Don Corleone —la atajó Mike con una mirada de cuchillo.

—No se pueden quemar —intervine.

—Tendremos que enterrarlas o tirarlas al mar —determinó él.

—Qué lástima, son obras de arte —suspiró mi Nini, y procedió a envolverlas cuidadosamente para evitar que se rayaran.

Terminamos de quemar el botín, tapamos el hoyo con tierra y antes de irnos Blancanieves insistió en marcar el sitio. «¿Para qué?», le pregunté. «Por si acaso. Así se hace en las novelas de crimen», me explicó. A mí me tocó buscar las piedras y hacer una pirámide encima del hoyo, mientras mi Nini medía los pasos hasta las referencias más cercanas y Mike dibujaba un plano en una de las bolsas de papel. Era como jugar a los piratas, pero no me dio el ánimo para discutirles. Hicimos el viaje a Berkeley con tres paradas para ir al baño, tomar café, echar gasolina y desprendernos de las bolsas, la pala, el bidón y los guantes en diferentes tachos de basura. El incendio de colores del amanecer había dado paso a la luz blanca del día y sudábamos en el vaho febril del desierto, porque el aire acondicionado del vehículo funcionaba a medias. Mi abuela no quiso cederme el volante, porque creía que yo todavía tenía el cerebro consternado y los reflejos entumecidos, y manejó por esa cinta interminable el día entero hasta la noche, sin quejarse ni una sola vez. «De algo me sirve haber sido chofer de limusinas», comentó, refiriéndose a la época en que conoció a mi Popo.

Daniel Goodrich quiso saber, cuando se lo conté, qué habíamos hecho con las placas. Mi Nini quedó encargada de tirarlas a la bahía de San Francisco desde el ferry.

Recuerdo que la flema de psiquiatra de Daniel Goodrich flaqueó cuando le conté esta parte de mi historia, por allá por mayo. ¿Cómo he podido vivir esta eternidad sin él? Daniel me escuchó boquiabierto y por su expresión deduje que nunca le había sucedido nada tan excitante como mis aventuras en Las Vegas. Me dijo que cuando volviera a Estados Unidos se pondría en contacto con mi Nini y Blancanieves, pero todavía no lo ha hecho. «Tu abuela es un caso, Maya. Haría buena pareja con Alfons Zaleski», me comentó.

–Ahora sabes por qué estoy viviendo aquí, Daniel. No es un capricho turístico, como puedes imaginarte. Mi Nini y O'Kelly decidieron mandarme lo más lejos posible hasta que se aclarara un poco la situación en que estoy metida. Joe Martin y el Chino andan tras el dinero, porque no saben que es falsificado; la policía quiere arrestar a Adam Trevor y él quiere recuperar sus placas antes de que lo haga el FBI. Yo soy el nexo y cuando lo descubran voy a tenerlos a todos en mis talones.

—Laura Barron es el nexo —me recordó Daniel.

—La policía debe de haber descubierto que ésa soy yo. Mis huellas digitales quedaron en muchas partes, los casilleros del gimnasio, el edificio de Brandon Leeman, incluso la casa de Olympia Pettiford, si es que agarraron a Freddy y lo hicieron hablar, ni Dios lo quiera.

—No mencionaste a Arana.

—Es buen tipo. Está colaborando con el FBI, pero cuando pudo arrestarme, no lo hizo, aunque sospechaba de mí. Me protegió. Sólo le interesa desmantelar la industria de dólares falsos y arrestar a Adam Trevor. Le darían una medalla por eso.

Daniel estuvo de acuerdo con el plan de mantenerme aislada por un tiempo, pero no le pareció peligroso que nos escribiéramos, qué necesidad hay de exagerar el delirio de persecución. Abrí una cuenta de correo electrónico a nombre de juanitocorrales@gmail.com. Nadie sospecharía de la relación entre Daniel Goodrich en Seattle con un chiquillo de Chiloé, uno más de los amigos hechos en el viaje con quienes se comunica regularmente. Desde que Daniel se fue he usado la cuenta a diario. Manuel no aprueba la idea, cree que los espías del FBI y sus hackers de la computación son como Dios, están en todas partes y todo lo ven.

Juanito Corrales es el hermano que yo quisiera haber tenido, como también lo fue Freddy. «Lléveselo a su país, gringuita, a mí no me sirve para nada este mocoso», me dijo una vez Eduvigis, en broma, y Juanito lo tomó tan en serio, que está haciendo planes para vivir conmigo en Berkeley. Es el único ser en el mundo que me admira. «Cuando sea grande, me voy a casar contigo, tía Gringa», me dice. Vamos por el tercer tomo de Harry Potter y sueña con ir al Colegio Hogwarts de Magia y tener su propia escoba voladora. Está orgulloso de haberme prestado su nombre para una cuenta de correo electrónico.

Naturalmente, a Daniel le pareció descabellado que hubiéramos quemado el dinero en el desierto, donde nos podía sorprender una patrulla, porque la carretera interestatal 15 tiene mucho tráfico de camiones y está vigilada por tierra y desde helicópteros. Antes de tomar esa decisión, Blancanieves y mi Nini barajaron diferentes opciones, incluso disolver los billetes en Drano, como hicieron una vez con un kilo de chuletas, pero todas presentaban riesgos y ninguna era tan definitiva y teatral como el fuego. Dentro de unos años, cuando puedan contar la historia sin ser arrestados, una hoguera en el desierto de Mojave suena mejor que líquido para desatascar cañerías.

Antes de conocer a Daniel no había pensado en el cuerpo masculino ni me había detenido a contemplarlo, salvo aquella visión inolvidable del *David* en Florencia, con sus cinco metros y diecisiete centímetros de perfección en mármol, pero con un pene bastante reducido de tamaño. Los muchachos con los que me acosté no se parecían para nada a ese *David*, eran torpes, malolientes, peludos y con acné. Pasé por la adolescencia enamorada de algunos actores de cine cuyos nombres ni recuerdo, sólo porque Sarah y Debbie o algunas chicas de la academia de Oregón también lo estaban, pero eran tan incorpóreos como los santos de mi abuela. Cabía la duda de que realmente fueran mortales, tal era la blancura de sus dientes y la suavidad de sus torsos depilados con cera y bronceados con el sol de los ociosos. Yo jamás los vería de cerca, mucho menos llegaría a tocarlos, habían sido creados para una pantalla y no para el manoseo delicioso del amor. Ninguno figuraba en mis fantasías eróticas. Cuando era chica, mi Popo me regaló un delicado teatro de cartón con personajes vestidos de papel para ilustrar los engorrosos argumentos de las óperas. Mis amantes imaginarios, como esas figuras de cartón, eran actores sin identidad que yo movía en un escenario. Ahora todos han sido reemplazados por Daniel, que ocupa mis noches y mis días, pienso y sueño con él. Se fue demasiado pronto, no alcanzamos a consolidar nada.

La intimidad requiere tiempo para madurar, una historia común, lágrimas derramadas, obstáculos superados, fotografías en un álbum, es una planta de crecimiento lento. Con Daniel estamos suspendidos en un espacio virtual y esta separación puede destruir el amor. Se quedó en Chiloé varios días más de los que había planeado, no alcanzó a llegar hasta la Patagonia, se fue al Brasil en avión y de allí a Seattle, donde ya está trabajando en la clínica de su padre. Entretanto yo debo terminar mi exilio en esta isla y, llegado el momento, supongo que decidiremos adónde juntarnos. Seattle es un buen lugar, llueve menos que en Chiloé, pero me gustaría más vivir aquí, no quisiera dejar a Manuel, Blanca, Juanito y el Fákin.

No sé si habría trabajo para Daniel en Chiloé. Según Manuel, los psiquiatras pasan hambre en este país, aunque hay más locos que en Hollywood, porque a los chilenos la felicidad les parece kitsch, son muy renuentes a gastar dinero en sobreponerse a la desdicha. Él mismo es un buen ejemplo, a mi parecer, porque si no fuera chileno habría explorado sus traumas con un profesional y viviría un poco más contento. Y no es que yo sea amiga de psicoterapias, cómo podría serlo después de mi experiencia en Oregón, pero a veces ayudan, como en el caso de mi Nini, cuando enviudó. Tal vez Daniel podría emplearse en otra cosa. Conozco a un académico de Oxford, de esos de chaqueta de tweed con parches de cuero en los codos, que se enamoró de una chilena, se quedó en la Isla Grande y ahora dirige una empresa turística. Y qué decir de la austríaca del épico trasero y el *strudel* de manzana; ésa era dentista en Innsbruck y ahora es dueña de una hostería. Con Daniel podríamos hacer galletas, eso tiene futuro, como dice Manuel, o poner un criadero de vicuñas, como yo pretendía en Oregón.

Ese 29 de mayo me despedí de Daniel con serenidad fingida, porque había varios curiosos en el embarcadero —nuestra relación se comentaba más que la telenovela— y no quería darles un espectáculo a estos chilotes deslenguados, pero a solas con Manuel en la casa lloré hasta que nos cansamos los dos. Daniel viajaba sin PC, pero al llegar a Seattle se encontró con cincuenta mensajes míos y me contestó, nada demasiado romántico, debía estar exhausto. Desde entonces nos comunicamos seguido, evitando lo que pueda identificarme, y tenemos un código para el amor, que él usa con demasiada mesura, de acuerdo a su carácter, y yo abuso sin medida, de acuerdo al mío.

Mi pasado es corto y debería tenerlo claro en la mente, pero no confío en mi caprichosa memoria, debo escribirlo antes de que empiece a cambiarlo o censurarlo. Dijeron por la televisión que unos científicos americanos han desarrollado una nueva droga para borrar recuerdos, que piensan usarla en el tratamiento de traumas psicológicos, especialmente de soldados que regresan deschavetados de la guerra. Todavía esa droga está en experimentación, deben afinarla para que no elimine la memoria completa. Si yo dispusiera de ella ¿qué elegiría olvidar? Nada. Las cosas malas del pasado son lecciones para el futuro y lo peor que me ha sucedido, la muerte de mi Popo, quiero recordarla siempre.

En el cerro, cerca de la gruta de la Pincoya, vi a mi Popo. Estaba de pie al borde del acantilado mirando hacia el horizonte, con su sombrero italiano, su ropa de viaje y su maleta de mano, como si hubiera venido de lejos y estuviera dudando entre irse o quedarse. Estuvo allí un momento demasiado breve, mientras yo, inmóvil, sin respirar para no asustarlo, lo llamaba sin voz; luego pasaron unas gaviotas chillando y se esfumó. No se lo he contado a nadie, para evitar explicaciones poco convincentes, aunque tal vez aquí me creerían. Si aúllan ánimas en pena en Cucao, si un barco tripulado de esperpentos navega por el golfo de Ancud y si los brujos se transforman en perros en Quicaví, la aparición en la gruta de la Pincoya de un astrónomo muerto es perfectamente posible. Puede no ser un fantasma, sino mi imaginación, que lo materializa en la atmósfera, como una proyección de cine. Chiloé es buen lugar para el ectoplasma de un abuelo y la imaginación de una nieta.

A Daniel le hablé mucho de mi Popo cuando estábamos solos y nos dedicábamos a contarnos nuestras vidas. Le describí mi niñez, que transcurrió dichosa en el adefesio arquitectónico de Berkeley. El recuerdo de esos años y del amor celoso de mis abuelos me sostuvo en los tiempos de desgracia. Mi papá tuvo poca influencia en mí, porque su trabajo de piloto lo mantenía más en el aire que en tierra firme. Antes de casarse vivía en la misma casa con nosotros, en dos habitaciones del segundo piso, con entrada independiente por una angosta escalera exterior, pero lo veíamos poco, porque si no estaba volando podía estar en brazos de alguna de esas enamoradas que llamaban por teléfono a horas intempestivas y a quienes él no mencionaba. Sus horarios cambiaban cada dos semanas y en la familia nos acostumbramos a no esperarlo ni a hacerle preguntas. Mis abuelos me criaron, ellos iban a las reuniones de padres en la escuela, me llevaban al dentista, me ayudaban con las tareas, me enseñaron a atarme los cordones de las zapatillas, andar en bicicleta, usar una computadora, me secaron las lágrimas, se rieron conmigo; no me acuerdo de un solo momento de mis primeros quince años en que mi Nini y mi Popo no estuvieran presentes y ahora, cuando mi Popo está muerto, lo siento más cerca que nunca, ha cumplido su promesa de que siempre iba a estar conmigo.

Se cumplieron dos meses desde que se fue Daniel, dos meses sin verlo, dos meses con el corazón hecho un nudo, dos meses escribiendo en este cuaderno las cosas que debería estar conversando con él. ¡Qué falta me hace! Esto es una agonía, una enfermedad mortal. En mayo, cuando Manuel volvió de Santiago, fingió no darse cuenta de que la casa entera olía a besos y el Fákin estaba nervioso porque no me ocupé de él y tuvo que salir a pasear solo, como todos los chuchos de este país; hace poco era un quiltro callejero y ahora anda con pretensiones de perrito faldero. Manuel dejó su maleta y nos anunció que necesitaba resolver ciertos asuntos con Blanca Schnake y en vista de que iba a llover, se quedaría a dormir en casa de ella. Aquí se sabe que va a llover cuando bailan las toninas y cuando hay «barras de luz», como llaman a los rayos de sol que atraviesan las nubes. Que yo sepa, nunca antes Manuel se había ido a dormir donde Blanca. Gracias, gracias, gracias, le soplé al oído en uno de esos abrazos largos, que él detesta. Me regaló otra noche con Daniel, que en ese momento estaba cargando de leña la estufa para cocinar un pollo con mostaza y panceta, invento de su hermana Frances, quien no ha cocinado en su vida, pero colecciona libros de cocina y se ha convertido en un chef teórico. Yo me había propuesto no mirar el reloj de buque en la pared, que se tragaba deprisa el tiempo que me quedaba con él.

En nuestra breve luna de miel le conté a Daniel de la clínica de rehabilitación en San Francisco, donde estuve casi un mes y que debe de ser muy parecida a la de su padre en Seattle.

Durante el viaje de 919 kilómetros entre Las Vegas y Berkeley, mi abuela y Mike O'Kelly trazaron un plan para hacerme desaparecer del mapa antes de que las autoridades o los criminales me dieran el zarpazo. Yo llevaba un año sin ver a mi padre y no me había hecho falta, lo culpaba a él de mis desgracias, pero mi resentimiento se esfumó de un soplido cuando llegamos a la casa en la camioneta colorada y él nos estaba esperando en la puerta. También mi padre, como mi Nini, estaba más delgado y encogido; en esos meses de mi ausencia había envejecido y ya no era el seductor con pinta de actor de cine que yo recordaba. Me abrazó apretadamente, repitiendo mi nombre con una ternura desconocida. «Creí que te habíamos perdido, hija.» Nunca había visto a mi padre trastornado por una emoción. Andy Vidal era la imagen misma de la compostura, muy apuesto en su uniforme de piloto, intocado por las asperezas de la existencia, deseado por las mujeres más lindas, viajado, culto, contento, sano. «Bendita seas, bendita seas, hija», repetía. Llegamos de noche, pero él nos había preparado desayuno en vez de cena: batido de chocolate y tostada francesa con crema y banana, mi comida favorita.

Mientras desayunábamos, Mike O'Kelly se refirió al programa de rehabilitación mencionado por Olympia Pettiford y nos reiteró que era la mejor forma conocida de manejar la adicción. Mi papá y mi Nini se estremecían como si recibieran un corrientazo cada vez que él articulaba esas palabras aterradoras, drogadicta, alcohólica, pero yo ya las había incorporado a mi realidad gracias a las Viudas por Jesús, cuya vasta experiencia en esos asuntos les permitió ser muy claras conmigo. Mike dijo que la adicción es una bestia astuta y paciente, de infinitos recursos y siempre al acecho, cuyo argumento más poderoso es que uno no es realmente adicto. Resumió las opciones a nuestra disposición, desde el centro de rehabilitación a su cargo, gratis y muy modesto, hasta una clínica en San Francisco, que costaba mil dólares diarios y yo descarté al punto, porque no había de dónde sacar esa cantidad. Mi papá escuchó con dientes y puños apretados, muy pálido, y al final anunció que usaría los ahorros de su pensión para mi tratamiento. No hubo forma de convencerlo de lo contrario, aunque según Mike el programa era similar al suyo, la única diferencia eran las instalaciones y la vista del mar.

Pasé el mes de diciembre en la clínica, cuya arquitectura japonesa invitaba a la paz y la meditación: madera, grandes ventanales y terrazas, mucha luz, jardines con senderos discretos, bancos para sentarse arropada a ver la niebla, piscina temperada. El panorama de agua y bosques valía los mil dólares diarios. Yo era la más joven de los residentes, los otros eran hombres y mujeres de treinta a sesenta años, amables, que me saludaban en los pasillos o me invitaban a jugar al scrabble y al tenis de mesa, como si estuviéramos de vacaciones. Aparte de la forma compulsiva de consumir cigarrillos y café, parecían normales, nadie supondría que eran adictos.

El programa se parecía al de la academia de Oregón, con charlas, cursos, sesiones de grupo, la misma jerga de psicólogos y consejeros que conozco demasiado bien, más los Doce Pasos, abstinencia, recuperación, sobriedad. Me demoré una semana en empezar a relacionarme con los otros residentes y vencer la tentación constante de irme, ya que la puerta permanecía abierta y la estadía era voluntaria. «Esto no es para mí», fue mi mantra durante esa semana, pero me contuvo el hecho de que mi padre había invertido sus ahorros en esos veintiocho días, pagados por adelantado, y yo no podía defraudarlo de nuevo.

Mi compañera de habitación era Loretta, una mujer atractiva, de treinta y seis años, casada, madre de tres niños, agente de la propiedad, alcohólica. «Ésta es mi última oportunidad. Mi marido me anunció que si no dejo de beber se iba a divorciar y me quitaría a los niños», me dijo. Los días de visita llegaba su marido con los hijos, traían dibujos, flores y chocolates, parecían una familia feliz. Loretta me mostraba una y otra vez los álbumes de fotografías: «Cuando nació mi hijo mayor, Patrick, sólo cerveza y vino; vacaciones en Hawai, daiquiris y martinis; Navidad en 2002, champaña y ginebra; aniversario de matrimonio en 2005, lavado de estómago y programa de rehabilitación; picnic del Cuatro de Julio, primer whisky después de once meses sobria; cumpleaños en 2006, cerveza, tequila, ron, amaretto». Sabía que las cuatro semanas del programa eran insuficientes, debería quedarse dos o tres meses antes de volver con su familia.

Además de las charlas para levantarnos el ánimo, nos educaban sobre la adicción y sus consecuencias y había sesiones privadas con los consejeros. Los mil dólares diarios nos daban derecho a la piscina y el gimnasio, caminatas por parques cercanos, masajes y algunos tratamientos de relajación y belleza, también clases de yoga, pilates, meditación, jardinería y arte, pero por muchas actividades que hubiera, cada uno cargaba con su problema como un caballo muerto en los hombros, imposible de ignorar. Mi caballo muerto era el deseo imperioso de huir lo más lejos posible, huir de ese lugar, de California, del mundo, de mí misma. La vida costaba demasiado trabajo, no valía la pena levantarse por la mañana y ver arrastrarse las horas sin una finalidad. Descansar. Morir. Ser o no ser, como Hamlet. «No pienses, Maya, trata de mantenerte ocupada. Esta etapa negativa es normal y pasará pronto», fue el consejo de Mike O'Kelly.

Para mantenerme ocupada me teñí el pelo varias veces, ante el estupor de Loretta. Del color negro, aplicado por Freddy en septiembre, sólo quedaban rastros plomizos en las puntas. Me entretuve pintándome mechones en los tonos que normalmente se ven en las banderas. Mi consejera lo calificó de agresión contra mí misma, una forma de castigarme; lo mismo pensaba yo de su moño de matrona.

Dos veces por semana había reuniones de mujeres con una psicóloga parecida a Olympia Pettiford por su volumen y su bondad. Nos sentábamos en el suelo en la sala alumbrada con unas cuantas velas y cada una contribuía con algo para armar un altar: una cruz, un Buda, fotos de los hijos, un oso de peluche, una cajita con cenizas de un ser querido, un anillo de matrimonio. En la penumbra, en ese ambiente femenino, era más fácil hablar. Las mujeres contaban cómo la adicción destrozaba sus vidas, estaban llenas de deudas, las habían abandonado amigos, familia o pareja, las atormentaba la culpa por haber atropellado a alguien manejando ebrias o por abandonar a un hijo enfermo para ir a buscar drogas. Algunas también contaban de la degradación en que habían caído, las vejaciones, los robos, la prostitución, y yo escuchaba con el alma, porque había pasado por lo mismo. Muchas eran reincidentes sin rastro de confianza en sí mismas, porque sabían lo escurridiza y efímera que puede ser la sobriedad. La fe ayudaba, podían ponerse en manos de Dios o de un poder superior, pero no todas contaban con ese recurso. Aquel círculo de adictas, con su tristeza, era lo opuesto al de las brujas bellas de Chiloé. En la ruca nadie tiene vergüenza, todo es abundancia y vida.

Los sábados y domingos había sesiones con la familia, muy dolorosas, pero necesarias. Mi papá hacía preguntas lógicas: qué es el crack y cómo se usa, cuánto cuesta la heroína, cuál es el efecto de los hongos alucinógenos, porcentaje de éxito de Alcohólicos Anónimos, y las respuestas eran poco tranquilizadoras. Otros familiares manifestaban su desilusión y desconfianza, habían soportado al adicto por años sin comprender su determinación de destruirse y destruir lo bueno que alguna vez tuvieron.

En mi caso sólo había cariño en la mirada de mi papá y mi Nini, ni una palabra de reproche o duda. «Tú no eres como ellos, Maya, te asomaste al abismo, pero no caíste hasta el fondo», me dijo mi Nini en una ocasión. Justamente contra eso me habían prevenido Olympia y Mike, contra la tentación de creer que uno es mejor.

Por turnos, cada familia se colocaba al centro del círculo a compartir sus experiencias con el resto de nosotros. Los consejeros manejaban con destreza esas rondas de confesiones y lograban crear un ambiente de seguridad en el cual éramos iguales, ninguno había cometido faltas originales. Nadie permanecía indiferente en esos momentos, uno a uno se quebraban, a veces alguien quedaba en el suelo, sollozando, y no siempre era el adicto. Padres abusadores, compañeros violentos, madres odiosas, incesto, una herencia de alcoholismo, había de todo.

Cuando le tocó a mi familia, Mike O'Kelly pasó con nosotros al centro en su silla de ruedas y pidió que pusieran otra silla en el círculo, que quedó vacía. Yo le había contado a mi Nini mucho de lo sucedido desde mi fuga de la academia, pero omití aquello que podía herirla de muerte; en cambio, a solas con Mike cuando venía a visitarme, pude contarle todo; a él nada le escandaliza.

Mi papá habló de su trabajo de piloto, de que había permanecido alejado en mí, de su frivolidad y de cómo por egoísmo me había dejado con mis abuelos, sin tomarle el peso a su papel de padre, hasta que yo tuve el accidente en la bicicleta a los dieciséis años; recién entonces empezó a prestarme atención. No estaba enojado ni había perdido la confianza en mí, dijo, haría lo que estuviera en su poder por ayudarme. Mi Nini describió a la niña que fui, sana y alegre, mis fantasías, mis poemas épicos y partidos de fútbol, y repitió cuánto me quería.

En ese instante entró mi Popo tal como era antes de su enfermedad, grande, oloroso a tabaco fino, con sus lentes de oro y su sombrero Borsalino, se sentó en la silla que le correspondía y me abrió los brazos. Nunca antes se me había presentado con ese aplomo, inusual en un fantasma. En sus rodillas lloré y lloré, pedí perdón y acepté la verdad absoluta de que nadie podía salvarme de mí misma, que soy la única responsable de mi vida. «Dame la mano, Popo», le pedí y desde entonces no me la suelta. ¿Qué vieron los demás? Me vieron abrazada a una silla vacía, pero Mike estaba esperando a mi Popo, por eso pidió la silla, y mi Nini aceptó su invisible presencia con naturalidad.

No recuerdo cómo terminó esa sesión, sólo recuerdo mi cansancio visceral, que mi Nini me acompañó a mi pieza, que, con Loretta, me acostó y por primera vez dormí catorce horas de un tirón. Dormí por mis innumerables noches de insomnio, por la indignidad acumulada y por el miedo tenaz. Fue un sueño reparador que no volvió a repetirse, el insomnio estaba esperándome detrás de la puerta, pacientemente. A partir de ese momento me entregué de lleno al programa y me atreví a explorar una a una las cavernas oscuras del pasado. Entraba a ciegas en una de esas cavernas a lidiar con dragones y cuando me parecía que los había vencido, se abría otra y otra más, un laberinto de nunca acabar. Debía enfrentar las preguntas de mi alma, que no estaba ausente, como creía en Las Vegas, sino entumecida, encogida, asustada. Nunca me sentí a salvo en esas cuevas negras, pero le perdí el miedo a la soledad y por eso ahora, en mi nueva vida solitaria de Chiloé, estoy contenta. ¿Qué estupidez acabo de escribir en esta página? En Chiloé no estoy sola. La verdad es que nunca había estado más acompañada que en esta isla, en esta casita, con este caballero neurótico que es Manuel Arias.

Mientras yo cumplía mi programa de rehabilitación, mi Nini me renovó el pasaporte, se comunicó con Manuel y preparó mi viaje a Chile. Si hubiera tenido recursos habría venido personalmente a dejarme en manos de su amigo en Chiloé. Dos días antes de que terminara el tratamiento puse mis cosas en mi mochila y apenas oscureció salí de la clínica, sin despedirme de nadie. Mi Nini me esperaba a dos cuadras de distancia en su achacoso Volkswagen, tal como habíamos acordado. «Desde este momento te harás humo, Maya», me dijo con un guiño travieso de complicidad. Me entregó otra foto plastificada de mi Popo, igual a la que había perdido, y me condujo al aeropuerto de San Francisco.

Le estoy destrozando los nervios a Manuel: ¿Tú crees que los hombres se enamoran tan perdidamente como las mujeres? ¿Que Daniel sería capaz de venir a enterrarse en Chiloé por mí? ¿Te parece que estoy gorda, Manuel? ¿Estás seguro? ¡Dime la verdad! Manuel dice que en esta casa no se puede respirar, el aire está saturado de lágrimas y suspiros femeninos, pasiones abrasadoras y planes ridículos. Hasta los animales andan raros, al Gato-Literato, antes muy limpio, ahora le ha dado por vomitar en el teclado de la computadora, y el Gato-Leso, antes displicente, ahora compite por mi cariño con el Fákin y amanece en mi cama con las cuatro patas en el aire para que le rasque la barriga.

Hemos tenido varias conversaciones sobre el amor, demasiadas, según Manuel. «No hay nada más profundo que el amor», le digo, entre otras trivialidades, y él, que tiene memoria académica, me recita de un tirón un verso de D. H. Lawrence sobre cómo hay algo más profundo que el amor, la soledad de cada uno, y cómo en el fondo de esa soledad arde el fuego poderoso de la vida desnuda, o algo así de deprimente para mí, que he descubierto el fuego poderoso de Daniel desnudo. Aparte de citar poetas muertos, Manuel se calla. Nuestras charlas son más bien monólogos en los que me desahogo respecto a Daniel; no nombro a Blanca Schnake porque ella me prohibió hacerlo, pero su presencia también flota en la atmósfera. Manuel cree que está muy viejo para enamorarse y no tiene nada que ofrecerle a una mujer, pero a mí me huele que su problema es cobardía, tiene miedo de compartir, depender, sufrir, miedo de que a Blanca le vuelva el cáncer y se muera antes que él, o al revés, dejarla viuda o ponerse senil cuando a ella todavía le quede juventud, lo cual sería muy probable, porque es mucho mayor que ella. Si no fuera por el macabro globito en su cerebro, seguramente Manuel llegaría sano y fuerte hasta los noventa. ¿Cómo será un amor de ancianos? Me refiero a la parte física. ¿Harán… eso? Cuando cumplí doce años y empecé a espiar a mis abuelos le pusieron cerrojo a la puerta de su pieza. Le pregunté a mi Nini qué hacían encerrados y me contestó que rezaban el rosario.

A veces le doy consejos a Manuel, no puedo contenerme, y él me los desarma con ironía, pero sé que me escucha y aprende. De a poco está cambiando sus hábitos de monje, está menos obsesionado con esa manía del orden y más atento conmigo, ya no se congela cuando lo toco ni escapa cuando empiezo a saltar y bailar al son de mi audífono; debo hacer ejercicio o terminaré como las sabinas de Rubens, unas gordas en pelotas que vi en la

Pinacoteca de Munich. Su globito en el cerebro ha dejado de ser un secreto, porque no puede ocultarme sus migrañas ni los episodios de doble visión, se le confunden las letras en la página y en la pantalla. Cuando Daniel supo del aneurisma, me sugirió la Clínica Mayo en Minneápolis, la mejor en neurocirugía de Estados Unidos, y Blanca me aseguró que su padre financiaría la operación, pero Manuel no quiso ni hablar del asunto; ya le debe demasiado a don Lionel. «Por lo mismo, hombre, entre deber un favor o deber dos, da igual», le rebatió Blanca. Me arrepiento de haber quemado ese montón de billetes en el desierto de Mojave; falsos o no, habrían servido.

He vuelto a escribir en mi cuaderno, que había abandonado por un tiempo en el afán de mandarle mensajes electrónicos a Daniel. Pienso dárselo cuando nos juntemos de nuevo, así podrá conocerme mejor y conocer a mi familia. No puedo contarle todo lo que quisiera por email, donde sólo caben las noticias del día y una que otra palabra de amor. Manuel me aconseja censurar mis exabruptos pasionales, porque todo el mundo se arrepiente de las cartas de amor que ha escrito, no hay nada más cursi y ridículo, y en mi caso no encuentran eco en el destinatario. Las respuestas de Daniel son escuetas y poco frecuentes. Debe de estar muy ocupado con su trabajo en la clínica, o bien se ha ceñido estrictamente a las medidas de seguridad impuestas por mi abuela.

Me mantengo ocupada para no arder en combustión espontánea pensando en Daniel. Ha habido casos así, gente que sin causa aparente se enciende y desaparece en llamas. Mi cuerpo es un durazno maduro, está listo para ser saboreado o caerse del árbol y hacerse pulpa en el suelo entre las hormigas. Lo más probable es que me suceda lo segundo, porque Daniel no da señales de venir a saborearme. Esta vida de monja me pone de pésimo humor, estallo al menor inconveniente, pero admito que estoy durmiendo bien por primera vez desde que me acuerdo y mis sueños son interesantes, aunque no todos eróticos, como desearía. Desde la muerte inesperada de Michael Jackson, he soñado varias veces con Freddy. Jackson era su ídolo y mi pobre amigo debe de estar de duelo. ¿Qué será de él? Freddy arriesgó su vida por salvar la mía y no tuve ocasión de agradecérselo.

En cierta forma, Freddy se parece a Daniel, tiene el mismo colorido, los ojos pestañudos y enormes, el pelo crespo. Si Daniel tuviera un hijo, podría ser como Freddy, pero si yo fuera la madre de ese crío, correríamos el riesgo de que saliera danés. Los genes de Marta Otter son muy poderosos, yo no saqué ni gota de sangre latina. En Estados Unidos Daniel se considera negro, aunque es de color claro y podría pasar por griego o árabe. «Los hombres negros jóvenes en América son una especie amenazada, demasiados acaban presos o asesinados antes de los treinta años», me dijo Daniel cuando hablamos del tema. Él fue criado entre blancos, en una ciudad liberal del oeste americano, circula en un ambiente privilegiado, donde su color no lo ha limitado para nada, pero su situación sería diferente en otros lugares. La vida es más fácil para los blancos, eso mi abuelo también lo sabía.

Mi Popo emanaba un aire poderoso, con su metro noventa y sus ciento cuarenta kilos, su pelo gris, sus lentes con marcos de oro y sus infaltables sombreros, que mi papá le traía de Italia.

A su lado yo me sentía a salvo de cualquier peligro, nadie se atrevería a tocar a ese hombre formidable. Así lo creí hasta el incidente con el ciclista, cuando yo tenía alrededor de siete años.

La Universidad de Buffalo había invitado a mi abuelo a dar unas conferencias. Estábamos hospedados en un hotel de la avenida Delaware, una de aquellas mansiones de millonarios del siglo pasado que hoy son edificios públicos o comerciales. Hacía frío y soplaba un viento gélido, pero a él se le puso en la cabeza que fuéramos a caminar a un parque cercano. Mi Nini y yo íbamos unos pasos adelante saltando charcos y no vimos lo que sucedió, sólo oímos el grito y la trifulca que se armó de inmediato. Detrás de nosotros venía un joven en bicicleta, que aparentemente resbaló en un charco escarchado, chocó contra mi abuelo y rodó por el suelo. Mi Popo se tambaleó con el golpe, perdió el sombrero y se le cayó el paraguas cerrado, que llevaba al brazo, pero se mantuvo de pie. Yo corrí tras el sombrero y él se agachó a recoger el paraguas, luego le tendió una mano al caído para ayudarlo a levantarse.

En un instante la escena se tornó violenta. El ciclista, asustado, comenzó a gritar, se detuvo un coche, luego otro y en pocos minutos llegó una patrulla policial. No sé cómo la gente concluyó que mi abuelo había causado el accidente y amenazado al ciclista con el paraguas. Sin preguntar más, los policías lo aplastaron con violencia contra el coche patrullero, le ordenaron poner las manos en alto, le separaron las piernas a patadas, lo cachearon y le esposaron las muñecas a la espalda. Mi Nini intervino como una leona, se enfrentó a los uniformados con una retahíla de explicaciones en español, único idioma que recuerda en los momentos de crisis, y cuando quisieron apartarla cogió al más grande por la ropa con tal energía que logró levantarlo unos centímetros del suelo, admirable para alguien que pesa menos de cincuenta kilos.

Fuimos a dar a la comisaría, pero aquello no era Berkeley, allí no había un sargento Walczak ofreciendo *cappuccinos*. Mi abuelo, sangrando por la nariz y por un corte en la ceja, trató de explicar lo ocurrido en un tono humilde que nunca le habíamos oído y solicitó un teléfono para llamar a la universidad. Por toda respuesta lo amenazaron con encerrarlo si no se callaba. A mi Nini, también esposada por temor a que volviera a atacar a alguien, le ordenaron sentarse en un banco mientras llenaban un formulario. Nadie se fijó en mí y me acurruqué, tiritando, junto a mi abuela. «Tienes que hacer algo, Maya», me susurró ella al oído. En su mirada comprendí lo que me estaba pidiendo. Tomé aire para llenar los pulmones, lancé un gemido gutural que retumbó en la sala y caí al suelo arqueada hacia atrás, atacada por convulsiones, echando espumarajos por la boca y con los ojos en blanco. Había fingido epilepsia tantas veces durante mis pataletas de mocosa mimada para no ir a la escuela, que podía engañar a un neurocirujano y con mayor razón a unos policías de Buffalo. Nos prestaron el teléfono. Me llevaron con mi Nini en una ambulancia al hospital, donde llegué repuesta por completo del ataque, ante la sorpresa de la mujer policía que nos vigilaba, mientras la universidad enviaba a un abogado para sacar al astrónomo de la celda, que compartía con ebrios y rateros.

En la noche nos reunimos en el hotel, extenuados. Cenamos sólo un plato de sopa y nos acostamos los tres en la misma cama. El golpe de la bicicleta le dejó grandes moretones a mi Popo y las esposas le hirieron las muñecas. En la oscuridad, arropada entre sus cuerpos como en un capullo, les pregunté qué había pasado. «Nada grave, Maya, duérmete», respondió mi Popo. Se quedaron un rato en silencio, fingiendo que dormían, hasta que al fin habló mi Nini. «Lo que pasó, Maya, es que tu abuelo es negro.» Y había tanta ira en su voz, que no pregunté nada más.

Ésa fue mi primera lección sobre las diferencias de raza, que no había percibido antes y que según Daniel Goodrich no se pueden dejar de lado.

Manuel y yo estamos reescribiendo su libro. Digo estamos porque él pone las ideas y yo la escritura, incluso en castellano escribo mejor que él. La idea surgió cuando él le contó a Daniel los mitos de Chiloé y éste, como buen psiquiatra, comenzó a buscarle cinco pies al gato. Dijo que los dioses representan diversos aspectos de la psiquis y los mitos son historias de la creación, de la naturaleza o de los dramas humanos fundamentales y están conectados a la realidad, pero los de aquí dan la impresión de estar pegados con goma de mascar, carecen de coherencia. Manuel se quedó pensando y dos días más tarde me anunció que se había escrito bastante sobre mitos de Chiloé y su libro nada nuevo aportaría a menos que él pudiera ofrecer una interpretación de la mitología. Habló con sus editores y le dieron un plazo de cuatro meses para presentar el nuevo manuscrito; debemos apurarnos. Daniel contribuye desde la distancia, porque esto le interesa, y así yo dispongo de otra excusa para el contacto permanente con nuestro asesor en Seattle.

El clima invernal limita las actividades en la isla, pero siempre hay trabajo: hay que ocuparse de los niños y los animales, coger mariscos en la marea baja, remendar redes, reparar provisoriamente las casas vapuleadas por las tormentas, tejer y contar las nubes hasta las ocho, cuando las mujeres se juntan a ver la telenovela y los hombres a beber y jugar al truco. Ha llovido la semana entera, ese llanto tenaz del cielo del sur, y el agua se nos cuela por los huecos de las tejuelas desplazadas por el temporal del martes. Ponemos tarros debajo de las goteras y andamos con estropajos en la mano para secar el suelo. Cuando escampe voy a subirme al techo, porque Manuel no tiene edad para hacer acrobacias y ya perdimos la esperanza de ver por aquí al maestro chasquilla antes de la primavera. El zapateo del agua suele inquietar a nuestros tres murciélagos, colgados cabeza abajo de las vigas altas, fuera del alcance de los zarpazos inútiles del Gato-Leso. Detesto a esos ratones alados de ojos ciegos, porque pueden chuparme la sangre en la noche, aunque asegura Manuel que no están emparentados con los vampiros de Transilvania.

Dependemos más que nunca de la leña y de la negra estufa de hierro, donde la tetera está siempre lista para el mate o el té; hay un rastro de humo, una fragancia picante en la ropa y la piel. La convivencia con Manuel es un baile delicado, yo limpio, él acarrea leña y entre los dos cocinamos. Por un tiempo también limpiábamos, porque Eduvigis dejó de venir a nuestra casa, aunque mandaba a Juanito a recoger la ropa sucia y la devolvía lavada, pero ya regresó a trabajar.

Después del aborto de Azucena, Eduvigis andaba muy callada, sin asomarse en el pueblo más de lo indispensable ni hablar con la gente. Sabía de los pelambres sobre su familia, que circulaban a sus espaldas; muchos la culpaban a ella por haber permitido que Carmelo Corrales violara a sus hijas, pero no faltaba quienes culpaban a las hijas «por tentar al padre, que era borrachito y no sabía lo que hacía», como oí decir en la Taberna del Muertito. Blanca me explicó que la mansedumbre de Eduvigis frente a los abusos del hombre es común es estos casos y es injusto acusarla de complicidad, porque ella también, como el resto de la familia, era una víctima. Temía a su marido y nunca pudo enfrentarlo. «Es fácil juzgar a otros cuando uno no ha sufrido esa experiencia», concluyó Blanca. Me dejó pensando, porque yo fui de las primeras en juzgar duramente a Eduvigis. Arrepentida, fui a verla a su casa. La encontré inclinada en su artesa lavando nuestras sábanas con escobilla de rama y jabón azul. Se secó las manos en el delantal y me invitó a tomar «un tecito», sin mirarme. Nos sentamos frente a la estufa a esperar que hirviera el agua, luego bebimos el té en silencio. La intención conciliadora de mi visita era clara, habría sido incómodo para ella que yo le pidiera disculpas y una falta de respeto mencionar a Carmelo Corrales. Las dos sabíamos por qué yo estaba allí.

—¿Cómo está, doña Eduvigis? —le pregunté finalmente, cuando habíamos terminado la segunda taza de té, siempre con la misma bolsita.

—Pasándola no más. ¿Y usté, mijita?

—Pasándola también, gracias. Y su vaca, ¿está bien?

—Sí, sí, pero tiene sus añitos —suspiró—. Poca leche da. Se ha de estar poniendo flojita, digo yo.

—Manuel y yo estamos usando leche condensada.

—¡Juesú! Dígale al caballero que desde mañana mismo el Juanito les va a llevar lechecita y quesito.

—Muchas gracias, doña Eduvigis.

—Y su casita no ha de estar muy limpia…

—No, no, está bastante sucia, para qué le voy a decir otra cosa —le confesé.

—¡Jué! Usté perdone.

—No, no, nada que perdonar.

—Dígale al caballero que cuente conmigo no más.

—Como siempre entonces, doña Eduvigis.

—Sí, sí, gringuita, como siempre.

Después hablamos de enfermedades y de papas, como exige el protocolo.

Éstas son las noticias recientes. El invierno en Chiloé es frío y largo, pero mucho más soportable que esos inviernos del norte del mundo, aquí no hay que apalear nieve ni forrarse en pieles. Tenemos clases en la escuela cuando el clima lo permite, pero hay truco en la taberna todos los días, aunque el cielo se destroce a relámpagos. Nunca faltan papas en la sopa, leña en la estufa ni mate para los amigos. A veces tenemos electricidad, otras veces nos alumbramos con velas.

Si no llueve, el equipo del Caleuche entrena ferozmente para el campeonato de septiembre, a ningún niño le han crecido los pies y las zapatillas de fútbol todavía sirven. Juanito está de suplente y Pedro Pelanchugay fue elegido por votación arquero del equipo. En este país todo se resuelve votando democráticamente o nombrando comisiones, procesos algo complicados; los chilenos creen que las soluciones simples son ilegales.

Doña Lucinda cumplió ciento diez años y en las últimas semanas ha adquirido aspecto de empolvada muñeca de trapo, ya no tiene energía para teñir lana y pasa sentada mirando hacia el lado de la muerte, pero le están saliendo dientes nuevos. No tendremos curantos ni turistas hasta la primavera y entretanto las mujeres tejen y hacen artesanías, porque es un pecado estar con las manos ociosas, la pereza es cosa de hombres. Estoy aprendiendo a tejer para no quedar mal; por el momento hago bufandas a prueba de errores, con punto correteado y lana gruesa.

La mitad de la población de la isla está resfriada, con bronquitis o dolor de huesos, pero si la lancha del Servicio Nacional de Salud se atrasa una semana o dos, la única que la echa de menos es Liliana Treviño, que tiene amores con el doctor lampiño, según dicen. La gente desconfía de los médicos que no cobran, prefiere tratarse con remedios de naturaleza y si el caso es grave, con los recursos mágicos de una *machi*. El cura, en cambio, siempre llega a decir su misa dominical, para evitar que los pentecostales y evangélicos le ganen la mano. Según Manuel, eso no ocurrirá fácilmente, porque en Chile la Iglesia católica es más influyente que en el Vaticano. Me contó que éste fue el último país del mundo en tener una ley de divorcio y la que hay es muy complicada, sale más fácil matar al cónyuge que divorciarse, por eso nadie quiere casarse y la mayoría de los niños nacen fuera del matrimonio. Del aborto ni se habla, es una palabra grosera, aunque se practica ampliamente. Los chilenos veneran al Papa, pero no le hacen caso en asuntos sexuales y sus consecuencias, porque un anciano célibe, de buen pasar económico, que no ha trabajado en su vida, poco sabe de eso.

La telenovela avanza muy lento, va por el capítulo noventa y dos y todavía estamos en lo mismo que al principio. Es el acontecimiento más importante de la isla, se sufre más con las desdichas de los personajes que con las propias. Manuel no ve la televisión y yo entiendo poco lo que hablan los actores y casi nada del argumento, parece que una tal Elisa fue raptada por su tío, que se enamoró de ella y la tiene encerrada en alguna parte, mientras su tía la busca para matarla, en vez de matar al marido, como sería lo razonable.

Mi amiga, la Pincoya, y su familia de lobos marinos ya no están en la gruta; emigraron a otras aguas y otras rocas, pero regresarán en la próxima temporada; los pescadores me han asegurado que son criaturas de costumbres arraigadas y siempre vuelven en el verano.

Livingston, el perro de los carabineros, alcanzó su tamaño definitivo y ha resultado políglota: entiende por igual instrucciones en inglés, español y chilote. Le enseñé cuatro trucos básicos que cualquier animal doméstico sabe y el resto lo aprendió por su cuenta, así que arrea ovejas y borrachos, cobra piezas cuando lo llevan a cazar, da la alarma si hay fuego o inundación, detecta drogas —excepto marihuana— y ataca en broma si Humilde Garay se lo ordena en las demostraciones, pero en la vida real es muy manso. No ha recuperado cadáveres, porque por desgracia no hemos tenido ninguno, como me dijo Garay, pero encontró al nieto de cuatro años de Aurelio Ñancupel, que se había extraviado en el cerro. Susan, mi antigua madrastra, daría oro por un perro como Livingston.

He faltado dos veces a la reunión de brujas buenas en la ruca, la primera cuando Daniel estaba aquí y la segunda este mes, porque Blanca y yo no pudimos ir a la Isla Grande, había amenaza de tormenta y el alcalde de mar prohibió la navegación. Lo lamenté mucho, porque íbamos a bendecir al recién nacido de una de ellas y me aprontaba para olisquearlo, me gustan los niños cuando todavía no contestan. Me ha hecho mucha falta nuestro aquelarre mensual en el vientre de la Pachamama con esas mujeres jóvenes, sensuales, sanas de mente y corazón. Entre ellas me siento aceptada, no soy la gringa, soy Maya, soy una de las brujas, y pertenezco a esta tierra. Cuando vamos a Castro nos quedamos a dormir una o dos noches con don Lionel Schnake, de quien yo me habría enamorado si Daniel Goodrich no se hubiese cruzado en mi carta astrológica. Es irresistible, como el mítico Millalobo, enorme, sanguíneo, bigotudo y lujurioso. «¡Mira la buena suerte que tienes, comunista, te cayó en la casa esta gringuita preciosa!», exclama cada vez que ve a Manuel Arias.

La investigación en el caso de Azucena Corrales quedó en nada por falta de pruebas, no había rastro de que el aborto fuese inducido, ésa es la ventaja de la infusión concentrada de hojas de palto y borraja. No hemos vuelto a ver a la niña, porque se fue a vivir a Quellón con su hermana mayor, la madre de Juanito, a quien todavía no conozco. Después de lo ocurrido, los carabineros Cárcamo y Garay empezaron a indagar por su cuenta sobre la paternidad del niño muerto y concluyeron lo que ya se sabía, que a Azucena la violó su propio padre, tal como hizo con sus otras hijas. Eso es «privativo», como dicen aquí y nadie se siente con derecho a intervenir en lo que sucede puertas adentro en un hogar, los trapos sucios se lavan en casa.

Los carabineros pretendían que la familia denunciara el hecho, así podían intervenir legalmente, pero no lo lograron. Tampoco Blanca Schnake pudo convencer a Azucena o Eduvigis de hacerlo. Volaban chismes y acusaciones, el pueblo entero opinaba al respecto y al final el escándalo se diluyó en palabrería; sin embargo se hizo justicia en la forma menos esperada cuando a Carmelo Corrales se le gangrenó el pie que le quedaba. El hombre esperó a que Eduvigis fuera a Castro a llenar los formularios para la segunda amputación y se inyectó una caja completa de insulina. Ella lo encontró inconsciente y lo sostuvo hasta que se murió, minutos más tarde. Nadie, ni los carabineros, mencionaron el suicidio; por consenso general el enfermo falleció de muerte natural, así pudieron darle cristiana sepultura y se le evitó más humillación a la desafortunada familia.

Enterraron a Carmelo Corrales sin esperar al cura itinerante, con una breve ceremonia a cargo del fiscal de la iglesia, quien elogió la habilidad de carpintero de botes del difunto, única virtud que pudo sacar de la manga, y encomendó su alma a la misericordia divina. Asistieron un puñado de vecinos por compasión hacia la familia, entre ellos Manuel y yo. Blanca estaba tan furiosa por lo de Azucena, que no apareció en el cementerio, pero compró en Castro una corona de flores de plástico para la tumba. Ninguno de los hijos de Carmelo vino al funeral, sólo Juanito estaba presente, vestido con su traje de primera comunión, que le queda chico, de la mano de su abuela, quien se puso luto de la cabeza a los pies.

Acabamos de celebrar la fiesta del Nazareno en la isla de Caguach. Acudieron miles de peregrinos, incluso argentinos y brasileros, la mayoría en grandes barcazas donde caben doscientas o trescientas personas de pie, bien apretujadas, pero también van en botes artesanales. Las embarcaciones navegaban precariamente en un mar bravo, con densos nubarrones en el cielo, pero nadie se inquietaba, porque existe la creencia de que el Nazareno protege a los peregrinos. Eso no es exacto, porque más de un bote ha naufragado en el pasado y algunos cristianos perecieron ahogados. En Chiloé se ahoga mucha gente porque nadie sabe nadar, excepto los de la Armada, que aprenden a la fuerza.

El Santo Cristo, muy milagroso, consiste en una armazón de alambre con cabeza y manos de madera, tiene peluca de pelo humano, ojos de vidrio y un rostro sufriente, bañado en lágrimas y sangre. Una de las labores del sacristán es repasar la sangre con barniz de uñas antes de la procesión. Está coronado de espinas, vestido con una túnica morada y carga una pesada cruz. Manuel ha escrito sobre el Nazareno, que ya tiene trescientos años y es un símbolo de la fe de los chilotes, para él no es una novedad, pero fue conmigo a Caguach. Para mí, criada en Berkeley, el espectáculo no pudo ser más pagano.

Caguach tiene diez kilómetros cuadrados y quinientos habitantes, pero durante las procesiones de enero y agosto los devotos suman miles; se requiere la asistencia de la Armada y la policía para mantener orden durante la navegación y los cuatro días de ceremonias, en los que los devotos acuden en masa a pagar sus mandas y promesas. El Santo Cristo no perdona a quienes no pagan sus deudas por los favores recibidos. En las misas se llenan hasta el tope los canastos de la colecta con dinero y joyas, los peregrinos pagan como pueden, incluso hay quienes se desprenden de sus celulares. Pasé miedo, primero en la *Cahuilla*, balanceándonos durante horas en el oleaje, empujados por un viento traidor, con el padre Lyon cantando himnos en la popa, luego en la isla, entre los fanáticos, y finalmente al regresar, cuando los peregrinos nos asaltaron para subir a la lancha, porque el transporte para la multitud era insuficiente. Trajimos a once personas de pie en la *Cahuilla*, sujetándose unos a otros, varios ebrios y cinco niños dormidos en brazos de sus madres.

Fui a Caguach con sano escepticismo, sólo para presenciar la fiesta y filmarla, como le había prometido a Daniel, pero admito que el fervor religioso se me contagió y terminé de rodillas ante el Nazareno dándole gracias por dos noticias estupendas que envió mi Nini. Su manía persecutoria la induce a componer mensajes crípticos, pero como escribe largo y con frecuencia, puedo adivinar lo que dice. La primera noticia es que recuperó finalmente la casona pintarrajeada donde pasé mi infancia, después de tres años de batalla legal para expulsar al comerciante de la India, quien nunca pagó el alquiler y se amparaba en las leyes de Berkeley, que favorecen al inquilino. Mi abuela decidió limpiarla, arreglar los desperfectos más evidentes y alquilar piezas para estudiantes de la universidad, así puede financiarla y vivir en ella. ¡Qué ganas tengo de pasearme por esos cuartos maravillosos! Y la segunda noticia, mucho más importante, es sobre Freddy. Olympia Pettiford apareció en Berkeley, acompañada de otra señora tan imponente como ella, trayendo a Freddy a la rastra, para ponerlo al cuidado de Mike O'Kelly.

En Caguach acampamos Manuel y yo en una carpa, porque no había suficiente alojamiento. Deberían estar mejor preparados para esa invasión de creyentes, que se repite anualmente desde hace más de un siglo. El día estaba húmedo y helado, pero la noche fue mucho peor. Tiritábamos en los sacos de dormir, con la ropa puesta, gorro, calcetas gruesas y guantes, mientras caía la lluvia en la lona y se colaba por debajo del piso de plástico. Por último decidimos unir los dos sacos y dormir juntos. Me pegué a la espalda de Manuel, como una mochila, y ninguno de los dos mencionó el acuerdo hecho en febrero de que yo no me introduciría nunca más en su cama. Dormimos como benditos hasta que afuera comenzó el barullo de peregrinos.

No pasamos hambre, porque había innumerables puestos de comida, empanadas, salchichas, mariscos, papas cocidas en ceniza, corderos enteros asados al palo, además de dulces chilenos y vino a granel, disimulado en envases de gaseosas, porque los curas no ven con buenos ojos el alcohol en las fiestas religiosas. Los baños, una hilera de WC portátiles, se hicieron escasos y a las pocas horas de uso daban asco. Los hombres y los niños se aliviaban con disimulo detrás de los árboles, pero para las mujeres resultaba más complicado.

Al segundo día Manuel tuvo que usar uno de los WC y, de forma inexplicable, se trancó la puerta y se quedó encerrado. En ese momento yo andaba recorriendo los puestos de artesanía y de diversos cachureos, que estaban alineados al costado de la iglesia, y me enteré del problema por el alboroto que se armó. Me acerqué por curiosidad, sin sospechar de qué se trataba, y vi a un grupo de gente zamarreando la casucha de plástico con peligro de tumbarla, mientras adentro Manuel gritaba y golpeaba las paredes como un enajenado. Varias personas se reían, pero me di cuenta de que la angustia de Manuel era la de alguien enterrado en vida. La confusión fue en aumento, hasta que un maestro chasquilla apartó a los espontáneos y procedió calmadamente a desarmar el cerrojo con un cortaplumas. Cinco minutos más tarde abrió la puerta y Manuel salió como un bólido y cayó al suelo, congestionado y sacudido de arcadas. Ya nadie se reía.

En eso se acercó el padre Lyon y entre los dos ayudamos a Manuel a levantarse, lo sostuvimos por los brazos y dimos unos pasos vacilantes en dirección a la carpa. Atraídos por el bochinche llegaron dos carabineros a preguntar si el caballero estaba enfermo, aunque seguramente sospechaban que había bebido más de la cuenta, porque para entonces ya había muchos borrachos tambaleándose. No sé lo que creyó Manuel, pero fue como si hubiese aparecido el diablo, nos empujó con expresión de terror, tropezó, cayó de rodillas y vomitó una espuma verdosa. Los carabineros trataron de intervenir, pero el padre Lyon se les puso por delante con la autoridad que le confiere su reputación de santo, les aseguró que se trataba de una indigestión y nosotros podíamos hacernos cargo del enfermo.

Entre el cura y yo llevamos a Manuel a la carpa, lo limpiamos con un paño mojado y lo dejamos descansar. Durmió tres horas de un tirón, encogido, como apaleado. «Déjalo solo, gringuita, y no le hagas preguntas», me ordenó el padre Lyon antes de irse a cumplir sus deberes, pero no quise dejarlo, me quedé en la carpa a vigilar su sueño.

En la explanada frente a la iglesia habían puesto varias mesas y allí se instalaron sacerdotes a repartir la comunión durante la misa. Después empezó la procesión, con la imagen del Nazareno llevada en andas por los fieles, que cantaban a grito partido, mientras docenas de penitentes se arrastraban de rodillas en el barro o se quemaban las manos con cera derretida de las velas, clamando por el perdón de sus pecados.

No pude cumplir mi promesa de filmar el evento para Daniel, porque en el agitado viaje hacia Caguach se me cayó la cámara al mar; una pérdida menor, teniendo en cuenta que a una señora se le cayó un perrito. Lo rescataron del agua medio congelado, pero respirando, otro milagro del Nazareno, como dijo Manuel. «No me vengas con ironías de ateo, Manuel, mira que podemos hundirnos», le contestó el padre Lyon.

Una semana después de la peregrinación a Caguach fuimos Liliana Treviño y yo a ver al padre Lyon, un extraño viaje casi clandestino, para evitar que lo supieran Manuel o Blanca. Las explicaciones habrían sido engorrosas, porque no tengo derecho a escudriñar el pasado de Manuel y menos a sus espaldas. Me mueve el cariño que siento por él, un cariño que ha ido creciendo con la convivencia. Después de que se fue Daniel y cayó el invierno, pasamos mucho tiempo solos en esta casa sin puertas, donde el espacio es demasiado reducido para guardar secretos. Mi relación con Manuel se ha vuelto más estrecha; finalmente confía en mí y tengo pleno acceso a sus papeles, sus notas, sus grabaciones y su computadora. El trabajo me ha dado pretextos para hurgar en sus cajones. Le pregunté por qué no tiene fotografías de familiares o amigos y me explicó que ha viajado mucho, ha empezado de cero varias veces en diferentes partes y por el camino se fue desprendiendo de la carga material y sentimental, dice que para recordar a la gente que le importa no necesita fotos. En sus archivos no he encontrado nada sobre la parte de su pasado que me interesa. Sé que estuvo preso más de un año en tiempos del golpe militar, que fue relegado a Chiloé y en

1976 se fue del país; sé de sus mujeres, sus divorcios, sus libros, pero no sé nada de su claustrofobia o sus pesadillas. Si no lo descubro, me será imposible ayudarlo y nunca llegaré a conocerlo verdaderamente.

Me avengo mucho con Liliana Treviño. Tiene la personalidad de mi abuela: enérgica, idealista, intransigente y apasionada, pero no tan mandona. Se las arregló para que fuéramos discretamente a ver al padre Lyon en la lancha del Servicio Nacional de Salud, invitadas por el doctor, su enamorado, que se llama Jorge Pedraza. Parece mucho más joven de lo que es, acaba de cumplir cuarenta años y lleva diez sirviendo en el archipiélago. Está separado de su mujer, barajando los lentos trámites del divorcio, y tiene dos niños, uno con síndrome de Down. Piensa casarse con Liliana tan pronto esté libre, aunque ella no ve la ventaja de hacerlo; dice que sus padres han vivido veintinueve años juntos y han criado tres hijos sin papeles.

El viaje fue eterno, porque la lancha se detuvo en varios lugares, y cuando llegamos donde el padre Lyon ya eran las cuatro de la tarde. Pedraza nos dejó allí y siguió en su recorrido habitual, con el compromiso de recogernos al cabo de hora y media para regresar a nuestra isla. El gallo de plumas iridiscentes y el cordero obeso que había visto antes estaban en sus mismos sitios, vigilando la casita de tejuelas del sacerdote. El lugar me pareció diferente en la luz invernal; hasta las flores de plástico del cementerio se veían desteñidas. Nos estaba esperando con té, pasteles dulces, pan recién horneado, queso y jamón, servidos por una vecina, que lo cuida y lo controla como si fuera su niño. «Póngase su ponchito y tómese la aspirina, curita, mire que no estoy para cuidar viejitos enfermos», le ordenó en chileno diminutivo, mientras él refunfuñaba. El sacerdote esperó que estuviéramos solos y nos rogó que consumiéramos los pasteles, porque si no tendría que comérselos él y a su edad caían como peñascos en el estómago.

Debíamos regresar antes de que oscureciera y como disponíamos de poco tiempo, fuimos directo al grano.

—¿Por qué no le preguntas a Manuel lo que quieres saber, gringuita? —me sugirió el sacerdote, entre dos sorbos de té.

—Le he preguntado, padre, pero se me escabulle.

—Entonces hay que respetar su silencio, niña.

—Perdone, padre, pero no he venido a molestarlo por pura curiosidad. Manuel está enfermo del alma y yo quiero ayudarlo.

—Enfermo del alma... ¿qué sabes tú de eso, gringuita? —me preguntó, sonriendo, socarrón.

—Bastante, porque llegué a Chiloé enferma del alma y Manuel me acogió y me ha ayudado a sanar. Tengo que retribuirle el favor ¿no le parece?

El sacerdote nos habló del golpe militar, de la represión implacable que vino a continuación y de su trabajo en la Vicaría de Solidaridad, que no duró mucho, porque a él también lo detuvieron.

—Tuve más suerte que otros, gringuita, porque el cardenal en persona me rescató en menos de dos días, pero no pude evitar que me relegaran.

—¿Qué pasaba con los detenidos?

—Depende. Podías caer en manos de la policía política, la DINA o el CNI, de carabineros o de los servicios de seguridad de una rama de las fuerzas armadas. A Manuel lo llevaron primero al Estadio Nacional y después a la Villa Grimaldi.

—¿Por qué Manuel se niega a hablar de eso?

—Es posible que no lo recuerde, gringuita. A veces la mente bloquea los traumas demasiado graves como defensa contra la demencia o la depresión. Mira, te voy a dar un ejemplo que vi en la Vicaría. En 1974 me tocó entrevistar a un hombre cuando recién lo habían soltado de un campo de concentración y estaba física y moralmente destrozado. Grabé la conversación, como siempre hacíamos. Logramos sacarlo del país y no volví a verlo por mucho tiempo. Quince años más tarde fui a Bruselas y lo busqué, porque sabía que vivía en esa ciudad, y quería entrevistarlo para un ensayo que estaba escribiendo para la revista *Mensaje*, de los jesuitas. No se acordaba de mí, pero aceptó conversar conmigo. La segunda grabación no se parecía en nada a la primera.

—¿En qué sentido? —le pregunté.

—El hombre recordaba que había sido detenido, pero nada más. Había borrado lugares, fechas y detalles.

—Supongo que usted le hizo oír la primera grabación.

—No, eso habría sido una crueldad. En la primera grabación me contó de la tortura y los ultrajes sexuales que sufrió. El hombre lo había olvidado para seguir viviendo con integridad. Tal vez Manuel ha hecho lo mismo.

—Si es así, lo que Manuel ha reprimido aflora en sus pesadillas —interrumpió Liliana Treviño, que nos escuchaba con gran atención.

—Debo descubrir lo que le pasó, padre, por favor ayúdeme —le pedí al sacerdote.

—Tendrías que ir a Santiago, gringuita, y buscar en los rincones más olvidados. Te puedo poner en contacto con gente que te ayudaría…

—Lo haré apenas pueda. Muchas gracias.

—Llámame cuando quieras, niña. Ahora tengo mi propio celular, pero nada de correo electrónico, no he podido aprender los misterios de una computadora. Me he quedado muy atrás en las comunicaciones.

—Usted está en comunicación con el cielo, padre, no necesita una computadora —le dijo Liliana Treviño.

—¡En el cielo ya tienen Facebook, hija!

Desde que se fue Daniel, mi impaciencia ha ido en aumento. Han pasado más de tres meses interminables y estoy preocupada. Mis abuelos nunca se separaban por la posibilidad de que no pudieran reencontrarse; temo que eso nos ocurra a Daniel y a mí. Empiezo a olvidar su olor, la presión exacta de sus manos, el sonido de su voz, su peso sobre mí, y me asaltan dudas lógicas, si acaso me quiere, si piensa volver, o si nuestro encuentro fue sólo un capricho de mochilero peripatético. Dudas y más dudas. Me escribe, eso podría tranquilizarme, como razona Manuel cuando lo saco de quicio, pero no me escribe lo suficiente y sus mensajes son parcos; no todo el mundo sabe comunicarse por escrito, como yo, modestia aparte, y nada dice de venir a Chile, eso es mal signo.

Me hace mucha falta un confidente, una amiga, alguien de mi edad con quien desahogarme. Blanca se aburre con mis letanías de amante frustrada y a Manuel no me atrevo a fregarlo demasiado, porque ahora sus dolores de cabeza son más frecuentes e intensos, suele caer fulminado y no hay analgésico, paños fríos ni homeopatía capaces de aliviarlo. Por un tiempo pretendió no hacer caso de ellos, pero ante la presión de Blanca y mía llamó a su neurólogo y pronto deberá ir a la capital a examinarse la maldita burbuja. No sospecha que pienso acompañarlo, gracias a la generosidad del portentoso Millalobo, quien me ofreció dinero para el pasaje y otro poco para el bolsillo. Esos días en Santiago me servirán para acabar de poner en su sitio las piezas del puzle que conforman el pasado de Manuel. Debo completar los datos de libros y de internet. La información está disponible, nada me costó conseguirla, pero fue como pelar una cebolla, capas y capas delgadas y transparentes, sin llegar nunca al meollo. He averiguado sobre las denuncias de torturas y asesinatos, que fueron extensamente documentadas, pero necesito acercarme a los sitios donde ocurrieron, si pretendo entender a Manuel. Espero que me sirvan los contactos del padre Lyon.

Es difícil hablar de esto con Manuel y otras personas; los chilenos son prudentes, temen ofender o dar una opinión directa, el lenguaje es una danza de eufemismos, el hábito de cautela está arraigado y existe mucho resentimiento bajo la superficie, que nadie desea ventilar; es como si hubiera una especie de bochorno colectivo, unos porque sufrieron y otros porque se beneficiaron, unos porque se fueron, otros porque se quedaron, unos porque perdieron a sus familiares, otros porque hicieron la vista gorda. ¿Por qué mi Nini nunca se refirió a nada de eso? Me crió hablando en castellano, aunque yo le contestara en inglés, me llevaba a la Peña Chilena, en Berkeley, donde se reúnen latinoamericanos, para escuchar música, ver obras de teatro o películas, y me hacía memorizar poemas de Pablo Neruda, que yo apenas entendía. Por ella conocí Chile antes de haberlo pisado; me contaba de abruptas montañas nevadas, de volcanes dormidos que a veces despiertan con un sacudón apocalíptico, de la larga costa del Pacífico con sus olas encrespadas y su cuello de espuma, del desierto en el norte, seco como la luna, que a veces florece como una pintura de Monet, de los bosques fríos, lagos límpidos, ríos fecundos y los glaciares azules. Mi abuela hablaba de Chile con voz de enamorada, pero nada decía de la gente ni de la historia, como si fuese un territorio virgen, deshabitado, nacido ayer de un suspiro telúrico, inmutable, detenido en el tiempo y el espacio. Cuando se juntaba con otros chilenos se le aceleraba la lengua y le cambiaba el acento, yo no podía seguir el hilo de la conversación. Los inmigrantes viven con los ojos puestos en el país remoto que han dejado, pero mi Nini nunca hizo empeño de visitar Chile. Tiene un hermano en Alemania con quien se comunica rara vez, sus padres murieron y el mito de la familia tribal en su caso no se aplica. «No me queda nadie allí, ¿para qué voy a ir?», me decía. Tendré que esperar para preguntarle cara a cara qué pasó con su primer marido y por qué se fue a Canadá.

PRIMAVERA

Septiembre, octubre, noviembre
y un diciembre dramático

La isla está alegre, porque han llegado los padres de los niños a celebrar las Fiestas Patrias y el comienzo de la primavera; la lluvia del invierno, que al principio me parecía poética, terminó por ser insoportable. Y yo voy a celebrar mi cumpleaños el 25 —soy Libra—, tendré veinte años y se acabará por fin mi adolescencia, ¡Juesú, qué alivio! Normalmente los fines de semana hay siempre algunos jóvenes que vienen a ver a sus familias, pero en este mes de septiembre han acudido en masa, las lanchas venían llenas. Trajeron regalos para los hijos, que en muchos casos no han visto en varios meses, y dinero para los abuelos y para gastar en ropa, objetos para la casa, techos nuevos para reemplazar los que dañó el invierno. Entre los visitantes estaba Lucía Corrales, la madre de Juanito, una mujer simpática, buena moza y demasiado joven para tener un hijo de once años. Nos contó que Azucena consiguió trabajo haciendo aseo en una posada en Quellón, no quiere seguir estudiando y no piensa volver a nuestra isla, para no tener que enfrentar los comentarios malévolos de la gente. «En los casos de violación, suelen echarle la culpa a la víctima», me dijo Blanca, corroborando lo que yo había oído en la Taberna del Muertito.

Juanito se porta tímido y desconfiado con su madre, a quien conoce sólo por fotografías, porque ella lo dejó en brazos de Eduvigis cuando él tenía dos o tres meses y no volvió a verlo mientras Carmelo Corrales estuvo vivo, aunque lo llamaba por teléfono a menudo y siempre lo ha mantenido. El niño me había hablado de ella muchas veces con una mezcla de orgullo, porque le manda buenos regalos, y de rabia, porque lo dejó con los abuelos. Me la presentó con las mejillas rojas y la vista en el suelo: «Ésta es la Lucía, la hija de mi abuela», dijo. Después le conté que mi madre se fue cuando yo era un bebé y que también me criaron mis abuelos, pero tuve mucha suerte, mi infancia fue feliz y no la cambiaría por otra. Me miró largamente con sus grandes ojos oscuros, entonces me acordé de las marcas de correazos que tenía en las piernas hace unos meses, cuando Carmelo Corrales todavía podía darle alcance. Lo abracé, triste, porque no puedo protegerlo contra eso, llevará las marcas por el resto de su vida.

Septiembre es el mes de Chile. De norte a sur flamean banderas y hasta en los sitios más remotos se alzan «ramadas», cuatro postes de madera y un techo de ramas de eucalipto, donde el pueblo acude a beber y sacudir el esqueleto con ritmos americanos y con la cueca, el baile nacional que imita el cortejo del gallo y la gallina. Aquí también hicimos ramadas y hubo empanadas a destajo y ríos de vino, cerveza y chicha; los hombres acabaron roncando despatarrados en el suelo y al atardecer los carabineros y las mujeres los echaron en el camioncito de la verdulería y los repartieron a sus casas. Ningún borracho va preso el 18 y 19 de septiembre, a menos que saque cuchillo.

En el televisor de Ñancupel vi los desfiles militares en Santiago, donde la presidenta Michelle Bachelet pasó revista a las tropas en medio de aclamaciones de la multitud, que la venera como a una madre; ningún otro presidente chileno ha sido tan querido. Hace cuatro años, antes de las elecciones, nadie apostaba por ella, porque se suponía que los chilenos no votarían por una mujer y además socialista, madre soltera y agnóstica, pero ganó la presidencia y también ganó el respeto de moros y cristianos, como dice Manuel, aunque no he visto ningún moro en Chiloé.

Hemos tenido días tibios y cielos azules, el invierno ha retrocedido ante la embestida de la euforia patriótica. Con la primavera se han visto algunos lobos marinos en las cercanías de la gruta, creo que pronto volverán a instalarse donde estuvieron antes y podré reanudar mi amistad con la Pincoya, si aún me recuerda. Subo el camino del cerro hacia la gruta casi a diario, porque allí suelo encontrar a mi Popo. La mejor prueba de su presencia es que el Fákin se pone nervioso y a veces sale corriendo con la cola entre las piernas. Es sólo una silueta difusa, el olor delicioso de su tabaco inglés en el aire, o la sensación de que me abraza. Entonces cierro los ojos y me abandono a la tibieza y la seguridad de ese pecho ancho, esa barriga de jeque, esos brazos fuertes. Una vez le pregunté dónde estaba cuando más lo necesité el año pasado y no tuve que esperar su respuesta, porque en el fondo ya la sabía: siempre estuvo conmigo. Mientras el alcohol y las drogas dominaron mi existencia, nadie podía alcanzarme, yo era una ostra en su concha, pero cuando más desesperada estaba, mi abuelo me llevaba en brazos. Nunca me perdió de vista y cuando estuve en peligro de muerte, dopada con heroína adulterada en un baño público, él me salvó.

Ahora, sin ruido en la cabeza, lo siento siempre cerca. Puesta a escoger entre el placer fugaz de un trago de alcohol o el placer memorable de un paseo por el cerro con mi abuelo, sin dudar prefiero lo segundo. Mi Popo ha encontrado al fin su estrella. Esta isla remota, invisible en la conflagración del mundo, verde, siempre verde, es su planeta perdido; en vez de buscar tanto su planeta en el cielo, podría haber mirado hacia el sur.

La gente se quitó los chalecos y salió a asolearse, pero yo todavía uso mi gorro de lana verde-bilis, porque perdimos el campeonato escolar de fútbol. Mis desdichados «caleuches», cabizbajos, han asumido la entera responsabilidad de mi pelada. El partido se jugó en Castro con asistencia de media población de nuestra isla que fue a hinchar al Caleuche, incluso doña Lucinda, a quien trasladamos en la lancha de Manuel, amarrada a una silla y envuelta en chales. Don Lionel Schnake, más colorado y sonoro que nunca, apoyaba a los nuestros con gritos destemplados. Estuvimos a punto de ganar, nos habría bastado un empate, fue una trastada del destino que en el último momento, cuando faltaban treinta segundos para terminar el partido, nos metieran un gol. Pedro Pelanchugay atajó un pelotazo con la cabeza, entre los vítores ensordecedores de nuestros partidarios y los chiflidos de los enemigos, pero el golpe lo dejó medio aturdido y antes de que se repusiera vino un desgraciado y con la punta del pie metió tranquilamente el balón en el arco. Fue tal el estupor general, que nos quedamos paralizados durante un largo segundo antes de que estallara el griterío de guerra y empezaran a volar latas de cerveza y botellas de gaseosa. Don Lionel y yo estuvimos a punto de padecer un ataque cardíaco en conjunto.

Esa misma tarde me presenté en su casa a pagar mi deuda. «¡Ni pensarlo, gringuita! Esa apuesta fue en broma», me aseguró el Millalobo, siempre galante, pero si algo he aprendido en la taberna de Ñancupel es que las apuestas son sagradas. Me fui a una humilde peluquería de hombres, de ésas atendidas por su dueño, con un tubo a rayas tricolores en la puerta y un solo sillón antiguo y majestuoso, donde me senté con cierto pesar, porque eso no le iba a gustar nada a Daniel Goodrich. El peluquero, muy profesional, me rapó todo el pelo y me sacó brillo en el cráneo con un paño de gamuza. Se me ven las orejas enormes, parecen asas de un jarrón etrusco, y tengo manchas de colores en el cuero cabelludo, como un mapa de África, por las tinturas ordinarias, según dijo el peluquero. Me recomendó unas friegas de jugo de limón y cloro. El gorro es necesario, porque las manchas parecen contagiosas.

Don Lionel se siente culpable y no sabe cómo congraciarse conmigo, pero no hay nada que perdonar, una apuesta es una apuesta. Le pidió a Blanca que me comprara unos sombreros coquetos, porque parezco una lesbiana en quimioterapia, como manifestó claramente, pero el gorro chilote calza mejor con mi personalidad. En este país el cabello es símbolo de feminidad y belleza, las mujeres jóvenes lo llevan largo y lo cuidan como un tesoro. Ni qué decir de las exclamaciones de conmiseración que hubo en la ruca cuando aparecí calva como un extraterrestre entre aquellas hermosas mujeres doradas con sus abundantes melenas renacentistas.

Manuel preparó un bolso con un poco de ropa y su manuscrito, que pensaba discutir con su editor, y me llamó a la sala para darme instrucciones antes de irse a Santiago. Me presenté con mi mochila y el pasaje en la mano y le anuncié que él gozaría de mi compañía, gentileza de don Lionel Schnake. «¿Quién se quedará con los animales?», me preguntó débilmente. Le expliqué que Juanito Corrales se iba a llevar al Fákin a su casa y vendría una vez al día a alimentar a los gatos, estaba todo arreglado. Nada le dije de la carta cerrada que me había dado el portentoso Millalobo para entregársela discretamente al neurólogo, quien resulta estar emparentado con los Schnake, pues está casado con una prima de Blanca. La red de relaciones en este país es como la deslumbrante telaraña de galaxias de mi Popo. Manuel no sacó nada con alegar y al fin se resignó a llevarme. Fuimos a Puerto Montt, donde tomamos el vuelo a Santiago. El trayecto que yo había hecho en doce horas en bus para llegar a Chiloé demoró una hora en avión.

—¿Qué te pasa, Manuel? —le pregunté cuando estábamos por aterrizar en Santiago.

—Nada.

—Cómo que nada. No me has hablado desde que salimos de la casa. ¿Te sientes mal?

—No.

—Entonces estás enojado.

—Tu decisión de venir conmigo sin consultarme es muy invasiva.

—Mira, hombre, no te lo consulté porque me habrías dicho que no. Es mejor pedir perdón que pedir permiso. ¿Me perdonas?

Eso lo calló y al poco rato estaba de mejor humor. Nos fuimos a un hotelito del centro, cada uno en su cuarto, porque él no quiso dormir conmigo, aunque sabe cuánto me cuesta dormir sola, y después me invitó a comer pizza y al cine a ver *Avatar*, que no había llegado a nuestra isla y yo me moría por ver. Manuel, por supuesto, prefería ver una deprimente película de un mundo postapocalíptico, cubierto de ceniza y con bandas de caníbales, pero lo resolvimos lanzando una moneda al aire, salió sello y gané yo, como siempre. El truco es infalible: sello gano yo, cara pierdes tú. Comimos palomitas de maíz, pizza y helados, un festín para mí, que llevaba meses de comida fresca y nutritiva y echaba de menos algo de colesterol.

El doctor Arturo Puga atiende por las mañanas en un hospital de pobres, donde recibió a Manuel, y en las tardes en su consulta privada en la Clínica Alemana, en pleno barrio de ricos. Sin la misteriosa carta del Millalobo, que le hice llegar a través de su recepcionista a espaldas de Manuel, posiblemente me habría impedido asistir a la consulta. La carta me abrió las puertas de par en par. El hospital parecía de una película de la Segunda Guerra Mundial, anticuado y enorme, desordenado, con cañerías a la vista, lavatorios oxidados, baldosas rotas, y paredes descascaradas, pero estaba limpio y la atención era eficiente, teniendo en cuenta el número de pacientes. Esperamos casi dos horas en una sala con hileras de sillas de hierro, hasta que llamaron nuestro número. El doctor Puga, jefe del departamento de neurología, nos recibió amablemente en su modesta oficina, con el expediente de Manuel y sus radiografías sobre la mesa. «¿Cuál es su relación con el paciente, señorita?», me preguntó. «Soy su nieta», le contesté sin vacilar, ante la mirada atónita del aludido.

Manuel está en una lista de espera para una posible operación desde hace dos años y quién sabe cuántos más pasarán antes de que llegue su turno, porque no se trata de una emergencia. Se supone que si ha vivido con la burbuja por más de setenta años, bien puede esperar unos pocos más. La operación es arriesgada y por las características del aneurisma conviene postergarla lo más posible, en la esperanza de que el paciente se muera de otra cosa, pero debido a la creciente intensidad de las migrañas y mareos de Manuel, parece que ha llegado la hora de intervenir.

El método tradicional consiste en abrirle el cráneo, separar el tejido cerebral, colocar un clip para impedir el flujo de sangre al aneurisma y volver a cerrar la herida; la recuperación toma como un año y puede dejar secuelas serias. Total, un cuadro poco tranquilizador. Sin embargo, en la Clínica Alemana pueden resolver el problema con un hoyito en la pierna, por donde introducen un catéter en la arteria, llegan al aneurisma navegando en el sistema vascular y lo rellenan con un alambre de platino, que se enrolla como moño de vieja adentro. El riesgo es mucho menor, la estadía en la clínica es de treinta y seis horas y el tiempo de convalecencia es de un mes.

–Elegante, simple y completamente fuera del alcance de mi bolsillo, doctor –dijo Manuel.

–No se preocupe, señor Arias, eso se arregla. Puedo operarlo sin costo alguno. Éste es un procedimiento nuevo, que aprendí en Estados Unidos, donde ya se hace en forma rutinaria, y tengo que entrenar a otro cirujano para trabajar en equipo. Su operación sería como una clase –le explicó Puga.

–O sea, un maestro chasquilla se va a meter con un alambre en el cerebro de Manuel –lo interrumpí, horrorizada.

El médico se echó a reír y me hizo un guiño de complicidad,

entonces me acordé de la carta y comprendí que se trataba de una conspiración del Millalobo para costear la operación sin que lo sepa Manuel hasta después, cuando ya no pueda hacer nada al respecto. Estoy de acuerdo con Blanca, entre deber un favor o deber dos, da lo mismo. Para resumir, Manuel fue internado en la Clínica Alemana, le hicieron los exámenes necesarios y al día siguiente el doctor Puga y un presunto aprendiz hicieron la intervención con pleno éxito, según nos aseguraron, aunque no pueden garantizar que la burbuja permanezca estable.

Blanca Schnake dejó su escuela a cargo de una suplente y voló a Santiago apenas la llamé para contarle de la operación. Acompañó a Manuel como una madre durante el día, mientras yo realizaba mi investigación. En la noche ella se fue a casa de una hermana y yo dormí con Manuel en la Clínica Alemana en un sofá más cómodo que mi cama chilota. La comida de la cafetería también era calidad cinco estrellas. Pude darme la primera ducha a puerta cerrada en muchos meses, pero con lo que ahora sé, no podré majadear nunca más a Manuel para que instale puertas en su casa.

Santiago tiene seis millones de habitantes y sigue creciendo hacia arriba en un delirio de torres en construcción. Es una ciudad rodeada de cerros y altas montañas coronadas de nieve, limpia, próspera, apurada, con parques bien mantenidos. El tráfico es agresivo, porque los chilenos, tan amables en apariencia, descargan sus frustraciones al volante. Entre los vehículos pululan vendedores de fruta, antenas de televisión, pastillas de menta y cuanto cachivache existe y en cada semáforo hay saltimbanquis dando saltos mortales de circo por una limosna. Nos tocaron días buenos, aunque a veces la contaminación impedía ver el color del cielo.

Una semana después de la intervención regresamos con Manuel a Chiloé, donde nos esperaban los animales. El Fákin nos recibió con una coreografía patética y las costillas a la vista, porque se negó a comer en nuestra ausencia, como nos explicó Juanito, consternado. Volvimos antes de que el doctor Puga diera de alta a Manuel, porque no quiso convalecer el mes completo en casa de la hermana de Blanca en Santiago, donde estábamos molestando, como dijo. Blanca me pidió que evitara comentarios delante de esa familia, que es de ultraderecha, sobre lo que habíamos averiguado del pasado de Manuel, porque caería pésimo. Nos acogieron con cariño y todos, incluso los hijos adolescentes, se pusieron a disposición de Manuel para acompañarlo a los exámenes y cuidarlo.

Compartí la pieza con Blanca y pude apreciar cómo viven los ricos en sus comunidades enrejadas, con servicio doméstico, jardineros, piscina, perros finos y tres automóviles. Nos traían el desayuno a la cama, nos preparaban el baño con sales aromáticas y hasta me plancharon los *bluyines*. Nunca había visto nada parecido y me gustó bastante; yo me acostumbraría muy rápido a la riqueza. «No son realmente ricos, Maya, no tienen avión», se burló Manuel cuando se lo comenté. «Tú tienes mentalidad de pobre, ése es el problema con los izquierdistas», le contesté, pensando en mi Nini y en Mike O'Kelly, pobres de vocación. Yo no soy como ellos, a mí la igualdad y el socialismo me parecen ordinarios.

En Santiago me sentí agobiada por la contaminación, el tráfico y el trato impersonal de la gente. En Chiloé se sabe cuando alguien es de afuera porque no saluda en la calle, en Santiago quien saluda en la calle resulta sospechoso. En el ascensor de la Clínica Alemana yo saludaba como una estúpida y las otras personas miraban fijamente la pared, para no tener que contestarme. No me gustó Santiago y no veía las horas de volver a nuestra isla, donde la vida fluye como un río manso, hay aire puro, silencio y tiempo para terminar los pensamientos.

La recuperación le tomará un tiempo a Manuel, todavía le duele la cabeza y le flaquean las fuerzas. Las órdenes del doctor Puga fueron terminantes, debe tragar media docena de píldoras al día, estar en reposo hasta diciembre, cuando tendrá que volver a Santiago para que le hagan otro escáner, evitar esfuerzos físicos por el resto de su vida y confiar en la suerte o en Dios, según sea su creencia, porque el alambre de platino no es infalible. Estoy pensando en que nada se pierde con consultar una *machi*, por si acaso...

Blanca y yo decidimos esperar a que se diera la oportunidad para hablar con Manuel de lo que tenemos que hablar, sin presionarlo. Por el momento lo cuidamos lo mejor posible. Está acostumbrado a modales autoritarios de parte de Blanca y esta gringa que vive en su casa, por eso nuestra reciente amabilidad lo tiene sobre ascuas, cree que le ocultamos la verdad y está mucho más grave de lo que le dijo el doctor Puga. «Si piensan tratarme como a un inválido, prefiero que me dejen solo», refunfuña.

Con un mapa y una lista de lugares y personas, facilitada por el padre Lyon, pude reconstruir la vida de Manuel en los años claves entre el golpe militar y su salida al exilio. En 1973 tenía treinta y seis años, era uno de los profesores más jóvenes de la Facultad de Ciencias Sociales, estaba casado y, según he deducido, su matrimonio iba dando tumbos. No era comunista, como cree el Millalobo, ni estaba inscrito en otro partido político, pero simpatizaba con la gestión de Salvador Allende y participaba en las concentraciones multitudinarias de esa época, unas de apoyo al gobierno y otras de oposición. Cuando ocurrió el golpe militar, martes 11 de septiembre de 1973, el país estaba dividido en dos fracciones irreconciliables, nadie podía permanecer neutral. A los dos días del golpe se levantó el toque de queda, impuesto durante las primeras cuarenta y ocho horas, y Manuel volvió a trabajar. Encontró la universidad ocupada por soldados armados para la guerra, en uniformes de combate y con las caras tiznadas para no ser reconocidos, vio huecos de balas en los muros y sangre en la escalera y alguien le avisó de que habían detenido a los estudiantes y profesores que estaban en el edificio.

Esa violencia resultaba tan inimaginable en Chile, orgulloso de su democracia y sus instituciones, que Manuel no supo medir la gravedad de lo sucedido y se fue a la comisaría más próxima a preguntar por sus compañeros. No volvió a salir a la calle. Se lo llevaron con los ojos vendados al Estadio Nacional, que estaba convertido en centro de detención. Allí ya había miles de personas que habían sido arrestadas en ese par de días, maltratadas y hambrientas, que dormían tiradas en el suelo de cemento y pasaban el día sentadas en las graderías, rogando silenciosamente para no ser incluidas entre los desdichados que eran conducidos a la enfermería para ser interrogados. Se escuchaban los alaridos de las víctimas y en las noches, las balas de las ejecuciones. Los detenidos estaban incomunicados, sin contacto con sus familiares, aunque éstos podían dejar paquetes de comida y ropa, con la esperanza de que los guardias los entregaran a quienes iban destinados. La mujer de Manuel, que pertenecía al Movimiento de Izquierda Revolucionaria, el grupo más perseguido por los militares, escapó de inmediato a la Argentina y de allí a Europa; no volvería a reunirse con su marido hasta tres años más tarde, cuando ambos se refugiaron en Australia.

Por las graderías del estadio pasaba un hombre encapuchado, con su carga de culpa y pesadumbre, vigilado de cerca por dos soldados. El hombre señalaba a supuestos militantes socialistas o comunistas, quienes eran llevados de inmediato a las entrañas del edificio para someterlos a tormento o darles muerte. Por error o por miedo, el fatídico encapuchado señaló a Manuel Arias.

Día a día, paso a paso, recorrí la ruta de su calvario y en el proceso palpé las cicatrices indelebles que la dictadura dejó en Chile y en el alma de Manuel. Ahora sé lo que se oculta bajo las apariencias en este país. Sentada en un parque frente al río Mapocho, donde treinta y cinco años atrás solían flotar cadáveres de supliciados, leí el informe de la Comisión que investigó las atrocidades de entonces, un extenso relato de sufrimiento y crueldad. Un sacerdote, amigo del padre Lyon, me facilitó el acceso a los archivos de la Vicaría de Solidaridad, una oficina de la Iglesia católica que ayudaba a las víctimas de la represión y llevaba la cuenta de los desaparecidos, desafiando a la dictadura desde el corazón mismo de la catedral. Examiné centenares de fotografías de gente que fue detenida y luego se esfumó sin dejar rastro, casi todos jóvenes, y las denuncias de las mujeres que todavía buscan a sus hijos, a sus maridos, a veces a sus nietos.

Manuel estuvo el verano y otoño de 1974 en el Estadio Nacional y otros centros de detención, donde fue interrogado tantas veces, que ya nadie llevaba la cuenta. Las confesiones nada significaban y terminaban perdidas en archivos ensangrentados, que interesaban sólo a las ratas. Como muchos otros prisioneros, nunca supo qué querían oír sus verdugos y finalmente comprendió que no importaba, porque tampoco ellos sabían lo que buscaban. No eran interrogatorios, eran castigos para establecer un régimen opresivo y eliminar de raíz cualquier asomo de resistencia en la población. El pretexto eran depósitos de armas, que supuestamente el gobierno de Allende había entregado al pueblo, pero al cabo de meses no se había encontrado nada y ya nadie creía en los imaginarios arsenales. El terror paralizó a la gente, fue el medio más eficaz de imponer el orden helado de los cuarteles. Era un plan a largo plazo para cambiar al país completamente.

Durante el invierno de 1974, Manuel estuvo detenido en una mansión en las afueras de Santiago que había pertenecido a una poderosa familia, los Grimaldi, de origen italiano, cuya hija fue arrestada para luego canjear su libertad por la residencia. La propiedad pasó a manos de la Dirección de Inteligencia Nacional, la infame DINA, cuyo emblema era un puño de hierro, responsable de muchos crímenes, incluso en el extranjero, como el asesinato en Buenos Aires del depuesto comandante en jefe de las Fuerzas Armadas y de un ex ministro en pleno corazón de Washington, a pocas cuadras de la Casa Blanca. La Villa Grimaldi se convirtió en el más temido centro de interrogatorios, por donde habrían de desfilar cuatro mil quinientos detenidos, muchos de los cuales no salieron vivos.

Al final de mi semana en Santiago, realicé la obligada visita a la Villa Grimaldi, que ahora es un jardín silencioso donde pena la memoria de quienes allí padecieron. Llegado el momento fui incapaz de ir sola. Mi abuela cree que los lugares quedan marcadas por las experiencias humanas, a mí me faltó valor para enfrentar, sin una mano amiga, la maldad y el dolor atrapados para siempre en ese sitio. Le pedí a Blanca Schnake, la única persona a quien le había contado lo que estaba averiguando, excepto Liliana y el padre Lyon, que me acompañara. Blanca hizo un débil amago de disuadirme, «para qué seguir escarbando algo sucedido tanto tiempo atrás», pero presentía que allí estaba la clave de la vida de Manuel Arias y su amor por él fue más fuerte que su resistencia a enfrentar algo que prefería ignorar. «Está bien, gringuita, vamos altiro, antes que me arrepienta», me dijo.

La Villa Grimaldi, ahora llamada Parque por la Paz, es una hectárea verde de árboles somnolientos. Poco queda de los edificios que existieron cuando Manuel estuvo allí, porque fueron demolidos por la dictadura en un intento de borrar huellas de lo imperdonable. Sin embargo, los tractores no pudieron arrasar con los persistentes fantasmas ni callar los lamentos de agonía, que aún se perciben en el aire. Caminamos entre imágenes, monumentos, grandes lienzos con los rostros de los muertos y desaparecidos. Un guía nos explicó el trato que daban a los prisioneros, las formas más usadas de tortura, con dibujos esquemáticos de formas humanas colgadas de los brazos, cabezas sumergidas en toneles de agua, catres de hierro con electricidad, mujeres violadas por perros, hombres sodomizados con palos de escoba. En un muro de piedra, entre doscientos sesenta y seis nombres, encontré el de Felipe Vidal y entonces pude encajar las últimas pieza del puzle. En la desolación de esa Villa Grimaldi se conocieron Manuel Arias, profesor, y Felipe Vidal, periodista, allí padecieron juntos y uno sobrevivió.

Blanca y yo decidimos que teníamos que hablar con Manuel de su pasado y lamentamos que Daniel no pudiera ayudarnos, porque en una intervención de este tipo se justifica la presencia de un profesional, aunque sea un psiquiatra novato como él. Blanca sostiene que esas experiencias de Manuel deben tratarse con el mismo cuidado y delicadeza que requiere su aneurisma, porque están encapsuladas en una burbuja de la memoria, que si revienta súbitamente podría aniquilarlo. Ese día Manuel había ido a Castro a buscar unos libros y aprovechamos su ausencia para preparar la cena, sabiendo que siempre vuelve con la puesta de sol.

Me puse a hacer pan, como suelo hacer cuando estoy nerviosa. Me tranquiliza sobar la masa con firmeza, darle forma, esperar que crezca la hogaza cruda bajo un paño blanco, hornearla hasta que se dore y más tarde servirla aún tibia a los amigos, un ritual paciente y sagrado. Blanca cocinó el infalible pollo con mostaza y panceta de Frances, el favorito de Manuel, y trajo castañas en almíbar para el postre. La casa estaba acogedora, fragante a pan recién horneado y al guiso cociéndose lentamente en una olla de barro. Era una tarde más bien fría, apacible, con el cielo gris, sin viento. Pronto habría luna llena y otra reunión de sirenas en la ruca.

Desde la operación del aneurisma, algo ha cambiado entre Manuel y Blanca, les brilla el aura, como diría mi abuela, tienen esa luz titilante de los recién deslumbrados. También hay otros signos menos sutiles, como la complicidad en la mirada, la necesidad de tocarse, la forma en que adivinan mutuamente las intenciones y deseos del otro. Por un lado me alegra, es lo que yo venía propiciando por muchos meses, y por otro me preocupa mi futuro. ¿Qué va a ser de mí cuando decidan zambullirse en ese amor que han postergado por tantos años? En esta casa no cabemos los tres y la de Blanca también nos quedaría estrecha. Bueno, espero que para entonces mi futuro con Daniel Goodrich se haya aclarado.

Manuel llegó con una bolsa de libros, que había encargado a sus amigos libreros, y novelas en inglés enviadas por mi abuela al correo de Castro.

—¿Estamos celebrando algún cumpleaños? —preguntó, oliendo el aire.

—Estamos celebrando la amistad. ¡Cómo ha cambiado esta casa desde que llegó la gringuita! —comentó Blanca.

—¿Te refieres al desorden?

—Me refiero a las flores, la buena comida y la compañía, Manuel. No seas mal agradecido. La vas a echar mucho de menos cuando se vaya.

—¿Acaso piensa irse?

—No, Manuel. Pienso casarme con Daniel y vivir aquí contigo con los cuatro niños que vamos a tener —me burlé.

—Espero que tu enamorado apruebe ese plan —dijo él en el mismo tono.

—¿Por qué no? Es un plan perfecto.

—Se morirían de lata en este peñasco de isla, Maya. Los afuerinos que se retiran aquí están desencantados del mundo. Nadie viene antes de haber empezado a vivir.

−Yo vine a esconderme y mira todo lo que he encontrado, a ustedes y a Daniel, seguridad, naturaleza y un pueblo de trescientos chilotes a quienes querer. Hasta mi Popo está a gusto aquí, lo he visto paseando en el cerro.

−¡Has estado tomando! −exclamó Manuel, alarmado.

−No he tomado un solo trago, Manuel. Sabía que no me ibas a creer, por eso no te lo había contado.

Ésa fue una noche extraordinaria, en que todo conspiró para las confidencias, el pan y el pollo, la luna que asomaba entre las nubes, la probada simpatía que nos tenemos, la conversación salpicada de anécdotas y bromas livianas. Me contaron cómo se conocieron, la impresión que cada uno le hizo al otro. Manuel dijo que cuando joven Blanca era muy bonita −todavía lo es−; era una walkiria dorada, toda piernas, melena y dientes, que irradiaba la seguridad y alegría de quien ha sido muy consentida. «Yo tendría que haberla detestado, por lo privilegiada que era, pero me venció con su simpatía, era imposible no quererla. Pero yo no estaba en condiciones de conquistar a nadie, mucho menos a una joven tan inalcanzable como ella.» Para Blanca, Manuel tenía el atractivo de lo prohibido y peligroso, venía de un mundo opuesto al suyo, provenía de otro medio social y representaba al enemigo político, aunque por ser huésped de su familia, estaba dispuesta a aceptarlo. Yo les hablé de mi casa en Berkeley, de por qué parezco escandinava y de la única vez que vi a mi madre. Les conté de algunos personajes que conocí en Las Vegas, como una gorda de ciento ochenta kilos y voz acariciante, que se ganaba la vida con sexo telefónico, o una pareja de transexuales amigos de Brandon Leeman, que se casaron en una ceremonia formal, ella de esmoquin y él con vestido de organza blanca. Cenamos sin apuro y después nos sentamos, como es habitual, a mirar la noche por la ventana, ellos con sus copas de vino, yo con té. Blanca estaba en el sofá pegada a Manuel y yo en un cojín en suelo con el Fákin, que tiene síndrome de separación desde que lo dejamos para ir a Santiago. Me sigue con la vista y no se despega de mi lado, es un fastidio.

—Tengo la impresión de que esta fiestecita es una trampa —farfulló Manuel—. Hace días que algo flota en el ambiente. Vayan al grano, mujeres.

—Nos desbarataste la estrategia Manuel, pensábamos abordar el tema con diplomacia —dijo Blanca.

—¿Qué es lo que quieren?

—Nada, sólo conversar.

—¿De qué?

Y entonces le conté que llevaba meses averiguando por mi cuenta lo que le había sucedido después del golpe militar, porque creía que él tenía los recuerdos enconados como una úlcera en lo más hondo de su memoria y lo estaban envenenando. Le pedí disculpas por entrometerme, sólo me motivaba lo mucho que lo quería; me daba lástima verlo sufrir en las noches, cuando lo asaltaban las pesadillas. Le dije que la roca que él llevaba sobre los hombros era demasiado pesada, lo tenía aplastado, viviendo a medias, como si estuviera haciendo tiempo para morirse. Se había cerrado tanto que no podía sentir alegría o amor. Agregué que Blanca y yo podíamos ayudarlo a llevar esa piedra. Manuel no me interrumpió, estaba muy pálido, respirando como un perro cansado, tomado de la mano de Blanca, con los ojos cerrados. «¿Quieres saber lo que descubrió la gringuita, Manuel?», le preguntó Blanca en un murmullo y él asintió, mudo.

Le confesé que en Santiago, mientras él convalecía de la operación, yo había escarbado en los archivos de la Vicaría y había hablado con las personas con quienes me puso en contacto el padre Lyon, dos abogados, un sacerdote y uno de los autores del Informe Rettig, donde aparecen más de tres mil quinientas denuncias de violaciones a los derechos humanos cometidas durante la dictadura. Entre esos casos estaba Felipe Vidal, el primer marido de mi Nini, y también Manuel Arias.

—Yo no participé en ese informe —dijo Manuel, con la voz cascada.

—Tu caso lo denunció el padre Lyon. A él le contaste los detalles de esos catorce meses que estuviste detenido, Manuel. Acababas de salir del campo de concentración Tres Álamos y estabas relegado aquí, en Chiloé, donde conviviste con el padre Lyon.

—No me acuerdo de eso.

—El cura se acuerda, pero no pudo contármelo, porque lo considera secreto de confesión, se limitó a señalarme el camino. El caso de Felipe Vidal fue denunciado por su mujer, mi Nini, antes de irse al exilio.

Le repetí a Manuel lo que había descubierto en esa semana trascendental en Santiago y la visita que hice con Blanca a la Villa Grimaldi. El nombre del lugar no provocó ninguna reacción especial en él, tenía una idea vaga de que había estado allí, pero lo confundía en su mente con otros centros de detención. En los treinta y tantos años transcurridos desde entonces eliminó de su memoria esa experiencia, la recordaba como si la hubiera leído en un libro, no como algo personal, aunque tenía cicatrices de quemaduras en el cuerpo y no podía alzar los brazos por encima de los hombros, porque se los habían dislocado.

—No quiero saber los detalles —nos dijo.

Blanca le explicó que los detalles estaban intactos en un lugar adentro de él y se requería inmenso valor para entrar a ese lugar, pero no iría solo, ella y yo lo acompañaríamos. Ya no era un prisionero impotente en manos de sus verdugos, pero nunca sería verdaderamente libre si no enfrentaba el sufrimiento del pasado.

—Lo peor te pasó en la Villa Grimaldi, Manuel. Al final de la visita que hicimos, el guía nos llevó a ver las celdas de muestra. Había celdas de un metro por dos, donde ponían varios prisioneros de pie, apretados, días, semanas, sólo los sacaban para torturarlos o al excusado.

—Sí, sí… en una de ésas estuve con Felipe Vidal y otros hombres. No nos daban agua… era una caja sin ventilación, macerábamos en sudor, sangre, excremento —balbuceó Manuel, doblado, la cabeza sobre las rodillas—. Y otras eran nichos individuales, tumbas, perreras… los calambres, la sed… ¡Sáquenme de aquí!

Blanca y yo lo envolvimos en un círculo de brazos y pechos y besos, sosteniéndolo, llorando con él. Habíamos visto una de esas celdas. Tanto le rogué al guía, que me permitió entrar. Tuve que hacerlo de rodillas, adentro quedé encogida, acuclillada, incapaz de cambiar de postura o moverme, y después que cerraron la portezuela quedé a oscuras, atrapada. No soporté más de unos segundos y empecé a gritar hasta que me extrajeron jalándome de los brazos. «Los detenidos permanecían enterrados en vida por semanas, a veces meses. De aquí pocos salieron vivos y ésos quedaron locos», nos había dicho el guía.

—Ya sabemos adónde estás cuando sueñas, Manuel —dijo Blanca.

Por fin sacaron a Manuel de su tumba, para encerrar en ella a otro prisionero, se cansaron de torturarlo y lo mandaron a otros centros de detención. Después de cumplir su condena de relegación en Chiloé, pudo irse a Australia, donde estaba su mujer, que no había sabido de él en más de dos años, lo había dado por muerto y tenía una nueva vida en la que Manuel, traumatizado, no cabía. Se divorciaron al poco tiempo, como sucedió con la mayoría de las parejas en exilio. A pesar de todo, Manuel tuvo mejor suerte que otros exiliados, porque Australia es un país acogedor; allí consiguió trabajo en su profesión y pudo escribir dos libros, mientras se aturdía con alcohol y aventuras fugaces que sólo acentuaban su abismal soledad. Con su segunda mujer, una bailarina española que conoció en Sidney, duró menos de un año. Era incapaz de confiar en nadie o de entregarse en una relación amorosa, sufría episodios de violencia y ataques de pánico, estaba irremisiblemente atrapado en su celda de la Villa Grimaldi o desnudo, atado a un catre metálico, mientras sus carceleros se divertían con descargas eléctricas.

Un día, en Sidney, Manuel se estrelló en el coche contra un pilar de hormigón armado, un accidente improbable incluso para alguien atontado de licor, como él estaba cuando lo recogieron. Los médicos del hospital, donde estuvo trece días en estado de gravedad y un mes inmóvil, concluyeron que había intentado suicidarse. Lo pusieron en contacto con una organización internacional que ayudaba a víctimas de tortura. Un psiquiatra con experiencia en casos como el suyo lo visitó cuando todavía estaba en el hospital. No logró desentrañar los traumas de su paciente, pero lo ayudó a manejar los cambios de humor y los episodios de violencia y pánico, a dejar de beber y a llevar una existencia aparentemente normal. Manuel se consideró curado, sin darle mayor importancia a las pesadillas, o al temor visceral a ascensores y sitios cerrados, siguió tomando antidepresivos y se acostumbró a la soledad.

Durante el relato de Manuel se cortó la luz, como siempre pasa en la isla a esa hora, y ninguno de los tres nos habíamos levantado para encender velas, estábamos a oscuras, sentados muy juntos.

—Perdóname, Manuel —murmuró Blanca al cabo de una larga pausa.

—¿Perdonarte? A ti sólo tengo que agradecerte —dijo él.

—Perdóname por la incomprensión y la ceguera. Nadie podría perdonar a los criminales, Manuel, pero tal vez puedas perdonarme a mí y a mi familia. Pecamos por omisión. Ignoramos la evidencia, porque no queríamos ser cómplices. En mi caso es peor, porque en esos años viajé bastante, sabía lo que publicaba la prensa extranjera sobre el gobierno de Pinochet. Mentiras, pensaba, es propaganda comunista.

Manuel la atrajo, abrazándola. Me levanté a tientas a echar unos palos en la estufa y buscar velas, otra botella de vino y más té. La casa se había enfriado. Les puse una manta sobre las piernas y me enrollé en el destartalado sofá al otro lado de Manuel.

—Así es que tu abuela te contó de nosotros, Maya —dijo Manuel.

—Que eran amigos, nada más. Ella no habla de esa época, rara vez ha mencionado a Felipe Vidal.

—Entonces, ¿cómo supiste que soy tu abuelo?

—Mi Popo es mi abuelo —repliqué, apartándome de él.

Su revelación fue tan inaudita, que me demoré un minuto eterno en captar su alcance. Las palabras fueron abriéndose paso a machetazos en mi mente embotada y mi embrollado corazón, pero el significado se me escapaba.

—No entiendo… —murmuré.

—Andrés, tu papá, es mi hijo —dijo Manuel.

—No puede ser. Mi Nini no se habría callado esto durante cuarenta y tantos años.

—Pensé que lo sabías, Maya. Le dijiste al doctor Puga que eras mi nieta.

—¡Para que me dejara entrar a la consulta!

En 1964 mi Nini era secretaria y Manuel Arias ayudante de un profesor en la facultad; ella tenía veintidós años y estaba recién casada con Felipe Vidal, él tenía veintisiete y una beca en el bolsillo para estudiar un doctorado de sociología en la Universidad de Nueva York. Habían estado enamorados en la adolescencia, dejaron de verse por unos años y al reencontrarse por casualidad en la facultad los arrolló una pasión nueva y urgente, muy distinta al romance virginal de antes. Esa pasión habría de terminar de forma desgarradora cuando él se fue a Nueva York y debieron separarse. Entretanto Felipe Vidal, lanzado en una notable carrera periodística, estaba en Cuba, sin sospechar el engaño de su mujer, tanto que nunca puso en duda que el hijo nacido en 1965 era suyo. No supo de la existencia de Manuel Arias hasta que compartieron una celda infame, pero Manuel había seguido de lejos sus éxitos de reportero. El amor de Manuel y Nidia sufrió varias interrupciones, pero volvía a encenderse inevitablemente cuando se reencontraban, hasta que él se casó en

1970, año en que Salvador Allende ganó la presidencia y comenzó a gestarse el cataclismo político, que culminaría tres años más tarde con el golpe militar.

—¿Lo sabe mi papá? —le pregunté a Manuel.

—No lo creo. Nidia se sentía culpable por lo que había pasado entre nosotros y estaba dispuesta a mantener el secreto a cualquier costo, pretendía olvidarlo y que yo también lo olvidara. No lo mencionó hasta diciembre del año pasado, cuando me escribió sobre ti.

—Ahora entiendo por qué me recibiste en esta casa, Manuel.

—En mi esporádica correspondencia con Nidia me enteré de tu existencia, Maya, sabía que por ser hija de Andrés, eras mi nieta, pero no le di importancia, pensé que nunca llegaría a conocerte.

El clima de reflexión e intimidad que había minutos antes se volvió muy tenso. Manuel era el padre de mi padre, teníamos la misma sangre. No hubo reacciones dramáticas, nada de abrazos conmovidos ni lágrimas de reconocimiento, nada de atorarse con declaraciones sentimentales; sentí esa dureza amarga de mis malos tiempos, que no había sentido nunca en Chiloé. Se me borraron los meses de chacota, estudio y convivencia con Manuel; de súbito era un desconocido cuyo adulterio con mi abuela me repelía.

—Dios mío, Manuel, ¿por qué no me lo habías contado? La telenovela se quedó corta —concluyó Blanca con un suspiro.

Eso rompió el hechizo y despejó el aire. Nos miramos en la luz amarillenta de la vela, sonreímos tímidamente y luego nos echamos a reír, primero titubeantes y luego con entusiasmo, ante lo absurdo e intrascendente que era ese asunto, porque si no se trata de donar un órgano o heredar una fortuna, da lo mismo quién sea mi antepasado biológico, sólo importa el afecto, que por suerte nos tenemos.

—Mi Popo es mi abuelo —le repetí.

—Nadie lo duda, Maya —me respondió.

Por los mensajes de mi Nini, que le escribe a Manuel a través de Mike O'Kelly, me enteré de que a Freddy lo hallaron desmayado en una calle de Las Vegas. Una ambulancia lo condujo al mismo hospital donde había estado antes y donde Olympia Pettiford lo había conocido, una de esas afortunadas coincidencias que las Viudas por Jesús atribuyen al poder de la oración. El niño permaneció en la unidad de cuidados intensivos, respirando por un tubo conectado a una ruidosa máquina, mientras los médicos trataban de controlar una pulmonía doble, que lo tuvo en las puertas del crematorio. Luego debieron extirparle el riñón, que le habían destrozado en la antigua paliza, y tratar las múltiples dolencias causadas por la mala vida. Por último fue a dar a una cama del piso de Olympia. Entretanto ella puso en movimiento las fuerzas salvadoras de Jesús y sus propios recursos para evitar que el Servicio de Protección Infantil o la ley se apropiaran del muchacho.

Para la fecha en que el niño fue dado de alta, Olympia Pettiford había conseguido permiso judicial para hacerse cargo de él, alegando un parentesco ilusorio, y así lo salvó de un centro juvenil o la cárcel. Parece que en eso la ayudó el oficial Arana, quien se enteró de que habían ingresado al hospital a un muchacho con las características de Freddy y en un momento libre fue a verlo. Se encontró con el acceso bloqueado por la imponente Olympia, decidida a censurarle las visitas al enfermo, que todavía andaba medio perdido en ese territorio incierto entre la vida y la muerte.

La enfermera temió que Arana tuviera intención de arrestar a su protegido, pero él la convenció de que sólo deseaba pedirle noticias de una amiga suya, Laura Barron. Dijo que estaba dispuesto a ayudar al chico y como en eso ambos coincidían, Olympia lo invitó a tomar un jugo en la cafetería y conversar. Ella le explicó que a fines del año pasado Freddy había llevado a su casa a una tal Laura Barron, drogadicta y enferma, y luego se había hecho humo. No supo nada de él hasta que salió del quirófano con un solo riñón y cayó en una sala de su piso. Respecto a Laura Barron, sólo podía decirle que la cuidó por unos días y apenas la chica se repuso un poco acudieron unos parientes a buscarla y se la llevaron, probablemente a un programa de rehabilitación, como ella misma les había aconsejado. Ignoraba adónde y ya no tenía el número que le dio la muchacha para llamar a su abuela. A Freddy había que dejarlo en paz, le advirtió a Arana en un tono que no admitía discusión, porque el muchacho no sabía nada de esa tal Laura Barron.

Cuando Freddy salió del hospital, con aspecto de espantapájaros, Olympia Pettiford se lo llevó a su casa y lo puso en manos del temible comando de Viudas cristianas. Para entonces el niño llevaba dos meses de abstinencia y su escasa energía sólo le daba para mirar la televisión. Con la dieta de frituras de las Viudas fue recuperando las fuerzas y cuando Olympia calculó que podría escaparse a la calle y volver al infierno de la adicción, se acordó del hombre en silla de ruedas, cuya tarjeta mantenía entre las páginas de su Biblia, y lo llamó. Sacó sus ahorros del banco, compró los pasajes y con otra mujer de refuerzo se llevaron a Freddy a California. Según mi Nini, se presentaron, vestidas de domingo, en el sucucho sin ventilación cerca de la Cárcel de Menores, donde trabaja Blancanieves, quien las estaba esperando. La historia me llenó de esperanza, porque si alguien en este mundo puede ayudar a Freddy, ése es Mike O'Kelly.

Daniel Goodrich y su padre asistieron a una Conferencia de Analistas Junguianos en San Francisco, donde el tema de fondo fue el Libro Rojo (*Liver Novus*) de Carl Jung, que se acaba de publicar, después de haber estado en una caja fuerte de Suiza por décadas, vedado a los ojos del mundo y rodeado de gran misterio. Sir Robert Goodrich compró a precio de oro una de las réplicas de lujo, idéntica al original, que Daniel heredará. Aprovechando el domingo libre, Daniel fue a Berkeley a ver a mi familia y llevó las fotografías de su paso por Chiloé.

En la mejor tradición chilena, mi abuela insistió en que debía alojarlo en su casa esa noche y lo instaló en mi pieza, que ha sido pintada en un tono más tranquilo que el mango estridente de mi infancia y despojada del dragón alado en el techo y de las criaturas desnutridas de las paredes. El huésped quedó pasmado con mi pintoresca abuela y la casona de Berkeley, más rezongona, reumática y colorinche de lo que yo había logrado describirle. El torreón de las estrellas había sido usado por el inquilino para guardar mercadería, pero Mike mandó a varios de sus delincuentes arrepentidos a raspar la suciedad y poner el viejo telescopio en su sitio. Mi Nini dice que eso tranquilizó a mi Popo, que antes deambulaba en la casa, tropezando con cajones y bultos de la India. Me abstuve de contarle que mi Popo está en Chiloé, porque tal vez ronda varios lugares al mismo tiempo.

Daniel fue con mi Nini a conocer la biblioteca, los hippies ancianos de la calle Telegraph, el mejor restaurante vegetariano, la Peña Chilena y, por supuesto, a Mike O'Kelly. «El irlandés está enamorado de tu abuela y creo que ella no es indiferente», me escribió Daniel, pero me cuesta imaginar que mi abuela pudiera tomar en serio a Blancanieves, quien comparado con mi Popo es un pobre diablo. Lo cierto es que O'Kelly no está del todo mal, pero cualquiera es un pobre diablo comparado con mi Popo.

En el apartamento de Mike estaba Freddy, quien debe de haber cambiado mucho en estos meses, porque la descripción de Daniel no calza con el muchacho que me salvó la vida dos veces. Freddy está en el programa de rehabilitación de Mike, sobrio y en aparente buena salud, pero muy deprimido, no tiene amigos, no sale a la calle, no quiere estudiar ni trabajar. O'Kelly opina que necesita tiempo y debemos tener fe en que saldrá adelante, porque es muy joven y tiene buen corazón, eso siempre ayuda. El chico se mostró indiferente ante las fotos de Chiloé y las noticias mías; si no fuera porque le faltaban dos dedos de una mano, pensaría que Daniel lo confundió con otro.

Mi padre llegó ese domingo a mediodía, proveniente de algún emirato árabe, y almorzó con Daniel. Imagino a los tres en la anticuada cocina de la casa, las servilletas blancas deshilachadas por el uso, el mismo jarro de cerámica verde para el agua, la botella de *sauvignon blanc* Veramonte, favorito de mi papá, y el fragante «caldillo de pescado» de mi Nini, una variante chilena del *cioppino* italiano y la *bouillabaisse* francesa, como ella misma lo describe. Mi amigo concluyó, erróneamente, que mi papá es de lágrima fácil, porque se emocionó al ver mis fotos, y que yo no me parezco a nadie de mi pequeña familia. Debería ver a Marta Otter, la princesa de Laponia. Pasó un día de estupenda hospitalidad y se fue con la idea de que Berkeley es un país del Tercer Mundo. Se avino bien con mi Nini, aunque lo único que tienen en común soy yo y la debilidad por los helados de menta. Después de pesar los riesgos, ambos se pusieron de acuerdo para intercambiar noticias por teléfono, un medio que ofrece el mínimo de peligro, siempre que eviten mencionar mi nombre.

–Le pedí a Daniel que viniera a Chiloé para Navidad –le anuncié a Manuel.

–¿De visita, a quedarse o a buscarte? –me preguntó.

–No sé pues, Manuel.

–¿Qué preferirías?

–¡A quedarse! –respondí sin vacilar, sorprendiéndolo con mi certeza.

Desde que aclaramos nuestro parentesco, Manuel suele mirarme con ojos húmedos y el viernes me trajo chocolates de Castro. «No eres mi novio, Manuel, y sácate la idea de la cabeza de que vas a reemplazar a mi Popo», le dije. «No se me ocurriría, gringa tonta», me contestó. Nuestra relación es la misma de antes, nada de arrumacos y bastante socarronería, pero él parece otra persona y Blanca también lo ha notado, espero que no se nos ablande y termine convertido en un anciano chocho. La relación de ellos también ha cambiado. Varias noches por semana

Manuel duerme en casa de Blanca y me deja abandonada, sin más compañía que tres murciélagos, dos gatos maniáticos y un perro cojo. Hemos tenido ocasión de hablar de su pasado, que ya no es tabú, pero todavía no me atrevo a ser yo quien pone el tema; prefiero esperar a que él tome la iniciativa, lo cual sucede con cierta frecuencia, porque una vez destapada su caja de Pandora, Manuel necesita desahogarse.

He trazado un cuadro bastante preciso de la suerte que corrió Felipe Vidal, gracias a lo que recuerda Manuel y la denuncia detallada de su mujer en la Vicaría de Solidaridad, donde incluso tienen archivadas un par de cartas que él le escribió a ella antes de ser detenido. Violando las normas de seguridad, le escribí a mi Nini a través de Daniel, quien le hizo llegar la carta, para pedirle explicaciones. Me contestó por el mismo conducto y con eso completé la información que me faltaba.

En el desorden de los primeros tiempos después del golpe militar, Felipe y Nidia Vidal creyeron que manteniéndose invisibles podrían continuar su existencia normal. Felipe Vidal había conducido un programa político de televisión durante los tres años del gobierno de Salvador Allende, razón de sobra para ser considerado sospechoso por los militares; sin embargo, no había sido detenido. Nidia creía que la democracia sería reinstaurada pronto, pero él temía una dictadura de largo aliento, porque en su ejercicio del periodismo había reporteado guerras, revoluciones y golpes militares, sabía que la violencia, una vez desatada, es incontenible. Antes del golpe presentía que estaban sobre un polvorín listo para estallar y se lo advirtió en privado al presidente, después de una conferencia de prensa. «¿Sabe algo que yo no sé, compañero Vidal, o es una corazonada?», le preguntó Allende. «Le he tomado el pulso al país y creo que los militares se van a alzar», le contestó éste sin preámbulo. «Chile tiene una larga tradición democrática, aquí nadie toma el poder por la fuerza. Conozco la gravedad de esta crisis, compañero, pero confío en el comandante de las Fuerzas Armadas y en el honor de nuestros soldados, sé que cumplirán con su deber», dijo Allende en tono solemne, como hablando para la posteridad. Se refería al general Augusto Pinochet, a quien él había nombrado recientemente, un hombre de provincia, de familia de militares, que venía bien recomendado por su antecesor, el general Prats, el cual fue depuesto por presiones políticas. Vidal reprodujo exactamente esta conversación en su columna del periódico. Nueve días más tarde, el martes 11 de septiembre, escuchó por la radio las últimas palabras del presidente despidiéndose del pueblo antes de morir, y el estrépito de las bombas cayendo sobre el Palacio de la Moneda, sede de la presidencia. Entonces se preparó para lo peor. No creía en el mito de la conducta civilizada de los militares chilenos, porque había estudiado historia y existían demasiadas evidencias de lo contrario. Presentía que la represión iba a ser pavorosa.

La Junta Militar declaró el estado de guerra y entre sus medidas inmediatas impuso estricta censura a los medios de comunicación. No circulaban noticias, sólo rumores, que la propaganda oficial no intentaba acallar porque le convenía sembrar terror. Se hablaba de campos de concentración y centros de tortura, miles y miles de detenidos, exiliados y muertos, tanques arrasando barrios obreros, soldados fusilados por negarse a obedecer, prisioneros lanzados al mar desde helicópteros, atados a trozos de rieles y abiertos en canal para que se hundieran. Felipe Vidal tomó nota de los soldados con armas de guerra, los tanques, el estrépito de camiones militares, el zumbido de helicópteros, la gente arreada a golpes. Nidia arrancó los afiches de cantantes de protesta de las paredes y juntó los libros, incluso novelas inocuas, y fue a tirarlos en un basural, porque no sabía cómo quemarlos sin llamar la atención. Era una precaución inútil, porque existían cientos de artículos, documentales y grabaciones comprometedores de la labor periodística de su marido.

La idea de que Felipe se escondiera fue de Nidia; así estarían más tranquilos, y propuso que él se fuera al sur, donde una tía. Doña Ignacia era una octogenaria bastante peculiar, que llevaba cincuenta años recibiendo moribundos en su casa. Tres criadas, casi tan ancianas como ella, la secundaban en la noble tarea de ayudar a morir a enfermos terminales de apellidos distinguidos, de quienes sus propias familias no podían o no querían hacerse cargo. Nadie visitaba esa lúgubre residencia, aparte de una enfermera y un diácono, que pasaban dos veces por semana a repartir medicinas y la comunión, porque se sabía que allí los muertos penaban. Felipe Vidal no creía en nada de eso, pero por carta le admitió a su mujer que los muebles se desplazaban solos y en las noches no se podía dormir por los inexplicables portazos y los golpes en el techo. El comedor se usaba a menudo como capilla funeraria y había un armario lleno de dentaduras postizas, lentes y frascos de remedios que dejaban los huéspedes al partir al cielo. Doña Ignacia acogió a Felipe Vidal con los brazos abiertos. No recordaba quién era y creyó que se trataba de otro paciente enviado por Dios; por eso le sorprendió su aspecto tan saludable.

La casa era una reliquia colonial, de adobe y tejas, cuadrada, con un patio central. Los cuartos daban a una galería, donde languidecían matas empolvadas de cardenales y picoteaban gallinas sueltas. Las vigas y pilares estaban torcidos, las paredes con grietas, los postigos desencajados por el uso y los temblores; el techo goteaba por varios agujeros y las corrientes de aire y las ánimas en pena solían mover las estatuas de santos que decoraban las piezas. Era la perfecta antesala de la muerte, helada, húmeda y sombría como un cementerio, pero a Felipe Vidal le pareció de lujo. La habitación que le tocó era del tamaño de su apartamento en Santiago, con una colección de muebles pesados, ventanas con barrotes y techo tan alto que los deprimentes cuadros de escenas bíblicas colgaban inclinados, para poder apreciarlos desde abajo. La comida resultó excelente, porque la tía era golosa y no escatimaba nada a sus moribundos, quienes permanecían muy quietos en sus camas, respirando a gorgoritos y apenas probaban los platos.

Desde aquel refugio en la provincia Felipe trató de mover los hilos para aclarar su situación. Estaba sin trabajo, porque el canal de televisión había sido intervenido, su periódico arrasado y el edificio quemado hasta los cimientos. Su cara y su pluma estaban identificadas con la prensa de izquierda, no podía soñar en conseguir empleo en su profesión, pero contaba con algunos ahorros para vivir unos meses. Su problema inmediato era averiguar si estaba en la lista negra y, de ser así, escapar del país. Mandaba recados en clave y hacía discretas consultas por teléfono, pero sus amigos y conocidos se negaban a contestarle o lo enredaban con excusas.

Al cabo de tres meses estaba bebiendo media botella de pisco al día, deprimido y avergonzado porque, mientras otros luchaban en la clandestinidad contra la dictadura militar, él comía como príncipe a costillas de una anciana demente que le ponía el termómetro a cada rato. Se moría de aburrimiento. Rehusaba ver la televisión, para no oír los bandos y marchas militares, no leía, porque los libros de la casa eran del siglo XIX, y su única actividad social era el rosario vespertino, que rezaban las empleadas y la tía por el alma de los agónicos, en la cual debía participar, porque fue la única condición que le puso doña Ignacia para darle hospedaje. En ese período le escribió varias cartas a su mujer, contándole detalles de su existencia, dos de las cuales pude leer en el archivo de la Vicaría. Empezó a salir de a poco, primero hasta la puerta, luego a la panadería de la esquina y al quiosco de periódicos, enseguida a dar una vuelta por la plaza y al cine. Se encontró con que había estallado el verano y la gente se preparaba para las vacaciones con aire de normalidad, como si las patrullas de soldados con casco y fusil automático fuesen parte del paisaje urbano. Pasó la Navidad y empezó el año 1974 separado de su mujer y su hijo, pero en febrero, cuando ya llevaba cinco meses viviendo como una rata, sin que la policía secreta diera prueba de andar buscándolo, calculó que era tiempo de regresar a la capital y pegar los pedazos quebrados de su vida y su familia.

Felipe Vidal se despidió de doña Ignacia y las criadas, que le llenaron la maleta de quesos y pasteles, emocionadas porque era el primer paciente en medio siglo que en vez de morirse había engordado nueve kilos. Se había puesto lentes de contacto y cortado la melena y el bigote, estaba irreconocible. Volvió a Santiago y decidió ocupar su tiempo en escribir sus memorias, ya que aún no se daban las circunstancias para buscar trabajo. Un mes más tarde, su mujer salió de su empleo, pasó a recoger a su hijo Andrés a la escuela y comprar algo para la cena. Cuando llegó al apartamento encontró la puerta descerrajada y el gato tirado en el umbral, con la cabeza destrozada.

Nidia Vidal hizo el recorrido habitual preguntando por su marido, junto a centenares de otras personas angustiadas, que hacían cola frente a retenes de policía, prisiones, centros de detenidos, hospitales y morgues. Su marido no figuraba en la lista negra, no estaba registrado en ninguna parte, jamás había sido arrestado, no lo busque señora, seguro se fue con una amante a Mendoza. Su peregrinaje habría continuado durante años si no hubiera recibido un mensaje.

Manuel Arias estaba en la Villa Grimaldi, inaugurada hacía poco como cuartel de la DINA, en una de las celdas de tortura, de pie, aplastado contra otros prisioneros inmóviles. Entre ellos se hallaba Felipe Vidal, a quien todos conocían por su programa de televisión. Por supuesto, Vidal no podía saber que su compañero de celda, Manuel Arias, era el padre de Andrés, el niño que él consideraba su hijo. A los dos días se llevaron a Felipe Vidal para interrogarlo y no regresó.

Los presos solían comunicarse con golpecitos y arañazos en los tabiques de madera que los separaban, así Manuel se enteró de que Vidal había sufrido un paro cardíaco en la parrilla eléctrica. Sus restos, como los de tantos otros, fueron lanzados al mar. Ponerse en contacto con Nidia se convirtió en una obsesión para él. Lo menos que podía hacer por esa mujer que había amado tanto, era impedir que gastara su vida buscando a su marido y avisarle de que escapara antes de que también a ella la hicieran desaparecer.

Era imposible enviar mensajes al exterior, pero por milagrosa coincidencia, en esos días se llevó a cabo la primera visita de la Cruz Roja, porque las denuncias de violaciones a los derechos humanos ya habían dado la vuelta al mundo. Fue necesario esconder a los detenidos, limpiar la sangre y desarmar las parrillas para la inspección. A Manuel y otros que estaban en mejores condiciones los curaron como pudieron, los bañaron, les dieron ropa limpia y los presentaron ante los observadores con la advertencia de que a la menor indiscreción sus familias sufrirían las consecuencias. Manuel aprovechó para enviarle un recado a Nidia Vidal en los únicos segundos que tuvo para susurrarle dos frases a uno de los miembros de la Cruz Roja.

Nidia recibió el mensaje, supo de quién provenía y no dudó de su veracidad. Se puso en contacto con un sacerdote belga que trabajaba en la Vicaría, a quien conocía, y éste se las arregló para introducirla con su hijo en la embajada de Honduras, donde pasaron dos meses esperando salvoconductos para dejar el país. La residencia diplomática estaba invadida hasta el último rincón por medio centenar de hombres, mujeres y niños, que dormían tirados en el suelo y mantenían ocupados en permanencia los tres baños, mientras el embajador procuraba colocar a la gente en otros países, porque el suyo estaba copado y no podía recibir más refugiados. La tarea parecía interminable, ya que cada tanto otros perseguidos del régimen saltaban el muro desde la calle y aterrizaban en su patio. Consiguió que Canadá recibiera a veinte, entre ellos a Nidia y Andrés Vidal, alquiló un bus, le puso patente diplomática y dos banderas hondureñas y, acompañado por su agregado militar, condujo personalmente a los veinte exiliados al aeropuerto y luego a la puerta del avión.

Nidia se propuso darle a su hijo una vida normal en Canadá, sin miedo, odio ni rencores. No faltó a la verdad al explicarle que su padre había muerto de un ataque al corazón, pero omitió los horrendos detalles, porque el niño era muy joven para asimilarlos. Fueron pasando los años sin encontrar la oportunidad –o una buena razón– para aclararle las circunstancias de esa muerte, pero ahora que yo había desenterrado el pasado, mi Nini tendrá que hacerlo. También tendrá que decirle que Felipe Vidal, el hombre de la fotografía que él siempre ha tenido en su mesa de noche, no era su padre.

Nos llegó un paquete por correo a la Taberna del Muertito y antes de abrirlo sabíamos quién lo enviaba, porque provenía de Seattle. Contenía la carta que tanta falta me hacía, larga e informativa, pero sin el lenguaje apasionado que hubiera acabado con mis dudas respecto a Daniel. También venían las fotos tomadas por él en Berkeley: mi Nini, de mejor aspecto que en el año pasado, porque se tiñó las canas, del brazo de mi papá en su uniforme de piloto, siempre guapo; Mike O'Kelly de pie, aferrado a su andador, con el tronco y los brazos de un luchador y las piernas atrofiadas por la parálisis; la casa mágica sombreada por los pinos en un luminoso día de otoño; la bahía de San Francisco salpicada de velas blancas. De Freddy sólo había una instantánea, obtenida posiblemente en un descuido del chico, que no estaba en las otras, como si hubiera evitado la cámara a propósito. Aquel ser de ojos hambrientos, huesudo y triste, era igual a los zombis del edificio de Brandon Leeman. Controlar su adicción puede tomarle años a mi pobre Freddy, si es que lo logra; entretanto, está padeciendo.

El paquete también incluía un libro sobre mafias, que leeré, y un extenso reportaje de una revista sobre el falsificador de dólares más buscado en el mundo, un americano de cuarenta y cuatro años, Adam Trevor, arrestado en agosto, en el aeropuerto de Miami, cuando intentaba ingresar a Estados Unidos bajo una falsa identidad, proveniente de Brasil. Había huido del país con su mujer y su hijo a mediados de 2008, burlando al FBI y la Interpol. Engrillado en una prisión federal, con la posibilidad de pasar el resto de su vida en una celda, calculó que más valía cooperar con las autoridades a cambio de una condena más corta. La información facilitada por Trevor podría conducir al desmantelamiento de una red internacional capaz de influir en los mercados financieros desde Wall Street hasta Pekín, decía el artículo.

Trevor comenzó su industria de dólares falsos en el estado sureño de Georgia y luego se trasladó a Texas, cerca de la permeable frontera con México. Montó su máquina de hacer billetes en el sótano de una fábrica de zapatos, clausurada desde hacía varios años, en una zona industrial muy activa durante el día y muerta por la noche, cuando podía trasladar los materiales sin llamar la atención. Sus billetes eran tan perfectos como me había asegurado el oficial Arana en Las Vegas, porque conseguía recortes del mismo papel sin almidón de los auténticos y había desarrollado una ingeniosa técnica para colocarles la banda metálica de seguridad; ni el más experto cajero podía detectarlos. Además, una parte de su producción eran billetes de cincuenta dólares, que rara vez se someten al mismo escrutinio que los de más alta denominación. La revista repetía lo dicho por Arana: que los dólares falsificados siempre se enviaban fuera de Estados Unidos, donde bandas criminales los mezclaban con legítimos antes de ponerlos en circulación.

En su confesión, Adam Trevor admitió el error de haberle dado a guardar a su hermano en Las Vegas medio millón de dólares; éste había sido asesinado antes de alcanzar a decirle dónde había escondido el botín. Nada se habría descubierto si el hermano, un traficante de drogas de poca monta que se hacía llamar Brandon Leeman, no hubiera empezado a gastarlo. En el océano de dinero en efectivo de los casinos de Nevada los billetes habrían pasado años sin ser detectados, pero Brandon Leeman también los usó para sobornar policías y con esa pista el FBI comenzó a desenredar la madeja.

El Departamento de Policía de Las Vegas mantuvo el escándalo de los sobornos más o menos controlado, pero algo se coló a la prensa, hubo una limpieza somera para calmar la indignación del público y varios oficiales corruptos fueron destituidos. El periodista finalizaba su reportaje con un párrafo que me dejó asustada:

Medio millón de dólares falsificados carecen de relevancia. Lo esencial es encontrar las placas para imprimir los billetes, que Adam Trevor le dio a guardar a su hermano, antes de que éstas caigan en poder de grupos terroristas o de algunos gobiernos, como los de Corea del Norte e Irán, interesados en inundar el mercado de dólares falsos y sabotear la economía americana.

Mi abuela y Blancanieves están convencidos de que ya no existe privacidad, se puede conocer hasta lo más íntimo de la vida de cualquier persona y nadie puede ocultarse, porque basta usar una tarjeta de crédito, ir al dentista, subirse a un tren o llamar por teléfono para dejar una pista imborrable. Sin embargo, cada año desaparecen cientos de miles de niños y adultos por diversas razones: secuestro, suicidio, asesinato, enfermedad mental, accidentes; hay muchos que escapan de la violencia doméstica o de la ley, entran en alguna secta o viajan con otra identidad, por no mencionar a las víctimas del tráfico sexual o los que son explotados en trabajo forzado como esclavos. Según Manuel, actualmente existen veintisiete millones de esclavos, a pesar de que la esclavitud ha sido abolida en el mundo entero.

El año pasado, yo era una de esas personas desaparecidas y mi Nini fue incapaz de encontrarme, aunque no hice nada especial por esconderme. Ella y Mike creen que el gobierno estadounidense, con el pretexto del terrorismo, espía todos nuestros movimientos e intenciones, pero yo dudo que pueda acceder a billones de mensajes electrónicos y conversaciones telefónicas, el aire está saturado de palabras en cientos de idiomas, sería imposible ordenar y descifrar la algarabía de esa torre de Babel. «Pueden hacerlo, Maya, disponen de la tecnología y de millones de burócratas insignificantes cuya única tarea es espiarnos. Si los inocentes deben cuidarse, con mayor razón debes hacerlo tú, hazme caso», insistió mi Nini al despedirnos en San Francisco, en enero. Resulta que uno de esos inocentes, su amigo Norman, aquel genio odioso que la ayudó a violar mi correo y mi celular en Berkeley, se dedicó a divulgar chistes sobre Bin Laden en internet y antes de una semana aparecieron dos agentes del FBI en su casa a interrogarlo. Obama no ha desmantelado la maquinaria de espionaje doméstico montada por su antecesor, de modo que toda precaución es poca, sostiene mi abuela, y Manuel Arias está de acuerdo.

Manuel y mi Nini tienen un código para hablar de mí: el libro que él está escribiendo soy yo. Por ejemplo, para darle una idea a mi abuela de cómo me he adaptado en Chiloé, Manuel le dice que el libro progresa mejor de lo esperado, no se ha topado con ningún problema serio y los chilotes, habitualmente cerrados, están cooperando. Mi Nini puede escribirle a él con algo más de libertad, siempre que no lo haga desde su computadora. Así me enteré de que finalizaron los trámites del divorcio de mi papá, que él sigue volando al Oriente Medio y Susan volvió del Irak y la destinaron a la seguridad de la Casa Blanca. Mi abuela se mantiene en contacto con ella, porque llegaron a ser amigas, a pesar de los encontronazos que tuvieron al principio, cuando la suegra se entrometía demasiado en la privacidad de la nuera. Yo también le escribiré a Susan apenas se normalice mi situación. No quiero perderla, fue muy buena conmigo.

Mi Nini continúa con su trabajo en la biblioteca, acompañando a los moribundos del *Hospice* y ayudando a O'Kelly. El Club de Criminales fue noticia en la prensa estadounidense porque dos de sus miembros descubrieron la identidad de un asesino en serie de Oklahoma. Mediante deducción lógica lograron aquello que la policía, con sus técnicas modernas de investigación, no había conseguido. Esa notoriedad ha provocado una avalancha de solicitudes para entrar al club. Mi Nini pretende cobrar una cuota mensual a los nuevos miembros, pero O'Kelly sostiene que se perdería el idealismo.

—Esas placas de Adam Trevor pueden causar un cataclismo en el sistema económico internacional. Son el equivalente a una bomba nuclear —le comenté a Manuel.

—Están en el fondo de la bahía de San Francisco.

—De eso no estamos seguros, pero aunque así fuera, el FBI no lo sabe. ¿Qué vamos a hacer, Manuel? Si antes me buscaban por un atado de billetes falsificados, con mayor razón me buscan ahora por esas placas. Van a movilizarse en serio para encontrarme.

Viernes 4 de diciembre de 2009. Tercer día funesto. Llevo desde el miércoles sin ir a trabajar, sin salir de la casa, sin quitarme el pijama, sin apetito, peleando con Manuel y Blanca, días sin consuelo, días en una montaña rusa de emociones. Un instante antes de tomar el teléfono aquel miércoles maldito yo volaba allá arriba, en la luz y la dicha, luego vino la caída a plomo, como un pájaro con el corazón atravesado. He pasado tres días fuera de mí, lamentándome a gritos por mis amores y mis errores y mis dolores, pero hoy, finalmente, dije «¡Basta!», y me di una ducha tan larga que se terminó el agua en el estanque, me lavé la pena con jabón y después me senté al sol en la terraza a devorar las tostadas con mermelada de tomate que preparó Manuel y tuvieron la virtud de devolverme la cordura, después de mi alarmante ataque de demencia amorosa. Pude abordar mi situación con algo de objetividad, aunque sabía que el efecto calmante de las tostadas sería temporal. He llorado mucho y seguiré llorando todo lo necesario, de lástima por mí misma y de amor despechado, porque sé lo que pasa si trato de hacerme la valiente, como hice cuando se murió mi Popo. Además, a nadie le importa mi llanto, Daniel no lo oye y el mundo sigue rodando, inconmovible.

Daniel Goodrich me notificó que «valora nuestra amistad y desea seguir en contacto», que yo soy una joven excepcional y bla bla bla; en pocas palabras, que no me quiere. No vendrá a Chiloé para Navidad, ésa fue una sugerencia mía sobre la cual él no se pronunció, tal como nunca hizo planes para reencontrarnos. Nuestra aventura en mayo fue muy romántica, la recordará siempre, más y más palabrería, pero él tiene su vida en Seattle. Al recibir este mensaje en el correo de juanitocorrales@gmail.com creí que era un malentendido, una confusión debida a la distancia, y lo llamé por teléfono, mi primera llamada, al diablo con las medidas de seguridad de mi abuela. Tuvimos una conversación breve, muy penosa, imposible de repetir sin retorcerme de bochorno y humillación, yo rogando, él retrocediendo.

—¡Soy fea, tonta y alcohólica! Con razón Daniel no quiere nada conmigo —sollocé.

—Muy bien, Maya, flagélate —me aconsejó Manuel, que se había sentado a mi lado con su café y más tostadas.

—¿Es esto mi vida? Descender a la oscuridad en Las Vegas, sobrevivir, salvarme por casualidad aquí en Chiloé, entrar de lleno en el amor con Daniel y enseguida perderlo. Morir, resucitar, amar y volver a morir. Soy un desastre, Manuel.

—A ver, Maya, no exageremos, esto no es la ópera. Cometiste un error, pero no tienes la culpa, ese joven debió ser más cuidadoso con tus sentimientos. ¡Vaya clase de psiquiatra! Es un pelotudo.

—Sí, un pelotudo muy sexy.

Sonreímos, pero enseguida me puse a llorar de nuevo, él me

pasó una servilleta de papel para que me sonara la nariz y me abrazó.

—Estoy muy arrepentida por lo de tu computadora, Manuel —murmuré hundida en su chaleco.

—Mi libro está a salvo, no perdí nada, Maya.

—Te voy a comprar otra computadora, te lo prometo.

—¿Cómo piensas hacerlo?

—Le pediré un préstamo al Millalobo.

—¡Eso sí que no! —me advirtió.

—Entonces tendré que ponerme a vender la marihuana de doña Lucinda, todavía quedan varias plantas en su jardín.

No es sólo la computadora destrozada lo que tendré que reponer, también arremetí contra las estanterías de libros, el reloj de buque, los mapas, platos, vasos y otras cosas al alcance de mi furia, chillando como una mocosa de dos años, la pataleta más escandalosa de mi vida. Los gatos salieron volando por la ventana y el Fákin se metió debajo de la mesa, aterrado. Cuando llegó Manuel, a eso de las nueve de la noche, encontró su casa devastada por un tifón y a mí en el suelo, completamente ebria. Eso es lo peor, lo que más me avergüenza.

Manuel llamó a Blanca, que se vino al trote de su casa aunque ya no tiene edad para trotar, y entre los dos se las arreglaron para reanimarme con café retinto, lavarme, acostarme y recoger los destrozos. Me había tomado una botella de vino y los restos de vodka y licor de oro que hallé en el armario, estaba intoxicada hasta los tuétanos. Me puse a beber, sin pensar. Yo, que me jactaba de haber superado mis problemas, que podía prescindir de terapia y Alcohólicos Anónimos, porque me sobraba fuerza de voluntad y en realidad no era adicta, eché mano de las botellas de forma automática apenas el mochilero de Seattle me rechazó. Admito que la causa era contundente, pero ése no es el punto. Mike O'Kelly tenía razón: la adicción está siempre al acecho, esperando su oportunidad.

—¡Qué estúpida fui, Manuel!

—Nada de estupidez, Maya, esto se llama enamorarse del amor.

—¿Cómo?

—A Daniel lo conoces muy poco. Estás enamorada de la euforia que él te produce.

—Esa euforia es lo único que me importa, Manuel. No puedo vivir sin Daniel.

—Por supuesto que puedes vivir sin él. Ese joven fue la llave para abrirte el corazón. La adicción al amor no te arruinará la salud ni la vida, como el crack o el vodka, pero debes aprender a distinguir entre el objeto amoroso, en este caso Daniel, y la excitación de tener el corazón abierto.

—Repite, hombre, me estás hablando como los terapeutas de Oregón.

—Sabes que he pasado la mitad de mi vida cerrado a machote, Maya. Recién ahora empiezo a abrirme, pero no puedo escoger los sentimientos. Por la misma apertura que entra el amor, se cuela el miedo. Lo que te quiero decir es que si eres capaz de amar mucho, también vas a sufrir mucho.

—Me voy a morir, Manuel. No puedo aguantar esto. ¡Es lo peor que me ha pasado!

—No, gringuita, es una desgracia temporal, un pelo de la cola comparado con tu tragedia del año pasado. Ese mochilero te hizo un favor, te dio la oportunidad de conocerte mejor.

—No tengo ni la más jodida idea de quién soy, Manuel.

—Vas camino a descubrirlo.

—¿Tú sabes quién es Manuel Arias?

—No todavía, pero ya di los primeros pasos. Tú estás más avanzada y tienes mucho más tiempo por delante que yo, Maya.

Manuel y Blanca soportaron con ejemplar generosidad la crisis de esta gringa absurda, como les ha dado por llamarme; se calaron llanto, recriminaciones, lamentos de autocompasión y culpa, pero frenaron en seco mis palabrotas, insultos y amagos de seguir rompiendo propiedad ajena, que en este caso es la propiedad de Manuel. Tuvimos un par de sonoras peleas, que nos hacían falta a los tres. No siempre se puede ser Zen. Han tenido la elegancia de no mencionar mi borrachera ni el costo de la destrucción, saben que estoy dispuesta a cualquier penitencia para hacerme perdonar. Cuando me calmé y vi la computadora en el suelo, tuve la fugaz tentación de lanzarme al mar. ¿Cómo iba a darle la cara a Manuel? ¡Cuánto debe quererme este nuevo abuelo para no haberme puesto en la calle! Ésta será la última pataleta de mi vida, tengo veinte años y ya no es ninguna gracia. Debo conseguir otra computadora como sea.

El consejo de Manuel sobre abrirme a los sentimientos me quedó resonando, porque podría haberlo dado mi Popo o el mismo Daniel Goodrich. ¡Ay! ¡No puedo escribir su nombre sin ponerme a llorar! Me voy a morir de pena, nunca he sufrido tanto… No es cierto, sufrí más, mil veces más, cuando se murió mi Popo. Daniel no es el único que me ha roto el corazón, como en las rancheras mexicanas que tararea mi Nini. Cuando yo tenía ocho años, mis abuelos decidieron llevarme a Dinamarca para cortar por lo sano mi fantasía de ser huérfana. El plan consistía en dejarme con mi madre para que fuéramos conociéndonos, mientras ellos hacían turismo en el Mediterráneo, y recogerme dos semanas más tarde para regresar juntos a California. Ése sería mi primer contacto directo con Marta Otter y para causarle buena impresión me llenaron la maleta de ropa nueva y regalos sentimentales, como un relicario con algunos de mis dientes de leche y un mechón de mi cabello. Mi papá, quien al principio se opuso al viaje y sólo cedió por la presión combinada de mis abuelos y yo, nos advirtió que ese fetiche de dientes y pelos no sería apreciado: los daneses no coleccionan partes del cuerpo.

Aunque disponía de varias fotografías de mi madre, la imaginaba como las nutrias del acuario de Monterrey, por su apellido, Otter. En las fotos que me había mandado en algunas navidades, aparecía delgada, elegante y con melena platinada, por lo mismo fue una sorpresa verla en su casa de Odense un poco gorda, en pantalones de gimnasia y con el pelo mal teñido color vino tinto. Estaba casada y tenía dos hijos.

Según la guía turística que compró mi Popo en la estación de Copenhague, Odense es una ciudad encantadora en la isla de Fionia, en el centro de Dinamarca, cuna del célebre escritor Hans Christian Andersen, cuyos libros ocupaban un sitio destacado en mis estanterías, al lado de *Astronomía para principiantes*, porque correspondían a la letra A. Esto había sido motivo de discusión, porque mi Popo insistía en el orden alfabético y mi Nini, que trabaja en la biblioteca de Berkeley, aseguraba que los libros se organizan por temas. Nunca supe si la isla de Fionia era tan encantadora como aseguraba la guía, porque no alcanzamos a conocerla. Marta Otter vivía en un barrio de casas iguales, con un parche de pasto delante, que se distinguía de los demás por una sirena de yeso sentada en una roca, igual a la que yo tenía en una bola de vidrio. Nos abrió la puerta con expresión de sorpresa, como si no recordara que mi Nini le había escrito con meses de anticipación para anunciarle la visita, se lo había repetido antes de salir de California y la había llamado por teléfono el día anterior desde Copenhague. Nos saludó con un formal apretón de mano, nos invitó a entrar y nos presentó a sus hijos, Hans y Vilhelm, de cuatro y dos años, unos críos tan blancos que brillaban en la oscuridad.

El interior era pulcro, impersonal y deprimente, en el mismo estilo de la habitación del hotel de Copenhague, donde no pudimos ducharnos porque no encontramos los grifos del baño, sólo lisas superficies minimalistas de mármol blanco. La comida del hotel resultó tan austera como el decorado y mi Nini, sintiéndose estafada, exigió rebaja en el precio. «¡Nos cobran una fortuna y aquí no tienen ni sillas!», alegó en la recepción, donde sólo había un mesón de acero y un arreglo floral de una alcachofa en un tubo de vidrio. El único adorno en la casa de Marta Otter era la reproducción de un cuadro de la reina Margarita, bastante bueno; si Margarita no fuera reina, sería más apreciada como artista.

Nos sentamos en un incómodo sofá de plástico gris, mi Popo con mi maleta a los pies, que se veía enorme, y mi Nini sujetándome de un brazo para que yo no saliera corriendo. Yo los había majadeado por años para conocer a mi madre, pero en ese momento estaba lista para escapar, aterrada ante la idea de pasar dos semanas con esa mujer desconocida y aquellos conejos albinos, mis hermanitos. Cuando Marta Otter fue a la cocina a preparar café, le susurré a mi Popo que si me dejaba en esa casa me iba a suicidar. Él le sopló lo mismo a su mujer y en menos de treinta segundos ambos decidieron que ese viaje había sido un error; era preferible que su nieta siguiera creyendo en la leyenda de la princesa de Laponia por el resto de su existencia.

Marta Otter volvió con café en tazas tan mínimas que carecían de asa, y la tensión se relajó un poco con el ritual de pasar el azúcar y la crema. Mis blanquísimos hermanos se instalaron a ver un programa de animales en el televisor sin sonido, para no molestar, eran muy bien educados, y los adultos se pusieron a hablar de mí como si yo estuviera muerta. Mi abuela sacó de su bolso el álbum familiar y fue explicándole a mi madre las fotos una por una: Maya de dos semanas desnuda, acurrucada en una sola de las grandes manos de Paul Ditson II, Maya de tres años vestida de hawaiana con un ukelele, Maya de siete jugando al fútbol. Entretanto yo estudiaba con desmedida atención el cordón de mis zapatillas nuevas. Marta Otter comentó que yo me parecía mucho a Hans y Vilhelm, aunque la única similitud consistía en que los tres éramos bípedos. Creo que mi aspecto fue un secreto alivio para mi madre, porque yo no presentaba evidencia de los genes latinoamericanos de mi padre y en un apuro podría pasar por escandinava.

Cuarenta minutos más tarde, largos como cuarenta horas, mi abuelo pidió el teléfono para llamar a un taxi y pronto nos despedimos sin mencionar para nada la maleta, que había ido creciendo y ya pesaba como un elefante. En la puerta Marta Otter me dio un beso tímido en la frente y dijo que estaríamos en contacto y que iría a California al cabo de uno o dos años, porque Hans y Vilhelm querían conocer Disneyworld. «Eso es en Florida», le expliqué. Mi Nini me hizo callar de un pellizco.

414

En el taxi mi Nini opinó frívolamente que la ausencia de mi madre, lejos de ser una desgracia, había resultado una bendición, porque me crié consentida y libre en la casa mágica de Berkeley, con sus paredes de colores y su torreón astronómico, en vez de haberme criado en el ambiente minimalista de una danesa. Saqué de mi bolso la bola de vidrio con la sirenita y al bajarnos la dejé sobre el asiento del taxi.

Después de la visita a Marta Otter pasé meses amurrada. Esa Navidad, para consolarme, Mike O'Kelly me trajo de regalo un canasto tapado con un paño de cocina a cuadros. Al quitar el paño me encontré con una perrita blanca del tamaño de una toronja durmiendo plácidamente sobre otro paño de cocina. «Se llama Daisy, pero puedes cambiarle el nombre», me dijo el irlandés. Me enamoré perdidamente de Daisy, volvía corriendo de la escuela para no perder ni un minuto de su compañía, era mi confidente, mi amiga, mi juguete, dormía en mi cama, comía de mi plato y andaba en mis brazos, no pesaba ni dos kilos. Ese animal tuvo la virtud de tranquilizarme y hacerme tan feliz, que no volví a pensar en Marta Otter. Al cumplir un año, Daisy tuvo su primer celo, el instinto pudo más que su timidez y se escapó a la calle. No alcanzó a llegar lejos, pues la atropelló un auto en la esquina y la mató al instante.

Mi Nini, incapaz de darme la noticia, le avisó a mi Popo, quien dejó su trabajo en la universidad para ir a buscarme a la escuela. Me sacaron de la clase y cuando lo vi esperándome supe lo sucedido antes de que él alcanzara a decirlo. ¡Daisy! La vi correr, vi el automóvil, vi el cuerpo inerte de la perrita. Mi Popo me acogió en sus brazos enormes, me apretó contra su pecho y lloró conmigo.

Pusimos a Daisy en una caja y la enterramos en el jardín. Mi Nini quiso conseguir otra perra, lo más parecida posible a Daisy, pero mi Popo dijo que no se trataba de reemplazarla sino de vivir sin ella. «No puedo, Popo, ¡la quería tanto!», sollocé inconsolable. «Ese cariño está en ti, Maya, no en Daisy. Puedes dárselo a otros animales y lo que te sobre me lo das a mí», me respondió ese abuelo sabio. Esa lección sobre el duelo y el amor me servirá ahora, porque lo cierto es que quise a Daniel más que a mí misma, pero no más que a mi Popo o a Daisy.

Malas noticias, muy malas, llueve sobre mojado, como dicen aquí cuando se acumulan las desgracias; primero lo de Daniel y ahora esto. Tal como yo temía, el FBI dio con mi pista y el oficial Arana llegó a Berkeley. Eso no significa que vaya a venir a Chiloé, como dice Manuel para tranquilizarme, pero estoy asustada, porque si se dio la molestia de buscarme desde noviembre del año pasado, no va a desistir ahora que localizó a mi familia.

Arana se presentó en la puerta de mis abuelos, vestido de civil, pero blandiendo su insignia en el aire. Mi Nini estaba en la cocina y mi papá lo hizo entrar, pensando que se trataba de algo relacionado con los delincuentes de Mike O'Kelly. Se llevó una desagradable sorpresa al ser notificado de que Arana estaba investigando una falsificación de dinero y necesitaba hacerle unas preguntas a Maya Vidal, alias Laura Barron; el caso estaba prácticamente cerrado, agregó, pero la chica estaba en peligro y él tenía la obligación de protegerla. El susto que se llevaron mi Nini y mi papá hubiera sido mucho peor si yo no les hubiera contado que Arana es un policía decente y siempre me trató bien.

Mi abuela le preguntó cómo había dado conmigo y Arana no tuvo inconveniente en explicárselo, ufano de su nariz de sabueso, como comentó ella en su mensaje a Manuel. El policía comenzó por la pista más básica, la computadora del Departamento de Policía, donde revisó las listas de muchachas desaparecidas en el país durante 2008. Le pareció innecesario investigar los años anteriores, porque al conocerme se dio cuenta de que yo no había vivido en la calle por mucho tiempo; los adolescentes perdidos adquieren rápidamente un inconfundible sello de desamparo. Había docenas de niñas en las listas, pero se limitó a las que tenían entre quince y veinticinco años, en Nevada y los estados limítrofes. En la mayoría de los casos figuraban fotografías, aunque algunas no eran recientes. Él era buen fisonomista y pudo reducir la lista a sólo cuatro chicas, entre las cuales una captó su atención, porque el anuncio coincidía con la fecha en que conoció a la supuesta sobrina de Brandon Leeman, junio de 2008. Al estudiar la foto y la información disponible concluyó que esa Maya Vidal era quien buscaba, así supo mi nombre verdadero, mis antecedentes y la dirección de la academia en Oregón y de mi familia en California.

Resulta que mi papá, al contrario de lo que yo suponía, me había buscado por meses y había plantado mis datos en todas las comisarías y hospitales del país. Arana hizo una llamada a la academia, habló con Angie para obtener los detalles que le faltaban y así llegó a la antigua casa de mi papá, donde los nuevos ocupantes le dieron la dirección del caserón multicolor de mis abuelos. «Es una suerte que me asignaran el caso a mí y no a otro oficial, porque estoy convencido de que Laura, o Maya, es una buena chica, y deseo ayudarla, antes de que las cosas se compliquen para ella. Pienso probar que su participación en el delito fue poco significativa», les dijo el oficial al concluir su explicación.

En vista de la actitud tan conciliadora de Arana, mi Nini lo invitó a sentarse con ellos a la mesa y mi papá abrió su mejor botella de vino. El policía opinó que la sopa resultaba perfecta en una tarde brumosa de noviembre, ¿era acaso un plato típico del país de la señora? Había notado su acento. Mi papá le informó que se trataba de un cazuela de ave chilena, como el vino, y que su madre y él habían nacido en ese país. El oficial quiso saber si iban a menudo a Chile y mi papá le explicó que hace más de treinta años que no lo habían hecho. Mi Nini, atenta a cada palabra del policía, le dio una patada por debajo de la mesa a su hijo, por hablar de más. Mientras menos supiera Arana de la familia, mejor. Había olfateado una mentirilla del oficial y se puso en guardia. ¿Cómo iba a estar cerrado el caso si no habían recuperado el dinero falsificado ni las placas? Ella también había leído el reportaje de la revista sobre Adam Trevor y había estudiado durante meses el tráfico internacional de dinero falsificado, se consideraba una experta y conocía el valor comercial y estratégico de las placas.

Dispuesta a colaborar con la ley, como manifestó, mi Nini le facilitó a Arana la información que él mismo podía obtener por su cuenta. Le dijo que su nieta se había fugado de la academia de Oregón en junio del año pasado, la buscaron en vano, hasta que recibieron una llamada de una iglesia en Las Vegas y ella fue a recogerla, porque en ese momento el padre de Maya estaba volando. La encontró en pésimas condiciones, irreconocible, fue muy duro ver a su niña, que había sido bella, atlética y lista, convertida en una drogadicta. En este punto del relato mi abuela apenas podía hablar de tristeza. Mi papá agregó que pusieron a su hija en una clínica de rehabilitación en San Francisco, pero pocos días antes de terminar el programa, se había escapado de nuevo y no sospechaban adónde estaba. Maya había cumplido veinte años, no podían impedir que destruyera su vida, si eso era lo que pretendía.

Nunca sabré cuánto les creyó el oficial Arana. «Es muy importante que yo encuentre pronto a Maya. Hay criminales dispuestos a echarle el guante», dijo, y de paso les advirtió cuál era la condena por encubrimiento y complicidad en un crimen federal. El oficial bebió el resto del vino, celebró el flan de leche, agradeció la cena y antes de despedirse les dejó su tarjeta, por si tenían noticias de Maya Vidal o recordaban cualquier detalle útil para la investigación. «Encuéntrela, oficial, por favor», le suplicó mi abuela en la puerta, sujetándolo por las solapas, con las mejilla mojadas de lágrimas. Apenas el policía se fue, ella se secó el llanto histriónico, se puso el abrigo, cogió a mi padre de un ala y lo llevó en su cacharro al departamento de Mike O'Kelly.

Freddy, quien había estado sumido en un silencio abúlico desde su llegada a California, despertó de su letargo al oír que el oficial Arana andaba husmeando en Berkeley. El chico no había dicho nada de lo que fue su existencia entre el día en que me dejó en brazos de Olympia Pettiford, en noviembre del año anterior, y su operación al riñón, siete meses más tarde, pero el temor de que Arana pudiera arrestarlo le soltó la lengua. Les contó que después de ayudarme no pudo volver al edificio de Brandon Leeman, porque Joe Martin y el Chino lo habrían picado en pedazos. Lo unía al edificio el firme cordón umbilical de la desesperación, ya que en ninguna otra parte contaría con esa abundancia de drogas, pero el riesgo de acercarse era inmenso. Jamás podría convencer a los matones de que no había participado en mi fuga, como hizo después de la muerte de Brandon Leeman, cuando me sacó del gimnasio justo a tiempo para librarme de ellos.

De la casa de Olympia, Freddy se fue en bus a un pueblo de la frontera, donde tenía un amigo, y allí sobrevivió a duras penas durante un tiempo, hasta que la necesidad de regresar se le hizo insoportable. En Las Vegas conocía el terreno, podía moverse con los ojos cerrados, sabía dónde abastecerse. Tomó la precaución de mantenerse alejado de sus antiguas canchas, para evitar a Joe Martin y el Chino, y sobrevivió traficando, robando, durmiendo a la intemperie, cada vez más enfermo, hasta que terminó en el hospital y luego en brazos de Olympia Pettiford.

En el tiempo en que Freddy todavía estaba en la calle, los cuerpos de Joe Martin y el Chino fueron hallados dentro de un coche incendiado en el desierto. Si el niño sintió alivio por haberse librado de los pandilleros, no pudo haberle durado, porque según rumores en el mundillo de adictos y delincuentes, el crimen tenía las características de una vendetta de la policía. Habían aparecido en la prensa las primeras noticias de corrupción en el Departamento de Policía y el doble asesinato de los socios de Brandon Leeman debía estar relacionado. En una ciudad de vicios y mafias, el soborno era corriente, pero en este caso circulaba dinero falsificado y había intervenido el FBI; los oficiales corruptos tratarían de contener el escándalo por todos los medios y los cuerpos en el desierto eran una advertencia a

420

quienes pensaran hablar más de la cuenta. Los culpables sabían que Freddy había vivido con Brandon Leeman y no iban a permitir que un mocoso drogado los arruinara, aunque en realidad éste no podía identificarlos porque nunca los había visto en persona. Brandon Leeman le había encargado a uno de esos policías eliminar a Joe Martin y el Chino, dijo Freddy, lo cual coincidía con lo que Brandon me confesó en el viaje a Beatty, pero cometió la torpeza de pagarle con billetes falsos, pensando que circularían sin ser detectados. Las cosas le salieron mal, el dinero fue descubierto, el policía se vengó revelando el plan a Joe Martin y el Chino y ese mismo día éstos asesinaron a Brandon Leeman. Freddy oyó cuando los dos gángsters recibieron instrucciones por teléfono de matar a Leeman y más tarde dedujo que fueron dadas por el policía. Después de presenciar el crimen, corrió al gimnasio a darme aviso.

Meses más tarde, cuando Joe Martin y el Chino me secuestraron en la calle y me condujeron al apartamento para obligarme a confesar adónde estaba el resto del dinero, Freddy me ayudó de nuevo. El chico no me encontró amarrada y amordazada en ese colchón por casualidad, sino porque oyó a Joe Martin hablar por el celular y luego decirle al Chino que habían localizado a Laura Barron. Se escondió en el tercer piso, los vio llegar conmigo en vilo y poco después los vio salir solos. Esperó más de una hora dudando qué hacer, hasta que decidió entrar al apartamento y averiguar qué habían hecho conmigo. Faltaba saber si la voz en el teléfono que ordenó matar a Brandon Leeman era la misma que después informó a los asesinos de dónde encontrarme, y si esa voz correspondía al policía corrupto en caso que fuese una sola persona, pues también podían ser varios.

Mike O'Kelly y mi abuela no llegaron tan lejos en sus especulaciones como para acusar sin pruebas al oficial Arana, pero tampoco lo descartaron como sospechoso, igual que no lo descartaba Freddy y por eso temblaba. El hombre –o los hombres– que había eliminado a Joe Martin y el Chino en el desierto haría lo mismo con él, si lo agarraba. Mi Nini argumentó que si Arana fuese aquel villano, se habría librado de Freddy en Las Vegas, pero según Mike sería difícil asesinar a un paciente en el hospital o a un protegido de las aguerridas Viudas por Jesús.

Manuel fue a Santiago para que lo examinara el doctor Puga, acompañado por Blanca. Entretanto, Juanito Corrales vino a quedarse conmigo en la casa, para concluir de una vez el cuarto tomo de Harry Potter. Había pasado más de una semana desde que terminé con Daniel, mejor dicho, desde que él terminó conmigo, y todavía yo andaba lloriqueando, sonámbula, con la sensación de haber sido apaleada, pero me había reincorporado al trabajo. Estábamos en las últimas semanas de clases antes de las vacaciones del verano y no podía faltar.

El jueves 9 de diciembre fui con Juanito a comprar lana donde doña Lucinda, porque tenía intención de tejerle una de mis horrendas bufandas a Manuel, era lo menos que podía hacer. Llevé nuestra balanza para pesar la lana, una de las cosas que se salvaron de mi ataque destructivo, porque la de ella tiene los números borrados por el tizne del tiempo, y para endulzarle el día le llevé una tarta de pera, que me quedó aplastada, pero ella apreciaría de todos modos. Su puerta se trancó en el terremoto de 1960 y desde entonces se usa la puerta de atrás, hay que pasar por el patio, donde están la plantación de marihuana, el fogón y los tambores de lata para teñir lana, en medio de un desorden de gallinas sueltas, conejos en jaulas y un par de cabras, que originalmente daban leche para queso y ahora gozan de una vejez sin obligaciones. El Fákin nos seguía con su trote de lado y la nariz en el aire, husmeando, así supo lo ocurrido antes de entrar a la casa y se puso a aullar con urgencia. Pronto lo imitaron los perros de los alrededores, que se iban pasando la voz, y al poco rato aullaban en toda la isla.

Adentro de la casa encontramos a doña Lucinda en su silla de paja junto a la estufa apagada, con su vestido de misa, un rosario en la mano y sus escasos pelos blancos bien sujetos en el moño, ya fría. Al presentir que era su último día en este mundo, se había arreglado ella misma para no dar molestias después de muerta. Me senté en el suelo a su lado, mientras Juanito iba a dar aviso a los vecinos, que ya venían de camino, atraídos por el coro de los perros.

El viernes nadie trabajó en la isla por el velorio y el sábado todos fuimos al funeral. El fallecimiento de la centenaria doña Lucinda produjo desconcierto general, porque nadie imaginaba que fuese mortal. Para el velorio en la casa las vecinas trajeron sillas y la multitud fue llegando de a poco, hasta llenar el patio y la calle. Colocaron a la anciana sobre la mesa donde comía y pesaba la lana, en un ataúd ordinario, rodeado de una profusión de flores en tarros y en botellas de plástico, rosas, hortensias, claveles, lirios. La edad había reducido tanto de tamaño a doña Lucinda, que su cuerpo ocupaba sólo la mitad del cajón y su cabeza en la almohada era la de un infante. Habían puesto sobre la mesa un par de palmatorias de latón con cabos de vela y el retrato de su boda, coloreado a mano, en que estaba vestida de novia, del brazo de un soldado en uniforme anticuado, el primero de sus seis maridos, hacía noventa y cuatro años.

El fiscal de la isla guió a las mujeres en un rosario y cánticos desafinados, mientras los hombres, sentados a las mesas del patio, aliviaban el duelo con cerdo encebollado y cerveza. Al día siguiente llegó el cura itinerante, un misionero apodado Tres Mareas por lo largo de sus prédicas, que comienzan con una marea y terminan con la tercera, quien dijo misa en la iglesia, tan atiborrada de gente, humo de velas y flores silvestres que empecé a ver visiones de ángeles tosiendo.

El ataúd estaba frente al altar sobre un armazón metálico, cubierto por un paño negro con una cruz blanca y dos candelabros, con un lavatorio debajo «por si revienta el cuerpo», como me explicaron. No sé qué será eso, pero suena feo. La congregación rezó y cantó valses chilotes al son de dos guitarras, luego Tres Mareas tomó la palabra y durante sesenta y cinco minutos no la soltó. Comenzó elogiando a doña Lucinda y pronto se extravió en otros temas de política, la industria salmonera y el fútbol, mientras los fieles cabeceábamos. El misionero llegó a Chile hace cincuenta años y todavía habla con acento extranjero. En el momento de la comunión varias personas comenzaron a lagrimear, los demás nos contagiamos y al final hasta los guitarristas acabaron llorando.

Cuando terminó la misa y las campanas tocaron a difunto, ocho hombres levantaron el cajón, que no pesaba nada, y salieron con paso solemne a la calle, seguidos por el pueblo entero, llevando las flores de la capilla. En el cementerio, el sacerdote bendijo una vez más a doña Lucinda y, justamente cuando iban a bajarla al hoyo, llegaron acezando el carpintero de botes y su hijo, que traían una casita para la tumba, hecha de carrera, pero perfecta. Como doña Lucinda carecía de parientes vivos y Juanito y yo habíamos descubierto el cuerpo, la gente desfiló dándonos el pésame con un sobrio apretón de manos encallecidas por el trabajo, antes de ir en masa a la Taberna del Muertito a beber el quitapenas de rigor.

Fui la última en irme del cementerio, cuando empezaba a subir la bruma del mar. Me quedé pensando en la falta que me habían hecho Manuel y Blanca en ese par de días de duelo, en doña Lucinda, tan querida por la comunidad, y en lo solitario que fue, por comparación, el entierro de Carmelo Corrales, pero sobre todo pensaba en mi Popo. Mi Nini quería esparcir sus cenizas en una montaña, lo más cerca posible del cielo, pero han pasado cuatro años y siguen en el jarro de cerámica sobre su cómoda, esperando. Ascendí por el sendero del cerro hacia la gruta de la Pincoya, con la esperanza de sentir a mi Popo en el aire y pedirle permiso para traer sus cenizas a esta isla, enterrarlas en el cementerio mirando el mar y marcar la tumba con una réplica en miniatura de su torreón de las estrellas, pero mi Popo no viene cuando lo llamo, sino cuando le da la gana, y esta vez lo aguardé en vano en la cima del cerro. He andado muy susceptible por el fin del amor con Daniel y asustada por malos presentimientos.

La marea estaba subiendo y la niebla era cada vez más densa, pero todavía la entrada de la gruta se vislumbraba desde arriba; un poco más lejos estaban los bultos pesados de los lobos marinos dormitando en las rocas. El acantilado es sólo una caí-

425

da de unos seis metros cortada a pique, por donde hemos bajado un par de veces con Juanito. Para eso se requiere agilidad y suerte, no costaría nada dar un resbalón y romperse el pescuezo, por eso la prohibieron a los turistas.

Trataré de resumir los acontecimientos de estos días, tal como me los contaron y los recuerdo, aunque mi cerebro funciona a medias, por el golpe. Hay aspectos incomprensibles del accidente, pero aquí nadie tiene intención de indagar en serio.

Estuve un rato largo contemplando desde arriba el paisaje, que la neblina iba esfumando rápidamente; el espejo de plata del mar, las rocas y los lobos marinos habían desaparecido en el gris de la bruma. En diciembre hay días luminosos y otros fríos, como ése, con neblina o con una llovizna casi impalpable, que en poco rato puede tornarse en chubasco. Ese martes había amanecido con un sol radiante y en el transcurso de la mañana empezó a nublarse. En el cementerio flotaba una neblina delicada, dándole a la escena la melancolía apropiada para despedir a doña Lucinda, la tatarabuela de todos en el pueblo. Una hora más tarde, en la cima del cerro, el mundo estaba envuelto en un manto algodonoso, como una metáfora de mi estado de ánimo. La ira, el bochorno, la desilusión y el llanto, que me trastornaron cuando perdí a Daniel, dieron paso a una tristeza imprecisa y cambiante, como la niebla. Eso se llama despecho de amor, que según Manuel Arias es la tragedia más trivial de la historia humana, pero hay que ver cómo duele. La niebla es inquietante, quién sabe qué peligros acechan a dos metros de distancia, como en las novelas de crímenes londinenses, que le gustan a

Mike O'Kelly, en las cuales el asesino cuenta con la protección de la bruma que sube del Támesis.

Me dio frío, la humedad empezaba a traspasar mi chaleco, y miedo, porque la soledad era absoluta. Sentí una presencia que no era mi Popo, sino algo vagamente amenazante, como un animal grande, y lo descarté como otro engendro de la imaginación, que me juega malas pasadas, pero en ese momento el Fákin gruñó. Estaba a mis pies, alerta, los pelos del lomo erizados, la cola tiesa, mostrando los colmillos. Escuché pasos en sordina.

−¿Quién anda ahí? −grité.

Oí dos pasos más y pude distinguir una silueta humana borroneada por la bruma.

−Sujeta al perro, Maya, soy yo…

Era el oficial Arana. Lo reconocí al punto, a pesar de la niebla y de su extraña pinta, pues parecía disfrazado de turista americano, con pantalones escoceses, gorra de béisbol y una cámara colgada al pecho. Me invadió una gran lasitud, una calma helada: así terminaba un año de huir y ocultarme, un año de incertidumbre.

−Buenas tardes, oficial, lo estaba esperando.

−¿Cómo así? −dijo, acercándose.

Para qué iba a explicarle lo que yo había deducido por los mensajes de mi Nini y él sabía de sobra; para qué decirle que llevaba un tiempo visualizando cada paso inexorable que él daba en mi dirección, calculando cuánto demoraría en alcanzarme y aguardando, angustiada, ese momento. En la visita que le hizo a mi familia en Berkeley descubrió nuestro origen chileno, después debió de haber confirmado la fecha en que dejé la clínica de rehabilitación en San Francisco. Con sus conexiones no le costó nada averiguar que mi pasaporte fue renovado y revisar las listas de pasajeros de esos días en las dos líneas aéreas que vuelan a Chile.

–Este país es muy largo, oficial. ¿Cómo vino a dar a Chiloé?

–Por experiencia. Te ves muy bien. La última vez que estuve contigo en Las Vegas eras en una pordiosera llamada Laura Barron.

Su tono era amable y coloquial, como si las circunstancias en que nos hallábamos fuesen normales. Me contó en pocas palabras que después de comer con mi Nini y mi papá esperó en la calle y, tal como suponía, los vio salir a los cinco minutos. Entró fácilmente a la casa, hizo una inspección somera, encontró el sobre con las fotos que les había llevado Daniel Goodrich y confirmó su sospecha de que me tenían escondida en alguna parte. Una de las fotos le llamó la atención

–Una casa tirada por bueyes –lo interrumpí.

–Exacto. Tú corrías delante de los bueyes. En Google identifiqué la bandera que había en el techo de la casa, escribí «transporte de una casa con bueyes en Chile», y me salió Chiloé. Había varias fotografías y tres videos de una tiradura en Youtube. Es increíble cómo se facilita una investigación con una computadora. Me puse en contacto con las personas que habían filmado esas escenas y así llegué a una tal Frances Goodrich, en Seattle. Le mandé un mensaje diciendo que iba a viajar a Chiloé y agradecería alguna información, chateamos un rato y me contó que no era ella, sino su hermano Daniel, quien había estado en Chiloé y me dio su dirección de correo y su teléfono. Daniel no respondió a ninguno de mis mensajes, pero entré a su página y allí estaba el nombre de esta isla, donde él había pasado más de una semana a fines de mayo.

—Pero no había ninguna referencia a mí, oficial, yo también he visto esa página.

—No, pero él figuraba contigo en una de las fotos que había en la casa de tu familia en Berkeley.

Hasta ese momento me tranquilizaba la idea absurda de que Arana no podía tocarme en Chiloé sin una orden de la Interpol o la policía chilena, pero la descripción del largo periplo que había recorrido para alcanzarme me trajo a la realidad. Si se había dado tantas molestias para llegar a mi refugio, sin duda tenía poder para arrestarme. ¿Cuánto sabía ese hombre?

Retrocedí por instinto, pero él me retuvo sin violencia por un brazo y me reiteró lo mismo que le había asegurado a mi familia, que sólo pretendía ayudarme y que yo debía confiar en él. Su misión concluía al encontrar el dinero y las placas, dijo, ya que la imprenta clandestina había sido desmantelada, Adam Trevor estaba preso y había entregado la información necesaria sobre el tráfico de dólares falsificados. Él había llegado a Chiloé por cuenta propia y por orgullo profesional, porque se había propuesto cerrar el caso personalmente. El FBI no sabía de mí todavía, pero me advirtió que la mafia ligada a Adam Trevor tenía el mismo interés en echarme el guante que el gobierno estadounidense.

—Comprenderás que si yo he podido hallarte, también lo harán esos criminales —dijo.

—Nadie puede relacionarme con eso —lo desafié, pero el tono de voz traicionó mi temor.

—Claro que sí. ¿Por qué crees que ese par de gorilas, Joe Martin y el Chino te secuestraron en Las Vegas? Y a propósito, me gustaría saber cómo escapaste de ellos, no sólo una vez, sino dos.

—No eran muy listos, oficial.

De algo ha de servirme haber crecido bajo el alero del Club de Criminales, con una abuela paranoica y un irlandés que me prestaba sus libros de detectives y me enseñó el método deductivo de Sherlock Holmes. ¿Cómo sabía el oficial Arana que Joe Martin y el Chino me persiguieron después de la muerte de Brandon Leeman? ¿O que me secuestraron el mismo día en que él me sorprendió robando un videojuego? La única explicación era que la primera vez fue él quien les ordenó matarnos a Leeman y a mí, al descubrir que había sido sobornado con billetes falsificados, y la segunda vez fue él quien los llamó por celular para decirles dónde encontrarme y cómo arrancarme la información sobre el resto del dinero. Ese día en Las Vegas, cuando el oficial Arana me llevó a una taquería mexicana y me dio diez dólares, iba sin uniforme, como tampoco lo llevaba en la visita a mi familia ni en ese mismo momento en el cerro. La razón no era que estaba colaborando de incógnito con el FBI, como había dicho, sino que fue destituido del Departamento de Policía por corrupción. Era uno de los hombres que aceptaban soborno y hacía tratos con Brandon Leeman; había cruzado el mundo por el botín, no por sentido del deber y mucho menos por ayudarme. Supongo que por la expresión de mi cara, Arana se dio cuenta de que había hablado demasiado y reaccionó antes de que yo alcanzara a echar a correr cerro abajo. Me sujetó con dos zarpas de hierro.

—No pensarás que me voy a ir de aquí con las manos vacías, ¿verdad? —me dijo, amenazante—. Vas a entregarme lo que busco por las buenas o las malas, pero prefiero no tener que hacerte daño. Podemos llegar a un acuerdo.

—¿Qué acuerdo? —le pregunté, aterrorizada.

—Tu vida y tu libertad. Cerraré el caso, tu nombre no aparecerá en la investigación y nadie volverá a perseguirte. Además, te daré el veinte por ciento del dinero. Como ves, soy generoso.

—Brandon Leeman guardó dos bolsas con dinero en un depósito en Beatty, oficial. Yo las saqué y quemé el contenido en el desierto de Mojave, porque tenía miedo de que me acusaran de complicidad. ¡Se lo juro, es la verdad!

—¿Crees que soy imbécil? ¡El dinero! ¡Y las placas!

—Las tiré en la bahía de San Francisco.

—¡No te creo! ¡Maldita puta! ¡Te voy a matar! —me gritó, zamarreándome.

—¡No tengo su jodido dinero ni sus jodidas placas!

El Fákin volvió a gruñir, pero Arana lo tiró lejos de una patada feroz. Era un hombre musculoso, entrenado en artes marciales y acostumbrado a situaciones de violencia, pero yo no soy pusilánime y lo enfrenté ciega de desesperación. Sabía que en ningún caso Arana me iba a perdonar la vida. He jugado al fútbol desde niña y tengo piernas firmes. Le mandé una patada a los testículos, que él presintió a tiempo para esquivarla y le cayó en una pierna. Si yo no hubiera estado con sandalias, tal vez le habría roto el hueso, en cambio con el impacto me destrocé los dedos del pie y el dolor me llegó al cerebro como un fogonazo blanco. Arana aprovechó para cortarme el aliento de un puñetazo al estómago, luego se vino encima de mí y ya no recuerdo más, tal vez me aturdió de otro golpe a la cara, porque tengo la nariz quebrada y habrá que reemplazarme los dientes que perdí.

Vi el rostro difuso de mi Popo contra un fondo blanco y traslúcido, capas y capas de gasa flotando en la brisa, un velo de novia, la cola del cometa. Estoy muerta, pensé, feliz, y me abandoné al placer de levitar con mi abuelo en el vacío, incorpórea, desprendida. Juanito Corrales y Pedro Pelanchugay aseguran que no había ningún caballero negro con sombrero por allí, dicen que desperté por un instante, justo cuando estaban tratando de levantarme, pero me desmayé de nuevo.

Volví de la anestesia en el hospital de Castro, con Manuel a un lado, Blanca al otro y el carabinero Laurencio Cárcamo a los pies de la cama. «Cuando pueda no más, damita, me contesta unas preguntitas, ¿qué le parece?», fue su cordial saludo. No pude hacerlo hasta dos días más tarde, al parecer la contusión me noqueó en serio.

La pesquisa de los carabineros determinó que un turista, que no hablaba español, llegó a la isla después del funeral de doña Lucinda, fue a la Taberna del Muertito, donde se había congregado la gente, y le mostró una foto mía al primero que encontró en la puerta, Juanito Corrales. El niño le señaló el angosto y ascendente sendero de la gruta y el hombre partió en esa dirección. Juanito Corrales fue a buscar a su amigo, Pedro Pelanchugay, y juntos decidieron seguirlo, por curiosidad. En la cima del cerro oyeron ladrar al Fákin, eso los guió al sitio donde estaba yo con el extranjero y llegaron a tiempo para presenciar el accidente, aunque desde la distancia y con la neblina, no estaban seguros de lo que vieron. Eso explicaba que se contradijeran en los detalles. Según manifestaron, el desconocido y yo estábamos inclinados en el borde del acantilado mirando la gruta, él tropezó, yo traté de sujetarlo, perdimos el equilibrio y desaparecimos. Desde arriba, la densa niebla no permitía ver dónde caímos y como no contestábamos a sus llamadas, los dos niños bajaron aferrados a las salientes y raíces del cerro. Lo habían hecho antes y el terreno estaba más o menos seco; eso facilitó el descenso, porque mojado se pone muy resbaladizo. Se aproximaron con cuidado, por temor a los lobos marinos, pero comprobaron que la mayoría se había lanzado al agua, incluso el macho que normalmente vigilaba a su harén desde una roca.

Juanito explicó que me encontró tirada en la angosta faja de arena entre la boca de la gruta y el mar, y que el hombre había aterrizado sobre las rocas y tenía medio cuerpo en el agua. Pedro dudaba de haber visto el cuerpo del hombre, se asustó al verme cubierta de sangre y no pudo pensar, dijo. Trató de levantarme, pero Juanito se acordó del curso de primeros auxilios de Liliana Treviño, decidió que era mejor no moverme y mandó a Pedro a buscar ayuda, mientras él se quedó conmigo, sosteniéndome, preocupado porque la marea podía alcanzarnos. No se le ocurrió ayudar al hombre, concluyó que estaba muerto, porque nadie sobreviviría una caída desde esa altura a las rocas.

Pedro trepó como un mono el acantilado y corrió al retén de carabineros, donde no encontró a nadie, y de allí a dar la alarma en la Taberna del Muertito. En pocos minutos se organizó el rescate, varios hombres se dirigieron al cerro y alguien localizó a los carabineros, que llegaron en el jeep y se hicieron cargo de la situación. No intentaron subirme con cuerdas, como pretendían algunos que habían bebido de más, porque yo sangraba profusamente. Alguien entregó su camisa para envolverme la cabeza rota y otros improvisaron una angarilla, mientras llegaba una lancha de socorro, que tardó un poco porque debía dar la vuelta a media isla. Empezaron a buscar a la otra víctima un par de horas más tarde, cuando se calmó la excitación de trasladarme, pero para entonces ya estaba oscuro y tuvieron que esperar hasta el día siguiente.

El informe escrito de los carabineros difiere de lo averiguado en su pesquisa, es una obra maestra de omisiones:

Los suboficiales aquí firmantes, Laurencio Cárcamo Ximénez y Humilde Garay Ranquileo, atestiguan haber socorrido en el día de ayer, jueves 9 de diciembre de 2009, a la ciudadana estadounidense Maya Vidal, de California, residente temporal en este pueblo, quien sufrió una caída en el llamado acantilado de la Pincoya, al noreste de la isla. La dicha dama se encuentra estable en el hospital de Castro, donde fuera transportada mediante helicóptero de la Armada, solicitado por los firmantes. La dama accidentada fue descubierta por el menor de once años Juan Corrales y el menor de catorce años Pedro Pelanchugay, oriundos de la presente isla, que se encontraban en el dicho acantilado. Al ser debidamente interrogados, dichos testigos dijeron haber visto caer a otra presunta víctima, un visitante afuerino de sexo masculino. Se encontró una cámara fotográfica en mal estado en las rocas de la llamada gruta de la Pincoya. Por el hecho de ser la dicha cámara marca Cannon, los aquí firmantes concluyen que la víctima era un turista. Carabineros de la Isla Grande están al presente investigando la identidad de dicho afuerino. Los menores Corrales y Pelanchugay creen que las dos víctimas resbalaron en el dicho acantilado, pero por ser la visibilidad deficiente debido a las condiciones climáticas de neblina, no están seguros. La dama Maya Vidal cayó en la are-

434

na, pero el caballero turista cayó en las rocas y murió debido al impacto. Al subir la marea el cuerpo fue llevado mar adentro por la corriente y no ha sido encontrado.

Los suboficiales aquí firmantes solicitan una vez más la instalación de una barrera de seguridad en el llamado acantilado de la Pincoya por sus condiciones de peligrosidad, antes de que otras damas y otros turistas pierdan la vida, con grave daño a la reputación de dicha isla.

Ni una palabra sobre el hecho de que el afuerino me andaba buscando con una fotografía en la mano. Tampoco se menciona que nunca ha acudido un turista por cuenta propia a nuestra islita, donde hay pocos atractivos, fuera del curanto; siempre llegan en los grupos de las agencias de ecoturismo. Sin embargo, nadie ha puesto en duda el informe de los carabineros, tal vez no desean líos en la isla. Unos dicen que al ahogado se lo comieron los salmones y tal vez el mar escupa uno de estos días los huesos pelados a la playa, y otros creen a pie juntillas que se lo llevó el *Caleuche*, el barco fantasma, en cuyo caso no encontraremos ni la gorra de béisbol.

Los carabineros interrogaron a los niños en el retén en presencia de Liliana Treviño y Aurelio Ñancupel, que se apersonaron para evitar que fueran intimidados, y con una docena de isleños reunidos en el patio esperando los resultados, encabezados por Eduvigis Corrales, quien ha emergido del hoyo emocional en que estaba después del aborto de Azucena, se quitó el luto y se ha puesto combativa. Los chiquillos no pudieron agregar nada a lo que ya habían declarado. El carabinero Laurencio Cárcamo vino al hospital a hacerme preguntas sobre cómo habíamos caído, pero omitió el asunto de la fotografía, un detalle que habría complicado el accidente. Su interrogatorio fue dos días después de los hechos y para entonces Manuel Arias me había alecciona-do en la única respuesta que debía darle: yo estaba confundida por la contusión en la cabeza, no recordaba lo sucedido. Pero no fue necesario mentir, porque el carabinero ni siquiera me pre-guntó si conocía al supuesto turista, estaba interesado en los deta-lles del terreno y la caída, por el asunto de la barrera de seguri-dad que viene solicitando desde hace cinco años. «Este servidor de la patria había advertido a sus superiores de la peligrosidad del dicho acantilado, pero así son las cosas pues, damita, tiene que fallecer un afuerino inocente para que a uno le hagan caso.»

Según Manuel, el pueblo entero se encargará de embrollar las pistas y echar tierra al accidente para protegernos a los niños y a mí de cualquier sospecha. No sería la primera vez que pues-tos a elegir entre la verdad escueta, que en ciertos casos a nadie favorece, y un silencio discreto, que puede ayudar a los suyos, optan por lo segundo.

A solas con Manuel Arias le conté mi versión de los hechos, in-cluso la lucha cuerpo a cuerpo con Arana y de cómo no recuer-do para nada haber rodado juntos al precipicio; más bien me pa-rece que estábamos lejos del borde. Le he dado mil vueltas a esa escena sin comprender cómo sucedió. Después de aturdirme, Arana pudo haber concluido que yo no tenía las placas y debía eliminarme, porque sabía demasiado. Decidió arrojarme del acantilado, pero no soy liviana y en el esfuerzo perdió el equili-brio, o bien el Fákin lo atacó por detrás, y cayó conmigo. La patada debió de aturdir al perro por unos minutos, pero sabemos que se repuso de inmediato, porque los niños fueron atraídos por sus ladridos. Sin el cuerpo de Arana, que podría dar algunas pistas, o la colaboración de los niños, que parecen decididos a callarse, no hay forma de responder a estas interrogantes. Tampoco entiendo cómo el mar se lo llevó sólo a él, si ambos estábamos en el mismo sitio, pero puede ser que no conozca el poder de las corrientes marinas en Chiloé.

—¿No crees que los niños tuvieron algo que ver en esto, Manuel?

—¿Cómo?

—Pueden haber arrastrado el cuerpo de Arana al agua para que se lo llevara el mar.

—¿Por qué iban a hacer eso?

—Porque tal vez ellos mismos lo empujaron desde arriba del acantilado cuando vieron que intentaba matarme.

—Sácate eso de la cabeza, Maya, y no vuelvas a repetirlo ni en broma, porque podrías arruinar las vidas de Juanito y Pedro —me advirtió—. ¿Es eso lo que quieres?

—Por supuesto que no, Manuel, pero sería bueno saber la verdad.

—La verdad es que tu Popo te salvó de Arana y de caer en las rocas. Ésa es la explicación, no preguntes más.

Llevan varios días buscando el cuerpo bajo las órdenes de la Gobernación Marítima y la Armada. Trajeron helicópteros, mandaron botes, tiraron redes y bajaron dos buzos al fondo del mar, que no encontraron al ahogado, pero rescataron una motocicleta de 1930, incrustada de moluscos, como una escultura surrealista, que será la pieza más valiosa del museo de nuestra isla.

Humilde Garay ha recorrido la costa palmo a palmo con Livingston sin hallar rastro del desdichado turista. Se supone que era un tal Donald Richards, porque un americano se registró por dos noches con ese nombre en el hotel Galeón Azul de Ancud, durmió la primera noche y luego desapareció. En vista de que no regresó, el administrador del hotel, quien había leído la noticia del accidente en la prensa local, supuso que podía tratarse de la misma persona y avisó a los carabineros. En la maleta se encontró ropa, un lente fotográfico marca Cannon y el pasaporte de Donald Richards, emitido en Phoenix, Arizona, en 2009, de aspecto nuevo, con una sola entrada internacional, a Chile el 8 de diciembre, el día anterior al accidente. Según el formulario de ingreso al país, el motivo del viaje era turismo. Ese Richards llegó a Santiago, tomó un avión a Puerto Montt el mismo día, durmió una noche en el hotel de Ancud y planeaba irse en la mañana del día subsiguiente; un itinerario inexplicable, porque nadie viaja desde California a Chiloé para quedarse treinta y ocho horas.

El pasaporte confirma mi teoría de que Arana estaba sometido a investigación por el Departamento de Policía en Las Vegas y no podía salir de Estados Unidos con su nombre verdadero. Conseguir un pasaporte falso era muy fácil para él. Nadie del consulado americano se trasladó a la isla a echar un vistazo, se conformaron con el informe oficial de los carabineros. Si se dieron la molestia de buscar a la familia del difunto para notificarla, seguramente no la encontraron, porque entre los trescientos millones de habitantes de Estados Unidos, debe de haber miles de Richards. No hay conexión visible entre Arana y yo.

Estuve en el hospital hasta el domingo y el lunes 13 me llevaron a la casa de don Lionel Schnake, donde me recibieron como a un héroe de guerra. Estaba machucada, con veintitrés puntos en el cuero cabelludo y obligada a permanecer de espaldas, sin almohada y en penumbra, por la contusión cerebral. En el quirófano me habían afeitado media cabeza para coserme, por lo visto andar pelada es mi destino. Desde la afeitada anterior en septiembre, me habían crecido tres centímetros de pelo y así descubrí mi color natural, amarillo como el Volkswagen de mi abuela. Todavía tenía la cara muy hinchada, pero ya me había visto la dentista del Millalobo, una señora de apellido alemán, pariente lejana de los Schnake. (¿Habrá alguien en este país que no esté relacionado con los Schnake?) La dentista se manifestó dispuesta a reemplazarme los dientes. Opinó que quedarían mejor que los originales y ofreció blanquearme los demás gratis, como deferencia al Millalobo, quien la había ayudado a conseguir un préstamo en el banco. Trueque en carambola y yo sería la beneficiada.

Por órdenes del médico debía estar acostada y en paz, pero hubo un desfile constante de visitas; llegaron las brujas hermosas de la ruca, una de ellas con su bebé, la familia Schnake en masa, amigos de Manuel y Blanca, Liliana Treviño y su enamorado, el doctor Pedraza, mucha gente de la isla, mis futbolistas y el padre Luciano Lyon. «Te traigo la extremaunción de los moribundos, gringuita», dijo, riéndose, y me entregó una cajita de chocolates. Me aclaró que ahora ese sacramento se llama la unción de los enfermos y no es indispensable estar agónico para recibirlo. Total, nada de reposo para mí.

Ese lunes seguí la elección presidencial desde la cama, con el Millalobo sentado a mis pies, muy exaltado y medio tambaleante, porque su candidato, Sebastián Piñera, el multimillonario conservador puede ganar y para festejarlo se empinó solo una botella de champaña. Me ofreció una copa y aproveché para decirle que no puedo tomar, porque soy alcohólica. «¡Qué desgracia, gringuita! Eso es peor que ser vegetariano», exclamó. Ninguno de los candidatos sacó suficientes votos y habrá una segunda vuelta en enero, pero el Millalobo me asegura que su amigo va a ganar. Sus explicaciones de política me resultan algo confusas: admira a la presidenta socialista Michelle Bachelet porque ha hecho un estupendo gobierno y es una señora muy fina, pero detesta a los partidos de centroizquierda, que han estado en el poder por veinte años y ahora le toca a la derecha. Además, el nuevo presidente es su amigo y eso es muy importante en Chile, donde todo se arregla con conexiones y parentescos. El resultado de la votación tiene a Manuel desmoralizado, entre otras cosas porque Piñera hizo su fortuna amparado por la dictadura de Pinochet, pero según Blanca las cosas no cambiarán demasiado. Este país es el más próspero y estable de América Latina y el nuevo presidente tendría que ser muy torpe para ponerse a innovar. No es el caso, de Piñera se podría decir cualquier cosa menos que sea torpe; es de una habilidad pasmosa.

Manuel llamó por teléfono a mi abuela y a mi papá para contarles mi accidente, sin alarmarlos con detalles truculentos sobre mi estado de salud, y ellos decidieron que vendrán a pasar la Navidad con nosotros. Mi Nini ha postergado demasiado el reencuentro con su país y mi papá apenas lo recuerda. Es tiempo de que vengan. Pudieron hablar con Manuel sin complicarse con claves y códigos, ya que con la muerte de Arana desaparece el peligro, ya no tengo que esconderme y puedo regresar a casa apenas me sostengan las piernas. Soy libre.

Últimas páginas

Hace un año, mi familia se componía de una persona muerta, mi Popo, y tres vivas, mi abuela, mi papá y Mike O'Kelly, mientras que ahora cuento con una tribu, aunque estemos un poco dispersos. Así lo comprendí en la inolvidable Navidad que acabamos de pasar en la casa sin puertas de ciprés de las Gualtecas. Era mi quinto día en nuestra isla después de convalecer una semana donde el Millalobo. Mi Nini y mi papá habían llegado el día anterior con cuatro maletas, porque les pedí que trajeran libros, dos pelotas de fútbol y material didáctico para la escuela, DVD de las películas de Harry Potter y otros regalos para Juanito y Pedro, y un PC para Manuel, que en el futuro les pagaré como pueda. Pretendían irse a un hotel, como si esto fuera París; lo único disponible en la isla es un cuarto insalubre en los altos de una de las pescaderías. En vista de eso, mi Nini y yo dormimos en la cama de Manuel, mi papá en la mía y Manuel se fue donde Blanca. Con el pretexto del accidente y del reposo obligado, no me dejan hacer nada y me miman como a una guagua, así les dicen en Chile a los críos en pañales. Todavía estoy horrible, con los ojos morados, la nariz como berenjena y un parche enorme en el cráneo, además de los dedos del pie quebrados y los moretones del cuerpo, que empiezan a tornarse verdes, pero ya tengo dientes provisorios.

En el avión, mi Nini le contó a su hijo la verdad sobre Manuel Arias. Como estaba contenido por el cinturón de seguridad, mi papá no pudo armar una escena, pero creo que no le perdonará fácilmente a su madre que lo mantuviera engañado durante cuarenta y cuatro años. El encuentro de Manuel y mi papá fue civilizado, se dieron la mano, luego un torpe y tímido abrazo, nada de largas explicaciones. ¿Qué podían decir? Tendrán que conocerse en los días que pasarán juntos y, si hay afinidad, cultivar una amistad en la medida en que la distancia lo permita. De Berkeley a Chiloé la distancia es como la de un viaje a la luna. Al verlos juntos me di cuenta de que se parecen, en treinta años más mi padre será un viejo bello, como Manuel.

El reencuentro de mi Nini con Manuel, su antiguo amante, tampoco fue digno de anotarse: un par de besos tibios en las mejillas, como se dan los chilenos, eso fue todo. Blanca Schnake los vigilaba, aunque yo le había adelantado que mi abuela es muy distraída y seguramente se le han olvidado sus amores febriles con Manuel Arias.

Blanca y Manuel prepararon la cena de Navidad —cordero, nada de salmón— y mi Nini decoró la casa en su estilo kitsch con luces de Navidad y unas banderitas de papel que sobraron de las Fiestas Patrias. Nos hizo mucha falta Mike O'Kelly, quien ha pasado todas las Navidades con mi familia desde que conoce a mi Nini. En la mesa nos interrumpíamos unos a otros a gritos en la prisa por contarnos todo lo que nos había pasado. Nos reímos mucho y el buen humor nos alcanzó para hacer un brindis por Daniel Goodrich. Mi Nini opinó que apenas me crezca el pelo en la cabeza debo ir a estudiar a la Universidad de Seattle; así podría echarle el lazo al resbaladizo mochilero, pero Manuel y Blanca se horrorizaron con esa idea, que les parece fatal, porque tengo muchas cosas que resolver antes de volver a zambullirme en el amor. «Así será, pero pienso en Daniel todo el tiempo», les anuncié y casi se me saltan las lágrimas una vez más. «Se te va a pasar, Maya. Los amantes se olvidan en un pestañeo», dijo mi Nini. Manuel se atragantó con un trozo de cordero y los demás nos quedamos con los tenedores en el aire.

A la hora del café pregunté por las placas de Adam Trevor, que casi me costaron la vida. Tal como yo suponía, las tiene mi Nini, quien jamás las tiraría al mar y menos ahora con la crisis económica mundial, que amenaza con hundirnos a todos en la pobreza. Si mi abuela desalmada no se dedica a imprimir billetes o les vende las placas a unos mafiosos, me las dejará como herencia cuando se muera, junto a la pipa de mi Popo.